STANISŁAW LEM
DZIEŁA
TOM X

REDAKCJA SERII
Dariusz Fedor, Paweł Goźliński

KOREKTA
Teresa Kruszona, Paulina Materna

PROJEKT OKŁADKI
Krystian Rosiński

OPRACOWANIE GRAFICZNE
Edward Jewdokimow, Artur Hanc

PRODUCENT WYDAWNICZY
Robert Kijak, Małgorzata Skowrońska

KOORDYNACJA PROJEKTU
Katarzyna Kubicka

DRUK I OPRAWA
TZG Zapolex

ISBN 978-83-7552-410-9

ISBN SERII 978-83-7552-400-0

Warszawa 2008

Kolekcję można zamówić na **www.kulturalnysklep.pl**
lub pod numerem telefonu **0 801 130 000**

STANISŁAW LEM
EDEN

DZIEŁA
TOM X

BIBLIOTEKA GAZETY WYBORCZEJ

I

W obliczeniach był błąd. Nie przeszli nad atmosferą, ale zderzyli się z nią. Statek wbijał się w powietrze z grzmotem, od którego puchły bębenki. Rozpłaszczeni na legowiskach czuli dobijanie amortyzatorów, przednie ekrany zaszły płomieniem i zgasły, poduszka rozżarzonych gazów napierająca na dziób zatopiła zewnętrzne obiektywy, hamowanie było niedostateczne i opóźnione. Sterownię napełnił swąd rozgrzanej gumy, pod prasą deceleracji ślepli i głuchli, to był koniec, ale nawet tego nie mógł żaden pomyśleć, nie starczyło wszystkich sił, aby unieść klatkę piersiową, wciągnąć oddech, robiły to za nich do ostatka pracujące tlenopulsatory, wtłaczały w nich powietrze jak w pękające balony. Nagle grzmot ucichł.

Zapaliły się awaryjne światła, po sześć z każdej strony, ludzie wili się, nad tablicą napędu czerwieniał sygnał alarmu, była pęknięta i zgnieciona w harmonię, kawały izolacji, okruchy pleksiglasu z szelestem przesuwały się po podłodze, nie grzmiało, wszystko obejmował głuchy, rosnący gwizd.

– Co się... – wychrypiał Doktor, wypluwając gumowy ustnik.

– Leżeć! – przestrzegł go Koordynator, który patrzał w ostatni nieuszkodzony ekran.

Rakieta przekoziołkowała, jakby uderzył w nią taran, spowijające ich nylonowe siatki zagrały jak struny, przez chwilę ważyło się wszystko jak u szczytu huśtawki zawisłej do góry nogami, potem zadudniło. Mięśnie, stężałe w oczekiwaniu ostatniego ciosu, obmiękły. Rakieta, stojąc na pionowym słupie wylotowego ognia, powoli schodziła w dół, dysze dudniły uspokajająco, trwało to kilka minut, potem przez ściany poszedł dreszcz. Wibracja stawała się coraz mocniejsza, łożyskowe zawieszenia turbin musiały się rozchwiać, popatrzyli na siebie. Nikt nic nie mówił. Wiedzieli, że wszystko zależy od tego, czy wirniki się nie zatrą, czy wytrzymają. Cała sterownia zadygotała nagle, jakby z zewnątrz kuł w nią z szaloną szybkością stalowy młot. Gruba, wypukła soczewka ostatniego ekranu w mgnieniu oka pokryła się gęstą pajęczyną pęknięć, jego fosforyczna tarcza zgasła, w padającym z dołu mdłym blasku lamp awaryjnych widzieli własne powiększone cienie na pochyłych ścianach, dudnienie przeszło w ciągły ryk, pod nimi coś chrobotało, łamało się, rozszczepiało z żelaznym wizgotem; kadłub, wstrząsany potwornymi targnięciami, leciał, leciał, oślepiony, martwy; skurczyli się, wstrzymali dech, zupełna ciemność, chaos, ciała ich wystrzeliły nagle na całą długość nylonowych lin, nie dosięgły potrzaskanych tablic, o które by się rozpruły, zawisły skosem, wahając się wolno jak ciężkie wahadła...

Rakieta przewaliła się jak padająca góra, łoskot ten był daleki i tępy, wyrzucone bryły gruntu, słabo stukając, osunęły się po zewnętrznym pancerzu.

Wszystko znieruchomiało. Pod nimi syczały przewody, coś bulgotało przeraźliwie, szybko, wciąż szybciej, szum uchodzącej wody przemieszany z przenikliwym, powtarzającym się sykiem, jak gdyby jakaś ciecz kapała na rozpalone blachy.

– Żyjemy – powiedział Chemik. Powiedział to w zupełnej ciemności. Nie widział nic. Wisiał w swoim nylonowym pokrowcu jak w worku zaczepionym z czterech stron linami. Znaczyło to, że rakieta leży na boku. Gdyby stała, posłanie byłoby poziome. Coś trzasnęło. Blady, benzynowy płomyk starej zapalniczki Doktora.

– Załoga? – spytał Koordynator. Jedna lina jego worka pękła, wirował wolno bezradny i usiłował bezskutecznie chwycić się czegoś wystającego ze ściany, wyciągając rękę przez oko nylonowej siatki.

– Pierwszy – powiedział Inżynier.

– Drugi – odezwał się Fizyk.

– Trzeci – głos Chemika.

– Czwarty – powiedział Cybernetyk. Trzymał się za czoło.

– Piąty – zakończył Doktor.

– Wszyscy. Gratuluję – głos Koordynatora był spokojny. – Automaty?

Odpowiedziała cisza.

– Automaty!!

Milczenie. Zapalniczka poczęła parzyć palce Doktora. Zgasił ją. Znowu zapadła ciemność.

– Zawsze mówiłem, że jesteśmy z lepszego materiału – powiedział po ciemku Doktor.

– Czy ktoś z was ma nóż?

– Ja mam. Przeciąć liny?

– Jeżeli możesz wyleźć bez przecinania, to lepiej. Ja nie mogę.

– Spróbuję.

Dał się słyszeć odgłos szamotania, przyspieszony oddech, coś stuknęło, rozległo się zgrzytnięcie szkła.

– Jestem na dole. To znaczy – na ścianie – powiedział Chemik. Głos jego dobiegł z dna ciemności. – Doktorze, poświeć na chwilę, to wam pomogę.

– Ale spiesz się. Benzyna się kończy.

Zapalniczka znowu zabłysła. Chemik krzątał się przy kokonie Koordynatora, mógł dosięgnąć tylko jego nóg. Wreszcie udało mu się odciągnąć częściowo boczny zamek błyskawiczny i Koordynator spadł ciężko na nogi. We dwóch pracowali szybciej. Po chwili wszyscy stali już na skośnie przechylonej obitej półelastyczną masą ścianie sterowni.

– Od czego zaczniemy? – spytał Doktor. Zacisnął brzegi rany na czole Cybernetyka i nałożył na nią plaster. Miał go w kieszeni. Zawsze nosił przy sobie niepotrzebne rzeczy.

– Od stwierdzenia, czy uda się wyjść – odparł Koordynator. – Najpierw musimy mieć światło. Co tam? Już? Doktorze, poświeć mi tu, może jest prąd w końcówkach tablicy, przynajmniej w rozrządzie sygnalizacji alarmowej.

Tym razem zapalniczka wykrzesała tylko iskrę. Doktor pocierał kamyk, aż starł sobie skórę z palca, błyskając tuż nad szczątkami pogruchotanej płyty, w której grzebali, klęcząc, Koordynator z Inżynierem.

– Jest? – spytał Chemik, stojąc z tyłu, bo nie było już dla niego miejsca.

– Na razie nic. Nikt nie ma zapałek?

– Ostatni raz widziałem zapałki trzy lata temu. W muzeum – oświadczył niewyraźnie Inżynier, bo usiłował zębami oderwać izolację z końca przewodu. Naraz mała niebieska iskra oświetliła złożone w muszlę ręce Koordynatora.

– Jest – powiedział. – Teraz jakąś żarówkę.

Znaleźli nieuszkodzoną w sygnale alarmowym nad boczną tablicą. Ostry elektryczny ognik oświetlił sterownię jakby część wznoszącej się skosem rury tunelowej o stożkowatych ścianach. Wysoko nad nimi, w tym, co było teraz stropem, widniały zamknięte drzwi.

– Ponad siedem metrów – powiedział melancholijnie Chemik.

– Jak my się tam dostaniemy?

– Widziałem kiedyś w cyrku żywą kolumnę – pięciu ludzi, jeden na drugim – zauważył Doktor.

– To dla nas za trudne. Dostaniemy się tam po podłodze – odparł Koordynator. Wziął od Chemika nóż i zaczął robić szerokie nacięcia w gąbczastej powłoce podłogi.

– Stopnie?

– Tak.

– Dlaczego nie słychać Cybernetyka? – zdziwił się naraz Inżynier. Siedząc na szczątkach potrzaskanej tablicy rozrządczej, przykładał woltomierz do wyciągniętych na zewnątrz kabli.

– Owdowiał – odrzekł z uśmiechem Doktor. – Czym jest Cybernetyk bez automatów?

– Jeszcze je nakręcę – rzucił Cybernetyk. Zaglądał w otwory wybitych ekranów. Elektryczny ognik powoli żółkł – stawał się coraz ciemniejszy i bledszy.

– Akumulatory też? – mruknął Fizyk.

Inżynier wstał.

– Tak wygląda.

Po kwadransie w głąb, a raczej w górę statku ruszyła sześcioosobowa ekspedycja. Najpierw dostała się do korytarza, a z niego – do poszczególnych pomieszczeń. W kajucie Doktora znaleźli ślepą latarkę. Doktor lubił mieć mnóstwo zbędnych na co dzień rzeczy. Zabrali ją. Wszędzie zastali zniszczenia. Umeblowanie, przymocowane do podłóg, nie rozbiło się, ale z przyrządów, narzędzi, pomocniczych wehikułów, zapasów utworzyła się jakaś nieprawdopodobna kasza, w której brodziło się wyżej kolan.

– A teraz spróbujemy wyjść – oświadczył Koordynator, kiedy na powrót znaleźli się w korytarzu.

– A skafandry?

– Są w komorze ciśnień. Nic im się nie powinno było stać. Ale skafandry nie są potrzebne. Eden ma znośną atmosferę.

– Czy tu w ogóle ktoś kiedyś był?

– Tak, dziesięć albo jedenaście lat temu sonda kosmiczna z patrolu poszukiwań, wtedy jak zaginął Altair ze swoim statkiem. Pamiętacie?

– Ale z ludzi nikt?

– Nie, nikt.

Klapa wewnętrzna śluzy znajdowała się skośnie ponad ich głowami. Dziwne pierwsze wrażenie spowodowane tym, że po znanych pomieszczeniach szło się w całkiem nowej konfiguracji – ściany były teraz podłogami, a stropy ścianami – powoli mijało.

– Tu rzeczywiście nie obejdzie się bez żywej drabiny – orzekł Koordynator. Oświetlił dokładnie klapę latarką Doktora. Plama światła obeszła ją dookoła. Klapa przylegała hermetycznie.

– Wygląda nieźle – powiedział Cybernetyk. Stał z zadartą głową.

– Owszem – zgodził się Inżynier. Pomyślał, że potworna siła, która sprasowała nośne dźwigary tak, że prysła wpasowana między nie główna tablica rozrządcza, mogła zaklinować także klapę, ale zachował tę myśl dla siebie. Koordynator rzucił okiem na Cybernetyka i już chciał mu powiedzieć, żeby pochylił grzbiet i ustawił się pod ścianą, gdy przypomniał sobie poskręcane żelastwo, które ujrzeli w pomieszczeniu automatów, i poprosił Chemika:

– Stań w rozkroku, ręce na kolana, tak będzie ci lepiej.

– Moim marzeniem było występować w cyrku. Zawsze! – zapewnił go Chemik i pochylił się. Koordynator postawił mu stopę na ramieniu, wspiął się, uniósł i przywierając do ściany, czubkami palców dosięgnął maczugowato zgrubiałej u końca niklowej dźwigni.

Pociągnął, potem szarpnął, nareszcie zawisł na niej. Wtedy poddała się z chrzęstem, jakby zamkowy mechanizm pełen był miałkiego szkła. Zrobiła ćwierć obrotu i stanęła. – Czy ciągniesz w dobrą stronę? – spytał Doktor, który świecił z dołu latarką. – Rakieta leży.

– Uwzględniłem to.

– Nie możesz już mocniej?

Koordynator nie odpowiedział. Wisiał na płask przy ścianie uczepiony jedną ręką dźwigni. Powoli spróbował dołączyć drugą rękę.

Było to bardzo trudne, ale w końcu mu się udało. Wisząc teraz jak na trapezie, podkurczył nogi, aby nie kopnąć skulonego pod nim Chemika, i targnął kilka razy, unosząc się na ramionach i opuszczając, całym ciężarem ciała, aż stęknął, uderzając z rozmachem torsem o ścianę.

Za trzecim czy czwartym razem dźwignia poddała się trochę. Brakowało jeszcze z pięć centymetrów do końca jej drogi. Koordynator zebrał siły i raz jeszcze rzucił sobą w dół.

Dźwignia z piekielnym zgrzytnięciem stuknęła w zapadkę. Rygiel wewnętrzny był odsunięty.

– Poszło jak po maśle – cieszył się Fizyk.

Inżynier milczał. Wiedział swoje. Zabrali się teraz do otwierania klapy, co było zadaniem trudniejszym. Inżynier spróbował uruchomić ją, naciskając rękojeść hydraulicznego urządzenia, ale wiedział z góry, że nic z tego nie będzie. Rury popękały w wielu miejscach i cały płyn wyciekł. Ręczna korba zaświeciła nad nimi swoim kółkiem jak aureola, kiedy Doktor skierował latarkę do góry. Jak na ich możliwości gimnastyczne, było za wysoko – ponad cztery metry.

Zaczęło się znoszenie ze wszystkich pomieszczeń połamanych aparatów, poduszek, książek – szczególnie przydatna okazała się biblioteka, a w niej – atlasy gwiazdowe nieba, bardzo wielkie i grube.

Budowali z nich piramidę jak z cegieł. Wzniesienie dwumetrowego stosu zabrało niemal godzinę. Raz część obsunęła się i odtąd zaczęli pracować systematycznie pod komendą Inżyniera.

– Praca fizyczna to jednak okropność! – dyszał Doktor. Latarka tkwiła wciśnięta w szczelinę klimatyzatora i oświetlała im drogę, gdy biegli do biblioteki i wracali objuczeni książkami.

– Nigdy nie wyobrażałem sobie, że tak prymitywne warunki mogą panować w podróżach do gwiazd – sapał Doktor. On jeden jeszcze mówił. Na koniec Koordynator, podtrzymywany przez towarzyszy, wlazł ostrożnie na wzniesioną piramidę i dotknął palcami korby.

– Mało – powiedział. – Brakuje mi pięciu centymetrów. Nie mogę podskoczyć, bo mi się wszystko rozjedzie.

– Właśnie mam tu *Teorię lotów szybkich* – powiedział Doktor, ważąc w ręku opasły tom. – Myślę, że będzie w sam raz.

Koordynator wczepił się w korbę. Świecili mu latarką. Jego cień łopotał na białej powierzchni plastyku wyściełającego to, co teraz było stropem. Naraz góra książek się poruszyła.

– Uwaga – syknął Fizyk.

– Nie mam się o co oprzeć – wyrzucił przez zduszone gardło Koordynator. – Trzymajcie tam – wszyscy diabli!! – warknął. Korba wymknęła mu się z rąk, przez moment ważył się na górze, w końcu chwycił równowagę. Nikt już nie patrzał w górę – splótłszy się rękami, napierali ze wszystkich stron na chwiejną budowlę z książek, żeby się nie rozsunęła.

– Tylko nie klnij – jak raz zaczniemy, nie będzie końca – przestrzegł z dołu Doktor. Koordynator ponownie ujął korbę. Naraz rozległ się przeciągły zgrzyt, po którym nastąpił głuchy szum osuwających się tomów. Koordynator wisiał nad nimi w powietrzu, ale korba, której się uczepił, wykonała pełny obrót.

– I tak dalej, jeszcze jedenaście razy – powiedział, lądując na książkowym pobojowisku.

Po dwu godzinach klapa została pokonana. Kiedy zaczęła się otwierać, wydali chóralny okrzyk triumfu.

Otwierając się, zawisła w połowie wysokości korytarza i utworzyła jakby poziomy pomost, po którym można było wejść do śluzy bez większych trudności.

Skafandry w płaskiej szafie ściennej znaleźli nienaruszone. Szafa leżała teraz poziomo. Stąpali po jej drzwiach.

– Wychodzimy wszyscy czy jak? – spytał Chemik.

– Najpierw spróbujemy otworzyć właz...

Był zagłuszony – jakby stanowił litą całość z korpusem. Dźwignie nie dawały się ruszyć, ramię przy ramieniu parli w sześciu, potem próbowali rozruszać gwinty, więc miotali się na przemian to w jedną, to w drugą stronę – ani drgnęły.

– Okazuje się, że dolecieć to nic – najtrudniej jest czasem wysiąść – zakonkludował Doktor.

– Pogratulować humorku – mruknął przez zęby Inżynier. Pot lał mu się na oczy. Usiedli na drzwiach ściennej szafki.

– Jestem głodny – wyznał w ogólnym milczeniu Cybernetyk.

– Wobec tego trzeba coś zjeść – oświadczył Fizyk i zaofiarował się, że pójdzie do magazynu.

– Raczej do kuchni. W chłodni może coś...

– Sam nie dam rady. Trzeba przerzucić z pół tony szmelcu, żeby się dostać do zapasów. Kto na ochotnika?

Doktor był pierwszy, Chemik wstał z pewnym ociąganiem. Gdy głowy ich znikły za brzegiem odchylonej klapy, a ostatni brzask

11

latarki, którą zabrali, zgasł, Koordynator powiedział przyciszonym głosem:

– Wolałem nie mówić. Orientujecie się mniej więcej w sytuacji?

– Tak – powiedział Inżynier w czarny mrok przed sobą. Dotknął wyciągniętą ręką stopy Koordynatora i nie cofnął palców. Potrzebował tego dotknięcia.

– Myślisz, że klapy nie da się przeciąć?

– Czym? – spytał Inżynier.

– Palnikiem elektrycznym albo gazowym. Mamy autogen i...

– Słyszałeś o autogenie, który by przeciął ćwierć metra ceramitu? Człowieku!

Milczeli. Z głębi statku, jak z żelaznych podziemi, dochodził głuchy hałas.

– Więc co? Co?! – powiedział ze zdenerwowaniem Cybernetyk. Słyszeli skrzypnięcie jego stawów. Wstał.

– Siadaj – łagodnie, ale stanowczo powiedział Koordynator.

– Myślicie, że... klapa stopiła się z pancerzem?

– Niekoniecznie – odparł Inżynier. – Czy wiesz w ogóle, co się stało?

– Dokładnie nie. Trafiliśmy z kosmiczną szybkością w atmosferę tam, gdzie nie miało jej być. Dlaczego? Automat nie mógł się pomylić.

– Automat się nie pomylił. Myśmy się pomylili – powiedział Koordynator. – Zapomnieliśmy o poprawce na ogon.

– Na jaki ogon? Co ty mówisz?

– Na gazowy ogon, który rozciąga za sobą każda planeta posiadająca atmosferę, w kierunku przeciwnym do jej ruchu. Nie wiesz o tym?

– A tak, tak. Wpadliśmy w ten ogon? Ale on musi być szalenie rozrzedzony.

– Dziesięć do minus szóstej – odparł Koordynator – albo coś koło tego, ale mieliśmy ponad siedemdziesiąt kilometrów na sekundę, kochany. Przyhamowało nas jak mur – to był ten pierwszy wstrząs, pamiętacie?

– Tak – podjął Inżynier – a kiedyśmy weszli w stratosferę, mieliśmy jeszcze dziesięć albo i dwanaście. Powinna się była w ogóle rozlecieć, dziwne, że wytrzymała.

– Rakieta?

– Obliczona jest na dwudziestokrotne przeciążenie, a zanim ekran pękł, na własne oczy widziałem, jak strzałka wyskoczyła ze skali. Skala ma rezerwę do trzydziestu.

– A my?

– Co my?

– Jak mogliśmy wytrzymać – chcesz powiedzieć, że trwała deceleracja wyniosła 30 g?

– Nie trwała. W szczytach na pewno. Przecież hamownice dały wszystko. Dlatego doszło do pulsacji.

– Ale automaty wyrównały i gdyby nie sprężarki... – powiedział z odcieniem przekory w głosie Cybernetyk. Urwał, w głębi statku coś potoczyło się z brzękiem, jakby żelazne koła po blasze. Ucichło.

– Co chcesz od sprężarek? – powiedział Inżynier. – Jak pójdziemy do maszynowni, to pokażę ci, że zrobiły pięć razy więcej, niż mogły. To przecież tylko agregaty pomocnicze. Najpierw rozchwiało im łożyska, a jak przyszła pulsacja...

– Myślisz, że rezonans?

– Rezonans swoją drogą. Właściwie powinniśmy się byli rozsmarować na przestrzeni paru kilometrów, jak ten frachtowiec na Neptunie – wiesz? Sam się przekonasz, jak zobaczysz maszynownię. Mogę ci z góry powiedzieć, co tam jest.

– Wcale nie palę się, żeby zobaczyć maszynownię. Co u licha, czemu oni tak długo nie wracają? Ciemno, aż oczy bolą.

– Światło będziemy mieli, nie bój się – powiedział Inżynier.

Wciąż, jakby niechcący, trzymał końce palców oparte o stopę Koordynatora, który nie ruszał się i milczał.

– A do maszynowni pójdziemy tak, z nudów. Co innego będziemy mieli do roboty?

– Na serio myślisz, że się stąd nie wydostaniemy?

– Nie, żartuję. Lubię takie żarty.

– Przestań – odezwał się Koordynator. – Po pierwsze, jest rezerwowy właz.

– Człowieku! Rezerwowy właz jest akurat pod nami. Statek musiał się porządnie worać, nie jestem pewny, czy nawet ta klapa wystaje nad ziemię.

– Więc co z tego? Mamy narzędzia, możemy wykopać tunel.

– A ciężarowy? – powiedział Cybernetyk.

– Zalany – wyjaśnił lakonicznie Inżynier. – Zaglądałem do studzienki kontrolnej. Musiał pęknąć któryś z głównych zbiorników – tam są co najmniej dwa metry wody. Prawdopodobnie skażonej.

– Skąd wiesz?

– Stąd, że tak jest zawsze. Chłodzenie reaktora puszcza pierwsze – nie wiesz o tym? Zapomnij lepiej o ciężarowym włazie. Musimy wyjść tym – jeżeli...

– Wykopiemy tunel – powtórzył cicho Koordynator.

– Teoretycznie to jest możliwe – nieoczekiwanie zgodził się Inżynier. Zamilkli. Dały się słyszeć coraz bliższe stąpania, w korytarzu pod nimi zajaśniało, zmrużyli oślepione oczy.

– Szynka, suchary, ozorki czy co tam jest w tym pudle – wszystko z żelaznej racji! Tu czekolada, a tu termosy. Dajcie na górę! – zwrócił się Doktor do pozostałych, gramoląc się jako pierwszy na klapę. Świecił im latarką, gdy wchodzili do komory i rozstawiali puszki. Przynieśli też aluminiowe talerze.

Przy świetle latarki jedli w milczeniu.

– Termosy są całe? – zdziwił się naraz Cybernetyk. Nalewał sobie kawy do kubka.

– Dziwne, ale tak. Z konserwami nie jest źle. Ale zamrażalnia, lodówki, piekarniki, mały syntetyzator, aparatura oczyszczająca, filtry wody – wszystko w proszku.

– Aparatura oczyszczająca też? – zaniepokoił się Cybernetyk.

– Też. Może dałaby się naprawić, gdyby było czym. Ale to błędne koło; żeby uruchomić choćby najprostszy półautomat naprawczy, trzeba prądu, żeby mieć prąd, trzeba naprawić agregat, a do tego znów potrzebny jest półautomat.

– Naradziliście się tu, uczeni w technice? I co? Gdzie promyk nadziei? – spytał Doktor, smarując grubo suchary masłem i nakładając z wierzchu płaty szynki. Nie czekając odpowiedzi, ciągnął:

– Jako szczeniak przeczytałem chyba więcej książek o kosmonautyce, niż waży nasza nieboszczka, a jednak nie znalazłem ani jednej opowieści, żadnej historii, anegdotki nawet o czymś podobnym do tego, co nas spotkało. Dlaczego – nie pojmę!

– Bo to nudne – wyjaśnił z szyderczą intencją Cybernetyk.

– Tak – to coś nowego – Robinson międzyplanetarny – powiedział Doktor. Zakręcał termos. – Jak wrócę, postaram się to opisać, o ile talent pozwoli.

Zapadła nagła cisza. Zbierali puszki, aż Fizyk wpadł na myśl, żeby je schować do szafki ze skafandrami, ustąpili więc pod ścianę, bo inaczej nie dało się otworzyć drzwi w podłodze.

– Wiecie, słyszeliśmy jakieś dziwne odgłosy, jakeśmy grzebali w magazynie – powiedział Chemik.

– Jakie odgłosy?

– Takie stękania i potrzaskiwania, jakby nas coś prasowało.

– Myślisz, że oberwała się na nas jakaś skała? – spytał Cybernetyk.

– To całkiem co innego – wmieszał się Inżynier. Zewnętrzna powłoka osiągnęła przy wtargnięciu w atmosferę bardzo wysoką temperaturę, dziobowa może się nawet nadtopiła, a teraz części konstrukcji stygną, przesuwają się, powstają wewnętrzne napięcia i stąd te odgłosy – o, i teraz słychać, uważajcie...

Zamilkli. Tylko twarze oświetlała latarka leżąca na płaskim kole nad włazem. We wnętrzu statku rozległo się przeciągłe stęknięcie, seria krótkich, słabnących potrzaskiwań i nastała cisza.

– A może to któryś automat? – powiedział z nadzieją w głosie Cybernetyk.

– Widziałeś przecież sam.

– Tak, ale nie zaglądaliśmy do luku rezerw.

Cybernetyk wychylił się w ciemność korytarza i stając na samym brzegu klapy, krzyknął:

– Automaty rezerwy!!

Głos zadudnił w zamknięciu. Odpowiedziała cisza.

– Chodź tu, zbadamy porządnie właz – powiedział Inżynier. Przykląkł przed zaklęśniętą łagodnie płytą i zbliżając oczy do obrzeża, oświetlał je centymetr po centymetrze. Wodził tak plamą światła wzdłuż uszczelnień, które porysowała drobniutka siateczka spękań.

– Od wewnątrz nic stopionego, zresztą nie dziwota – ceramit bardzo źle przewodzi ciepło.

– Może spróbujemy jeszcze raz? – zaproponował Doktor, kładąc rękę na korbie.

– To nie ma sensu – zaprotestował Chemik.

Inżynier przyłożył dłoń do klapy i zerwał się na równe nogi.

– Chłopcy, potrzebna woda! Dużo zimnej wody!

– Po co?

– Dotknijcie klapy – gorąca, co!?

Dotknęło jej kilka wyciągniętych jednocześnie rąk.

– Prawie parzy – powiedział ktoś.

– To nasze szczęście!

– Jak to?

– Korpus jest rozgrzany, rozszerzył się i klapa też. Jeżeli będziemy chłodzili klapę, skurczy się i może da się otworzyć.

– Woda to mało. Może jest jeszcze lód. Powinien być w zamrażalniach – powiedział Koordynator.

Jeden po drugim zeskakiwali na dno korytarza, który zadudnił od kroków biegnących.

Koordynator został przy włazie z Inżynierem.

– Puści – powiedział cicho, jakby do siebie.

– O ile się nie stopiła – mruknął Inżynier. Rozłożonymi rękami wodził płasko po obrzeżu, badając jego temperaturę. – Ceramit zaczyna płynąć powyżej trzech tysięcy siedmiuset stopni. Nie zauważyłeś, ile miała na ostatku powłoka?

– Na ostatku wszystkie zegary pokazywały daty z zeszłego roku. Kiedy zastopowaliśmy na hamownicach, było ponad dwa i pół, jeżeli się nie mylę.

– Dwa i pół tysiąca stopni to jeszcze nic takiego!

– Tak, ale potem!

Tuż nad poziomo wywichniętą klapą ukazała się zgrzana twarz Chemika. Latarkę miał przypiętą na szyi, chwiała się, blask skakał w kawałach lodu, które sterczały z wiadra. Podał je Koordynatorowi.

– Czekaj no... jak my właściwie będziemy chłodzić... – zafrasował się Inżynier. – Zaraz.

Znikł w ciemności. Kroki znów dały się słyszeć. Doktor przyniósł dwa wiadra wody, w której pływał lód. Chemik świecił, Doktor wspólnie z Fizykiem zaczęli polewać klapę wodą. Ściekała na podłogę, na korytarz. Kiedy zlewali klapę dziesiąty raz, wydawało im się, że coś w niej słyszą – słabiutkie poskrzypywanie. Wydali okrzyk radości. Pojawił się Inżynier. Niósł spory reflektor od skafandra, przymocowany taśmą na wysokości piersi. Od jego blasku zaraz pojaśniało. Inżynier rzucił na podłogę naręcze plastykowych płyt ze sterowni. Zaczęli starannie okładać klapę cegiełkami i okruchami lodu, przyciskając je plastykiem, nadymanymi poduszkami, książkami, które znosił tymczasem Fizyk, wreszcie, gdy grzbiety ledwo mogli wyprostować, a z lodowego murku mało co zostało, tak szybko tajał w zetknięciu z rozgrzaną płytą włazu, Cybernetyk chwycił oburącz korbę i spróbował ją obrócić.

– Czekaj, jeszcze nie! – krzyknął gniewnie Inżynier, ale korba obróciła się dziwnie lekko. Skoczyli wszyscy. Wirowała coraz szybciej. Inżynier uchwycił pośrodku rękojeść zabezpieczającego klapę potrójnego rygla, targnął, rozległ się dźwięk jakby pękającej grubej szyby i właz naparł na nich, zrazu lekko, nagle uderzył najbliższych i z ciemnej czeluści wywaliła się z hurgotem czarna lawina, zasypując po kolana tych, co stali naprzeciw. Chemik i Koordynator, którzy stali najbliżej, rzuceni zostali na boki. Klapa przycisnęła Chemika do bocznej ściany tak, że nie mógł się ruszyć, ale nie zrobiła mu nic złego. Koordynator ledwo zdążył odskoczyć w ostatniej chwili, omal nie przewrócił Doktora. Znieruchomieli. Latarka Doktora zasypana, zgasła, świecił tylko reflektor na piersi Inżyniera.

– Co to jest? – nie swoim głosem powiedział Cybernetyk. Stał za wszystkimi, ostatni, na skraju platforemki.

– Próbka planety Eden – odparł Koordynator. Pomógł wyleźć Chemikowi spoza odrzuconej w bok klapy.

– Tak – dodał Inżynier – cały właz zasypany, musieliśmy porządnie wleźć w grunt!

– To jest pierwsze lądowanie POD powierzchnią nieznanej planety, prawda? – spytał Doktor. Naraz wszyscy zaczęli się śmiać. Cybernetyk tak się zanosił, aż łzy ukazały mu się w oczach.

– Dosyć tego! – krzyknął ostro Koordynator. – Nie będziemy przecież stali tak do rana. Po narzędzia, chłopcy, musimy się odkopać.

Chemik nachylił się i podniósł ciężką, zbitą bryłę z kopca, który urósł na podłodze przed włazem. Z owalnego otworu wypuczała się ziemia, od czasu do czasu tłusto połyskujące, czarniawe okruchy staczały się po powierzchni małego osypiska aż na korytarz.

Wycofali się do niego, bo na platformie nie było już nawet tyle miejsca, by usiąść. Koordynator i Inżynier zeskoczyli na dół ostatni.

– Jak głęboko mogliśmy się wbić? – spytał półgłosem Koordynator Inżyniera. Szli obok siebie korytarzem. Daleko przed nimi jaśniała sunąca szybko plama światła. Inżynier dał reflektor Chemikowi.

– Jak głęboko?... To zależy od zbyt wielu czynników. Tagerssen wlazł w grunt na osiemdziesiąt metrów.

– Tak, ale co zostało z rakiety i z niego!

– A ta sonda z Księżyca? Sztolnię musieli bić w skale, żeby ją odkopać. W skale!

– Na Księżycu jest pumeks...

– A skąd możemy wiedzieć, co tu jest?

– Widziałeś przecież. To wygląda na margle.

– Przy samym włazie, a dalej?

Z narzędziami było bardzo źle. Statek, jak wszystkie długiego zasięgu, miał na pokładzie podwójny zestaw automatów i zdalnie sterowanych półautomatów do wszelkich prac, także powierzchniowo-ziemnych, jakich mogą wymagać różnorodne warunki planetarne. Urządzenia te były jednak nieczynne i bez dopływu prądu ani myśleć można było o ich uruchomieniu, jedyna zaś jednostka większa, jaką dysponowano – koparka napędzana mikrostosem atomowym – także wymagała elektryczności do wstępnego rozruchu. Nieodzowne okazało się sporządzenie narzędzi całkiem prymitywnych, łopat i kilofów. To także napotkało ogromne trudności. Po pięciu godzinach mozołu załoga wracała korytarzem ku śluzie, niosąc trzy rozpłaszczone i zgięte na końcu kopaczki, dwa stalowe drągi i wlokąc wielkie płaty blach, które służyć miały do umacniania ścian wykopu. Oprócz kubłów przysposobiono do noszenia ziemi kilka wielkich plastykowych pudeł, zamocowawszy do nich z dwu stron krótkie, aluminiowe rury jako nosidła.

Trzy czwarte doby minęło od katastrofy i wszyscy upadali ze zmęczenia. Doktor zadecydował, że powinni przespać choć kilka godzin. Pierwej jednak trzeba było przygotować jakieś posłania, choćby prowizoryczne, bo koje w pomieszczeniach sypialnych, umocowane na stałe do podłóg, stały teraz pionowo. Z odkręcaniem ich byłoby zbyt wiele roboty, zwleczono więc do biblioteki – niemal połowę książek wynieśli już przedtem na korytarz – nadymane materace i wszyscy legli na nich pokotem.

Rychło okazało się, że poza Chemikiem i Inżynierem nikt nie może zasnąć. Doktor wstał więc znowu i poszedł z latarnią na poszukiwanie środków nasennych. Zajęło mu to niemal godzinę, gdyż musiał utorować sobie drogę do salki opatrunkowej poprzez jej sień zawaloną stosami rozkawałkowanych aparatów i naczyń analitycznych. Wypadły wszystkie ze ściennych szaf i tarasowały dostęp do drzwi. Na koniec – jego zegarek ręczny pokazywał czwartą nad ranem czasu pokładowego – nasenne tabletki zostały rozdane, lampa zgaszona i niebawem niespokojne oddechy wypełniły mroczne pomieszczenie.

Zbudzili się nadspodziewanie szybko, niemal wszyscy, z wyjątkiem Cybernetyka, który łyknął zbyt wielką dawkę pigułek i był jak pijany. Inżynier znów skarżył się na dojmujący ból barku. Doktor odkrył w tym miejscu bolesną opuchliznę, przypuszczalnie Inżynier musiał nadwerężyć sobie staw, gdy mocowali się z dźwigniami włazu.

Nastrój był ponury. Nikt się prawie nie odzywał, nawet Doktor. Do reszty zapasów w śluzie nie mogli się dostać, bo na drzwiach szafy ze skafandrami spoczywał ogromny kopiec osypiska, raz jeszcze więc Fizyk i Chemik poszli do kuchennego magazynu, skąd wrócili z puszkami konserw. Była dziewiąta, kiedy przystąpili do kopania tunelu.

Roboty posuwały się żółwim krokiem. W owalnym otworze włazu nie można się było dobrze rozmachnąć, ludzie dźgali kopaczkami zbite zwały ziemi, a stojący w tyle usuwali je do korytarza. Po namyśle zdecydowano wrzucać ziemię do kabiny nawigacyjnej, bo znajdowała się najbliżej i nie zawierała niczego, co mogłoby się okazać potrzebne w bezpośredniej przyszłości.

Po czterech godzinach nawigatornia była zasypana na wysokość kolan wynoszonym gruntem, a tunel osiągnął ledwo dwa metry długości. Margiel był zbity, nie to, że twardy, ale ostrza drągów i kopaczek więzły w nim, a żelazne trzony, zbyt gwałtownie naciskane przez pracujących zajadle ludzi, gięły się – najlepiej sprawowała się stalowa kopaczka w rękach Koordynatora.

Inżynier niepokoił się, czy ziemny strop nie zacznie osiadać, i dbał szczególnie o staranne stemplowanie. Pod wieczór, gdy umazani gliną zasiedli do posiłku, tunel wiodący od klapy stromo pod górę, niemal o siedemdziesięciu stopniach nachylenia, zagłębił się w grunt ledwo na pięć i pół metra.

Inżynier zajrzał raz jeszcze do studzienki, przez którą można się było dostać do niższej kondygnacji, gdzie trzydzieści metrów ku rufie od głównego włazu znajdowała się w pancerzu klapa ciężarowa, ale zobaczył tylko czarne lustro wody; stała wyżej niż poprzedniego dnia, widocznie jeszcze jakiś zbiornik miał przeciek i jego zawartość sączyła się tu powoli. Woda – wykrył to natychmiast małym geigerem – była radioaktywnie skażona, zamknął więc na głucho studzienkę i wrócił do towarzyszy, nic nie mówiąc o tym odkryciu.

– Jeżeli dobrze pójdzie, wydostaniemy się jutro, jeżeli gorzej – za dwa dni – oświadczył Cybernetyk, pijąc trzeci kubek kawy z termosu. Wszyscy bardzo dużo pili.

– Skąd wiesz? – zdziwił się Inżynier.

– Tak jakoś czuję.

– On ma intuicję, której pozbawione są jego automaty – zaśmiał się Doktor. W miarę jak upływał dzień, był w coraz lepszym humorze. Kiedy inni luzowali go w przodzie wykopu, wbiegał do pomieszczeń statku i w ten sposób wzbogacił załogę o dwie latarki magnetoelektryczne, maszynkę do strzyżenia włosów, witaminizowaną czekoladę i cały stos ręczników. Wszyscy byli umazani gliną, kombinezony mieli całe w plamach i zaciekach, oczywiście nie golili się też z braku elektryczności, a maszynką do strzyżenia, którą przyniósł Doktor, wzgardzili. On sam też jej zresztą nie używał.

Cały następny dzień upłynął na kopaniu tunelu, nawigatornia wypełniła się ziemią tak wysoko, że coraz trudniej było już wysypywać ją przez drzwi. Przyszła kolej na bibliotekę. Doktor miał w tym przedmiocie pewne wątpliwości, ale Chemik, z którym dźwigał sporządzone z płata blachy nosiłki, bez wahania wysypał zwał margla na książki.

Tunel otwarł się zupełnie niespodziewanie. Grunt stawał się wprawdzie od pewnego czasu suchszy i jak gdyby mniej zbity, ale tej obserwacji Fizyka nie potwierdzili inni. Wynoszony do wnętrza rakiety margiel wydawał im się wciąż taki sam. Zmiana w przodku, Inżynier i Koordynator, przejęła właśnie narzędzia rozgrzane od uchwytu rąk i zadała pierwsze ciosy bryłom wystającym z nieforemnej ściany, gdy jedna znikła nagle, a przez powstały otwór wpłynął lekki podmuch powietrza. Dał się odczuć jego łagodny ciąg – ciśnienie na zewnątrz było nieco wyższe niż w tunelu, a tym samym i w rakiecie. Kopaczka i stalowy drąg zaczęły pracować gorączkowo, ziemi nikt już nie wynosił, reszta załogi, nie mogąc pomagać tym w przodku, bo było na to zbyt mało miejsca, stała zbitą grupką z tyłu. Po kilku ostatnich ciosach Inżynier chciał wyleźć na zewnątrz, ale Koordynator zatrzymał go. Chciał pierwej poszerzyć wyjście. Zarządził też wyniesienie ostatniej porcji ziemi do rakiety, żeby nic nie stało na drodze w tunelu, upłynęło więc jeszcze kilkanaście minut, zanim sześciu ludzi wyczołgało się z nieregularnego otworu na powierzchnię planety.

II

Zapadał zmrok. Czarna dziura w tunelu ziała w kilkunastometrowym, łagodnym zboczu niewielkiego pagórka. Tuż przed nimi stok się kończył. Dalej, aż po horyzont, nad którym błyskały pierwsze gwiazdy, rozpościerała się wielka równina. Gdzieniegdzie, w znacznym oddaleniu, wznosiły się jakieś niewyraźne, smukłe, podobne do drzew kształty. Światła, które dawała tylko niska smuga zachodu, było już tak mało, że barwy otoczenia zlewały się w jednolitą szarość. Po lewej ręce stojących bez ruchu wznosił się skosem w powietrze olbrzymi, wypukły kadłub rakiety. Inżynier ocenił jego długość na siedemdziesiąt metrów, ponad czterdzieści więc zaryło się przy upadku w głąb pagórka. W tej chwili jednak nikt nie zwracał uwagi na tę ogromną rurę rysującą się czarno na niebie, zakończoną sterczącymi bezradnie tulejami dysz sterujących. Wciągali głęboko chłodne powietrze o ledwo uchwytnym, nieznanym, niedającym się nazwać zapachu i patrzyli przed siebie w milczeniu. Teraz dopiero ogarnęło ich poczucie całkowitej bezsilności – żelazne drągi kopaczek jak gdyby same powypadały im z rąk. Stali, wodząc powoli oczami po niezmierzonej przestrzeni, pustej, o horyzontach zatopionych w ciemności, z drgającymi leniwie, miarowo gwiazdami w górze.

– Polarna? – spytał naraz Chemik ściszonym bezwiednie głosem i wskazał niską gwiazdę mrugającą słabo w ciemnym niebie wschodu.

– Nie, stąd jej nie widać – jesteśmy teraz... tak, jesteśmy pod południowym biegunem Galaktyki. Zaraz... gdzieś powinien być Krzyż Południa...

Z uniesionymi głowami wpatrywali się wszyscy w niemal zupełnie już czarne niebo, mocno rozjarzone konstelacjami gwiazd. Zaczęli wymieniać nazwy, wskazywać je sobie palcami, to ożywiło ich na chwilę. Gwiazdy były jedyną rzeczą niezupełnie obcą nad tą martwą, pustą równiną.

– Robi się coraz zimniej, jak na pustyni – powiedział Koordynator.

– Nie ma co, dzisiaj i tak nic nie zdziałamy. Trzeba wracać do środka.

– Co, do tego grobu?! – oburzył się Cybernetyk.

– Bez tego grobu zginęlibyśmy tu w ciągu dwu dni – odparł chłodno Koordynator. – Nie zachowujcie się jak dzieci.

Nie mówiąc ani słowa więcej, zawrócił, podszedł odmierzonym, powolnym krokiem do otworu, którego czarna plama rysowała się ledwo widocznie kilka metrów wyżej na stoku pagórka, i spuściwszy do środka nogi, wciągnął się cały do wnętrza. Przez chwilę widać było jeszcze jego głowę, znikła.

Pozostali popatrzyli na siebie w milczeniu.

– Idziemy – mruknął na poły pytająco, na poły twierdząco Fizyk. Ruszyli za nim z ociąganiem. Gdy pierwsi wczołgiwali się do ciasnego otworu, Inżynier, stojący jako ostatni obok Cybernetyka, powiedział:

– Zauważyłeś, jaki dziwny zapach ma tu powietrze?

– Tak. Gorzki jakiś... Znasz skład?

– Podobny do ziemskiego, jest jeszcze jakaś domieszka, ale nieszkodliwa. Nie pamiętam, dane są w takim małym zielonym tomiku, na drugiej półce, w biblio...

Urwał, bo sobie przypomniał, że sam wypełnił bibliotekę zwałami margla.

– Niech to... – powiedział bez gniewu, z wielkim smutkiem i zaczął wciskać się do czarnego wnętrza. Cybernetyk, gdy został sam, poczuł się naraz nieswojo. Nie był to lęk, ale przytłaczające poczucie zagubienia, przeraźliwej obcości krajobrazu – a w dodatku ów powrót w głąb gliniastego wykopu miał w sobie coś upokarzającego – jak robaki – pomyślał, opuścił głowę i wczołgał się do tunelu w ślad za Inżynierem. Nie wytrzymał jednak, już zanurzony po barki podniósł głowę, spojrzał wzwyż i pożegnał spojrzeniem mrugające spokojnie gwiazdy.

Nazajutrz niektórzy chcieli wynieść zapasy na powierzchnię, aby tam zjeść śniadanie, ale Koordynator sprzeciwił się temu – sprawiłoby to, twierdził, niepotrzebny kłopot. Jedli więc w świetle dwu latarek, pod klapą włazu, popijając całkiem już wystygłą kawę. Naraz Cybernetyk się odezwał:

– Słuchajcie, jak to się właściwie stało, że przez cały czas mieliśmy dobre powietrze?

Koordynator uśmiechnął się. Na zapadniętych policzkach miał szare smugi.

– Butle z tlenem są całe. Gorzej z oczyszczaniem. Tylko jeden samoczynny filtr pracuje normalnie – awaryjny, chemiczny, bo wszystkie elektryczne naturalnie wysiadły. Za jakieś sześć-siedem dni zaczęlibyśmy się dusić.

– Wiedziałeś o tym...? – powoli spytał Cybernetyk.

Koordynator nic nie powiedział.

– Co będziemy robili? – spytał Fizyk.

Myli naczynia w kuble wody. Doktor wycierał je jednym ze swoich ręczników.

– Tu jest tlen – powiedział Doktor, rzucając z brzękiem aluminiowy talerz na stos innych – to znaczy, że tu jest życie. Co o tym wiesz?

– Tyle co nic. To sonda kosmiczna pobrała próbkę atmosfery i stąd cała nasza wiedza.

– Jak to? Nie lądowała nawet?

– Nie.

– To rzeczywiście sporo wiadomości – powiedział Cybernetyk. Usiłował umyć twarz spirytusem, który lał z małej buteleczki na kawałek waty. Mieli bardzo mało wody zdatnej do użytku i nie myli się już drugą dobę. Fizyk przyglądał się własnemu odbiciu w świetle lampy, używając jako lusterka wypolerowanej powierzchni klimatyzatora.

– To bardzo dużo – odparł spokojnie Koordynator. – Gdyby skład powietrza był inny – gdyby nie było w nim tlenu, zabiłbym was.

– Co? – Cybernetyk omal nie upuścił flaszki.

– I siebie też, naturalnie. Nie mielibyśmy ani jednej szansy na miliard. Teraz ją mamy.

Umilkli.

– Czy obecność tlenu zakłada istnienie roślin i zwierząt? – spytał Inżynier.

– Niekoniecznie – odparł Chemik. – Na planetach alfy Małego Psa jest tlen, a nie ma ani roślin, ani zwierząt.

– A co jest?

– Światłowce.

– Lumenoidy? Te bakterie?

– To nie są bakterie.

– Mniejsza o to – rzucił Doktor. Schował naczynia i zamykał puszki z żywnością. – Naprawdę mamy teraz inne kłopoty. Obrońcy nie da się uruchomić, co?

– Obrońcy nawet nie widziałem – przyznał się Cybernetyk. – Nie można się do niego dostać. Wszystkie automaty wyrwały się ze stojaków, wygląda tam tak, że trzeba by dwutonowego dźwigu, żeby rozplątać całe żelastwo. Leży na samym spodzie.

– Ale jakąś broń musimy przecież mieć! – podniósł głos Cybernetyk.

– Są elektrożektory.

– Ciekawym, czym je naładujesz.

– Prądu w sterowni nie ma? Był przecież!

– Nie ma, widocznie było zwarcie w akumulatorni.

– Dlaczego elektrożektory nie są naładowane?

– Instrukcja zabrania przewożenia naładowanych – mruknął niechętnie Inżynier.

– Niech diabli porwą in...

– Przestań!

Na głos Koordynatora Cybernetyk odwrócił się, wzruszając ramionami. Doktor wyszedł. Inżynier przyniósł ze swojej kajuty lekki nylonowy plecak, wkładał do jego kieszeni płaskie puszki z żelaznymi racjami żywności, kiedy pojawił się Doktor – trzymał w ręku krótki, oksydowany cylinder zakończony kurkiem.

– Co to jest? – zainteresował się Inżynier.

– Broń.

– Jaka znów broń?

– Gaz nasenny.

Inżynier się roześmiał.

– Skąd możesz wiedzieć, czy to, co żyje na tej planecie, da się uśpić twoim gazem? A przede wszystkim, jak chcesz się tym bronić w razie ataku – dając kroplową narkozę?

– W razie wielkiego niebezpieczeństwa będziesz mógł dać narkozę przynajmniej sobie – powiedział Chemik.

Wszyscy się roześmieli, Doktor śmiał się najgłośniej.

– Każde stworzenie oddychające tlenem da się tym uśpić – powiedział – a co do obrony – patrz!

Nacisnął rewolwerowy spust u nasady cylindra. Cienka jak igła strużka natychmiast parującej cieczy strzeliła w mroczną głębię korytarza.

– No... w braku czegoś lepszego... – powiedział bez przekonania Inżynier.

– Idziemy? – spytał Doktor, wpuszczając cylinder do kieszeni kombinezonu.

– Idziemy.

Słońce stało wysoko, było małe, dalsze, ale i gorętsze od ziemskiego. Nie to jednak uderzyło wszystkich: nie było zupełnie okrągłe. Patrzyli na nie przez szpary w palcach, przez ciemnoczerwony, na pół przezroczysty papier stanowiący opakowanie indywidualnych pakietów przeciwpromiennych.

– Rozpłaszczone wskutek szybkości obrotu dookoła osi, co? – powiedział Chemik do Koordynatora.

– Tak. Znacznie lepiej było to widać w czasie lotu. Nie pamiętasz?

– Może, wtedy – jak by powiedzieć – nic mnie to nie obchodziło.

Odwracając się od słońca, wszyscy spojrzeli na rakietę. Walcowaty biały kadłub wystrzelał skosem z niskiego pagórka, w który się zaryła. Przypominała wyrzutnię jakiegoś gigantycznego działa. Powłoka, mleczna w cieniu, srebrzysta pod słońce, wydawała się nietknięta. Inżynier podszedł do miejsca, w którym kadłub zagłębiał się w ziemi, przestąpił wywinięty, zbrylony brzeg wyniesienia, które jakby kołnierzem otaczało wbity w zbocze korpus, przeciągnął ręką po płycie pancerza.

– Nie najgorszy materiał ten ceramit – powiedział, nie odwracając się.

– Gdybym tak mógł zajrzeć do dysz... – bezsilnie spojrzał w górę, w stronę wylotów zawisłych ponad poziomem równiny.

– Jeszcze je sobie obejrzymy – powiedział Fizyk. – Teraz pójdziemy chyba – taki mały zwiad, co?

Koordynator wszedł na szczyt wzniesienia. Podążyli za nim. Zalana słońcem równina biegła we wszystkie strony jednakowo, gładka, płowa, daleko wznosiły się smukłe, dostrzeżone poprzedniego dnia sylwetki, ale w mocnym świetle widać było, że nie są to drzewa. Niebo, nad głowami niebieskie jak na Ziemi, u horyzontów nabierało wyraźnie zielonkawego odcienia. Nikłe pierzaste obłoczki sunęły prawie niedostrzegalnie na północ. Koordynator sprawdzał strony świata na małym kompasie, który miał umocowany do przegubu. Doktor pochylił się nisko, kopał nogą grunt.

– Dlaczego tu nic nie rośnie? – powiedział ze zdziwieniem w głosie.

To uderzyło wszystkich. Rzeczywiście – równina była naga, jak daleko sięgał wzrok.

– Zdaje się, że to jest okolica ulegająca stepowieniu – powiedział niepewnie Chemik. – Tam dalej – widzicie te plamy? – jest coraz bardziej żółto – tam, na zachodzie. Przypuszczam, że tam jest pustynia – z której wiatr nawiewa tu piasek. Bo ten pagórek jest gliniasty.

– No, o tym przekonaliśmy się dokładnie – powiedział Doktor.

– Musimy sobie ułożyć choćby najbardziej ogólny plan ekspedycji – odezwał się Koordynator. – Zapasy, które wzięliśmy, wystarczą nam na dwa dni.

– Nie bardzo – wody mamy mało – wtrącił Cybernetyk.

– Wodę musimy oszczędzać, dopóki nie znajdziemy jej tu – jeśli jest tlen, znajdzie się i woda. Myślę, że poczniemy sobie tak – od bazy podejmiemy wiele prostoliniowych wypadów, posuwając się zawsze tak daleko, by móc bezpiecznie i bez nadmiernego pośpiechu wrócić.

– Maksimum trzydzieści kilometrów w jedną stronę – zauważył Fizyk.

– Zgoda. Chodzi tylko o rodzaj wstępnego zwiadu.

– Czekajcie – powiedział Inżynier, który stał dotąd kilka kroków dalej, jakby zagłębiony w niewesołych myślach – czy nie wydaje się wam, że postępujemy trochę jak wariaci? Spotkała nas katastrofa na nieznanej planecie. Udało się nam wydostać ze statku. Zamiast zabrać się do tego, co najważniejsze, zamiast wszystkie siły włożyć w remont, w uruchomienie tego, co się da, w wydobycie rakiety i tak dalej – wybieramy się na jakieś wycieczki, bez broni, bez jakichkolwiek środków obronnych, pojęcia nie mając, co może nas tu spotkać.

Koordynator słuchał go w milczeniu. Wodził oczami od jednego do drugiego ze stojących wokół. Wszyscy byli zarośnięci, trzydniowy zarost nadał im mocno już zdziczały wygląd. Słowa Inżyniera zrobiły widocznie wrażenie, nikt się jednak nie odezwał, jak gdyby czekali na to, co on powie.

– Sześciu ludzi nie odgrzebie rakiety, Henryku – powiedział, ważąc ostrożnie słowa – wiesz o tym doskonale. W obecnym stanie uruchomienie najmniejszego agregatu wymaga czasu, którego nie potrafimy nawet określić. Planeta jest zamieszkana. Nie wiemy jednak o niej nic. Nie okrążyliśmy jej nawet przed katastrofą. Zbliżaliśmy się od nocnej półkuli i przez fatalną omyłkę wpadliśmy w gazowy ogon. Spadając, dotarliśmy do linii terminatora. Leżałem przy ekranie, który pękł ostatni. Widziałem – a przynajmniej zdawało mi się, że widziałem coś, co przypominało... miasto.

– Dlaczego nie powiedziałeś nam o tym? – powoli spytał Inżynier.

– Tak, dlaczego? – zawtórował mu Fizyk.

– Bo nie jestem pewny swego. Nie wiem nawet, w której stronie go szukać. Rakieta wirowała. Straciłem orientację. Mimo to istnieje szansa, choć nikła, że otrzymamy jakąś pomoc. Wolałbym o tym nie mówić, ale każdy z was i tak dobrze to przecież wie – nasze szanse są w ogóle bardzo małe. Ponadto – potrzebujemy wody. Przeważająca część zapasu zalała dolną kondygnację i jest skażona. Tak więc uważam, że możemy sobie pozwolić na pewne ryzyko.

– Zgadzam się z tym – powiedział Doktor.

– I ja się zgadzam – dodał Fizyk.

– Niech będzie – mruknął Cybernetyk i oddalił się o kilka kroków, patrząc na południe, jakby nie chciał słyszeć, co powiedzą inni. Chemik skinął głową. Inżynier nie odezwał się, zszedł tylko z pagórka, zarzucił na barki plecak i spytał:

– Dokąd?

– Na północ – powiedział Koordynator. Inżynier ruszył z miejsca, inni przyłączyli się do niego. Kiedy obejrzeli się po kilku minutach, pagórka nie było już prawie widać – tylko kadłub rakiety wznosił się na tle nieba niczym lufa działa polowego.

Było bardzo gorąco. Ich cienie, w miarę jak szli, skracały się, buty zapadały w piasku, słychać było tylko miarowe stąpania i przyspieszone oddechy. Zbliżali się do jednego z owych wysmukłych kształtów, które o zmroku wzięli za drzewa. Zwolnili kroku. Z burego gruntu wznosił się pionowy pień, szary niczym skóra słonia, o słabym, metalicznym połysku. Pień ten, nie grubszy u nasady od męskiego ramienia, przechodził górą w kielichowate rozszerzenie, które u szczytu, jakieś dwa metry nad ziemią, rozpościerało się płasko.

Niepodobna było zobaczyć, czy kielich jest otwarty u góry, czy nie. Trwał zupełnie nieruchomo. Ludzie stanęli kilka metrów od osobliwego tworu, a Inżynier ruszył ku niemu impulsywnie i podnosił już rękę, aby dotknąć „pnia", gdy Doktor krzyknął:

– Stój!

Inżynier cofnął się odruchowo. Doktor odciągnął go za ramię, podniósł z ziemi kamyk nie większy od fasoli i rzucił wysoko w powietrze. Kamyk zakreślił stromy łuk i spadł prosto na z lekka pofałdowany, rozpłaszczony wierzch kielicha. Wszyscy drgnęli, tak gwałtowna i nieoczekiwana była reakcja. „Kielich" zafalował, stulił się, rozległ się krótki syk, jakby wypuszczonego gazu, i cała drżąca teraz febrycznie szarawa kolumna zapadła się w ziemię, jakby wessana do jej wnętrza. Wytworzony otwór na moment wypełniła brunatna, pieniąca się maź, potem zaczęły po jej powierzchni pływać kruszyny piasku, kożuch ten był coraz grubszy, a po kilku dalszych sekundach po otworze nie zostało i śladu; powierzchnia piaszczystego gruntu była gładka jak wszędzie dokoła. Stali, jeszcze nie ochłonąwszy ze zdumienia, gdy Chemik krzyknął:

– Patrzcie!

Obejrzeli się. Przed chwilą otaczały ich w odległości kilkudziesięciu metrów trzy lub cztery podobne wysokie i wąskie twory – teraz nie było ani jednego.

– Zapadły się wszystkie?! – zawołał Cybernetyk.

Wytężali wzrok, ale nie zobaczyli najmniejszego śladu po „kielichach". Słońce przypiekało coraz mocniej, upał ciężki był do zniesienia. Ruszyli dalej.

Po godzinie rozciągnęli się w długą karawanę. Pierwszy szedł Doktor, który niósł teraz plecak, za nim Koordynator. Pochód zamykał Chemik. Wszyscy porozpinali kombinezony, niektórzy podwinęli ich rękawy, oblani potem, z wyschniętymi ustami wlekli się wolno równiną. Na horyzoncie zamajaczyła długa, pozioma smuga.

Doktor przystanął i zaczekał na Koordynatora.

– Jak myślisz, ileśmy zrobili?

Koordynator spojrzał w tył, pod słońce, gdzie pozostała rakieta. Nie było jej już widać.

– Planeta ma promień mniejszy od ziemskiego – powiedział. Odchrząknął, chustką przetarł twarz. – Zrobiliśmy z osiem kilometrów – zadecydował.

Doktor ledwo patrzył przez szczeliny opuchniętych powiek. Na kruczych włosach miał płócienną myckę. Co jakiś czas zwilżał ją wodą z manierki.

– To jednak szaleństwo, wiesz? – powiedział i uśmiechnął się nieoczekiwanie. Obaj patrzyli teraz w stronę, gdzie jeszcze niedawno nikłą, skośną kreską rysowała się nad samym horyzontem rakieta. Teraz widać tam było tylko bladoszare w oddaleniu, cienkie sylwetki „kielichów"! Wynurzyły się z powrotem nie wiedzieć kiedy. Inni podeszli do nich. Chemik rzucił na ziemię zrolowaną płachtę namiotową i usiadł, a raczej zwalił się na nią.

– Jakoś nie widać śladów tutejszej cywilizacji – powiedział Cybernetyk, grzebiąc w kieszeniach. Znalazł pastylki witaminowe w pomiętym opakowaniu i częstował wszystkich.

– Na Ziemi nie znalazłbyś takiego pustkowia, co? – dodał Inżynier. – Ani dróg, ani jakichś maszyn latających.

– Nie sądzisz chyba, że akurat tutaj znajdziemy wierną kopię ziemskiej cywilizacji? – parsknął Fizyk.

– Układ ten jest stały – zaczął Doktor – i cywilizacja mogła rozwijać się na Edenie dłużej niż na Ziemi, a zatem...

– Pod warunkiem że to cywilizacja człekokształtnych – przerwał mu Cybernetyk.

– Słuchajcie no, nie zatrzymujmy się tutaj – powiedział Koordynator. – Idźmy dalej, w pół godziny powinniśmy osiągnąć to – wskazał na cienką liliową smugę u widnokręgu.

– A co to jest?

– Nie wiem co, ale coś. Może znajdziemy wodę.

– Cień by mi na razie wystarczył – zachrypiał Inżynier. Przepłukał usta i gardło łykiem wody.

Zaskrzypiały pasy podciąganych na plecy tobołków, grupa znowu rozciągnęła się i sunęła miarowo przez piaski. Minęli kilkanaście „kielichów" i kilka tworów większych, które zdawały się podpierać opuszczonymi do ziemi lianami czy pnączami, ale żaden nie był bliżej niż dwieście metrów, a nie chciało im się zbaczać z linii marszu. Słońce dochodziło do zenitu, kiedy krajobraz się zmienił.

Piasku było coraz mniej – długimi, płytkimi grzbietami wynurzała się spod niego ruda, słońcem spalona ziemia. Gdzieniegdzie porastały ją kępy siwego, martwego mchu. Trącane butami, kurzyły, rozpadając się na zetlałe próchno jak spalony papier. Liliowa smuga dzieliła się wyraźnie na pojedyncze grupy przysadkowatych kształtów, także barwa jej stała się jaśniejsza, była to raczej zieleń przyprószona wypełzłym błękitem. Północny powiew przyniósł słabą, delikatną woń, którą wciągali z podejrzliwą ciekawością w nozdrza. Gdy znaleźli się blisko powyginanej lekko ściany ciemnych poplątanych kształtów, idący przodem zwolnili nieco, tak że pozostali mogli dołączyć, i bezładną grupą podchodzili dalej, aż stanęli przed nieruchomym frontem dziwacznych form.

Z odległości stu kroków mogły jeszcze wydać się zaroślami, jakimiś krzakami, w których pełno jest wielkich, sinawych gniazd ptasich – nie tyle przez rzeczywiste podobieństwo, ile dzięki wysiłkom oczu, które starały się złożyć obce kształty w cośkolwiek swojskiego.

– To jakieś pająki? – niepewnie powiedział Fizyk i wtedy wszystkim wydało się naraz, że widzą jakieś pajęczaste stworzenia o małych, wrzecionowatych kadłubach pokrytych gęstą, sterczącą szczecią, bez ruchu stojące na zebranych pod siebie, nadzwyczaj długich i cienkich nogach.

– Ależ to rośliny! – zawołał Doktor. Podchodził z wolna coraz bliżej do wysokiego, szarozielonkawego „pająka". W samej rzeczy „nogi" okazały się rodzajem grubych łodyg, których zgrubiałe i pokryte włosami kolanka łatwo można było wziąć za stawy członkonoga. Łodygi te, wychodząc z mszystego gruntu, w liczbie sześciu, siedmiu albo ośmiu, schodziły się w górze łukowato w szyszkowatym, grubym, przypominającym spłaszczony odwłok „ciele", otoczonym błyskającymi w słońcu pasemkami pajęczyn. Roślinne „pająki" rosły dość blisko siebie, ale można było między nimi przejść, gdzieniegdzie łodygi wypuszczały jaśniejsze, o barwie ziemskich prawie liści odnogi i wypustki zakończone stulonymi pączkami. Doktor znowu po swojemu rzucił najpierw kamykiem w zawieszone kilka metrów nad ziemią „odwłoki", a gdy nic się nie stało, zbadał łodygę, na koniec naciął ją nożem – z wnętrza wypływał drobnymi kroplami jasnożółty, wodnisty sok, który natychmiast poczynał pienić się i zmieniał barwę na pomarańczową i rudą, aż po kilku chwilach krzepł w przypominający żywicę zgęstek o intensywnej, aromatycznej woni, która najpierw wszystkim się spodobała, ale rychło znaleźli w niej coś odrażającego.

W głębi osobliwego zagajnika było nieco chłodniej niż na równinie.

Tylko pękate „odwłoki" roślin dawały nieco cienia – było go zresztą coraz więcej, im dalej zapuszczali się w ten ostęp, starając się w miarę możliwości nie dotykać łodyg, a zwłaszcza białawych wypustek, którymi kończyły się ich najmłodsze odnogi, budziły bowiem niewytłumaczony wstręt.

Grunt był gąbczasty, miękki, wydzielał wilgotny opar, w którym trudno było oddychać, po twarzach, po rękach przesuwały się cienie „odwłoków" to wyższych, to niższych, wielkich i mniejszych, jedne były smukłe i kolce ich miały mocno pomarańczową barwę, inne zeschłe, zwiędłe, strupieszałe, zwisały z nich długie, wiotkie pasemka pajęczyn. Kiedy nadchodził wiatr, cały gąszcz wydawał głuchy, nieprzyjemny szelest, nie ów miękki szum ziemskiego lasu, ale jak gdyby przesypywania tysięcy i tysięcy szorstkich papierków. Chwilami poszczególne rośliny zamykały im drogę splecione odnogami i musieli szukać dopiero przejścia. W taki sposób posuwali się wolniej niż po równinie. Po pewnym czasie przestali zerkać w górę ku kolczastym „odwłokom" i doszukiwać się w nich podobieństwa do gniazd, szyszek czy kokonów.

Naraz Doktor, idący jako pierwszy, tuż przed twarzą dostrzegł gruby, czarny, zwisający pionowo włos – jak gdyby lśniącą tęgą nić albo lakierowany drucik – już chciał odgarnąć go ręką w bok, ale ponieważ nic podobnego dotychczas nie napotkali, odruchowo podniósł oczy i zastygł na miejscu.

Coś bladoperłowego, bulwiasto przewieszonego przez schodzące się razem łodygi tuż u samej podstawy jednego z „kokonów" patrzało na niego nieruchomo – wzrok ten poczuł pierwej, nim jeszcze zorientował się, gdzie są oczy tego bezkształtnego stworu, nie mógł doszukać się ani jego głowy, ani odnóży – widział tylko workowato wypuczoną, jakby wypchaną od środka baniastymi torbielami skórę, lśniącą słabo, z ciemnego i wydłużonego lejka wysuwał się zwisający na dwa metry w dół, gruby, czarny włos.

– Co tam? – spytał Inżynier, który właśnie podszedł do niego. Doktor nie odpowiedział, tamten poszedł oczami w górę i także znieruchomiał.

– Czym on patrzy? – odruchowo spytał Inżynier i cofnął się o krok – takim wstrętem napełniło go to stworzenie, które jak gdyby wpijało się w niego zachłannym, nadzwyczaj skupionym spojrzeniem – chociaż nie widział ani się nie domyślał nawet jego oczu.

– Och! Ależ to paskudztwo! – syknął z tyłu Chemik. Wszyscy stali teraz za Inżynierem i Doktorem, który najpierw wycofał się spod nawisającego z wysoka stworu – inni rozstąpili się na boki, o ile pozwalały na to prężne łodygi – wydobył z kieszeni kombinezonu oksydowany cylinder, powolnie odmierzonym ruchem wycelował go w jaśniejsze od roślinnego bąblowate ciało i nacisnął spust.

Stało się wówczas – w ułamku sekundy – bardzo wiele naraz. Zobaczyli najpierw błysk, tak mocny, że stracili całkowicie wzrok, z wyjątkiem Doktora, który akurat w tym momencie mrugnął – a błysk nie trwał właśnie dłużej niż przez mgnienie, kiedy miał zamknięte powieki. Cieniutka strużka wciąż jeszcze tryskała w górę, kiedy łodygi ugięły się, zachrzęściły, owionął je kłąb czarnej pary i jednocześnie twór zleciał na dół z ciężkim, mokrym pacnięciem. Może przez sekundę leżał bezwładnie jak pełen gruzłów, szarocielisty balon, z którego ucieka powietrze – tylko czarny włos wił się i tańczył nad nim jak szalony, rozcinając błyskawicowymi drgawkami powietrze – potem włos zniknął i po gąbczastym mchu u ich stóp zaczęły na wszystkie strony rozpełzać się ślimakowatymi ruchami nieforemne, bąblowate człony stworzenia – i zanim którykolwiek z ludzi zdążył się odezwać czy poruszyć – ucieczka, a raczej rozpierzchanie się skończyło – ostatnie cząstki tworu, małe jak gąsienice, wdłubywały się pracowicie w głąb podłoża u stóp łodyg i mieli przed sobą puste miejsce. Tylko w nozdrza zapiekł ich jeszcze nieznośny, słodkawy odór.

– To była jakaś kolonia? – niepewnie powiedział Chemik. Podniósł rękę do oczu, tarł je, inni mrużyli powieki, w olśnionych oczach krążyły im jeszcze czarne plamy.

– *E pluribus unum* – odparł Doktor – albo raczej *e uno plures* – nie wiem, czy to dobra łacina, ale to chyba właśnie taki mnogi stwór, który rozdziela się w potrzebie...

– Okropnie cuchnie – powiedział Fizyk – chodźmy stąd.

– Chodźmy – zgodził się Doktor. Kiedy byli już kilkanaście metrów od tego miejsca, dodał nieoczekiwanie:

– Ciekawe, co by się stało, gdybym tak dotknął tego włosa...

– Zaspokojenie tej ciekawości mogłoby drogo kosztować – rzucił Chemik.

– A może wcale nie. Wiesz przecież, jak często całkiem niewinne stworzenia ewolucja przyobleka w groźne z pozoru kształty.

– Och, dajcież spokój tej dyskusji – tam z boku robi się jakby jaśniej – zawołał Cybernetyk. – Po diabła w ogóle wleźliśmy w ten pajączkowaty las!

Usłyszeli szmer strumienia i zatrzymali się. Poszli dalej, stawał się coraz głośniejszy, raz słabł, to znowu znikał całkiem, ale nie udało im się go odkryć. Zarośla rzedniały, teren wyraźnie miękł, szło się nieprzyjemnie, jakby po kożuchu mokradła, czasem coś popiskiwało pod stopą jak nasiąkła wodą trawa, ale nigdzie nie było ani śladu wody.

Naraz znaleźli się na brzegu kolistego zagłębienia o średnicy kilkudziesięciu metrów. Kilka ośmionogich roślin wznosiło się w jego wnętrzu, stały z dala od siebie i wydawały się bardzo stare – łodygi rozeszły się, jak gdyby niezdolne podtrzymać centralnego zgrubienia, i przypominały wielkie, zeschłe pająki w większym jeszcze stopniu niż którekolwiek z napotkanych dotychczas. Dno zapadliska pokrywały miejscami rdzawe, zębate kawały porowatej masy, częściowo wbite w grunt, częściowo oplecione wypustkami roślin. Inżynier natychmiast zesunął się po stromym, choć niewysokim stoku w dół – dziwna rzecz, ale dopiero kiedy znalazł się tam, patrzącym z góry zagłębienie wydało się kraterem – miejscem jakiejś katastrofy.

– Jak od bomby – powiedział Fizyk. Stał na szczycie wału i patrzał, jak Inżynier dochodzi do wielkich szczątków u podnóża najwyższego „pająka" i usiłuje poruszyć je z miejsca.

– Żelazo?! – zawołał Koordynator.

– Nie! – odkrzyknął Inżynier. Zniknął między stromymi złomami czegoś, co przypominało rozpękłą pobocznicę stożka.

Wynurzył się spomiędzy łodyg, które łamały się, chrupiąc, kiedy je rozgarniał, i wracał z pochmurną twarzą. Wyciągnęło się do niego kilka rąk, wspiął się na górę i na widok oczekujących min wzruszył ramionami.

– Nie wiem, co to jest – wyznał. – Pojęcia nie mam. To jest puste. Pod spodem nie ma nic. Korozja daleko posunięta – jakaś stara historia, może sprzed stu, może sprzed trzystu lat...

Obeszli w milczeniu krater i skierowali się ku zaroślom, tam, gdzie były najniższe. W pewnej chwili urwały się – a raczej rozstąpiły na dwie strony – środkiem ciągnął się przesmyk, tak wąski, że człowiek nie bardzo mógł się w nim zmieścić, rodzaj korytarza, idealnie prostego, łodygi po obu stronach zostały jak gdyby rozcięte i zmiażdżone, szyszkowate, wielkie zgrubienia częściowo zwalone w bok na inne pajęczaste rośliny, częściowo wgniecione w ziemię były zupełnie płaskie, suche, pokrywy ich trzeszczały pod butem jak wysuszona drzewna kora. Postanowili iść owym wyciętym w zaroślach traktem gęsiego, trzeba było rozpychać i rozgarniać szczątki zeschłych łodyg, ale i tak postępowali szybciej niż dotąd. Wielkim łukiem przecinka zmierzała coraz wyraźniej na północ – minęli kilka ostatnich zupełnie skarlałych, martwych szczątków roślinnych i znaleźli się na równinie, z drugiej strony zagajnika.

Tam, gdzie przecinka opuszczała zarośla, dołączał się do niej płytki ślad – wzięli go w pierwszej chwili za ścieżkę, ale to nie była ścieżka. W jałowym gruncie wyryta została bruzda czy rowek głęboki na kilkanaście centymetrów i niewiele szerszy. Porastały go zielonkawosrebrne, aksamitne w dotknięciu porosty. Ten dziwaczny „trawniczek", jak go nazwał Doktor, ciągnął się w dal, prosto jak strzelił, kończąc się u jasnego pasa, który jak mur rozpostarty od jednej ku drugiej krawędzi równiny zamykał przed nimi cały horyzont.

Nad owym pasem świeciły spiczaste wyniesienia przypominające szczyty gotyckich, obitych srebrną blachą wież. Szli szybko i niemal z każdym krokiem dawały się rozróżniać nowe szczegóły. Na wiele kilometrów biegła w boki płaszczyzna pogięta regularnymi łukami, jakby dachowe pokrycie hangaru nadludzkiej wielkości. Łuki odwrócone były wypukłościami w dół, pod nimi migotało coś szarawo, jakby ze stropów sypał się drobny pył albo ciekła mętna, rozprószona woda. Gdy znaleźli się jeszcze bliżej, powiew przyniósł obcą woń, gorzkawą, ale miłą, jakby nieznanych kwiatów. Szli, zmniejszywszy między sobą odstępy. Łukowaty dach wznosił się jak gdyby coraz wyżej, każdy łuk niczym gigantyczne, odwrócone przęsło mostowe ogarniał przestrzeń bodajże kilometra. Tam, gdzie dwa łuki wysoko na tle chmur widocznym ostrzem łączyły się ze sobą, świeciło coś mocno, jak gdyby osadzone tam lustra odbijały w dół słoneczne promienie. Światło to migotało miarowo.

Ściana na wprost nich poruszała się – utworzona ze strumyków czy sznurów szaropłowej barwy wykazywała coś w rodzaju perystaltyki – od lewej ku prawej przebiegały po niej w jednakowych odstępach faliste wypukłości. Wyglądało to jak kurtyna sporządzona z niezwykłego materiału, za którą w regularnych odstępach przechodzą, trąc o nią bokami, słonie, a właściwie zwierzęta znacznie od słoni większe. Kiedy do niej doszli, w miejscu, w którym kończyła się ślepo owa wąska, zaklęsła, porosła aksamitnym mchem dróżka – natężenie gorzkiej woni stało się nieznośne.

Cybernetyk się rozkaszlał.

– To może być jakiś trujący wyziew – powiedział. Stali z krótkimi, niekształtnymi cieniami u nóg, patrząc na miarowe przesuwanie się fal. Gdy znów ruszyli i już tylko parę kroków dzieliło ich od „kurtyny", wydała im się jednorodna – jak spleciona z grubych, matowych włókien. Doktor podniósł z ziemi kamyk i cisnął go przed siebie. Wszyscy widzieli, jak kamyk leciał. Znikł, jakby roztopił się czy wyparował, nie dotknąwszy ruchomej powierzchni.

– Wpadł do środka? – z wahaniem powiedział Cybernetyk.

– Skąd! – krzyknął Chemik. – Nie dotknął nawet tego... tego... Doktor podniósł całą garść kamyków i grudek ziemi, rzucał raz za razem, wszystkie znikały, nie dolatując do „kurtyny", kilka centymetrów przed nią. Inżynier odpiął od małego kółka klucz i cisnął go w brzękącą właśnie powierzchnię. Klucz dźwięknął, jakby uderzył o blachę, i znikł.

– Co teraz? – powiedział Cybernetyk, patrząc na Koordynatora. Ten nie odpowiedział. Doktor rzucił plecak na ziemię, wyjął z niego puszkę z żywnością, wykroił nożem kostkę mięsnej galarety i cisnął ją w „kurtynę". Okruch galarety przylepił się do matowej powierzchni i wisiał na niej chwilę – potem zaczął niknąć – jak gdyby topniał.

– Wiecie co? – powiedział Doktor z błyszczącymi oczami – to jest jakiś filtr – wybiórcza przesłona – coś takiego...

Chemik znalazł w kółku pasowym swego plecaka zeschły, ułamany pęd „pajęczastej" rośliny, który musiał tam uwięznąć, kiedy się przedzierali przez zagajnik – bez namysłu rzucił go w falującą zasłonę – i krucha witka, odbiwszy się, padła u jego stóp.

– Selektor... – wypowiedział niepewnie.

– Ależ tak! Na pewno! – Doktor zbliżył się do „kurtyny", aż koniec jego cienia padł przy ziemi na jej brzeg, wycelował swoją czarną broń i nacisnął spust. Ledwo cienki jak igła strumyk dotknął wydymającej się powłoki, powstał w niej otwór wrzecionowatego kształtu, ukazując wielką mroczną przestrzeń z sunącymi wysoko i nisko iskrami, w głębi fruwało mrowie białawych i różowych płomyczków. Doktor cofnął się gwałtownie, kaszlał i krztusił się, nozdrza i gardło spaliła mu gorzka woń, wszyscy oddalili się i znowu przystanęli.

Soczewkowaty otwór się zwężał. Nadbiegające fale zwalniały, zbliżając się do niego, omijały go górą i dołem i pospiesznie płynęły dalej. Był coraz mniejszy. Nagle ze środka wychyliło się coś czarnego, zakończonego palczastym wyrostkiem, obiegło błyskawicznie brzegi otworu, który momentalnie zamknął się, i znowu stali przed miarowo klęsnącą i wybrzuszającą się powłoką.

Inżynier zaproponował, aby odbyli naradę. Była ona – wedle słów Doktora – manifestacją bezradności. Na koniec postanowili iść dalej wzdłuż wielkiej budowli, podnieśli plecaki i ruszyli. Szli tak ze trzy kilometry. Po drodze przecięli kilkanaście uchodzących w równinę wąskich „trawniczków". Jakiś czas zastanawiali się nad tym, czym one są – hipoteza, że mają coś wspólnego z uprawą roli, upadła jako nieprawdopodobna – Doktor usiłował nawet zbadać kilka porostów wyrwanych z ciemnozielonej smugi, przypominały nieco mech, ale miały na korzonkach perełkowate zgrubienia, w których tkwiły malutkie, twarde, czarne ziarenka.

Dawno już minęło południe. Odczuwali głód, zatrzymali się więc, aby coś zjeść – w pełnym słońcu, bo nigdzie nie było cienia, a do zagajnika, który ciągnął się w odległości ośmiuset metrów, woleli nie wracać, pajęczasty gąszcz nie pozostawił korzystnego wrażenia.

– Według historyjek, które czytywałem jako chłopak – powiedział Doktor z pełnymi ustami – w tej przeklętej zasłonie zrobiłaby się teraz buchająca ogniem dziura i wylazłby stamtąd typ o trzech rękach i tylko jednej, ale za to bardzo grubej nodze i miałby pod pachą interplanetarny telekomunikator albo byłby gwiazdowym telepatą i dałby nam do zrozumienia, że jest przedstawicielem szalenie rozwiniętej cywilizacji, która...

– Przestałbyś pleść – powiedział Koordynator. Nalał z termosu-manierki wody do kubka, który natychmiast pokrył się rosą. – Lepiej zastanówmy się, co robić.

– Ja myślę – powiedział Doktor – że trzeba tam wejść. – I wstał, jakby zamierzał to właśnie zrobić.

– Ciekawym którędy – leniwie rzucił Fizyk.

– Oszalałeś chyba! – wysokim głosem zawołał Cybernetyk.

– Wcale nie oszalałem. Oczywiście, możemy wędrować tak dalej, pod warunkiem że faceci na jednej nodze podrzucą nam coś do jedzenia.

– Nie myślisz tego serio? – powiedział Inżynier.

– Ależ tak, a wiesz czemu? Bo mam tego całkiem zwyczajnie dość. – Odwrócił się na pięcie.

– Stój! – krzyknął Koordynator.

Doktor szedł prosto na ścianę, nie zwracając na ich wołania najmniejszej uwagi. Był o metr od zasłony, kiedy zerwali się i pobiegli za nim. Słysząc tupot ich nóg, wyciągniętą ręką dotknął zasłony.

Ręka znikała. Doktor stał bez ruchu może przez sekundę, a potem zrobił krok naprzód i przestał istnieć. Pięciu ludzi bez tchu zatrzymało się na ugiętych nogach w miejscu, w którym widniał ślad jego lewego buta. Naraz w powietrzu nad zasłoną ukazała się głowa

Doktora. Miał uciętą równo jak nożem szyję, z oczu ciekły mu łzy, kichał głośno raz za razem.

– Tu jest trochę duszno w środku – powiedział – i gryzie w nos jak cholera, ale parę minut można będzie chyba wytrzymać. Jakiś lakrymator czy co. Właźcie za mną, to nie boli, w ogóle nic się nie czuje.

I na wysokości, gdzie powinien znajdować się jego bark, wysunęło się z powietrza jego ramię.

– A bodajże cię! – zawołał ni to z przestrachem, ni to z zachwytem Inżynier i chwycił dłoń Doktora, która pociągnęła go tak, że i on znikł pozostałym z oczu. Jeden po drugim podchodzili do falującej zasłony. Ostatni był Cybernetyk. Zawahał się, coś zagrało mu w gardle, serce waliło jak młot. Zamknął oczy i zrobił krok naprzód. Otoczyła go momentalnie ciemność – potem stało się jasno.

Znajdował się przy tamtych – na dnie olbrzymiej przestrzeni pełnej dychawicznego, szumiącego sapania. Z dołu skośnie w górę, z wysokości pionowo w dół, z jednej strony w drugą sunęły olbrzymie, krzyżujące się, niejednakowej grubości walce, rury czy kolumny, miejscami wybrzuszały się, gdzie indziej cieniały, wirując jednocześnie wokół swej długiej osi, przesłaniały się nawzajem, wibrowały i z głębi tego rozpostartego we wszystkich kierunkach, bezustannie poruszającego się lasu lśniących cielsk dobiegało nie wiadomo skąd płynące, coraz szybsze mlaskanie, które nagle ustawało, następowało kilka bulgocących odgłosów i ta seria dźwięków powtarzała się od nowa.

Gorzka woń trudna była do wytrzymania. Jeden po drugim zaczęli kichać, z oczu płynęły im łzy. Przyciskając chusteczki do twarzy, oddalili się nieco od zasłony, która wyglądała od wnętrza jak wodospad czarnej, syropowatej cieczy.

– No, nareszcie jesteśmy w domu – to fabryka, automatyczna fabryka! – wyrzucił z siebie Inżynier między dwoma kichnięciami. Pomału jak gdyby przywykali do gorzkiego zapachu, ataki kichania przeszły, rozglądali się zmrużonymi, załzawionymi oczami.

Jeszcze kilkanaście kroków po uginającym się elastycznie jak napięta guma podłożu i ukazały się w nim czarne studnie, z których wyskakiwały w górę świecące przedmioty, tak szybko, że niepodobna było rozpoznać ich kształtu. Były wielkości ludzkiej głowy, zdawały się żarzyć, wylatywały w górę i jedna z całego szeregu ugiętych nad nimi fajkowato kolumn wsysała je, nie przestając wirować – nie znikały od razu, bo przez jej drżące ściany przeświecał jak przez ciemne szkło coraz słabiej i słabiej ich różowawy blask, tak że widać było, jak wędrują wnętrzem „kolumny" gdzieś dalej.

– Produkcja seryjna – z taśmy – mruknął Inżynier zza chustki do nosa.

Obszedł studnie, stawiając ostrożnie nogi. Skąd brało się światło? Strop był wpółprzejrzysty – szara, jednostajna poświata gubiła się w morzu gibkich cielsk sunących jak napowietrzne strumienie. Wszystkie te prężne twory zdawały się działać pod jedną komendę, w jednakim tempie, fontanny rozpalonych przedmiotów tryskały w górę, to samo działo się na wielkiej wysokości, tam, pod stropem, też widać było łuki rysowane w powietrzu czerwonymi paciorkami fruwających brył, daleko jednak większych.

– Musimy znaleźć skład gotowej produkcji, a przynajmniej to, co jest tutaj produktem końcowym – wypalił z zacietrzewieniem Inżynier. Koordynator dotknął jego ramienia.

– Jaki to rodzaj energii – co o tym sądzisz?

Inżynier wzruszył ramionami.

– Pojęcia nie mam.

– Obawiam się, że gotowego produktu nie znajdziemy przed rokiem – ta hala ma kilometry długości – ostrzegł Fizyk.

Osobliwa rzecz, im głębiej wchodzili w obręb hali, tym lżej im się oddychało, jak gdyby gorzką woń wydzielało tylko pobliże „zasłony".

– A nie zabłądzimy? – zatroszczył się Cybernetyk.

Koordynator podniósł kompas do oczu.

– Nie. Wskazuje dobrze... nie ma tu chyba żadnego żelaza, elektromagnesów też nie.

Z górą godzinę krążyli po drgającym lesie niezwykłej fabryki, aż zrobiło się wokół nich przestronniej. Dał się odczuć podmuch świeżego powietrza, zimny, jakby chłodzony, różnokierunkowe kolumny rozstąpiły się i stanęli przed wylotem ogromnej, kopulasto spiętrzonej ślimacznicy. Z wysokości schodziły ku niej trzepoczące w powietrzu jak bicze wygięte konary kończące się tępymi zgrubieniami, z których leciał grad gwałtownie koziołkujących przedmiotów, czarnych, jakby pokrytych lśniącym lakierem, i wpadał w głąb ślimacznicy, w miejsce, którego nie widzieli, bo znajdowało się kilka metrów ponad ich głowami.

Soczewkowato wypukła bura ściana ślimacznicy na wprost nich rozdęła się, coś zatargało nią od środka, puchła – mimo woli odstąpili w tył, tak groźnie wyglądał rozdymający się, brudnoszary pęcherz – naraz pękł bezgłośnie i z okrągłego otworu bluznął strumień czarnych ciał.

W tym samym momencie poniżej wychynęła z szerokiej studni niecka o wywiniętych brzegach i przedmioty, bębniąc, jakby waliły w grubą gumową poduchę, wpadały do niej, a ona podskakiwała miotana podrzutami, które w zadziwiający sposób porządkowały czarne przedmioty, tak że po kilku sekundach już ich równy czworobok spoczywał na jej płytkim dnie.

– Gotowa produkcja!! – krzyknął Inżynier, podbiegł do brzegu i bez namysłu pochylił się nisko, chwytając za występ czarnego obiektu, który znajdował się najbliżej. Koordynator chwycił go w ostatniej chwili za pas kombinezonu i tylko dzięki temu Inżynier nie wpadł głową w dół do niecki, bo puścić ciężkiego przedmiotu nie chciał, a dźwignąć go sam nie mógł. Dopiero Fizyk i Doktor pomogli mu – i wielki ciężar został wspólnym wysiłkiem wywindowany na górę.

Był wielkości ludzkiego torsu, miał jaśniejsze, na pół przezroczyste segmenty, w których lśniły wtopione szeregi coraz drobniejszych, metalicznie błyszczących kryształków, otoczone uszatymi zgrubieniami otwory, na wierzchu – chropowatą w dotyku mozaikę występów z ciemnofioletowej, a pod światło czarnej, nadzwyczaj twardej masy, jednym słowem, był niezmiernie skomplikowany. Inżynier ukląkł przed nim, zaglądał z różnych stron w otwory, usiłował odnaleźć jakieś części, obmacywał, pukał – nikt mu w tym nie przeszkadzał. Trwało to dosyć długo, tymczasem Doktor patrzał na to, co dzieje się w niecce. Uformowawszy geometryczny czworobok takich samych ciał jak to, przy którym ślęczał Inżynier, uniosła się z wolna na grubym, drgającym jak od wysiłku trzpieniu w górę i naraz rozmiękła – ale tylko z jednej strony, stała się, zmieniając kształt, jak gdyby olbrzymią łyżką, wtedy naprzeciw wysunęło się coś w rodzaju wielkiego ryja, otwarło, buchnął stamtąd gorący, gorzki swąd, ziejąca paszcza z przeraźliwym mlaśnięciem wessała wszystkie przedmioty, zamknęła się, jakby je połykając, i naraz cały ten ryjowaty ogrom pojaśniał w środku – Doktor widział tlejące wewnątrz ogniste jądro żaru rozpuszczające w sobie przedmioty, które rozpływały się, uformowały jednolitą, gorejącą pomarańczowo papkę, blask przygasł, ryjowata paszcza pociemniała. Doktor, zapominając o towarzyszach, zaczął iść wzdłuż dwu wielkich wznoszących się kolumn, w których wnętrzu płynęły teraz jak potwornym przełykiem ogniste ziarna masy – zagłębił się w labiryncie i ze wzniesioną głową, co chwila ocierając załzawione oczy, usiłował śledzić drogę rozżarzonej papki. Chwilami znikała mu z oczu, potem znów trafiał na jej ślad, bo przeświecała z głębi czarnych strumieni miotających się wężowo, aż naraz zatrzymał się w miejscu, które wyglądało na znajome – zobaczył, jak ogniście pałające ciała, już częściowo sformowane, lecą w jakąś czeluść, a obok wyskakiwały inne, jak gdyby wystrzeliwane z otwartej studni w górę – pochłaniały je zwisające z góry rzędem grube, czarne kolumny jak słoniowe trąby, różowymi szpalerami stygnącego żaru jechały w głębi tych kolumn, malejąc na wysokości – Doktor szedł i szedł z zadartą głową, nie pamiętał o niczym, wyprzedzały go, ale to nie miało znaczenia, bo nieprzerwanie sunęły zastępy innych – naraz omal się nie przewrócił, wydał zdławiony okrzyk.

Stał znowu w pustym miejscu, przed nim olbrzymiał kopulasty zwał ślimacznicy, grad ostygłych już całkiem w czasie długiej wędrówki czarnych przedmiotów runął z góry w jej objęcia. Doktor obszedł pobocze ślimacznicy, bo już wiedział, z której strony należy oczekiwać porodu – i oto znalazł się obok ludzi otaczających Inżyniera, który wciąż jeszcze badał czarny przedmiot, podczas kiedy pękający, wielki bąbel bluzgał właśnie „gotową produkcją" do sformowanej na nowo w zagłębieniu niecki.

– Halo! Możecie się nie fatygować! Już wszystko wiem! I zaraz wam powiem! – krzyknął Doktor.

– Gdzie byłeś? Zaczynałem się już niepokoić – odezwał się Koordynator. – Naprawdę coś odkryłeś? Bo Inżynier nic nie wie.

– Żeby to nic! Nie byłoby tak źle! – warknął Inżynier. Stanął na równe nogi, trącił wściekle czarny przedmiot i zmierzył Doktora gniewnym spojrzeniem.

– No i co takiego odkryłeś?

– Więc to jest tak – powiedział z dziwnym uśmiechem Doktor – te rzeczy wciągane są tam – pokazał rozwierającą się właśnie paszczę ryja – o, teraz ona rozgrzeje się w środku, widzicie? – teraz wszystkie się stopią – wymieszają – pojadą na górę porcjami, tam się zaczyna ich obróbka, kiedy są jeszcze trochę wiśniowe od gorąca, lecą w dół, pod ziemię, tam musi być jeszcze jedna kondygnacja, i znów coś im się tam robi, wracają taką studnią tutaj całkiem blade, ale jeszcze świecące, robią wycieczkę pod sam dach, wpadają do tego bochna – wskazał ślimacznicę – potem do „składu gotowej produkcji", z niego jadą na powrót do ryja, roztapiają się w nim, i tak w kółko – bez końca – formują się, kształtują, roztapiają, formują się.

– Zwariowałeś? – szeptem powiedział Inżynier. Na czoło wystąpiły mu grube krople potu.

– Nie wierzysz? Możesz sprawdzić sam.

Inżynier sprawdził – dwa razy. Trwało to dobrą godzinę. Kiedy znaleźli się na powrót przy niecce, którą wypełniała właśnie nowa, porządkująca się w czworobok porcja „końcowego produktu", zaczął zapadać zmierzch i w hali zrobiło się szaro.

Inżynier wyglądał jak obłąkany – trząsł się od złości, przez jego twarz przelatywały skurcze, inni, nie mniej zdumieni, nie przeżywali jednak całego odkrycia tak gwałtownie.

– Musimy wyjść stąd zaraz – powiedział Koordynator – po ciemku może być ciężko. Wziął Inżyniera za ramię. Ten dał się pociągnąć, bezwolny, naraz wyrwał mu się, podskoczył do czarnego przedmiotu, który zostawili, i podźwignął go z trudem.

– Chcesz to zabrać? – powiedział Koordynator. – Dobrze. Chłopcy, pomóżcie mu.

Fizyk chwycił uszate występy, we dwóch nieśli z Inżynierem niekształtny czarny przedmiot. Tak dotarli do zaklęsłej granicy pomieszczenia. Doktor spokojnie ruszył na lśniącą syropowato ścianę „wodospadu" – i znalazł się na równinie w chłodnym powietrzu wieczoru. Z rozkoszą wciągnął głęboko w płuca podmuchy wiatru. Inni wynurzyli się za nim. Inżynier i Fizyk z wysiłkiem donieśli swoje brzemię do miejsca, w którym pozostawili plecaki, i cisnęli je na ziemię.

Rozpalili kocher, zagrzali trochę wody, rozpuścili w niej mięsny koncentrat i zabrali się do jedzenia, bardzo zgłodniali. Jedli w milczeniu. Tymczasem zrobiło się zupełnie ciemno, wystąpiły gwiazdy, ich blask potężniał nieomal z każdą chwilą, niewyraźne chaszcze dalekiego zagajnika roztopiły się w mroku, już tylko błękitnawy płomień kuchenki poruszany łagodnymi powiewami dawał nieco światła. Wysoka ściana hali za ich plecami, pogrążona w nocy, nie wydawała najlżejszego odgłosu, nie było nawet widać, czy dalej płyną po niej poziome fale.

– Ciemno robi się tu jak u nas w tropikach – powiedział Chemik – spadliśmy w strefie równikowej, co?

– Zdaje się, że tak – odparł Koordynator – chociaż nie znam nawet nachylenia planety do ekliptyki.

– Jak to? Ależ musi być znane.

– Oczywiście. Dane są na statku.

Zamilkli. Chwytał nocny ziąb, okryli się więc kocami, a Fizyk wziął się do stawiania namiotu. Napompował płachtę, aż stanęła sztywna, podobna do spłaszczonej półkuli z niewielkim włazem nad samą ziemią, szukał w pobliżu jakichś kamieni, którymi dałoby się przycisnąć brzegi namiotu, aby go nie porwał wiatr – mieli kołki, ale nie było ich czym wbijać – natykał się jednak tylko na drobne okruchy i wrócił do siedzących wokół błękitnawego ogieńka z pustymi rękami.

Naraz wzrok jego padł na ciężki obiekt przyniesiony z hali, dźwignął go i przytłoczył brzeg namiotu.

– Przynajmniej przydało się do czegoś – powiedział obserwujący go Doktor.

Inżynier siedział skulony, głowę oparł na rękach, obraz ostatecznego zgnębienia. Nie odezwał się, nawet o podanie talerza prosił nieartykułowanym pomrukiem.

– I co teraz, kochani? – spytał nagle, prostując się.

– Spać, rzecz jasna – odpad spokojnie Doktor. Z namaszczeniem wyjął z pudełka papierosa, zapalił go i zaciągnął się z lubością.

– A jutro co? – pytał Inżynier i widać było, że jego spokój jest cienką, napiętą do ostateczności błoną.

– Henryku, zachowujesz się dziecinnie – powiedział Koordynator. Czyścił rondel rozkruszoną na miał ziemią.

– Jutro zbadamy następną sekcję hali – obejrzeliśmy dziś, jak szacuję, koło czterystu metrów.

– I myślisz, że znajdziemy coś innego?

– Nie wiem. Mamy przed sobą jeszcze jeden dzień. Po południu będziemy musieli wrócić do rakiety.

– Szalenie się cieszę – mruknął Inżynier. Wstał, przeciągnął się, stęknął. – Wszystkie kości mam jak połamane – wyznał.

– My też – zapewnił go dobrodusznie Doktor. – Słuchaj, czy naprawdę nic nie możesz powiedzieć o tym? – wskazał żarzącym się końcem papierosa na ledwo widoczny kształt, który przyciskał brzegi namiotowej płachty.

– Mogę. Dlaczego nie? Pewno, że mogę. Jest to urządzenie, które służy do tego, żeby je najpierw...

– Nie, serio. Przecież to ma jakieś części. Ja się na tym nie znam.

– A ja się znam, myślisz?! – wybuchnął Inżynier. – Jest to płód wariata – wskazał ręką w stronę niewidzialnej hali. – A raczej wariatów. Cywilizacja obłąkańców, oto, czym jest ten przeklęty Eden! To, cośmy przywlekli, jest wytworzone w całym szeregu procesów – dodał spokojniej. – Prasowanie, wgniatanie przezroczystych segmentów, obróbka termiczna, polerowanie. To są jakieś wysokomolekularne polimery – i jakieś kryształy nieorganiczne. Do czego to może służyć – nie wiem. To jest część, nie całość. Ale nawet wyjęta z tego zwariowanego młyna – ta część, sama w sobie, wygląda mi na pomyloną.

– Co przez to rozumiesz? – spytał Koordynator. Chemik składał talerze i zapasy, rozwijał koc. Doktor zdusił papierosa i pieczołowicie schował połówkę do pudełka.

– Nie mam na to dowodów. Tam są w środku jakieś ogniwka – nie łączą się z niczym. Jakby zamknięty w sobie obwód – elektryczny – ale poprzecinany wstawkami izolatora. To – to nie mogłoby działać. Tak mi się wydaje. Ostatecznie, po tylu latach w człowieku wyrabia się jakaś zawodowa intuicja. Mogę się naturalnie mylić, ale – nie, wolę o tym w ogóle nie mówić.

Koordynator wstał. Inni poszli za jego przykładem. Gdy zgasili palnik, nakryła ich gwałtowna czerń – wysokie gwiazdy nie dawały światła, lśniły tylko mocno w dziwnie jak gdyby niskim niebie.

– Deneb – odezwał się cicho Fizyk. Patrzyli w niebo.

– Gdzie? Tam? – spytał Doktor. Mówili przyciszonymi nieświadomie głosami.

– Tak. A ta mniejsza obok to gamma Cygni. Cholernie jasna!

– Ze trzy razy jaśniejsza niż na Ziemi – zgodził się Koordynator.

– Chłodno i do domu daleko – mruknął Doktor. Nikt już się więcej nie odezwał. Pojedynczo wleźli do wydętej bani namiotu. Byli tak zmęczeni, że kiedy Doktor powiedział swoim zwyczajem w ciemności „dobranoc" – odpowiedziały mu oddechy śpiących.

Sam nie spał jeszcze – pomyślał, że postępują nierozważnie – z pobliskiego zagajnika mogło w nocy wyleźć jakieś paskudztwo – należało wystawić wartę. Przez chwilę rozważał, czy nie powinien czasem sam objąć ochotniczo tego stanowiska – ale raz jeszcze tylko uśmiechnął się ironicznie w mrok, odwrócił i westchnął. Ani wiedział, kiedy zapadł w kamienny sen.

Ranek następnego dnia powitał ich słońcem. Na niebie było więcej białych, kłębiastych chmur. Zjedli skąpe śniadanie, zostawiając resztki żywności na ostatni posiłek – po dalsze zapasy musieli już wrócić do rakiety.

– Żeby się przynajmniej raz umyć! – skarżył się Cybernetyk. – To mi się jeszcze nie zdarzyło – człowiek cały śmierdzi potem, okropność! Przecież tu musi być gdzieś woda!

- Gdzie woda, tam i fryzjer – pogodnie odparł Doktor, zaglądając do małego lusterka. Robił do niego sceptyczne i bohaterskie miny. – Tylko obawiam się, że fryzjer na tej planecie najpierw goli, a potem na powrót zasadza ci wszystkie włosy – to nawet bardzo prawdopodobne, wiesz?

- Czy w grobie też będziesz żartował? – wypalił Inżynier, zmieszał się i dodał: – Przepraszam. Nie chciałem...

- Nie szkodzi – odparł Doktor. – W grobie nie, ale jak długo się da. No, pójdziemy chyba, co?

Spakowali rzeczy, wypuścili powietrze z namiotu i obładowani ruszyli wzdłuż falującej miarowo zasłony, aż oddalili się o dobry kilometr od obozowiska.

- Nie wiem, może się mylę, ale ona wygląda tu jak gdyby wyższa – powiedział Fizyk, patrząc przez zmrużone powieki na łuki biegnące w obie strony – wysoko migotały ich szczyty srebrnym ogniem.

Rzucili ładunek na jedno miejsce i ruszyli ku hali. Weszli bez żadnej przygody, jak poprzedniego dnia. Fizyk i Cybernetyk zostali z tyłu.

- Jak myślisz, co jest z tym znikaniem? – spytał Cybernetyk. – Tu tyle się dzieje, że wczoraj całkiem o tym zapomniałem!

- Jakaś historia z refrakcją – odparł bez przekonania Fizyk.

- A na czym opiera się strop? Bo przecież nie na tym – wskazał nabrzmiewającą falami zasłonę, do której podchodzili.

- Nie wiem. Może podpory są jakoś ukryte w środku albo z drugiej strony.

- Ala w krainie czarów – powitał ich wewnątrz głos Doktora. – Zaczynamy? Dzisiaj kicham jakoś mniej. Może to adaptacja. W którą stronę idziemy najpierw?

Otoczenie było dosyć podobne do tego, które widzieli poprzedniego dnia. Poruszali się w nim pewniej już i szybciej. Zrazu zdawało im się nawet, że wszystko tu jest zupełnie takie samo jak tam. Kolumny, studnie, las skośnych, pulsujących i wirujących przełyków, rozżarzania, migotania, cały kołowrót procesów toczył się w jednakim tempie. Przyjrzawszy się jednak „gotowym produktom", których nieckowaty zbiornik odnaleźli po jakimś czasie, odkryli, że są inne – większe i odmiennego kształtu od wczorajszych. To nie było wszystko. Owe „produkty" (wychwytywane zresztą na powrót i wprowadzane do kołowego obiegu, tak jak i tam) nie były ściśle identyczne. Zasadniczo przypominały część pokarbowanej u szczytu połówki jaja. Połówka ta nosiła rozmaite ślady, że ma być łączona z innymi częściami, wystawały z niej wyloty rur, w których poruszały się soczewkowate płytki, jak gdyby przepustnice czy wentyle. Gdy wszakże porównali ze sobą większą ilość tych przedmiotów, okazało się, że jedne mają dwa otwarte rogi, inne trzy albo i cztery, przy czym te dodatkowe występy były mniejsze i często jakby niewykończone, jak gdyby obróbka została przerwana w połowie. Soczewkowata płytka wypełniała czasem całe światło przewodu, czasem tylko jego część, niekiedy zaś nie było jej wcale – raz znaleźli tylko jak gdyby jej pączek, skarlałe, ledwo co większe od groszku ziarenko. Powierzchnia „jaja" była polerowana gładko, w innych okazach chropawa, tuleja „przepustnicy" też zmieniała się indywidualnie w rozmaitych egzemplarzach, a w jednym znaleźli dwie bliźniacze, częściowo stopione ze sobą i komunikujące się małym otworkiem, soczewkowate płytki zaś utworzyły jak gdyby „ósemkę" – Doktor nazwał je „syjamskimi bliźniętami". Część ta miała ponadto aż osiem coraz to mniejszych rogów, przy czym najmniejsze nie otwierały się wcale na zewnątrz, jak to czyniły wszystkie inne.

– I co ty na to? – spytał z klęczek Koordynator Inżyniera, który kopał się w całej kolekcji wyłowionej ze „składu" w niecce.

– Na razie nic. Idziemy dalej – powiedział Inżynier, wstając, ale widać było, że humor mu się nieznacznie poprawił.

Rozumieli już, że hala dzieli się jak gdyby na kolejne sekcje nieodgrodzone od siebie niczym poza samą wewnętrzną spójnością cyklu wykonywanych procesów. Urządzenia wytwórcze, to jest wężujący, kurczący się mackowato, sapiący las – były wszędzie jednakie.

Kilkaset metrów dalej natknęli się na sekcję, która wykonując te same ruchy co poprzednia, wijąc się, mlaszcząc, sapiąc, niosła w swoich przewodach, wrzucała do otwartych studni, spuszczała z wysokości, pochłaniała, obrabiała, gromadziła i topiła – nic.

Wszędzie, gdzie w poprzednich sekcjach można było obserwować rozżarzone półprodukty bądź stygnące już obrobione przedmioty, całą tę skomplikowaną wędrówkę na boki, wzwyż, w dół tutaj zastępowała pustka.

Sądząc zrazu, że produkt jest tak przezroczysty, aż niewidzialny, Inżynier wychylał się daleko poza wyrzutniami, usiłował chwycić w ręce coś, co powinno wylatywać z otwierających się gardeł, ale nie znalazł nic.

– Obłędna historia – powiedział z przerażeniem Chemik. Inżynier jakoś wcale nie był wstrząśnięty.

– Bardzo interesujące – powiedział i poszli dalej.

Zbliżali się do obszaru, z którego płynął rosnący hałas. Był to hałas miękki, ale tym bardziej ogłuszający – jak gdyby miliony ciężkich, wilgotnych płacht skórzanych padały na wielki, słabo napięty bęben. Naraz zrobiło się jaśniej.

Z dziesiątków maczugowatych sopli, które chwiały się wysoko zwieszone końcami w dół spod samego stropu, leciał istny deszcz czarnych na tle szklistego stropu przedmiotów, obijał się o grube boki podstawiających im się raz z jednej, raz z drugiej strony przepon rozpostartych pionowo i puchnących miarowo, jakby je nadymał gaz – przepony te były szaroprzejrzyste jak pęcherze – i porywany w połowie drogi przez kłęby tak szybko pracujących, że rozwianych w wiry wężowych ramion, lądował na samym dole. Ustawiały się tu porządnie, jeden obiekt obok drugiego, w czworobokach, dokładnymi szeregami, z przeciwnej zaś strony co jakiś czas wypełzała ogromna masa spłaszczona niczym łeb wieloryba i z przeciągłym westchnieniem wsysała po kilka rzędów naraz „gotowej produkcji".

– Skład – flegmatycznie wyjaśnił Inżynier. – Z góry przychodzą gotowe, a tamto to jakby transporter – zabiera je i na powrót wprowadza do obiegu.

– Skąd wiesz, że wprowadza na powrót? Może tu nie? – spytał Fizyk.

– Stąd, że skład jest pełny.

Nikt wprawdzie dobrze tego nie zrozumiał, ale milczeli, przechodząc dalej.

Dochodziła czwarta, kiedy Koordynator zarządził odwrót. Stali na dnie sekcji składającej się z dwu działów. Pierwszy wytwarzał grube tarcze opatrzone uszatymi uchwytami, drugi odcinał uchwyty i mocował na ich miejscu fragmenty eliptycznych pierścieni, po czym tarcze wędrowały do podziemi, skąd wracały gładkie, „ogolone", jak powiedział Doktor – aby poddać się znów procesowi przyspawania uszatych uchwytów.

Kiedy wyszli na równinę i kroczyli w dość wysoko jeszcze stojącym słońcu w stronę, gdzie zostawili namiot i rzeczy, Inżynier powiedział:

– No, to staje się pomału jasne.

– Naprawdę? – z odcieniem ironii rzucił Chemik.

– Tak – przyświadczył Koordynator. – Co o tym sądzisz? – zwrócił się do Doktora.

– To jest trup – odparł Doktor.

– Jak to trup? – spytał Chemik, który nie zrozumiał nic z tego, co mówili.

– Trup, który się rusza – dodał Doktor. Szli dalej chwilę w milczeniu.

– Czy mogę się nareszcie dowiedzieć, co to znaczy? – spytał nie bez irytacji Chemik.

– Zdalnie sterowany kompleks do wytwarzania rozmaitych części, który się z upływem czasu kompletnie rozregulował, bo pozostawiono go bez żadnego nadzoru – wyjaśnił Inżynier.

– Ach! A jak dawno, sądzisz...

– Tego nie wiem.

– Z bardzo wielkim przybliżeniem i nie mniejszym ryzykiem można postawić hipotezę, że... co najmniej od kilkudziesięciu lat – powiedział Cybernetyk.

– Ale możliwe, że jeszcze dawniej. Gdybym się dowiedział, że to stało się przed dwustu laty, też bym się nie zdziwił.

– Albo przed tysiącem lat – dodał flegmatycznie Koordynator.

– Elektromózgi nadzorcze rozregulowują się, jak wiesz, w tempie zgodnym ze współczynnikiem – zaczął Cybernetyk, ale Inżynier przerwał mu:

– Mogą działać na innej zasadzie niż nasze i w ogóle nie wiemy nawet przecież, czy to są układy elektronowe. Osobiście wątpię. Budulec jest niemetaliczny, półpłynny.

– Mniejsza o szczegóły – powiedział Doktor – ale co myślicie o tym? To znaczy, jakie stawiacie horoskopy? Bo ja raczej ciemne.

– Myślisz o mieszkańcach planety? – spytał Chemik.

– Myślę o mieszkańcach planety.

III

Późną nocą dotarli do wzgórka ze wznoszącym się wysoko kadłubem statku. Aby przyspieszyć marsz, a także by uniknąć spotkania mieszkańców zagajnika, przebyli go w miejscu, gdzie zarośla rozstępowały się na kilkanaście metrów, jakby odłożył je na obie strony jakiś olbrzymi pług – w porosłych mchem odwalonych skibach gruntu pleniły się tylko aksamitne porosty.

Nagły zmrok okrył równinę, kiedy skośna sylwetka rakiety dawała się już wyraźnie dostrzec, obyli się więc nawet bez pomocy latarek. Byli głodni, ale jeszcze bardziej – zmęczeni. Postanowili więc rozbić namiot na powierzchni. Fizykowi, którego spalało pragnienie – woda skończyła im się podczas powrotu – tak chciało się pić, że udał się przez tunel do wnętrza statku. Nie było go dosyć długo. Ustawiali nadęty namiot, kiedy usłyszeli jego krzyk, jeszcze spod ziemi. Skoczyli do otworu – pomogli mu wydostać się na powierzchnię. Ręce mu się trzęsły. Był tak zdenerwowany, że ledwo mówił.

– Co się stało? Uspokój się! – wołali jeden przez drugiego. Koordynator chwycił go mocno za ramiona.

– Tam – wskazał na ciemniejący nad nimi korpus – tam był ktoś.

– Co?

– Po czym to poznałeś?

– Kto był?

– Nie wiem.

– Więc skąd wiesz, że był?

– Po... po śladach. Przez pomyłkę wszedłem do nawigatorni – tam było przedtem pełno ziemi – nie ma jej.

– Jak to nie ma?!

– Nie ma. Jest prawie czysto.

– I gdzie jest ta ziemia?

– Nie wiem.

– Zaglądałeś do innych pomieszczeń?

– Tak. To znaczy, ja... zapomniałem, że w nawigatorni była ziemia i nie pomyślałem najpierw nic, bo chciałem się napić, poszedłem do magazynu, znalazłem wodę, ale nie miałem jej czym nabrać, więc poszedłem do twojej kabiny – spojrzał na Cybernetyka – a tam...

– Co tam, do diabła?

– Wszystko było pokryte śluzem.

– Śluzem?

– Tak, przezroczystym, lepkim śluzem – na pewno mam go jeszcze na butach! Nie widziałem nic, dopiero potem poczułem, że podeszwy mi się lepią.

– Ależ to może wyciekło coś ze zbiorników albo nastąpiła jakaś reakcja chemiczna – przecież wiesz, że połowa naczyń potłukła się w laboratorium.

– Nie mów głupstw! Poświećcie tu, na moje nogi. Plama światła powędrowała w dół, ukazały się buty Fizyka świecące miejscami, jakby powleczone błonką bezbarwnego lakieru.

– To jeszcze nie dowód, że tam ktoś był – słabo powiedział Chemik.

– Kiedy ja nawet wtedy się nie zorientowałem! Wziąłem kubek i wróciłem do magazynu. Czułem, że podeszwy mi się lepią, ale nie zwróciłem na to uwagi. Napiłem się wody i jak wracałem, coś mi strzeliło do głowy, żeby zajrzeć do biblioteki, pojęcia nie mam czemu. Byłem jakiś trochę niespokojny, ale o niczym takim nie myślałem. Otworzyłem drzwi, zaświeciłem, a tam czysto – ani śladu ziemi! Wrzucałem przecież tę ziemię sam, więc natychmiast to sobie przypomniałem i równocześnie, że w nawigatorni też była!

– A dalej co? – spytał Koordynator.

– Nic, pobiegłem tutaj.

– On może tam jeszcze jest – w sterowni albo w drugim magazynie – półgłosem powiedział Cybernetyk.

– Nie wydaje mi się – mruknął Koordynator. Latarka trzymana przez Doktora wylotem w dół oświetlała skrawek gruntu, stali wokół Fizyka, który wciąż jeszcze oddychał pospiesznie.

– Iść tam czy jak? – rozważał głośno Chemik, ale widać było, że nie pali się do realizacji tego projektu.

– Pokaż no jeszcze raz te twoje buty – odezwał się Koordynator. Obejrzał uważnie zaschniętą, błyszczącą warstewkę, która przylgnęła do skóry. Omal nie zderzył się głową z Doktorem, kiedy i ten nachylił się prawie równocześnie. Spojrzeli na siebie. Żaden się nie odezwał.

– Musimy coś zrobić – desperacko powiedział Cybernetyk.

– Przecież nic się nie stało. Jakiś okaz miejscowej fauny wlazł do wnętrza statku i nie znalazłszy nic, co by go interesowało, znikł – powiedział Koordynator.

– Dżdżownica pewno, co? Mniej więcej taka jak rekin albo jak dwa rekiny – rzucił Cybernetyk. – Co się stało z ziemią?

– To rzeczywiście dziwne. Może...

Nie kończąc, Doktor zaczął krążyć po najbliższym otoczeniu. Widzieli jego oddalającą się sylwetkę w odblasku latarki. Świetlna plama to koncentrowała się nisko na ziemi, to biegła, blednąc, w mroku.

– Hej! – krzyknął naraz. – Hej! Znalazłem!

Pobiegli ku niemu. Stał nad długim na kilka metrów wałem ziemi, jakby ugniecionej i pokrytej gdzieniegdzie strzępkami błyszczącej, cienkiej błonki.

– Zdaje się, że to naprawdę jakaś dżdżownica – nie swoim głosem wybełkotał Fizyk.

– Wobec tego musimy jednak nocować w rakiecie – zadecydował nagle Koordynator. – Najpierw przeszukamy ją, dla pewności, a potem zamkniemy klapę.

– Człowieku, to będzie trwało całą noc – myśmy ani razu nie zajrzeli jeszcze do wszystkich pomieszczeń! – jęknął Chemik.

– Trudno.

Zostawili wydęty namiot na łasce losu i zanurzyli się w tunelu.

Kwadrans za kwadransem snuli się po statku, oświetlając wszystkie kąty i zakamarki. Fizykowi zdawało się, że w sterowni szczątki tablic są przełożone z miejsca na miejsce, ale nikt nie był tego pewny. Potem znów Inżynier zwątpił nagle, czy zostawił narzędzia, które posłużyły do wyrobu kopaczek, w takim stanie, w jakim je teraz znaleźli.

– Mniejsza o to – powiedział niecierpliwie Doktor – nie będziemy się teraz bawić w detektywów, dochodzi druga!

Położyli się na materacach zdjętych z koi o trzeciej, a i to tylko dzięki temu, że Inżynier, zamiast przejrzeć oba piętra maszynowni, zadecydował po prostu zaryglować od wnętrza statku wiodące do niej drzwi w stalowej grodzi. Powietrze w zamkniętym pomieszczeniu wydawało im się duszne, wisiała w nim jakaś niemiła woń – upadali już ze znużenia i ledwo zrzucili z siebie buty i kombinezony, ledwo zgasili światło, zmorzył ich ciężki, niespokojny sen.

Doktor zbudził się w zupełnej ciemności, od razu trzeźwy. Zbliżył do oczu zegarek – przez chwilę nie mógł się zorientować, która godzina, nie zgadzała mu się z panującym mrokiem, zapomniał, że znajduje się w rakiecie, pod ziemią. Nareszcie odcyfrował z wianuszka zielonych iskierek na tarczy, że dochodzi ósma. To go zdziwiło. Tak krótko spać! Mruknął z żalem i chciał się już odwrócić na drugi bok, gdy znieruchomiał.

W głębi statku coś się działo – czuł to raczej, aniżeli słyszał. Podłoga niosła delikatny dreszcz. Gdzieś bardzo daleko zabrzęczało coś, było to ledwo słyszalne, ale natychmiast usiadł na posłaniu. Serce zaczęło mu uderzać mocniej.

Wróciło! – pomyślał o stworzeniu, którego śluzowe ślady odkrył Fizyk. – Usiłuje sforsować wejściową klapę – to była następna myśl.

Statek zadrżał nagle, jak gdyby olbrzymia siła chciała go jeszcze głębiej wcisnąć w ziemię. Któryś z leżących niespokojnie zajęczał przez sen. Doktorowi wydało się przez mgnienie, że włosy zmieniają mu się w rozpalone druciki. Statek ważył szesnaście tysięcy ton! Podłoga zadygotała – był to niemiarowy, rwący się dreszcz. Nagle zrozumiał. To był któryś z agregatów napędowych! Ktoś go uruchamiał!!

– Wstawajcie! – krzyknął, szukając po omacku latarki. Ludzie zerwali się, wpadali na siebie w egipskich ciemnościach, rozległy się pomieszane okrzyki. Doktor znalazł nareszcie latarkę, zaświecił ją. W kilku słowach wyjaśnił, co się dzieje. Inżynier, pijany jeszcze snem, wsłuchał się w odległy odgłos. Korpusem zatargały pojedyncze zrywy, nasilony jęk wypełnił powietrze.

– Sprężarki lewych dysz! – syknął. Koordynator zapinał, milcząc, przód kombinezonu, inni ubierali się pospiesznie, Inżynier, tak jak stał, w koszuli i gimnastycznych spodenkach, wypadł na korytarz, po drodze wyrwał Doktorowi latarkę z ręki.

– Co chcesz robić?

Pobiegli za nim. Skierował się do nawigatorni. Podłoga, po której biegli, rozdzwaniała się, dygotała coraz gwałtowniej. – Lada chwila urwie łopatki! – wydyszał Inżynier, wpadając do kabiny nawigacyjnej oczyszczonej przez intruza. Skoczył do głównych zacisków, przerzucił dźwignię.

Jedno światło zapaliło się w rogu.

Inżynier i Koordynator, teraz już razem, wyciągali ze ściennego schowka elektrożektor, wydobyli z futerału, potem z największym pośpiechem podłączyli go do zacisków ładujących, zegar kontrolny był rozbity, ale podłużna rurka na lufie zajaśniała błękitem – prąd ładowania był!

Podłoga drgała febrycznie, wszystko, co nie było umocowane, podskakiwało, metalowe narzędzia trzęsły się na półkach, jakiś szklany przedmiot spadł i roztrzaskał się, słyszeli podzwanianie okruchów. Resztki plastykowej obudowy odezwały się potężniejącym rezonansem – nagle zapadła martwa cisza, równocześnie jedyne światło zgasło. Doktor włączył natychmiast latarkę.

– Naładowany? – rzucił pytanie Fizyk.

– Najwyżej na dwie serie – dobre i to – odkrzyknął Inżynier, wyrywając raczej, aniżeli odłączając zaciski. Porwał elektrożektor, pochylił go aluminiową lufą do ziemi, zacisnął dłoń na rękojeści i poszedł korytarzem w kierunku maszynowni. Byli w połowie drogi, obok biblioteki, kiedy rozległ się piekielny, przeciągły zgrzyt, dwa-trzy kurczowe targnięcia wstrząsnęły całym statkiem, w maszynowni przewaliło się coś z przeraźliwym łomotem i zapadła martwa cisza.

Inżynier i Koordynator ramię w ramię doszli do pancernych drzwi. Koordynator odsunął rygiel wziernika, zajrzał do środka.

– Dajcie latarkę – powiedział.

Doktor wetknął mu ją natychmiast w dłoń, ale nie było łatwo puścić strumień światła do wnętrza przez wąski, oszklony otwór i jednocześnie patrzeć. Inżynier odemknął drugi wziernik, przyłożył do niego oczy i westchnął, zatrzymując powietrze w płucach.

– Leży – powiedział po długiej chwili.

– Co? Kto? – padły okrzyki zza jego pleców.

– Gość. Poświeć lepiej, niżej, niżej – tak! Nie rusza się. Nic się nie rusza. Zrobił przerwę.

– Jest wielki jak słoń – powiedział głucho.

– Dotknął szyn zbiorczych? – pytająco powiedział Koordynator, który nic nie widział, bo wylot reflektora, który przycisnął do wziernika, zasłaniał mu cały otwór.

– Raczej wlazł w zerwane przewody. Widzę – końce wystają spod niego.

– Końce czego? – niecierpliwił się Fizyk.

– Kabla wysokiego napięcia. Tak, nie rusza się. No co, otwieramy?

– Trzeba – odparł po prostu Doktor i zaczął odsuwać rygiel główny.

– Może tylko udaje? – rzucił ktoś z tyłu.

– Tak dobrze udawać potrafi tylko trup – rzucił Doktor, który zdążył jeszcze przyłożyć twarz do drugiego wziernika, zanim Koordynator odsunął latarkę. Stalowe rygle przesunęły się miękko w łożach. Drzwi stały otworem. Przez długą chwilę nikt nie przestępował progu – Fizyk i Cybernetyk patrzeli ponad ramionami stojących na przedzie. W głębi, na pogruchotanych płytach ekranowania, wciśnięta między rozchylone przemocą na boki ścianki działowe spoczywała słabo połyskująca w świetle, garbata naga masa. Chwilami przebiegało po jej powierzchni najdelikatniejsze drżenie.

– Żyje – szepnął zdławionym głosem Fizyk.

W powietrzu unosił się ostry, wstrętny swąd, jak gdyby spalonego włosia, drobny sinawy dymek rozpływał się do reszty w smudze światła.

– Na wszelki wypadek – powiedział Inżynier, podniósł elektrożektor, przyciskając przezroczystą kolbę do biodra, i skierował go w bok nieforemnej masy. Syknęło. Beziskrowe wyładowanie trafiło rozlewający się, pośrodku stromo wzniesiony kadłub tuż poniżej owego garbu. Ogromne ciało sprężyło się, wzdęło i jak gdyby zapadło w siebie, rozpłaszczając się jeszcze bardziej. Górne brzegi białych ścianek działowych zadygotały przy tym rozgięte wielką siłą na boki.

– Koniec – oświadczył Inżynier. Przestąpił wysoki, stalowy próg. Weszli wszyscy. Daremnie usiłowali dopatrzyć się nóg, macek, głowy tego stworzenia. Bezwładną masą spoczywało na wyrwanej sekcji transformatora, bezkształtne, garb przewiesił się cały w jedną stronę, jak luźny worek pełen galarety. Doktor dotknął boku martwego ciała. Pochylił się.

– Wszystko to jest raczej... – mruknął. – Powąchajcie – powiedział. Podniósł ku nim dłoń – na końcach palców błyszczało coś jak krople rybiego kleju. Chemik pierwszy pokonał odruch obrzydzenia. Krzyknął zdumiony.

– Poznajesz, co? – powiedział Doktor.

Wszyscy wąchali teraz – i poznawali gorzki zapach, jaki wypełniał hale „fabryki".

Doktor znalazł w kącie dźwignię, która dała się zdjąć z osi, podsadził jej szerszy koniec pod ciało i usiłował obrócić je na bok. Naraz pośliznął się, koniec dźwigni przebił skórę i stal wjechała niemal do połowy w tkankowy miąższ.

– No, jesteśmy ugotowani – mało, że wrak, jeszcze i cmentarz! – warknął wściekle Cybernetyk.

– Lepiej byś pomógł! – rzucił gniewnie Doktor, który mozolił się sam nad odwróceniem cielska.

– Czekaj no, kochany – powiedział Inżynier – jak to może być, żeby to bydlę uruchomiło agregat?

Wszyscy spojrzeli na niego w osłupieniu.

– Rzeczywiście... – wybełkotał Fizyk. – No i co? – dodał głupkowato.

– Żebyśmy mieli tu popękać, musimy go odwrócić, mówię wam, że musimy! – wypalił Doktor. – Chodźcie wszyscy – nie, z tej strony. Tak! Nie brzydzić się! No, co tam?

– Czekaj – powiedział Inżynier. Wyszedł i wrócił po chwili ze stalowymi drągami, których używali do kopania tunelu. Wsunęli je jak lewary pod martwy kadłub i na komendę Doktora dźwignęli w górę. Cybernetyk zadrżał, kiedy dłoń, osunąwszy mu się po śliskiej stali, dotknęła nagiej skóry stworzenia. Z przeraźliwym plaśnięciem przewaliło się bezwładnie na bok. Odskoczyli. Ktoś krzyknął.

Jak z gigantycznej wydłużonej wrzecionowato ostrygi wychylił się ze stulonych skrzydlato, grubych, pofałdowanych mięsnych pochew dwuręki kadłubek, sunąc własnym ciężarem w dół, aż dotknął węzełkowatymi paluszkami podłogi. Był nie większy od dziecięcego popiersia, kiedy tak wisiał na rozciągających się błonach bladożółtych wiązadeł, kiwając się coraz wolniej i wolniej, aż zamarł. Doktor pierwszy odważył się podejść do niego, pochwycił koniec miękkiej, wieloprzegubowej kończyny i mały tors, żyłkowany blado, wyprężył się, ukazując płaską twarzyczkę, bezoką, z ziejącymi nozdrzami i czymś poszarpanym jak rozgryziony język w miejscu, gdzie u człowieka są usta.

– Mieszkaniec Edenu... – powiedział głucho Chemik. Inżynier, zbyt wstrząśnięty, by mówić, usiadł na wale generatora i sam nie wiedząc o tym, nieustannie wycierał ręce o tkaninę kombinezonu.

– Więc to jest jedno stworzenie czy dwa? – spytał Fizyk. Patrzał z bliska, jak Doktor dotyka delikatnie piersi bezwładnego kadłubka.

- Dwa w jednym albo jedno w dwu - a może to są symbionty - nie jest wykluczone, że się okresowo rozłączają.

- Tak jak ta maszkara z czarnym włosem? - poddał Fizyk. Doktor skinął głową, nie przerywając badania.

- Ależ ten wielki nie ma nóg ani oczu, ani głowy, nic! - powiedział Inżynier. Zapalił papierosa - czego nigdy nie robił.

- To się dopiero okaże - odparł Doktor. - Myślę, że nie będziecie mieli nic przeciw temu, żebym przeprowadził sekcję. Tak czy owak trzeba to poćwiartować, inaczej nie da się stąd wynieść. Wziąłbym kogoś do asysty, ale to może być - nieprzyjemne. Kto na ochotnika?

- Ja.

- Ja mogę - odezwali się prawie równocześnie Koordynator i Cybernetyk.

Doktor podniósł się z klęczek.

- Dwóch to jeszcze lepiej. Poszukam teraz narzędzi, to trochę potrwa. Muszę powiedzieć, że nasz pobyt tutaj zanadto się komplikuje - jeszcze trochę, a trzeba będzie tygodnia, żeby sobie wyczyścić jeden but - niepodobna skończyć niczego, co się zaczęło.

Inżynier i Fizyk wyszli na korytarz. Koordynator, wracający z sali opatrunkowej już w gumowym fartuchu, z podwiniętymi rękawami, zatrzymał się przy nich. Niósł niklową tacę pełną narzędzi chirurgicznych.

- Wiecie, jak działa oczyszczacz - powiedział. - Jeżeli chcecie palić, wyjdźcie na górę.

Poszli więc do tunelu, Chemik przyłączył się do nich, na wszelki wypadek wziął elektrożektor pozostawiony w maszynowni przez Inżyniera.

Słońce stało wysoko, małe, spłaszczone, w oddali rozgrzane powietrze drgało nad piaskami jak galareta. Usiedli w długiej smudze cienia, którą rzucał z wysoka przechylony kadłub rakiety.

- To bardzo dziwne zwierzę i nadzwyczajna historia, jak mogło uruchomić generator - powiedział Inżynier. Potarł policzek, zarost przestawał już kłuć - wszystkim wykluły się brody, wciąż powtarzali, że muszą się ogolić, ale jakoś nikomu nie starczyło na to czasu.

- Ale teraz, prawdę mówiąc, najwięcej z tego wszystkiego cieszy mnie, że ten generator dał w ogóle prąd. To znaczy, że przynajmniej uzwojenia są całe.

- A to spięcie? - zauważył Fizyk.

- To nic, wysadziło automatyczny bezpiecznik, to zupełne głupstwo. Część mechaniczna rozsypała się do reszty, ale na to znajdziemy radę. Łożyska – mamy rezerwowe komplety, trzeba tylko poszukać. Oczywiście, nawój teoretycznie też można doprowadzić do porządku, ale gołymi rękami – posiwielibyśmy nad tym. Myślę sobie teraz, że po prostu dlatego ręka mi się nie podnosiła, żeby sobie dokładnie wszystko obejrzeć, bo obawiałem się, że tam jest kompletny proszek, a wtedy wiecie, co by z nami było.

– Reaktor – zaczął Chemik. Inżynier się skrzywił.

– Reaktor – swoją drogą. Na reaktor przyjdzie kolej. Pierwej musimy mieć prąd. Bez prądu nic nie zrobimy. Przeciek chłodzenia można usunąć w pięć minut, ale trzeba pospawać przewody. Do tego znów muszę mieć prąd.

– I co, myślisz wziąć się do maszyn – teraz? – z nadzieją w głosie spytał Fizyk.

– Tak. Opracujemy sobie plan kolejności remontów, mówiłem już o tym z Koordynatorem. Najpierw musimy mieć przynajmniej jeden sprawny agregat. Naturalnie bez ryzyka nic się nie da zrobić, bo agregat trzeba uruchomić bez energii atomowej – diabli wiedzą jak! Kieratem chyba... Niech tam... jak długo rozrząd elektryczny nie działa, nie mam pojęcia, co się dzieje w stosie.

– To nic takiego, blendy neutronowe działają nawet bez zdalnego sterowania – powiedział Fizyk – stos przeszedł samoczynnie w stan jałowy – najwyżej podczas wstępnego rozruchu mogłyby powstać trochę za wysoka temperatura, jeżeli chłodzenie...

– Dziękuję! Stos może się rozpłynąć i na to mówisz „nic takiego"?

Spierali się tak coraz zapalczywiej, potem zaczęli dyskutować już bardziej rzeczowo, a że żadnemu nie chciało się schodzić do rakiety, rysowali schematy na piasku, gdy z wylotu tunelu wynurzyła się głowa Doktora, który ich okrzyknął.

Zerwali się.

– No, co tam?

– Z pewnego punktu widzenia mało, a z innego znów sporo – odparł Doktor, który wyglądał dosyć osobliwie, bo tylko głowa jego wystawała nad ziemię, gdy mówił.

– Mało – ciągnął – bo jakkolwiek brzmi to dziwnie, nie jestem w dalszym ciągu pewny, czy to jest jedno stworzenie, czy dwa. W każdym razie to jest zwierzę. Posiada dwa układy krwionośne, ale nie są całkowicie rozdzielone. To wielkie – nosiciel – poruszało się, jak sądzę, skokami albo krokami.

– To duża różnica – powiedział Inżynier.

- I tak, i tak - wyjaśnił Doktor. - To, co wyglądało jak garb - tam jest przewód trawienny.
- Na grzbiecie?
- To nie był grzbiet! Kiedy je prąd poraził, upadło właśnie brzuchem do góry!
- Jak to, chcesz powiedzieć, że to mniejsze, podobne do... - Inżynier urwał, nie kończąc.
- Do dziecka - dopowiedział spokojnie Doktor - tak, niejako jeździło wierzchem na tym nosicielu - w każdym razie to jest możliwe. No, nie wierzchem - poprawił się - najczęściej, prawdopodobnie, siedziało w środku tego większego kadłuba - on ma tam takie torbiaste gniazdo, jedyna rzecz, do której mogę to porównać, to kangurza torba, ale podobieństwo jest bardzo małe i niefunkcjonalne.
- I przypuszczasz, że to stworzenie inteligentne? No, chyba - powiedział Fizyk.
- Na pewno musiało być inteligentne, skoro potrafiło otworzyć drzwi, zamknąć je za sobą, nie mówiąc już nawet o puszczeniu w ruch maszyn - powiedział Doktor, który jakoś nie zdradzał ochoty wyjścia na powierzchnię - sęk tylko w tym, że ono nie ma systemu nerwowego w naszym rozumieniu.
- Jak to?! - skoczył do niego Cybernetyk. Głowa Doktora uniosła brwi.
- Cóż robić. Tak jest. Są tam organy, których przeznaczenia ani się domyślam. Jest rdzeń - ale w czaszce - w tej małej czaszce - nie ma mózgu. To znaczy - jest tam coś, ale każdy anatom nazwałby mnie nieukiem, gdybym usiłował wmówić w niego, że to mózg... jakieś gruczoły, ale jakby chłonne - a między płucami znów - bo ono ma troje płuc - odnalazłem coś najdziwniejszego w świecie. Coś, co mi się bardzo nie podobało. Włożyłem to do kąpieli spirytusowej, później obejrzycie. Na razie są pilniejsze roboty. Maszynownia wygląda, niestety, jak jatka. Trzeba zaraz wynosić i zakopywać wszystko, w rakiecie jest raczej ciepło i pośpiech jest doprawdy wskazany - szczególnie przy tym upale. Możecie sobie założyć ciemne okulary, zawiązać twarz, zapach nie jest przykry, ale taka ilość surowizny...
- Ty żartujesz? - słabo spytał Fizyk.
- Nie.
Doktor teraz dopiero wyszedł z tunelu. Na gumowym miał drugi biały płaszcz, od góry do dołu pochlapany czerwono.

– Naprawdę, to może zemdlić, bardzo mi przykro. Cóż robić. Trzeba. Chodźcie zaraz.

Doktor odwrócił się i zniknął. Tamci spojrzeli na siebie i kolejno zanurzyli się w tunelu.

Grabarska robota, jak ją nazwał Chemik, zakończyła się dopiero późnym popołudniem. Pracowali półnadzy, aby nie poplamić kombinezonów, wynosząc okropny ciężar, czym się dało – kubłami, na blaszanych nosiłkach – zakopali poćwiartowane szczątki o dwieście kroków od rakiety, na szczycie pagórka, i mimo nawoływań Koordynatora do oszczędzania wody zużyli pięć wiader na mycie. Dopóki nie skrzepła, krew wielkiego stworu przypominała ludzką, ale szybko zmieniała barwę na pomarańczową, schła zaś w żółtawy, rozsypujący się proch.

Zmordowana załoga rozsiadła się w niskim słońcu pod rakietą, nikt nie mógł nawet myśleć o jedzeniu, wszyscy pili tylko chciwie kawę i wodę i jeden po drugim zadrzemali, choć mieli właściwie rozważyć pierwszy etap naprawczych robót. Kiedy się ocknęli, była już noc. Znowu trzeba było chodzić do magazynu po żywność, otwierać puszki konserw, grzać je, po jedzeniu – myć naczynia, o północy postanowili znienacka, jako że wszyscy byli wyspani, nie kłaść się, ale przystąpić do wstępnych prac.

Serca biły im żywiej, kiedy odwalali plastykowe i metalowe rupiecie z pokrywy awaryjnego generatora. Pracowali ręcznymi lewarami, tracili godziny na przekopywanie stalowych gruzów w poszukiwaniu każdej części zapasowej, każdego drobiazgu, poziomicy czy klucza, na koniec dopięli tego, że boczny generator został w całości przejrzany, rozsypane łożysko zastąpione nowym, a łopatki najmniejszej ze sprężarek – doprowadzone do stanu używalności. Inżynier zrobił to zresztą w równie prosty, co prymitywny sposób: ponieważ rezerwowych łopatek było za mało, po prostu wyciął co drugą łopatkę – wirnik oczywiście musiał działać z mniejszą wydajnością, ale w każdym razie był zdolny do pracy. O piątej nad ranem Koordynator obwieścił zakończenie robót – tak czy inaczej, powiedział, będziemy musieli podjąć jeszcze niejedną wyprawę, chociażby dla uzupełnienia zapasów wody, powodów znajdzie się zresztą więcej, a nie możemy odwrócić sobie rytmu snu i czuwania. Prześpimy się do świtu i znowu weźmiemy się do dzieła.

Reszta nocy upłynęła spokojnie. Rano nikt nie okazywał chęci, by wyjść na powierzchnię, wszyscy byli gotowi pracować dalej – i to natychmiast. Inżynier stworzył już coś w rodzaju pierwszego kompletu narzędziowego i nie trzeba było za byle głupstwem biegać po wszystkich kajutach. Najpierw sprawdzili rozdzielnię tak rojącą się od zwarć, że trzeba ją było budować niemal od nowa. Szczątki zastępowali częściami bezlitośnie wymontowanymi z innych niepracujących agregatów, potem zaś przystąpili do właściwego rozruchu prądnicy. Wcielony w życie, opracowany przez Inżyniera plan był raczej ryzykowny – dynamo obracali sprężarką, którą zmieniono w turbinę pędzoną tlenem z butli. W normalnych warunkach zespół awaryjny uruchamiała wysokoprężna para wodna z reaktora – reaktor bowiem, jako serce statku, uchodzi za najoporniejszy ze wszystkich mechanizmów – ale teraz wobec całkowitego zdemolowania instalacji elektrycznej nie mogli o tym nawet myśleć. Tak więc musieli użyć żelaznej rezerwy tlenu, bezcenny gaz marnował się tylko pozornie, liczyli bowiem na to, że kiedy cała maszynownia zostanie uruchomiona, będą mogli na powrót wypełnić opustoszałe butle tlenem atmosferycznym. Innej drogi nie było – rozruch stosu atomowego bez elektryczności oznaczałby szaleństwo. Co prawda Inżynier, nikomu o tym nie mówiąc, był gotów i na ów szaleńczy krok – gdyby tlenowy projekt zawiódł. Nie wiadomo było bowiem, czy sprężony tlen nie wyczerpie się prędzej, zanim stos da się uruchomić. Doktor stał w malutkiej sztolni pod podłogą górnego piętra maszynowni i podniesionym głosem podawał cyfry spadającego ciśnienia na manometrach tlenowych. Pozostała piątka pracowała na górze, miotając się jak w ukropie. Fizyk stał przy prowizorycznej tablicy rozrządczej stosu – zmontowanej tak, że na jej widok każdemu ziemskiemu specjaliście włosy powstałyby na głowie. Inżynier, wisząc głową na dół pod cielskiem generatora, mocował szczotki pierścieni, czarny jak Murzyn od smaru Koordynator stał obok Cybernetyka, obaj patrzeli na ślepą na razie tarczę licznika neutronowego, a Chemik biegał między nimi jako chłopiec do podawania narzędzi.

Tlen syczał, sprężarka w roli turbiny gazowej gniewnie szumiała, pobrzękując z lekka i drgając – barbarzyńsko potraktowany przez Inżyniera wirnik nie był dokładnie wyważony – obroty generatora rosły, jego zawodzenie przechodziło w coraz wyższy śpiew, lampy, zwisające u byle jak rozpiętych pod stropem kabli, dawały już biały, mocny blask.

– Dwieście osiemnaście – dwieście dwa – sto dziewięćdziesiąt pięć – słychać było monotonny, zniekształcony blaszanym echem głos niewidzialnego Doktora.

Inżynier wylazł spod dynamomaszyny, ocierając smar i pot z zarośniętej twarzy.

– Można – wydyszał.

Ręce trzęsły mu się od wysiłku tak wielkiego, że nie był nawet podniecony, kiedy Fizyk powiedział:

– Włączam pierwszą.

– Sto siedemdziesiąt, sto sześćdziesiąt trzy, sto sześćdziesiąt – miarowo recytował Doktor, przekrzykując wycie dynama, które zaczęło już dawać prąd rozruchu do reaktora i z każdą chwilą wymagało więcej tlenu do utrzymania obrotów.

– Pełne obciążenie! – stęknął Inżynier obserwujący zegary elektryczne.

– Włączam wszystko! – desperackim, załamującym się głosem wyrzucił Fizyk i kuląc się odruchowo, jak w oczekiwaniu ciosu, obiema rękami wcisnął czarne rękojeści. Otworzył usta. Nie wiedząc o tym, Koordynator coraz mocniej ściskał jego ramię. Patrzeli na prostokątne, pozbawione szkieł tarcze z wyprostowanymi naprędce wskazówkami: licznik gęstości strumienia szybkich neutronów, kontrolę cyrkulacji pomp elektromagnetycznych, wskaźnik zanieczyszczeń izotopowych i zespolone termopary wewnętrzne stosu. Dynamomaszyna jęczała, wyła, iskry sypały się spod niedokładnie kontaktujących pierścieni. We wnętrzu stosu, za grubym, lśniącym pancerzem, panował martwy spokój. Wskazówki ani drgnęły. Naraz zmętniały wszystkie w oczach Fizyka, rozmazały się, zacisnął powieki. Kiedy je otworzył, pełne łez, zobaczył je na pozycjach roboczych.

– Przeszedł krytyczny!! – krzyknął rozdzierająco Fizyk i zaszlochał, nie puszczając obu rękojeści. Czuł, jak wiotczeją mu mięśnie, oczekiwał przez cały czas wybuchu.

– Wskazówki na pewno się zacięły – powiedział spokojnie Koordynator, jakby nie widział, co się dzieje z Fizykiem. Trudno mu było mówić – tak zaciśnięte miał dotąd szczęki.

– Dziewięćdziesiąt, osiemdziesiąt jeden, siedemdziesiąt dwa... – nawoływał miarowo Doktor.

– Teraz!!! – ryknął Inżynier i ręką w wielkiej czerwonej rękawicy przełożył główny przełącznik. Generator jęknął i zaczął tracić obroty.

Inżynier rzucił się do sprężarki i zamknął oba doprowadzające zawory.

– Czterdzieści sześć, czterdzieści sześć, czterdzieści sześć – powtarzał miarowo Doktor.

Turbina przestała brać tlen z butli. Lampy bladły szybko, robiło się coraz ciemniej.

– Czterdzieści sześć, czterdzieści sześć... – nawoływał ze sztolni Doktor.

Naraz lampy rozbłysły skokiem. Dynamo ledwo się już obracało, ale prąd był, wszystkie podłączone zegary wskazywały rosnące napięcie.

– Czterdzieści sześć... czterdzieści sześć... – powtarzał wciąż Doktor, który nic nie widział w swojej stalowej studni.

Fizyk usiadł na podłodze i zakrył twarz rękami. Było prawie cicho. Wirnik generatora szumiał basowo, obracał się coraz wolniej, wahnął się jeszcze, zachybotał i stanął.

– Czterdzieści sześć... czterdzieści sześć... – powtarzał ciągle Doktor.

– Jaki przeciek? – spytał Koordynator.

– W normie – odparł Cybernetyk. – Widocznie puściło przedtem na szczycie deceleracji – automat zdążył zacementować, zanim nastąpiło zwarcie.

Nie powiedział nic więcej, ale każdy zrozumiał, jaki jest dumny z tego automatu. Jedną ręką przytrzymał palce drugiej, ukradkiem – bo mu się trzęsły.

– Czterdzieści sześć... – zawodził Doktor.

– Człowieku, przestań! – wrzasnął naraz w głąb studzienki Chemik – nie trzeba już! Stos daje prąd!!

Nastała chwila milczenia. Stos pracował jak zawsze bezgłośnie. W stalowej cembrowinie ukazała się blada, okolona ciemną brodą twarz Doktora.

– Naprawdę? – powiedział.

Nikt mu nie odpowiedział. Patrzeli na zegary, jakby nie mogli się nasycić widokiem wskazówek bez drgnienia stojących na roboczych pozycjach.

– Naprawdę? – powtórzył Doktor. Zaczął się śmiać, nie wydając głosu.

– Co ten znów – powiedział ze złością Cybernetyk. – Przestań!

Doktor wygramolił się na górę, usiadł obok Fizyka i począł jak inni patrzeć na zegary.

Nikt nie wiedział, jak długo to trwało.

– Wiecie co? – powiedział młodym, nowym głosem Doktor. Wszyscy spojrzeli na niego jak przebudzeni. – Nigdy nie byłem taki szczęśliwy – wyszeptał i odwrócił twarz.

IV

Późnym zmierzchem Koordynator wyszedł na powierzchnię z Inżynierem, aby zaczerpnąć tchu. Siedli na zwale wyrzuconej ziemi, zapatrzeni w ostatni rąbek czerwonej jak rubin tarczy słonecznej.

– Nie wierzyłem – mruknął Inżynier.

– Ja też nie.

– Ten stos – niezła robota, co?

– Solidna, ziemska robota.

– Pomyśl, wytrzymał!

Milczeli przez chwilę.

– Piękny początek – odezwał się Koordynator.

– Pracują trochę zbyt nerwowo – zauważył Inżynier. – To jest... bieg na długi dystans, wiesz? Zrobiliśmy, między nami, mniej więcej jedną setną tego, co musi być zrobione, żeby...

– Wiem – odparł spokojnie Koordynator. – Zresztą nie wiadomo jeszcze, czy...

– Rozrząd grawimetryczny, co?

– Nie tylko. Dysze sterujące, cały dolny pokład.

– Zrobimy to.

– Tak.

Oczy Inżyniera błądzące ślepo po otoczeniu dostrzegły naraz, tuż za szczytem pagórka, podługowaty, niewysoki nasyp – miejsce, w którym zakopali szczątki stworzenia.

– Zupełnie zapomniałem... – powiedział zdziwiony. – Jak gdyby to się stało przed rokiem. Wiesz?

– Ja nie. Cały czas myślałem o tym, to znaczy o nim. Ze względu na to, co Doktor znalazł w jego płucach.

– Co? A, prawda, mówił coś takiego. Co to było?

– Igła.

– Co?!

– Albo i nie igła – możesz zobaczyć sam. To jest w słoiku, w bibliotece. Kawałek cienkiej rurki, ułamany, z ostrym zakończeniem, skośnie ścięty jak lekarskie igły do zastrzyków.

– Jak to?...

– Nic więcej nie wiem.

Inżynier wstał.

– To zadziwiające, ale... ale sam nie rozumiem, dlaczego to mnie tak mało intryguje. Właściwie prawie wcale, jeśli mam być szczery. Czuję się teraz tak jak przed startem, wiesz? Albo jak pasażer samolotu, który na kilka minut wylądował w obcym porcie, wmieszał się w tłum tubylców, był świadkiem jakiejś dziwnej, niezrozumiałej sceny, ale wie, że nie należy do tego miejsca, że za chwilę odleci i wszystko z otoczenia dochodzi do niego jakby poprzez wielką odległość, obce i obojętne.

– Nie odlecimy zaraz...

– Wiem, że nie, ale takie mam uczucie.

– Chodźmy do nich. Nie będziemy się mogli położyć, dopóki nie pozmieniamy wszystkich prowizorek. I bezpieczniki trzeba jak się patrzy założyć. Stos może iść potem jałowo.

– Dobrze, chodźmy.

Noc spędzili w rakiecie, nie gasząc małych świateł. Co jakiś czas budził się któryś, nieprzytomnymi oczami sprawdzał, jak płoną żarówki, i uspokojony zasypiał. Rano wstali z nowymi siłami. Pierwszym uruchomionym był najprostszy półautomat oczyszczający, który co kilkanaście minut się zacinał, wkopany bezsilnie w stosy tarasujących wszystko szczątków. Cybernetyk, chodzący za nim z narzędziami, wyciągał go jak jamnika z lisiej nory, usuwał rupiecie, które okazały się zbyt wielkie dla gardła jego chwytacza, i znowu go uruchamiał. Półautomat szurgotał pospiesznie przed siebie, zajadle wgryzał się w następny kopiec gruzów i wszystko powtarzało się od początku. Po śniadaniu Doktor wypróbował swoją maszynkę do golenia z takim skutkiem, że ukazał się towarzyszom odziany jak gdyby w brązową maskę – czoło i skórę wokół oczu miał spaloną słońcem, a dół twarzy zupełnie biały. Wszyscy poszli za jego przykładem i ledwo mogli siebie poznać w głodomorach z wystającymi szczękami.

– Musimy się lepiej odżywiać – zakonkludował Chemik, oglądając ze zgrozą własne odbicie w lusterku.

– Co powiesz na świeżą dziczyznę? – zaproponował Cybernetyk.

Chemik się wzdrygnął.

– Dziękuję, nie. Nie mów mi nawet o tym. Teraz dopiero sobie przypomniałem. Śniła mi się ta – to...

– To zwierzę?

– Diabli wiedzą, czy to zwierzę.

– A co?

– Jakie zwierzę potrafiłoby uruchomić generator?

Wszyscy przysłuchiwali się tej rozmowie.

– Stwierdzono, że wszystkie istoty na wyższym stopniu rozwoju wynajdują taką czy inną odzież – powiedział Inżynier – a to dubeltowe stworzenie było nagie.

– Jak powiedziałeś? Nagie? – wtrącił Doktor.

– O co ci chodzi?

– O to, że o krowie ani o małpie nie powiedziałbyś, że jest naga.

– Bo mają sierść.

– Hipopotam czy krokodyl nie mają sierści, a nie nazwałbyś ich nagimi.

– Więc co z tego? Tak mi się powiedziało.

– Właśnie.

Zamilkli na chwilę.

– Dochodzi dziesiąta – odezwał się Koordynator. – Jesteśmy wypoczęci, myślę, że zrobimy wypad w innym kierunku niż poprzedni. Inżynier miał przygotować elektrożektory – jak z tym?

– Mamy pięć sztuk, wszystkie naładowane.

– Dobrze. Szliśmy na północ, więc pójdziemy teraz na wschód. Z bronią, ale oczywiście będziemy się starali jej nie używać. Zwłaszcza gdybyśmy spotkali te – te dubelty, jak je nazwał Inżynier.

– Dubelt? Dubelt? – powtórzył kilka razy Doktor z nieukontentowaniem, jakby wypróbowywał tę nazwę. – Nie wydaje mi się to szczęśliwe i pewno dlatego się przyjmie. Tak jakoś bywa.

- Idziemy zaraz? - spytał Fizyk.

- Tak myślę. Zabezpieczymy tylko klapę, żeby uniknąć nowych niespodzianek.

- A nie moglibyśmy wziąć łazika? - spytał Cybernetyk.

- No... raczej nie. Potrzebowałbym co najmniej pięciu godzin, żeby go uruchomić - powiedział Inżynier. - Chyba żeby odłożyć wyprawę na jutro?

Nikt nie miał jednak ochoty odkładać wypadu - tak więc wyruszyli około jedenastej, bo trochę czasu zajęły im jeszcze przygotowania ekwipunku. Jakby zmówiwszy się, choć nikt tego nie proponował, szli dwójkami, w niewielkich odstępach, a jedyny człowiek bez broni, którym był Doktor, znajdował się w środkowej dwójce. Czy naprawdę grunt przedstawiał korzystniejsze warunki do pieszej wędrówki, czy też szło im się raźniej, dość że przed upływem godziny stracili z oczu rakietę. Krajobraz zmieniał się pomału. Coraz więcej było smukłych szarych „kielichów", które omijali, w odległości zaś ukazały się wzgórza, od północy pologie, kopulaste, spadające ku równinie dość stromymi grzędami i urwiskami, na wprost linii marszu zaś pokryte ciemniejszymi od gleby plamami roślinności.

Pod krokami szeleściły sucho porosty, szare, jakby przysypane popiołem, ale to była ich naturalna barwa; ich młode pędy były białawo żyłkowanymi rurkami, z których wyrastały malutkie, perełkowate bąbelki.

- Wiecie, czego tu najbardziej brak? - powiedział w pewnej chwili Fizyk. - Trawy. Zwykłej trawy. Nigdy nie przypuszczałem, że jest tak... - szukał przez chwilę słowa - potrzebna...

Słońce przypiekało. Gdy zbliżyli się do wzgórz, dobiegł ich miarowy, daleki szum.

- Dziwne, wiatru nie ma, a tam szumi - zauważył idący w pierwszej dwójce Chemik.

- To stamtąd - wskazał ręką kroczący za nim Koordynator. - Widocznie tam, wyżej, jest wiatr. Spójrzcie, ależ to zupełnie ziemskie drzewa!

- Mają inną barwę i błyszczą tak...

- Nie - one są dwubarwne - wtrącił Doktor, który miał dobry wzrok.

- Są dwubarwne na przemian - raz bardziej fioletowe, a raz niebieskie z żółtym odcieniem.

Równina zostawała za nimi. Na chybił trafił weszli w szeroko rozpostartą gardziel wąwozu o gliniastych, osypujących się ścianach pokrytych w cieniu delikatną mgiełką, która okazała się z bliska rodzajem porostu czy też pajęczyny – zdania były podzielone, twory te przypominały nieco luźne kłęby nitek szklanej waty przytwierdzone słabo do stoków. Podnieśli głowy, bo mijali właśnie pierwszą kępę drzew rosnących na krawędzi urwiska kilkanaście metrów wyżej.

– Ależ to wcale nie są drzewa! – zawołał z rozczarowaniem Cybernetyk, który zamykał pochód.

Tak zwane drzewa miały grube, mocno błyszczące, jakby tłuszczem natarte pnie i wielowarstwowe korony, które pulsowały miarowo, raz ciemniejąc, i wtedy wypełniały się, a raz blednąc, przepuszczały wówczas słoneczne światło tysiącem prześwitów. Zmianom tym towarzyszył powtarzający się ospale pogłos, jak gdyby ktoś z ustami przyciśniętymi do elastycznego materiału powtarzał szeptem „fssss – hhaaa – ffs... – hhaaa". Kiedy dobrze przyjrzeli się najbliższemu drzewu, dostrzegli wyrastające z jego pokrętnych gałązek długie jak banany pęcherze nabiegłe gronowatymi wypukłościami, które to nadymały się, i wtedy ciemniały, to zapadały, jaśniejąc i blaknąc.

– To drzewo oddycha – mruknął zdumiony Inżynier. Wsłuchiwał się w nieustający odgłos, który spływając z wysokości, wypełniał cały parów.

– Ale zauważcie, że każde w innym rytmie – zawołał jakby uszczęśliwiony Doktor. – Im które mniejsze, tym szybciej oddycha! To są, to są „płucodrzewa"!

– Dalej! Idziemy dalej! – nawoływał Koordynator, który oddalił się od stojącej grupki na kilkanaście kroków.

Ruszyli za nim. Parów, zrazu dość szeroki, zwężał się, jego dno niezbyt stromo wiodło w górę, aż wyprowadziło ich na kopulaste wzgórze między dwiema spoczywającymi niżej kępami drzew.

– Jak zamkniesz oczy, będzie ci się zdawało, że stoisz na brzegu morza, spróbuj! – powiedział Fizyk do Inżyniera.

– Już wolę nie zamykać oczu – odmruknął Inżynier.

Dochodzili do najwyższego punktu wzniesienia, zbaczając nieco z linii marszu. Przed nimi leżała pofałdowana, różnobarwna okolica z rozczłonkowanymi zagajnikami oddychających drzew, które migotały oliwkowo i rudo, z jasnymi jak miód stokami gliniastych pagórków i płatami ziemi pokrytej srebrzystym pod słońcem, a szarozielonawym w cieniach mchem. Cały ten obszar przecinały w różnych kierunkach cienkie, wąskie linie. Biegły dnem kotlin, omijały palczasto wysunięte zbocza wzgórz, jedne rude, inne prawie białe, niczym posypane piaskiem ścieżki, jeszcze inne niemal czarne, jak gdyby smugi węglowego miału. – Drogi! – krzyknął Inżynier, ale sam poprawił się zaraz. – Nie, to za wąskie na drogi... co to może być? – Za tym pajęczastym laskiem odkryliśmy coś podobnego – ten trawniczek – powiedział Chemik. Podniósł do oczu lornetkę.

– Nie, tamte były inne – zaczął Cybernetyk.

– Patrzcie! Patrzcie! – drgnęli wszyscy na okrzyk Doktora.

Nad żółtą kreską, która schodziła z rozległego siodła między dwoma pagórkami, w odległości kilkuset metrów sunęło coś przejrzystego. Ów twór odświecał blado w słońcu niczym na pół przezroczyste, szybko obracające się szprychowe koło. Kiedy znalazł się przez mgnienie na tle nieba, przestał prawie być widoczny i dopiero niżej, u stóp ziemnej skarpy, wybłysnął jaśniej jako wirujący kłąb, z wielką chyżością spłynął po prostej, minął kępę oddychających drzew, zaśnił przez kontrast z ich ciemną grupą i znikł w ujściu dalekiego wąwozu.

Doktor zwrócił ku towarzyszom pobladłą lekko twarz z pałającymi oczami.

– Ciekawe, co? – powiedział. Pokazał zęby, jakby się uśmiechał, ale w jego oczach nie było wesołości.

– Do diabła, zapomniałem lornetki – pokaż twoją – zwrócił się Inżynier do Cybernetyka. – Operowe szkła – mruknął pogardliwie i oddał mu lornetkę.

Cybernetyk ujął w garść szklistą kolbę elektrożektora i jakby zważył jego ciężar.

– Myślę, że jesteśmy raczej kiepsko uzbrojeni – bąknął z wahaniem.

– Dlaczego myślisz zaraz o walce?! – napadł na niego Chemik. Przez chwilę milczeli, przepatrując okolicę.

– Idziemy dalej, co? – z ociąganiem odezwał się Cybernetyk.

– Oczywiście – odparł Koordynator. – O, drugi! Patrzcie!

Drugi rozwiany błysk, mknący daleko szybciej od tamtego, ciągnął esowatą linią wśród wzgórz, kilka razy zdawał się szybować całkiem nisko nad ziemią, a kiedy przez chwilę pędził prosto w ich kierunku, stracili go całkiem z oczu, dopiero gdy skręcił, znowu pojawiła się rozmazana, mgławo odświecająca tarcza błyskawicznego wirowania.

– Jakiś pojazd czy co... – mruknął Fizyk. Nie odwracając oczu od błysku, który, coraz mniejszy, gubił się już pośród falujących zagajników, dotknął ramienia Inżyniera.

– Skończyłem politechnikę na Ziemi – odparł Inżynier, jakby nie wiedzieć czemu nagle rozdrażniony. – W każdym razie... – dodał z wahaniem – tam jest w środku coś – wypukłego jak czop śmigła.

– Tak, w samym środku błyszczy coś bardzo mocno – przytaknął Koordynator. – Jak wielkie to może być, co o tym sądzisz?

– Jeżeli te drzewa na dole są tej samej wysokości co tamte, w wąwozie... to co najmniej dziesięć metrów.

– Średnicy? Ja też tak myślę. Co najmniej dziesięć.

– Oba zniknęły tam – wskazał Doktor ostatnią przesłaniającą dalszy widok najwyższą linię wzgórz. – A więc i my tam pójdziemy – prawda?

Zaczął schodzić po stoku, wymachując pustymi rękami. Podążyli za nim.

– Musimy przygotować się do pierwszego kontaktu – powiedział Cybernetyk. To gryzł, to oblizywał wargi.

– Tego, co się stanie, nie potrafimy przewidzieć. Spokój, rozwaga, opanowanie – to jedyne dyrektywy, na jakie nas stać – powiedział Koordynator. – Ale może będzie lepiej, jeżeli zmienimy szyk. Jeden zwiadowca na przedzie – i jeden na końcu. I rozciągniemy się trochę bardziej.

– Czy mamy wystąpić otwarcie? Lepiej będzie chyba, jeżeli pierwej postaramy się możliwie dużo zobaczyć – niezauważeni – szybko powiedział Fizyk.

– No... specjalnie kryć się nie należy, bo to zawsze wygląda podejrzanie. Ale rzeczywiście, im więcej zobaczymy, tym może to być dla nas korzystniejsze...

Rozważając kwestię taktyki, zeszli na dół i po kilkuset krokach dotarli do pierwszej zagadkowej linii.

Przypominała nieco ślad pojedynczego, starego, ziemskiego pługa – grunt był płytko przeorany, jakby skruszony i wyrzucony na obie strony bruzdy, nie szerszej od dwóch dłoni. Porosłe mchem, zaklęsłe smugi, na które natknęli się podczas pierwszej wyprawy, były podobnych wymiarów, ale zachodziła jedna, dość istotna różnica: tam otoczenie bruzdy było nagie, ona sama zaś – porośnięta mchem, tutaj – na odwrót, poprzez jednolitą powłokę białawych porostów wiódł pas zmielonego, obnażonego gruntu.

– Dziwne – burknął Inżynier, podnosząc się z klęczek. Wycierał powalane gliną palce o kombinezon.

– Wiecie co? – powiedział Doktor – myślę, że tamte – na północy – muszą być bardzo stare – nieużywane od dłuższego czasu i dlatego zarósł je ten tutejszy, rajski mech...

– To możliwe – rzucił Fizyk – ale co to jest? Koło na pewno nie – ślad koła byłby zupełnie inny.

– Może jednak jakaś maszyna rolnicza? – podsunął Cybernetyk.

– I co, uprawiają grunt na dziesięciocentymetrowej szerokości?

Przeskoczyli bruzdę i poszli dalej, na przełaj, ku innym. Szli właśnie poboczem leśnego zagajnika, który swym głuchym szumem utrudniał nawet prowadzenie rozmowy, gdy usłyszeli dobiegający z tyłu przenikliwy, żałosny świst. Odruchowo skoczyli za drzewa. Ukryci, dostrzegli górujący nad łąką pionowy, świetlisty wir, który pędził po prostej z szybkością kurierskiego pociągu. Jego obrzeże było ciemniejsze, a środek świecił mocno to fioletową, to pomarańczową barwą. Średnicę owego środka, wybrzuszonego soczewkowato na boki, ocenili na dwa do trzech metrów.

Ledwo migocący pojazd wyprzedził ich i znikł, ruszyli dalej w tę samą stronę. Zagajnik się skończył i szli teraz, z konieczności, szeroko odkrytym terenem, czując się dosyć niepewnie, nieustannie więc oglądali się za siebie – łańcuch wzgórz połączonych płytkimi siodłami był już całkiem blisko, kiedy znowu usłyszeli przeciągły świst, a z braku jakiegokolwiek ukrycia popadali na ziemię. Jakieś dwieście metrów od nich przeleciał wirujący dysk, tym razem z centralnym wybrzuszeniem barwy błękitnej jak niebo.

– Ten był chyba ze dwadzieścia metrów wysoki! – syknął z podnieceniem Inżynier. Podnieśli się z ziemi. Między nimi a wzgórzami rozpościerała się wcięta pośrodku kotlina przepołowiona dziwnie kolorową smugą. Znalazłszy się całkiem blisko, dostrzegli strumyk o jasnym, piaszczystym dnie przeświecającym spod wody. Oba jego brzegi mieniły się od barw; płynąca woda była obramowana pasem błękitnawej zieleni, na zewnątrz niego biegł pas bladego różu, a jeszcze dalej – iskrzyły się jak srebro wiotkie rośliny przetykane gęsto dużymi jak ludzka głowa puszystymi kulami – nad każdą wznosił się trójpłatowy kielich ogromnego kwiatu białego jak śnieg. Zapatrzeni w tę niezwykłą tęczę, zwolnili kroku – kiedy dochodzili do puszystych kul, naraz najbliższe białe „kwiaty" zadrgały i powoli uniosły się w powietrze. Wisiały chwilę drgającym stadkiem nad ich głowami, wydając słabe brzęczenie, a potem wzbiły się w górę, błysnęły w słońcu oślepiającą bielą rozwirowanych „kielichów" i odleciały, aby przysiąść w gąszczu jasnych kul po drugiej stronie strumienia.

Tam, gdzie dochodziła do niego bruzda, brzegi łączył jak mostek łuk szklistej substancji, podziurawiony w regularnych odstępach okrągłymi otworami. Inżynier spróbował nogą wytrzymałości mostka i powoli przeszedł na drugą stronę. Ledwo się tam znalazł, znowu trysnęły mu spod stóp chmary białych „kwiatów" i kołowały nad nim niespokojnie jak spłoszone stadko gołębi.

Zatrzymali się nad strumieniem, aby nabrać wody do manierki – oczywiście niepodobna było jej pić, a nie mogli przeprowadzić na miejscu analizy, potrzebna im była tylko próbka do późniejszych badań. Doktor zerwał jedną z małych roślinek tworzących smugę różu i wsadził ją sobie do dziurki od guzika niczym kwiatek. Łodyżka cała była oblepiona przeświecającymi cieliście kuleczkami, których woń określił Doktor jako rozkoszną; choć nikt tego nie mówił, żal jakoś było rozstawać się z tym tak pięknym miejscem.

Połogi stok, którym podchodzili, zarastały szeleszczące pod stopami mchy.

– Tam coś jest, na szczycie! – wskazał nagle Koordynator. Na tle nieba poruszał się tam w jednym miejscu nieokreślony kształt – w oczy biły co chwila ćmiące błyski, kilkaset kroków od szczytu rozpoznali w owym przedmiocie rodzaj niskiej kopułki, która obracała się na osi. Boki jej pokrywały lustrzane sektory, odrzucając ku nim to promienie słońca, to odbicia fragmentów krajobrazu.

Idąc wzrokiem wzdłuż linii grzbietów, zauważyli drugi podobny twór, a raczej domyślili się jego obecności po regularnym błyskaniu i migotaniu. Iskrzących się punktów odkrywali coraz więcej – regularnie pojawiały się na szczytach aż po kres horyzontu.

Z przełączki pod wierzchołkiem wzgórza mogli wreszcie zapuścić spojrzenie w głąb niewidocznego dotąd obszaru.

Łagodna pochyłość przechodziła w sfalowane pola, którymi szły długie szeregi spiczastych masztów. Najdalsze ginęły u stóp błękitnej konstrukcji ledwo przecierającej się przez masyw powietrza. Nad bliższymi powietrze drżało wyraźnie pionowymi słupami, jak mocno rozgrzane. Pomiędzy szpalerami masztów wiły się dziesiątki bruzd, schodziły w pęki, rozwidlały, krzyżowały się i wiodły wszystkie w jedną stronę – ku wschodniej granicy widnokręgu. Tam bladą, rozmazaną mozaiką nieregularnych załamań, podwyższeń, iglic złotawych i srebrzystych rysowało się mrowie zabudowań zlane dzięki znacznemu oddaleniu w mżącą niebieskawo masę. Nieboskłon był w owej stronie nieco ciemniejszy, a w niektórych miejscach uchodziły weń strugi mlecznej pary i rozpościerały się grzybiasto w cienką warstwę ni to mgły, ni to chmury, w której, kiedy natężyło się do ostateczności wzrok, pokazywały się i znikały drobne, czarne punkciki.

– Miasto... – szepnął Inżynier.

– Widziałem je – wtedy... – równie cicho powiedział Koordynator. Zaczęli schodzić w dół. Pierwszy szereg masztów czy słupów przeciął im drogę u końca pochyłości.

Wychodziły z gruntu stożkowatą tuleją o czarnej jak smoła powierzchni. Jakieś trzy metry od ziemi kończyła się, dalej biegł słup na pół przezroczysty, z centralnym, przeświecającym jak z metalu trzpieniem, powietrze w górze drgało mocno i słychać było miarowy, głuchy syk.

– To jakieś śmigło? – powiedział na pół pytająco Fizyk.

Zrazu ostrożnie, potem coraz śmielej jęli dotykać stożkowej osady masztu. Nie poruszyło jej najlżejsze drżenie.

– Nie, tam nic nie wiruje – powiedział Inżynier – nie czuć żadnego ciągu powietrza. To jakiś emitor czy co...

Posuwali się dalej terenem o łagodnych, płytkich fałdach. Miasto stracili już dawno z oczu, ale nie mogli zbłądzić – nie tylko długie szpalery słupów, ale i liczne bruzdy wśród pól wskazywały kierunek. Od czasu do czasu przemykał w jedną lub drugą stronę świetliście wirujący kłąb, ale zawsze w tak znacznym oddaleniu, że nie próbowali się nawet kryć.

Przed nimi zaciemniał oliwkowożółtą plamą zagajnik. Zrazu chcieli go wyminąć, jak to czyniła linia masztów, że jednak rozpościerał się daleko na obie strony i okrążając go, nałożyliby zbyt wiele drogi, zdecydowali się iść na przełaj przez gąszcz.

Otoczyły ich oddychające drzewa. Zeschłe, pęcherzykowate liście o powierzchni skrzypiącej nieprzyjemnie pod podeszwami przy każdym kroku pokrywały ziemię porosłą rurkowatymi roślinkami i białawym mchem. Tu i ówdzie spomiędzy grubych korzeni wysuwały się pyszczki bladych, mięsistych kwiatów o sterczących ze środka jak szydła kolcach. Po grubej skórze pni ściekały kropelki aromatycznej żywicy. Idący przodem Inżynier zwolnił naraz i powiedział niechętnie:

– U licha – nie trzeba było tędy iść.

Pośród drzew otwierał się głęboki wykrot, gliniaste ściany pokryte były festonami długich, wężowych porostów. Weszli zbyt daleko, żeby teraz zawracać, zesunęli się więc po ścianie wymoszczonej gibkimi lianami, na dno, którym ciurkała drobna nić wody. Przeciwległy stok był zbyt stromy, poszli więc dnem wykrotu, wypatrując miejsca, w którym dałoby się wspiąć w górę. Uszli tak ze sto kroków. Zapadlina rozszerzała się, jej brzegi obniżały, zrobiło się nieco jaśniej.

– Co to? – powiedział naraz Inżynier i urwał. Powiew przyniósł mdły, słodkawy czad. Zatrzymali się. Raz obsypywała ich ulewa słonecznych cętek, raz mrok pogłębiał się, wysoko szumiało głuchymi falami oddechu sklepienie drzew.

Spiętrzony nad brzegiem rowu woskowy wał wydał im się w pierwszej chwili jednolitą, nabrzękłą bryłą. Straszna woń ledwo pozwalała oddychać. Wzrok z trudnością oddzielał od siebie pojedyncze kształty, w miarę jak je rozpoznawał. Niektóre leżały garbami do góry, inne na boku, spomiędzy stulenia mięśni piersiowych wysuwały się wątłe, blade torsy o odwróconych, wklinowanych między inne twarzyczkach, wielkie kadłuby, stłoczone, zgniecione, przemieszane z chudymi rączkami o węzełkowatych palcach – pełno ich zwisało bezwładnie wzdłuż opuchłych boków – pokrywały żółte zacieki.

Uchwyt rąk Doktora na ramionach stojących przy nim ludzi był tak silny, że krzyknęliby, gdyby go poczuli.

Pomału zrobili kilka kroków naprzód.

Zwarci ramionami, zbliżali się coraz bardziej, z oczami wbitymi w to, co wypełniało wykop. Był wielki.

Grube krople wodnistej cieczy lśniącej w słonecznych cętkach ściekały po woskowatych grzbietach, po bokach, gromadziły się w zaklęsłych twarzach bez oczu, wydawało im się, że słyszą odgłos, z jakim krople miarowo padają w dół.

Daleki, nadciągający świst sprężył ich mięśnie. W mgnieniu oka rzucili się ku zaroślom, rozdarli ich ścianę, popadali na ziemię, ręce same chwytały kolby eżektorów. Łodygi chwiały się jeszcze przed nimi, kiedy pionowy krąg słabo zaświecił mielonym powietrzem między przeciwległymi drzewami i wtoczył się na polankę.

Kilkanaście kroków przed rowem zwolnił, ale jego świst wzmógł się jeszcze bardziej, zawrotnie rozcinane powietrze świegotało, okrążył rów, zbliżył się do niego, naraz glina buchnęła w górę, rudawy obłok niemal do połowy zakrył świetlistą tarczę, grad okruchów sypał się na zarośla, na nich, przywartych do ziemi, dał się słyszeć tępy, ohydny odgłos, jakby gigantyczna ostroga darła zwał mokrego płótna, wirująca tarcza była już u drugiego końca polanki, znowu się zbliżała, przez moment zatrzymała się w miejscu, jej drżący pion kierował się leniwie to w prawo, to w lewo, jakby nacelowany, nagle przyspieszyła i druga strona rowu okryła się chmurą wyrzucanej z jazgotem gliny. Krąg brzęczał, dygotał w miejscu, zdawał się rozdymać, dostrzegli lustrzane kopułki z obu jego stron, odbijały się w nich pomniejszone drzewa i zarośla, wewnątrz poruszało się coś, niedźwiedziowaty cień, ostro wibrujący dźwięk osłabł nagle i krąg pomknął tą samą bruzdą, którą przybył.

Na polance wznosił się teraz wypukły wał świeżej gliny obwiedziony po brzegach głęboką prawie na metr bruzdą.

Doktor pierwszy spojrzał w oczy innym. Podnieśli się wolno, machinalnie otrząsali strzępy roślin i pajęczaste nitki z kombinezonów. Potem, jakby się zmówili, zaczęli wracać tą samą drogą, którą przyszli. Pozostawili już daleko wykrot, drzewa i szeregi masztów i dochodzili do połowy stoku, nad którym migotała lustrzana kopułka, kiedy Inżynier powiedział:

– A może to jednak tylko zwierzęta?

– A czym my jesteśmy? – tym samym tonem, jak echo, powiedział Doktor.

– Nie, ja myślę...

– Czy widzieliście, kto siedział w tym wirującym kole?

– Nie widziałem w ogóle, żeby tam ktoś był – powiedział Fizyk.

– Był. A jakże. To w środku – to jakby gondola. Powierzchnia polerowana, ale przepuszcza trochę światła. – Widziałeś? – zwrócił się Koordynator do Doktora.

– Widziałem. Ale nie jestem pewien, to znaczy...

– To znaczy – wolisz nie być pewny?

– Tak.

Podchodzili dalej. W milczeniu minęli łańcuch najwyższych wzgórz, już po drugiej stronie, nad strumieniem, na widok zbliżających się do następnego zagajnika świetlistych tarcz przypadli do ziemi.

– Kombinezony mają dobrą barwę – powiedział Chemik, kiedy wstali i ruszyli dalej.

– A jednak to dziwne, że nas dotąd nie dostrzegli – rzucił Inżynier.

Koordynator, który milczał do tej chwili, zatrzymał się nagle.

– Dolny przewód RA jest nieuszkodzony, prawda, Henryku?

– Tak, jest cały. O co ci chodzi?

– Stos ma rezerwę. Można by spuścić trochę roztworu.

– Nawet dwadzieścia litrów! – powiedział Inżynier i twarz pojaśniała mu w złym uśmiechu.

– Nie rozumiem? – wtrącił Doktor.

– Oni chcą spuścić roztwór wzbogaconego uranu, żeby naładować miotacz – wyjaśnił Fizyk.

– Uran?!

Doktor zbladł.

– Nie myślicie chyba...

– Nic nie myślimy – odparł Koordynator. – Od chwili kiedy t o zobaczyłem, przestałem w ogóle myśleć. Myśleć będziemy potem. Teraz...

– Uwaga! – krzyknął Chemik.

Świetlisty krąg minął ich, malał już, kiedy zwolnił i zataczając wielki łuk, począł się zbliżać. Pięć luf podniosło się u ziemi, drobnych jak dziecinne pistoleciki wobec ogromu, który swoim migotaniem przesłonił pół nieba. Naraz znieruchomiał, brzęczenie spotężniało, potem osłabło, coś wirowało coraz wolniej, oczom ich ukazał się znienacka rozłożysty wielokąt, ażurowa konstrukcja, która poczęła się chylić na bok, jakby miała upaść, ale podparły ją dwa skośnie wystrzelające ramiona. Z centralnej gondoli, która utraciła lustrzany blask, wylazło coś niewielkiego, kosmatego, ciemnego i przebierając błyskawicznie odnóżami połączonymi fałdzistą błoną, zesunęło się po skośnej, podziurawionej listwie, skoczyło na ziemię i przywierając do niej płasko, popełzło prosto w kierunku ludzi.

Niemal jednocześnie cała gondola otwarła się na wszystkie strony naraz, jak poziomy kielich kwiatu, i wielki, błyszczący kadłub spłynął na dół na czymś, co zrazu owalne i grube momentalnie ścieńczało i znikło.

Wtedy wielki stwór, który opuścił gondolę, wyprostował się powoli na całą wysokość. Poznali go, chociaż był dziwnie zmieniony – pokryty lśniącą jak srebro substancją, która otaczała go spiralnym nawojem od dołu do góry, gdzie w obramionym czarno wylocie ukazała się mała, płaska twarz.

Kosmate zwierzę, które pierwsze wyskoczyło ze znieruchomiałego kręgu, pełzło ku nim zwinnie i szybko, nie odrywając się od ziemi. Teraz dopiero zauważyli, że wlokło za sobą coś, co wyglądało jak bardzo wielki, łopatowato rozpłaszczony ogon.

– Strzelam – powiedział niegłośno Inżynier. Przyciskał twarz do kolby.

– Nie! – krzyknął Doktor.

– Czekaj – chciał powiedzieć Koordynator, lecz Inżynier puścił już serię. Mierzył w pełznące stworzenie i chybił, lot elektrycznego ładunku był niewidoczny, usłyszeli tylko słabe syknięcie. Inżynier puścił cyngiel, nie zdejmując zeń palca. Lśniący srebrem stwór nie ruszał się z miejsca. Naraz zrobił coś – i świsnął. Tak im się wydało.

To, co pełzło, momentalnie oderwało się od ziemi i jednym skokiem przebyło chyba z pięć metrów – lądując, zebrało się jakby w kulę, nastroszyło, dziwacznie spęczniało, łopatowaty ogon rozsunął się, stanął pionowo, rozpostarł w górę i na boki, w jego wklęsłej jak muszla powierzchni coś zabłysło blado i popłynęło ku nim, jakby niesione wiatrem.

– Ognia!! – ryknął Koordynator.

Nie większa od orzecha płomienista kula falowała łagodnie w powietrzu, zbaczała to w jedną, to w drugą stronę, ale parła wciąż bliżej – już słyszeli jej posykiwanie jak kropli wody tańczącej na rozpalonej blasze. Wszyscy naraz zaczęli strzelać.

Wielokrotnie rażone stworzonko upadło, kurcząc się, wachlarzowaty ogon nakrył je całkiem, niemal jednocześnie ognisty orzech zaczął spływać z wiatrem w bok, jakby utracił nagle sterowność, minął ich w odległości kilkunastu kroków i stracili go z oczu.

Srebrny olbrzym wyprostował się jeszcze bardziej, pojawiło się nad nim coś cienkiego i jął unosić się po tym ku otwartej gondoli – wszyscy usłyszeli trzask, z jakim trafiły go serie.

Złamał się wpół i głucho wyrżnął w ziemię.

Wstali i pobiegli ku niemu.

– Uwaga! – krzyknął jeszcze raz Chemik.

Dwa lśniące kręgi wynurzyły się spod lasu i rwały ku wzgórzom. Przypadli w zagłębieniu gotowi na wszystko i stało się coś dziwnego – oba kręgi, nie zwolniwszy nawet, pomknęły dalej, aż znikły za grzbietami wzgórz.

Kilka sekund później rozległ się przytłumiony huk, odwrócili się, dobiegł z zagajnika oddychających drzew, który mieli za plecami. Rozłupane w połowie jedno z najbliższych drzew zwaliło się, buchając kłębami pary w łomocie konarów.

– Szybko! Szybko! – krzyknął Koordynator. Podbiegł do kosmatego zwierzątka, którego łapki wystawały spod przykrywy mięsistego nagiego ogona, i celując w nie opuszczoną lufą, zwęglił je ciągłym ogniem w kilkanaście sekund, potem butem rozrzucił szczątki i wdeptał je w grunt. Inżynier i Fizyk stali pod ażurowym wielokątem wspartym na skośnych łapach przed srebrną bryłą – Inżynier dotknął jej garbu wypuczonego i jak gdyby rosnącego powoli.

– Nie możemy go tak zostawić! – krzyknął Koordynator. Podbiegł do nich. Był bardzo blady.

– Nie spopielisz takiej masy – mruknął Inżynier.

– Zobaczymy! – odpowiedział przez zęby Koordynator i strzelił z dwu kroków. Powietrze drżało wokół lufy. Srebrny kadłub pokrył się momentalnie czarniawymi plamami, sadza zawirowała w powietrzu, rozszedł się okropny swąd palonego mięsa, zabulgotało. Chemik patrzał na to chwilę ze zbielałą twarzą, nagle odwrócił się i odbiegł od nich. Cybernetyk poszedł za nim. Gdy broń Koordynatora się wyładowała, milcząc, wyciągnął rękę po eżektor Inżyniera.

Sczerniała tusza zapadła się, rozpłaszczyła, krążył nad nią dym, unosiły się płaty kopciu, odgłos kipienia zmienił się w poskrzypywanie jakby drewna ogarniętego płomieniami, a Koordynator wciąż naciskał drętwiejącym palcem spust, aż szczątki rozpadły się w bezkształtne popielisko. Unosząc w górę eżektor, skoczył w nie nogami i zaczął rozrzucać.

– Pomóżcie mi! – krzyknął chrapliwie.

– Nie mogę – jęknął Chemik. Stał z zamkniętymi oczami, na czole perlił mu się pot – obiema rękami chwycił się za gardło, jak gdyby chciał je zdusić. Doktor zacisnął zęby, aż zgrzytnęły, i skoczył w gorący żużel za Koordynatorem, który krzyknął:

– A myślisz, że ja mogę!!

Doktor, nie patrząc pod nogi, deptał i deptał. Śmiesznie musieli wyglądać, podskakując tak w miejscu. Wgniatali niedopalone grudki w ziemię, wciskali w nią popiół, potem zgarniali ziemię z otoczenia, używając do tego kolb, aż przysypali ostatnie ślady.

– W czym jesteśmy lepsi od nich? – spytał Doktor, kiedy zatrzymali się na chwilę zlani potem, ciężko dysząc.

– On nas zaatakował – burknął Inżynier, z wściekłością i obrzydzeniem wycierając ślady kopciu z łoża eżektora.

– Chodźcie tu! Już po wszystkim! – krzyknął Koordynator. Tamci zbliżali się wolno. W powietrzu unosiła się dojmująca woń spalenizny, trawiaste porosty zwęgliły się w szerokim promieniu.

– A co z tym? – spytał Cybernetyk, wskazując na ażurową konstrukcję.

Wznosiła się nad nimi na wysokość czterech pięter.

– Spróbujemy uruchomić – mruknął Koordynator.

Inżynierowi rozszerzyły się oczy.

– Myślisz?

– Uwaga! – krzyknął Doktor.

Jeden za drugim trzy świetliste kręgi pojawiły się na tle zagajnika. Odbiegli na kilka kroków i padli na ziemię. Koordynator sprawdził stan ładownicy i czekał z łokciami wpartymi szeroko w szorstki mech. Kręgi minęły ich i potoczyły się dalej.

– Pójdziesz ze mną? – spytał Koordynator, wskazując Inżynierowi ruchem głowy wiszącą cztery metry nad ziemią gondolę.

Ten bez słowa podbiegł do konstrukcji, oburącz chwycił się wspornika, wciskając palce w otwory, i szybko polazł w górę. Koordynator wspinał się za nim. Inżynier pierwszy znalazł się pod gondolą, poruszył jeden z dolnych występów, coś tam robił, słychać było, jak metal szczęka o metal, nagle podźwignął się i znikł w środku. Wysunęła się jego ręka, Koordynator chwycił ją i obaj znaleźli się na górze. Przez dłuższą chwilę nie działo się nic, potem pięć rozcapierzonych płatów gondoli zamknęło się wolno bez wydania najsłabszego głosu – ludzie w dole mimo woli drgnęli i odstąpili w tył.

– Co to była za ogniowa kulka? – spytał Doktor Fizyka. Obaj patrzyli w górę. W gondoli poruszały się niewyraźne cienie, zamglone, jakby złożone we dwoje.

– Wyglądała na mały piorun kulisty – z wahaniem powiedział Fizyk.

– Ależ wypuściło ją to zwierzę!

– Tak, widziałem. Może to jakieś tutejsze elektryczne – uważaj!

Ażurowy wielokąt drgnął nagle i brzęknął, okręcając się wokół swej pionowej osi. Omal nie upadł, bo wspierające go z boku łapy rozsunęły się bezradnie. W ostatniej chwili, kiedy pochylił się groźnie, znowu coś brzęknęło, tym razem ostrym, wysokim tonem, cała konstrukcja roztopiła się w migotliwym wirowaniu i słaby powiew owionął patrzących. Krąg wirował to szybciej, to wolniej, ale nie ruszał z miejsca. Rozryczał się jak motor wielkiego samolotu, kombinezony stojących opodal załopotały w nierównych podmuchach, cofnęli się jeszcze dalej, jedna, potem druga wspierająca łapa uniosła się i znikła w świetlistym wirze. Naraz jak wystrzelony z procy wielki krąg pognał bruzdą, wyskoczył z niej i zwolnił raptownie. Rył i wyrzucał ziemię, rycząc przeraźliwie, choć posuwał się wolno. Kiedy w pewnej chwili na powrót wskoczył w bruzdę, pomknął nią zawrotnie i w kilkanaście sekund zmalał do drżącego światełka na stoku pod lasem.

Wracając, jeszcze raz wypadł z przetorowanej bruzdy i znowu pełzł leniwie, jakby z wysiłkiem, otoczony u podstawy chmurką wyrzucanej w powietrze mielonej ziemi.

Zabrzęczało, ze świetlistego wichru wyłonił się cienki ażur konstrukcji, gondola otwarła się i Koordynator, wychylony, zawołał:

– Chodźcie na górę!

– Co! – zdumiał się Chemik, ale Doktor pojął już.

– Pojedziemy tym.

– Zmieścimy się wszyscy? – pytał Cybernetyk. Trzymał się metalowego wspornika. Doktor piął się już w górę.

– Jakoś się pomieścimy, chodźcie!

Kilka kręgów przemknęło pod zagajnikiem, ale żaden nie zdawał się zwracać na nich uwagi. W gondoli było bardzo ciasno, czterej jeszcze by się jakoś usadowili, ale dla sześciu nie było miejsca – dwaj musieli położyć się płasko na zaklęsłym dnie. Znany, gorzkawy zapach nieprzyjemnie załechtał nozdrza, uświadomili sobie naraz wszystko, co zaszło, ich ożywienie prysło. Doktor i Chemik położyli się – nie widzieli teraz nic. Mieli pod sobą łódkowato scepione podłużne płyty, nad ich głowami rozległo się przenikliwe brzęczenie i poczuli, że pojazd rusza. Niemal natychmiast płyty, na których leżeli, stały się prawie całkiem przezroczyste i zobaczyli z wysokości dwu pięter równinę, jakby płynęli nad nią balonem. Dokoła jazgotało, Koordynator porozumiewał się gorączkowo z Inżynierem, obaj musieli przyjąć nienaturalne, bardzo męczące pozycje przy płetwiastym wyniesieniu w przodzie gondoli, aby zawiadywać jej ruchami. Co kilka minut jeden zastępował drugiego, odbywało się to w największym tłoku, Fizyk i Cybernetyk musieli wtedy prawie kłaść się na leżących u samego spodu.

– Jak to działa? – spytał Chemik Inżyniera, który wprowadziwszy obie ręce w głębokie otwory płetwiastego wypuklenia, utrzymywał pojazd na prostej. Poruszali się szybko, sunąc bruzdą wyoraną wśród pól. Z gondoli nie było w ogóle widać wirowania – można było sądzić, że płynie powietrzem.

– Pojęcia nie mam – stęknął Inżynier. – Bierze mnie kurcz, teraz ty! – usunął się i jak mógł, zrobił miejsce Koordynatorowi.

Olbrzymi, huczący wokół nich krąg zachwiał się, wyskoczył z bruzdy, gwałtownie przyhamował i zaczął ostro zakręcać. Koordynator przemocą wtłaczał ręce w otwory sterującego urządzenia, po chwili wyprowadził gigantycznego bąka z zakrętu i udało mu się wskoczyć w bruzdę. Pomknęli szybciej.

– Dlaczego to jedzie tak wolno poza bruzdą? – spytał znowu Chemik. Żeby utrzymać równowagę, opierał się o plecy Inżyniera; między jego rozstawionymi nogami leżał Doktor.

– Mówię ci, że nie mam zielonego pojęcia – wyrzucił Inżynier. Masował sobie przedramiona, na których czerwieniały krwawe odciśnięcia w miejscach, gdzie wtłoczył siłą przeguby w głąb maszyny. – Równowagę utrzymuje na zasadzie żyroskopu, a co do reszty, nic nie wiem.

Byli już poza drugim łańcuchem wzgórz. Teren widziany z wysoka zdawał się przejrzysty – zresztą poznali go już częściowo w czasie pieszej wędrówki. Wokół kabiny świszczał ledwo dostrzegalny krąg, bruzda zmieniała nagle kierunek, musieli ją opuścić, jeśli mieli wracać do rakiety. Szybkość spadła natychmiast, nie robili nawet dwudziestu kilometrów na godzinę.

– One są właściwie bezradne poza bruzdą, o tym trzeba pamiętać! – zawołał Inżynier, przekrzykując świst i brzęczenie.

– Zmiana! Zmiana! – wołał Koordynator.

Manewr poszedł tym razem dość gładko. Wznosili się na stromy stok, bardzo powoli, niewiele szybciej niż dobry piechur. Inżynier odszukał w dali wykrot, który prowadził ku równinie. Wjeżdżali właśnie pod nawisłe gliniastą zerwą drzewa, kiedy chwycił go kurcz.

– Chwytaj! – krzyknął przenikliwie.

Wyrwał ręce z otworów. Koordynator rzucił się niemal na oślep, aby go zastąpić, ogromny krąg przechylił się i zbliżył niebezpiecznie do rudego urwiska. Naraz coś zgrzytnęło i trzasnęło przeraźliwie, świszczący młyniec dosięgnął obrzeżem korony drzewa, w powietrzu zawirowały potrzaskane gałęzie, gondola podskoczyła gwałtownie i z piekielnym hurgotem zwaliła się w bok. Wyrwane z korzeniami drzewo zamiotło koroną po niebie, ostatnie poruszające się ramię ściągnęło je w dół, tysiące pęcherzykowatych liści eksplodowały z sykiem, nad połamaną konstrukcją zarytą kikutami w obryw wzniosła się chmura białawych, purchawkowatych nasion i wszystko ucichło. Gondola wgniecionym bokiem opierała się o urwisko.

– Załoga? – mechanicznie powiedział Koordynator, potrząsając głową, bo uszy miał jak nabite watą – był mocno ogłuszony. Zarazem patrzał ze zdziwieniem na kłęby białawych pyłków, które fruwały mu wokół twarzy.

– Pierwszy – stęknął Inżynier. Gramolił się z podłogi.

– Drugi – głos Fizyka dobiegał z dołu.

– Trzeci – Chemik ledwo mówił, trzymał się za usta, krew ciekła mu na brodę.

– Czwarty – powiedział Cybernetyk; rzuciło go w tył, ale nic mu się nie stało.

– Pią... ty... – wyjęczał Doktor; leżał pod wszystkimi, na samym spodzie gondoli.

I naraz wybuchnęli jakimś szaleńczym śmiechem.

Leżeli jeden na drugim przysypani grubą warstwą łechcących puszystych nasion, które dostały się do środka przez górne szczeliny gondoli. Inżynier potężnymi uderzeniami usiłował otworzyć jej płat. Wszyscy, a właściwie kto mógł, jeśli pozwalało mu na to miejsce, przyłożyli barki, ręce, grzbiety do zaklęsłej powierzchni. Powłoka zadrżała, rozległ się słaby trzask, ale gondola się nie otwierała.

– Znowu? – spokojnie spytał Doktor. Leżał na dnie i nie mógł się ruszyć. – Wiecie, to mi się już znudziło. Hej, kto to – zejdź ze mnie zaraz, słyszysz!

Chociaż położenie było niewesołe, działali w jakimś wisielczym uniesieniu – wyrwali wspólnym wysiłkiem grzebieniastą ramę z przodu i zaczęli tłuc nią miarowo jak taranem w górny płat. Giął się, pokrywał wyboinami, ale nie puszczał.

– Mam tego dość – warknął gniewnie Doktor, sprężył się, usiłując wstać, w tym momencie coś trzasnęło u spodu i wszyscy wysypali się dnem jak ulęgałki. Stoczyli się po pięciometrowej pochyłości na dno wąwozu.

– Nikomu nic się nie stało? – spytał Koordynator utytłany w glinie. Pierwszy zerwał się na nogi.

– Nie, ale – ależ ty jesteś cały pokrwawiony, pokaż no się! – zawołał Doktor.

Koordynator miał w samej rzeczy głęboko rozciętą skórę na głowie między włosami, rana sięgała połowy czoła. Doktor przewiązał mu ją, jak się dało, inni byli posiniaczeni, a Chemik spluwał krwią – przygryzł sobie wargę. Ruszyli w kierunku rakiety. Nawet się nie obejrzeli na pogruchotany pojazd.

V

Słońce dotykało horyzontu, kiedy znaleźli się u małego pagórka. Rakieta rzucała długi cień gubiący się daleko wśród piasków równiny. Nim weszli do środka, przeszukali sumiennie otoczenie, ale nie znaleźli żadnych śladów, które by wskazywały, że ktokolwiek był pod ich nieobecność w pobliżu. Stos pracował bez zakłóceń. Półautomat zdołał oczyścić boczne korytarze i bibliotekę, zanim ugrzązł beznadziejnie w grubej warstwie plastykowych i szklanych skorup zalegających laboratorium.

Po kolacji, którą pochłonęli błyskawicznie, Doktor musiał zeszyć ranę Koordynatorowi, bo nie przestawała krwawić, tymczasem Chemik zdążył przeprowadzić analizę wody pobranej w strumieniu i stwierdził, że nadaje się do picia, chociaż zawiera znaczną domieszkę soli żelazowych psujących smak.

– Teraz musimy się wreszcie naradzić – oświadczył Koordynator. Zasiedli w bibliotece na nadmuchanych poduszkach, Koordynator w środku, z głową w białym czepcu bandaża.

– Co wiemy? – powiedział. – Wiemy, że planeta jest zamieszkana przez rozumne stworzenia, które Inżynier nazwał dubeltami. Nazwa ta nie odpowiada temu, co... ale mniejsza o to. Zetknęliśmy się z następującymi fragmentami cywilizacji „dubeltów":

z automatyczną fabryką, którą uznaliśmy za rozregulowaną i porzuconą – teraz wcale nie jestem już tego taki pewien – po wtóre, z lustrzanymi kopułkami na wzgórzach niewiadomego przeznaczenia, po trzecie, z masztami, które emitują coś – prawdopodobnie jakiś rodzaj energii – ich przeznaczenie jest nam również nieznane – po czwarte, z ich wehikułami, przy czym jeden – zaatakowani – zdobyliśmy, opanowali i rozbili, po piąte – widzieliśmy z daleka ich miasto, o którym nic konkretnego niepodobna powiedzieć, po szóste – atak, o którym wspomniałem, przedstawiał się tak, że „dubelt" poszczuł na nas, żeby tak rzec, zwierzę, prawdopodobnie odpowiednio ułożone, które wypromieniowało coś w rodzaju małego piorunu kulistego i sterowało nim zdalnie, dopókiśmy go nie położyli trupem. Na koniec – po siódme – byliśmy świadkami zasypania rowu-grobu pełnego martwych mieszkańców planety. To wszystko – o ile pamiętam. Poprawcie mnie lub uzupełnijcie to, co powiedziałem, jeśli się omyliłem albo coś opuściłem.

– W zasadzie to wszystko, prawie... – powiedział Doktor. – Z wyjątkiem tego, co zdarzyło się przedwczoraj na statku...

– Prawda. Okazało się, że miałeś słuszność – ten stwór b y ł nagi. Być może usiłował po prostu schronić się gdziekolwiek – i w panicznej ucieczce wpełznął w pierwszy otwór, na jaki natrafił – a był to akurat tunel wiodący do wnętrza naszej rakiety.

– Jest to hipoteza równie kusząca, jak ryzykowna – odparł Doktor. – Jesteśmy ludźmi, kojarzymy i rozumujemy po ziemsku i wskutek tego możemy popełnić ciężkie błędy, przyjmując obce pozory za naszą prawdę, to znaczy układając pewne fakty w schematy przywiezione z Ziemi. Jestem zupełnie pewien, że myśleliśmy dziś rano wszyscy to samo – że natknęliśmy się na grób ofiar gwałtu, morderstwa, ale przecież naprawdę nie wiem, nie wiemy...

– Powtarzasz to, chociaż sam nie wierzysz – zaczął podniesionym głosem Inżynier.

– Nie chodzi o to, w co wierzę – przerwał mu Doktor. – Jeśli wiara jest gdzieś szczególnie nie na miejscu, to tym miejscem jest właśnie Eden. Hipoteza o „szczuciu" elektrycznego psa na przykład...

– Jak to?

– Nazywasz to hipotezą? Ależ to fakt – niemal równocześnie odezwali się Chemik i Inżynier.

– Mylicie się. Dlaczego nas zaatakował? Nic o tym nie wiemy. Być może przypominamy wyglądem jakieś tutejsze karaluchy albo zające... Wy zaś skojarzyliście – przepraszam, myśmy natomiast skojarzyli ten agresywny postępek z tym, cośmy widzieli przedtem, a co zrobiło na nas tak wstrząsające wrażenie, że straciliśmy zdolność spokojnego myślenia.

– A gdybyśmy ją zachowali i nie strzelali od razu, teraz n a s z popiół rozwiewałby się tam pod laskiem, czy tak? – wyrzucił gniewnie Inżynier. Koordynator milczał, wodząc oczami od jednego do drugiego.

– Zrobiliśmy to, co musieliśmy zrobić, ale jest bardzo prawdopodobne, że zaszło nieporozumienie – z obu stron... Wydaje się wam, że wszystkie kamienie łamigłówki są już ułożone? A fabryka rzekomo opuszczona przed kilkuset laty i rozregulowana? Co z nią? Gdzie pasuje ten kamień?

Chwilę trwało milczenie.

– Uważam, że Doktor ma sporo słuszności – powiedział Koordynator. – Zbyt mało jeszcze wiemy. Sytuacja jest o tyle pomyślna, że o ile możemy sądzić, oni nie wiedzą o nas nic, jak myślę, głównie dlatego, że żadna z ich dróg, tych bruzd, nie przebiega w pobliżu tego miejsca. Trudno liczyć jednak na to, że taki stan potrwa długo. Chciałbym prosić, abyście rozważyli nasze położenie od tej strony i wypowiedzieli swoje propozycje.

– Obecnie jesteśmy w tym wraku właściwie bezbronni. Wystarczyłoby zaszpuntować uczciwie tunel, żebyśmy się podusili jak myszy. Wskazany jest zatem największy pośpiech, właśnie z uwagi na to, że w każdej chwili możemy zostać odkryci, a jakkolwiek hipoteza o agresywności „dubeltów" jest tylko moją ziemską mrzonką – mówił z pasją Inżynier – to jednak, niezdolny rozumować inaczej, proponuję, a właściwie żądam, abyśmy niezwłocznie przystąpili do naprawy wszystkich urządzeń, uruchomienia agregatów.

– Na jak długi oceniasz niezbędny do tego czas? – przerwał mu Doktor. Inżynier się zawahał.

– A widzisz... – ze znużeniem powiedział Doktor. – Dlaczego mamy się łudzić? Odkryją nas, zanim skończymy, bo, powiem to, choć nie jestem fachowcem, muszą upłynąć długie tygodnie...

– Niestety, to prawda – podjął Koordynator. – Poza tym będziemy musieli uzupełnić zapas wody, nie mówiąc już o kłopocie, jaki będziemy mieli z tą skażoną, która zalała spodnią kondygnację, nie wiadomo także, czy potrafimy we własnym zakresie sporządzić wszystko, co okaże się potrzebne do uzupełnienia szkód.

– Następna wyprawa będzie niewątpliwie wskazana – zgodził się Inżynier – a nawet więcej wypraw, ale można je przedsiębrać w nocy, poza tym część nas, powiedzmy połowa albo dwu ludzi, powinna stale być przy rakiecie, ale dlaczego tylko my mówimy!? – zwrócił się niespodziewanie do trzech milczących słuchaczy sporu.

– W zasadzie powinniśmy jak najintensywniej pracować w rakiecie – i zarazem badać tutejszą cywilizację – powiedział wolno Fizyk. – Te zadania w znacznej mierze kolidują ze sobą. Ilość niewiadomych jest tak wielka, że nawet rachunek strategiczny niewiele pomoże. Jedno nie ulega wątpliwości – ryzyka graniczącego z katastrofą nie unikniemy bez względu na wybrany tryb postępowania.

– Widzę, do czego zmierzacie – wciąż tym samym niskim, znużonym głosem powiedział Doktor. – Chcecie przekonać samych siebie, że musimy podjąć dalsze wyprawy, mając zdolność zadawania potężnych, to znaczy atomowych ciosów. Ma się rozumieć – we własnej obronie. Ponieważ skończy się to tym, że będziemy mieli przeciw sobie całą planetę – nie mam najmniejszej ochoty uczestniczyć w tak pyrrusowym przedsięwzięciu, które pozostanie pyrrusowe, nawet jeśli oni nie znają energii atomowej... a to wcale nie jest pewne. Jaki rodzaj silnika poruszał to koło?

– Nie wiem – odparł Inżynier – ale nie atomowy. Tego jestem prawie pewien.

– To „prawie" może nas kosztować wszystko – powiedział Doktor. Odchylił się do tyłu i oparł głowę z zamkniętymi oczami o brzeg wiszącej bokiem szafy bibliotecznej, jakby nie miał więcej zamiaru się odezwać.

– Kwadratura koła – mruknął Cybernetyk.

– A gdybyśmy spróbowali... porozumieć się? – zaczął z ociąganiem Chemik. Doktor usiadł prosto i patrząc na niego, powiedział:

– Dziękuję ci. Zaczynałem się już naprawdę obawiać, że tego nikt nie powie!

– Ależ próbować porozumienia – to znaczy wydać się w ich ręce! – krzyknął Cybernetyk, zrywając się z miejsca.

– Dlaczego? – spytał chłodno Doktor. – Możemy się pierwej uzbroić, nawet w miotacze atomowe – ale nie będziemy się podkradać nocą do ich miast czy fabryk.

– Dobrze, dobrze... Więc jak sobie wyobrażasz taką próbę porozumienia?

– Tak, powiedz – dodał Koordynator.

– Przyznaję, że nie powinniśmy go próbować w tej chwili – odparł Doktor. – Im więcej zdołamy naprawić urządzeń na statku, tym, rzecz prosta, lepiej. Powinniśmy się też uzbroić – chociaż nie muszą to być miotacze atomowe... Potem – część z nas zostanie przy rakiecie, a część, dajmy na to trzech, pójdzie do miasta. Dwaj zostaną z tyłu, aby mogli dobrze obserwować trzeciego, który będzie starał się porozumieć z mieszkańcami...

– Wiesz wszystko bardzo dokładnie. Wiesz nawet, oczywiście, kim będzie ten, kto wejdzie do miasta – złowróżbnym głosem powiedział Inżynier.

– Tak. Wiem.

– A ja nie pozwolę ci popełniać na moich oczach samobójstwa! – krzyknął Inżynier, zerwał się na równe nogi i przyskoczył do Doktora, który nie podniósł nawet głowy. Inżynier drżał cały. Nie widzieli go jeszcze tak wzburzonego.

– Jeżeli przeżyliśmy – wszyscy! – taką katastrofę, jeżeli udało się nam wydostać z tego grobu, w który zamieniła się rakieta, jeżeli wyszliśmy cało, biorąc na siebie nieobliczalne ryzyko lekkomyślnych eskapad – jak gdyby planeta, obca planeta, była terenem do spacerowych wycieczek – to nie po to, aby przez jakieś przeklęte mrzonki, przez banialuki! – gniew dusił go po prostu. – Wiem, o co ci idzie – krzyczał z zaciśniętymi pięściami. – Posłannictwo człowieka! Humanitaryzm! Człowiek wśród gwiazd! Prawość! Bałwan jesteś ze swoimi idejkami, rozumiesz?! Nikt nie chciał nas dziś zabić! Nie zasypywano żadnego masowego grobu! Co? Prawda?! Co? – pochylał się nad Doktorem, który popatrzył nań i wtedy Inżynier umilkł.

– Chciano nas zabić. I bardzo możliwe, że to był grób pomordowanych – powiedział Doktor, a wszyscy widzieli, z jakim wysiłkiem zachowywał spokój. – A pójść do miasta trzeba.

– Po tym, cośmy zrobili? – odezwał się Koordynator. Doktor drgnął.

– Tak – powiedział. – Spaliliśmy trupa... tak. Róbcie, co uważacie za właściwe. Postanawiajcie. Ja się podporządkuję.

Wstał i wyszedł, przekraczając bokiem poziomo otwarte drzwi. Zamknął je za sobą. Patrzyli na nie przez chwilę, jakby w oczekiwaniu, że się rozmyśli i wróci.

– Niepotrzebnie się tak uniosłeś – powiedział cicho Koordynator do Inżyniera.

– Wiesz doskonale – zaczął Inżynier, ale popatrzywszy mu w oczy, powtórzył ciszej: – Tak. Niepotrzebnie.

– Doktor ma słuszność w jednym – powiedział Koordynator. Podciągnął osuwający się bandaż. – To, cośmy odkryli na północy, nie składa się z tym, co widzieliśmy na wschodzie. Szacując z grubsza, miasto znajduje się tak daleko od nas jak fabryka – w linii powietrznej niewiele ponad trzydzieści, trzydzieści pięć kilometrów.

– Więcej – powiedział Fizyk.

– Możliwe. Otóż nie sądzę, żeby na południu albo na zachodzie znajdowały się jakieś elementy ich cywilizacji równie blisko – bo z tego by wynikało, że spadliśmy w samym środku jakiegoś lokalnego „pustkowia cywilizacyjnego", „cywilizacyjnej próżni" o średnicy sześćdziesięciu kilometrów – byłby to zbyt dziwny, a przez to i nazbyt nieprawdopodobny przypadek. Zgadzacie się ze mną?

– Tak – powiedział Inżynier. Nie patrzył na nikogo.

– Tak – skinął głową Chemik i dodał: – Od początku należało mówić tym językiem.

– Podzielam skrupuły Doktora – ciągnął Koordynator – ale jego propozycję uważam za naiwną i nieprzystosowaną do sytuacji. Niedorastającą do niej. Reguły kontaktu z obcymi istotami są wam znane, ale nie przewidują sytuacji, w jakiej się znaleźliśmy – jako bezbronni prawie rozbitkowie, mieszkańcy wkopanego w ziemię wraka. Musimy oczywiście naprawiać uszkodzenia statku, równocześnie jednak zachodzi wyścig w zbieraniu informacji – między nami i nimi. Jak dotąd, my jesteśmy górą. Tego, który zaatakował nas, zniszczyliśmy. Nie wiemy, dlaczego to zrobił. Może naprawdę przypominamy jakichś wrogów – to też trzeba w miarę możliwości stwierdzić. Wobec tego, że uruchomienie statku nie jest w najbliższej przyszłości realne, musimy być przygotowani na wszystko. Jeżeli cywilizacja, która otacza nas, jest dość wysoka, a sądzę, że to właśnie zachodzi – to, co zrobiłem – cośmy zrobili – w najlepszym razie tylko opóźni nieco odnalezienie nas. Główny wysiłek musimy teraz skierować na uzbrojenie.

– Czy mogę coś powiedzieć? – odezwał się Fizyk.

– Mów.

– Chciałbym wrócić do punktu widzenia Doktora. Jest on – powiedziałbym – przede wszystkim emocjonalny, ale stoją za nim także inne argumenty. Znacie wszyscy Doktora. Wiem, że nie byłby zachwycony tym, co mogę przytoczyć w obronie jego propozycji – ale powiem to. Otóż bynajmniej nie jest obojętna sytuacja, w której nastąpi pierwszy kontakt między nami i nimi. Jeżeli oni przyjdą do nas – przyjdą po... śladach. Wtedy o porozumieniu trudno wręcz będzie myśleć. Nastąpi bez wątpienia atak, a my będziemy zmuszeni walczyć o życie. Jeżeli natomiast my wyjdziemy ku nim – szansa porozumienia, chociaż nikła, będzie jednak istniała. Tak więc ze strategicznego stanowiska lepiej zachować inicjatywę i aktywność, bez względu na to, jakie można o tym wygłaszać opinie moralne...

– No dobrze, ale jak to ma wyglądać w praktyce? – spytał Inżynier.

– W praktyce nic się na razie nie zmieni. Musimy mieć broń – i to jak najszybciej. Chodzi o to, abyśmy zaopatrzywszy się w nią, przystąpili do prób kontaktu – ale nie na zbadanym terenie.

– Dlaczego? – spytał Koordynator.

– Dlatego, ponieważ jest wysoce prawdopodobne, że zanim jeszcze dotrzemy do miasta, zostaniemy uwikłani w walkę. Nie porozumiesz się z istotami, które pędzą w tych tarczach – są to najgorsze warunki, jakie sobie można wyobrazić.

– A skąd wiesz, że gdzie indziej natkniemy się na lepsze?

– Nie wiem – ale wiem, że na północy i na wschodzie nie mamy czego szukać. Przynajmniej na razie.

– Rozważymy to – powiedział Koordynator. – Co dalej?

– Trzeba uruchomić Obrońcę – powiedział Chemik.

– W jakim czasie da się to zrobić? – zwrócił się Koordynator do Inżyniera.

– Nie mogę powiedzieć. Bez automatów nie dostaniemy się nawet do Obrońcy. Waży czternaście ton. Niech Cybernetyk powie.

– Żeby go przejrzeć, potrzebuję dwu dni. Co najmniej – podkreślił ostatnie słowo Cybernetyk. – Ale pierwej muszę mieć automaty na chodzie.

– W tym czasie będziesz miał wszystkie automaty w ruchu? – spytał z powątpiewaniem Koordynator.

– Gdzież tam! Dwa dni zajmie mi sam Obrońca, gdy uruchomię choć jeden automat. Naprawczy. A muszę mieć jeszcze jeden, ciężarowy. Żeby je przejrzeć, potrzebuję znowu dwu dni, z tym że nie wiem, czy w ogóle dadzą się uruchomić.

– Czy nie można wymontować z Obrońcy serca i ustawić go za prowizorycznym pancerzem, tutaj, na górze, pod osłoną kadłuba? – pytał dalej Koordynator. Skierował wzrok na Fizyka. Ten potrząsnął głową.

– Nie. Każdy biegun serca waży przeszło tonę. Poza tym bieguny nie zmieszczą się w tunelu.

– Tunel można poszerzyć.

– Nie przejdą przez właz. A klapa ciężarowa jest pięć metrów nad ziemią i zalana wodą z pękniętego zbiornika rufowego, przecież wiesz.

– Badałeś skażenie tej wody? – spytał Inżynier.

– Tak. Stront, wapń, cer, wszystkie izotopy baru i co tylko chcesz. Nie można jej ani wypuścić – zatrułaby nam cały grunt w promieniu czterystu metrów – ani oczyścić, jak długo antyradiatory nie mają sprawnych filtrów.

– A ja nie mogę oczyścić filtrów bez mikroautomatu – dodał Inżynier. Koordynator, który wodził oczami od jednego do drugiego, w miarę jak mówili, odezwał się:

– Rejestr naszych „niemożności" jest spory, ale to nic, dobrze, żeśmy go sobie przepowiedzieli od tej strony, myślę o uzbrojeniu. Pozostają zatem miotacze, tak?

– To nie są żadne miotacze – z odcieniem irytacji powiedział Inżynier. – Nie wprowadzajmy samych siebie w błąd. Doktor podniósł koło nich taki szum, jakbyśmy właśnie zamierzali rozpocząć tu wojnę atomową. Oczywiście, można z nich wyrzucać wzbogacony roztwór, ale zasięg nie przekracza nawet siedmiuset metrów. To polewaczki ręczne, nic więcej, a do tego niebezpieczne dla strzelającego, jeśli nie ma na sobie pancerza. A pancerz waży sto trzydzieści kilogramów.

– Rzeczywiście, mamy same ciężkie rzeczy na pokładzie – powiedział Koordynator takim tonem, że nikt nie wiedział, czy drwi. – Zrobiłeś to obliczenie, prawda? – spytał Fizyka.

– Zrobiłem. Jest jeszcze taki wariant: dwa miotacze oddalone od siebie co najmniej o sto metrów strzelają tak, aby obie wyrzucone strugi przecięły się w celu. Powstaje wtedy z obu podkrytycznych strumieni objętość nadkrytyczna i zachodzi reakcja łańcuchowa.

– To dobre do zabawy, na poligonie – zauważył Chemik. – Nie wyobrażam sobie takiej precyzji w warunkach polowych.

– Czyli że żadnych atomowych miotaczy w ogóle nie mamy? – zdziwił się Cybernetyk. Pochylił się do przodu. Ogarniała go złość.

– Więc po co była ta cała dyskusja – spór – sprzeczka – czy mamy wyruszać, straszliwie uzbrojeni, czy nie? Gonimy po prostu w piętkę!

– Zgadzam się, że sporo robimy bez głowy – powiedział wciąż jednakowo spokojny Koordynator. – Że robiliśmy dotąd – dodał.

– Ale na taki luksus nie możemy sobie dalej pozwolić. Nie jest całkiem tak, jak mówisz – patrzał na Cybernetyka – bo istnieje pierwszy wariant użycia miotaczy, wyrzucanie połowy pojemności zbiornika, a wtedy w celu nastąpi wybuch. Tylko trzeba strzelać z możliwie dobrego ukrycia i zawsze na maksymalną odległość.

– To znaczy, że przed otwarciem ognia trzeba wleźć na metr w ziemię, tak?

– Co najmniej na półtora metra – z dwumetrowym przedpiersiem – wtrącił Fizyk.

– No, to dobre w wojnie pozycyjnej. Na wyprawach jest bezprzedmiotowe – powiedział wzgardliwie Chemik.

– Zapominasz o naszej sytuacji – odparował Koordynator. – Jeżeli zajdzie konieczność, jeden człowiek z miotaczem osłoni reszcie odwrót.

– A! Bez kopania metrowych nasypów?

– Jeżeli nie będzie na to czasu – bez.

Milczeli przez chwilę.

– Ile mamy jeszcze zdatnej do użycia wody? – spytał Cybernetyk.

– Niespełna tysiąc dwieście litrów.

– To bardzo mało.

– Bardzo mało.

– Proszę teraz o konkretne propozycje – odezwał się Koordynator. Na białym czepcu jego bandaża ukazała się czerwona plamka.

– Celem naszym jest uratować siebie i... mieszkańców planety.

Zapadła cisza. Naraz wszystkie głowy zwróciły się w jedną stronę. Zza ściany dochodziła stłumiona muzyka. Powolne takty melodii, którą wszyscy znali.

– Aparat ocalał?... – szepnął ze zdziwieniem Cybernetyk. Nikt mu nie odpowiedział.

– Czekam – powtórzył Koordynator. – Nikt? – Wobec tego postanawiam: wyprawy będą kontynuowane. Jeżeli uda się doprowadzić do kontaktu w sprzyjających warunkach – zrobimy wszystko, co będzie możliwe, aby urzeczywistnić porozumienie. Nasz zapas wody jest niezwykle mały. Z braku środków transportowych nie możemy go powiększyć natychmiast. Musimy się zatem rozdzielić. Połowa załogi będzie stale pracować w rakiecie, druga połowa – badać teren. Jutro przystąpimy do naprawy łazika i zmontowania miotaczy. Jeżeli zdążymy – już wieczorem podejmiemy wypad na kołach. Kto chce coś powiedzieć?

– Ja – powiedział Inżynier. Skulony, z twarzą w dłoniach, zdawał się patrzeć przez szpary między palcami w podłogę.

– Niech Doktor zostanie przy rakiecie...

– Dlaczego? – zdziwił się Cybernetyk. Wszyscy inni zrozumieli.

– On... nie podejmie nic przeciw nam... jeżeli to masz na myśli – powoli, ostrożnie dobierając słowa, powiedział Koordynator. Czerwona plama na bandażu nieco urosła. – Mylisz się, sądząc... – On – czy nie można by go zawołać? Nie chcę tak.

– Mów – powiedział Cybernetyk.

– Wiecie, co zrobił pod tą – fabryką. Mógł zginąć.

– Tak. Ale – on jeden pomógł mi... rozdeptać... – Koordynator nie dokończył.

– To prawda – zgodził się Inżynier. Nie odrywał rąk od twarzy.

– Wobec tego nic nie powiedziałem.

– Kto chce zabrać głos? – Koordynator wyprostował się lekko, podniósł rękę do głowy, dotknął bandaża i popatrzał na palce. Muzyka za ścianą wciąż grała.

– Tu czy tam, w terenie – nie wiadomo, gdzie pierwej ich się spotka – przyciszonym głosem rzucił Fizyk do Inżyniera.

– Czy będziemy losować? – spytał Fizyk.

– To niemożliwe – zostać będą musieli zawsze ci, którzy mają na statku robotę, to znaczy – specjaliści – powiedział Koordynator. Wstawał powoli, dziwnie jakoś niepewnie. Naraz się zachwiał. Inżynier przyskoczył i podparł go. Zajrzał mu w twarz.

– Chłopcy – powiedział, unosząc brwi. Fizyk objął Koordynatora z drugiej strony. Pozwolił im się unieść, inni rozścielali na podłodze poduszki.

– Nie chcę leżeć – powiedział. Miał zamknięte oczy. – Pomóżcie mi – dziękuję. To nic, zdaje się, że szew puścił.

– Zaraz będzie cicho – powiedział Chemik i skierował się do drzwi. Koordynator otworzył szeroko oczy.

– Nie, ależ nie, niech gra...

Zawołali Doktora. Zmienił opatrunek, założył dodatkowe klamry i dał Koordynatorowi jakieś proszki wzmacniające. Potem wszyscy ułożyli się w bibliotece. Dochodziła druga w nocy, kiedy zgasili wreszcie światła i statek objęła cisza.

VI

Rankiem następnego dnia Fizyk z Inżynierem spuścili cztery litry wzbogaconego roztworu soli uranowych z rezerwy stosu. Ciężki płyn znajdował się pośrodku oczyszczonego już laboratorium w ołowianym zbiorniku z przykrywą podnoszoną cęgami o długich rękojeściach. Obaj mieli na sobie wydęte baniasto plastykowe ubrania ochronne i tlenowe maski pod kapturami. Z wielką uwagą odmierzali menzurką porcję cennej cieczy, dbając pilnie, aby nie przelać ani kropli. Już przy czterech kubikach pojemności mogła się rozpocząć reakcja łańcuchowa. Wydmuchane specjalnie rurki kapilarne z ołowianego szkła służyły za ładownice miotaczy, które zamocowano w statywach na stole. Kiedy skończyli pracę, licznikiem Geigera zbadali szczelność zaworów zbiornika, obracając każdy miotacz na wszystkie strony i potrząsając nim; przecieku nie było.

– Nie przyspiesza, w normie – powiedział z satysfakcją Fizyk głosem zniekształconym przez maskę.

Pancerne drzwi radioaktywnego skarbca, ołowiany kloc na osi, obracały się wolno za obrotami korby. Wstawili do środka naczynie z uranem, a kiedy rygle się zatrzasnęły, z ulgą zerwali ze spoconych twarzy kaptury razem z maskami.

Przez resztę dnia mozolili się nad łazikiem. Ponieważ ciężarowa klapa była zablokowana skażoną wodą, musieli pierwej rozebrać go na części dające się wynieść na powierzchnię tunelem. Nie obeszło się bez przekopania dwu najwęższych miejsc. Łazik nie wymagał niemal naprawy, a był przedtem nieużyteczny, bo przy unieruchomionym reaktorze atomowym nie mieli radioizotopowej mieszanki, która wytwarzając bezpośrednio prąd, napędzała jego elektryczne silniczki. Był to pojazd nie większy od polowego łóżka. Mieściło się na nim czterech ludzi, wliczając kierowcę, z tyłu miał nieosłonięty kratowy bagażnik o dwustukilogramowym udźwigu. Najdowcipniejsze były w nim koła, których średnica dawała się regulować podczas jazdy dzięki wtłaczaniu powietrza w specjalne opony, tak że osiągały nawet półtorametrową wysokość.

Przygotowanie pędnej mieszanki trwało sześć godzin, ale wystarczył do tego jeden człowiek, który czuwał nad działaniem stosu. Inżynier i Koordynator łazili tymczasem na czworakach podpokładowymi tunelami, przeciągając i kontrolując przewody na przestrzeni osiemdziesięciu metrów między dziobową sterownią a zespołami rozrządczymi maszynowni. Chemik zbudował sobie coś w rodzaju piekielnej kuchni na powierzchni, pod osłoną rakiety, i warzył w żaroodpornych naczyniach maź bulgocącą na wolnym ogniu niczym błotny wulkan. Rozpuszczał, topił i mieszał przesiane okruchy plastyków wyniesione kubłami ze statku, opodal czekały już matryce – zamierzał odlać na nowo strzaskane płyty rozdzielcze sterowni. Był wściekły i nie dawał do siebie mówić, bo pierwsze odlewy okazały się kruche.

Koordynator, Chemik i Doktor mieli wyruszyć na południe o piątej, trzy godziny przed zapadnięciem zmroku. Jak zwykle, terminu nie udało się dotrzymać i dopiero przed szóstą wszystko było gotowe i spakowane. Na czwartym siedzeniu znalazł miejsce miotacz. Bagażu wzięli bardzo niewiele, za to przytroczyli z tyłu bagażnika stulitrowy kanister na wodę – większego nie dało się przeciągnąć przez tunel.

Inżynier, uzbroiwszy się w dużą lornetę, wlazł po obiedzie na wystający z ziemi kadłub i poszedł po nim, stąpając ostrożnie w górę. Rakieta wbiła się wprawdzie w grunt pod bardzo małym kątem, ale dzięki jej długości koniec kadłuba z wylotowymi tulejami wznosił się dobre dwa piętra nad równiną. Znalazłszy niezłe miejsce do siedzenia między stożkowato rozszerzoną obsadą górnej tulei a zaklęśnięciem głównego korpusu, Inżynier spojrzał najpierw za siebie, w dół, wzdłuż oświetlonej słońcem olbrzymiej rury, gdzie u czarnej plamki tunelowego wylotu stali ludzie nie więksi od chrząszczy, potem przyłożył oburącz lornetę do twarzy i wcisnął starannie obie muszle w oczodoły. Powiększenie było znaczne i obraz drgał od wysiłku rąk, musiał oprzeć łokcie na kolanach, a to nie było łatwe. Nic prostszego, pomyślał, niż zlecieć stąd. Ceramitowa powierzchnia, twarda, nie do zarysowania, była tak gładka, że wydawała się palcom śliska, jak gdyby natarta cieniutką warstewką tłuszczu. Zaparł się gumową, profilowaną podeszwą buta o wypukłość tulei i systematycznie jął wodzić lornetą wzdłuż linii horyzontu.

Powietrze drgało od żaru. Czuł niemal fizyczny ucisk słońca na twarzy, kiedy patrzał tak na południe bez większej nadziei, że coś dojrzy. Był rad, że Doktor chętnie przyjął plan Koordynatora, który wszyscy zaakceptowali. On sam mu go przedstawił. Doktor nie chciał nawet słyszeć o jakichś przeprosinach – obrócił wszystko w żart. Zdziwił go, a nawet zaskoczył jedynie koniec tej rozmowy. Byli z Doktorem we dwóch i wyglądało, że nie mają sobie już nic więcej do powiedzenia, kiedy tamten dotknął naraz jego piersi jakby w roztargnionym zamyśleniu.

– Chciałem cię o coś spytać... aha. Czy wiesz, jak ustawić rakietę pionowo – kiedy ją odremontujemy?

– Najpierw będziemy musieli uruchomić ciężarowe automaty i kopaczkę – zaczął...

– Nie – przerwał mu Doktor – nie znam się na szczegółach technicznych, przecież wiesz, powiedz mi tylko, czy ty – ty sam – wiesz, jak to zrobić?

– Przeraża cię cyfra szesnastu tysięcy ton, co? Archimedes gotów był poruszyć Ziemię, mając punkt oparcia. Podkopiemy ją i...

– Przepraszam – jeszcze nie tak. Więc, nie – czy ty wiesz teoretycznie, czy znasz podręcznikowe sposoby, ale – czy jesteś pewien, że będziesz to umiał zrobić – czekajże! – i czy możesz mi dać słowo, że mówiąc „tak", mówisz to, co myślisz?

Inżynier zawahał się wtedy. Było tam kilka niejasnych punktów, w owym jeszcze dosyć mglistym programie robót, ale powiadał sobie zawsze, że gdy nosem utknie właśnie w tej najtrudniejszej fazie, jakoś to będzie. Zanim się odezwał, Doktor powoli ujął jego rękę i uścisnął ją.

– Nie, już nic – powiedział. – Henryku, czy wiesz, dlaczego krzyczałeś tak na mnie? Ależ nie, ja ci tego nie wypominam! Bo jesteś takim samym bałwanem jak ja i nie chcesz się do tego przyznać.

I uśmiechając się tak, że stał się naraz podobny do swojej fotografii ze studiów, którą Inżynier widział u niego w szufladzie, dodał: – *Credo, quia absurdum* – czy uczyli cię łaciny? – Tak – powiedział Inżynier – ale już całą zapomniałem. – Doktor zamrugał, puścił jego rękę i odszedł, a Inżynier został na miejscu, czując, jak w opuszczonej ręce niknie ślad jego palców, i pomyślał, że Doktor chciał właściwie powiedzieć coś całkiem innego, i jeśli się zastanowi, odgadnie, o co mu naprawdę szło... ale zamiast skupić się, poczuł nie wiadomo czemu rozpacz i strach. Koordynator zawołał go do maszynowni, gdzie na szczęście było tyle roboty, że nie miał już ani sekundy czasu do rozmyślania.

Teraz rozpamiętywał tę scenę i to uczucie, ale tak, jakby mu to ktoś opowiadał. Nie posunął się ani o krok dalej. Lorneta ukazywała równinę, aż po niebieszczejący horyzont wydętą w łagodne garby poprzedzielane smugami cienia. To, czego spodziewał się poprzedniego wieczoru i co zachował dla siebie – przeświadczenie, że odnajdą ich i rankiem przyjdzie do walki – nie sprawdziło się. Już tyle razy postanawiał sobie nie zważać na te przeczucia o mocy pewności, które go tak często nawiedzały! Zmrużył oczy, żeby lepiej widzieć. W podwójnych szkłach rysowały się kępy smukłych, szarych kielichów, zasłaniane chwilami pyłem podnoszonym przez wiatr, który musiał tam wiać, i to silnie, chociaż nie czuł go wcale na swym obserwacyjnym posterunku. Pod widnokręgiem teren stopniowo wznosił się w górę, a jeszcze dalej, ale nie wiadomo już było, czy nie ogląda po prostu chmur przepływających nad krajobrazem w odległości dwunastu czy piętnastu kilometrów – majaczyły długie zagęszczenia ciemniejszej barwy, od czasu do czasu coś unosiło się tam i rozpływało czy znikało, obraz był tak niewyraźny, że nic nie mówił – ale w owym zjawisku zaznaczała się jakaś niepojęta regularność; nie wiedział, na co patrzy, ale mógł zbadać częstość zachodzącej zmiany i uczynił to. Rzucając okiem na wskazówkę sekundnika między jednym a drugim wypiętrzeniem czegoś ciemniejszego z czegoś mglistego, naliczył osiemdziesiąt sześć sekund.

Schował lornetę do futerału i ruszył w dół, stawiając mocno stopy całą powierzchnią na ceramitowych płytach, zrobił może dziesięć kroków, kiedy usłyszał, że ktoś za nim idzie. Odwrócił się gwałtownie, tak gwałtownie, że stracił równowagę. Wyciągnął ręce, zatrzepotał i upadł na pancerz. Zanim jeszcze podniósł głowę, usłyszał wyraźnie powtórzony odgłos własnego upadku.

Podniósł się na kolana, zgarbiony. Jakieś dziewięć metrów dalej – na samym brzegu górnej sterującej tulei, ponad dwupiętrową pustką – siedziało coś małego jak kot i śledziło go uważnie. Zwierzątko to – wrażenie, że ma przed sobą zwierzę, narzuciło mu się jako oczywistość – miało bladoszary, wydęty brzuszek, a że siedziało słupkiem jak wiewiórka, widział jego założone na brzuszku łapki, wszystkie cztery, ze schodzącymi się pociesznie w samym środku pazurkami. Obrzeże ceramitowej tulei obejmowało czymś lśniącym żółtawo, jak zastygła galareta, co wychodziło z końca jego tułowia. Szara, okrągła kocia główka nie miała pyska ani oczu, ale cała była wysadzana czarnymi błyszczącymi paciorkami, jak poduszeczka z mnóstwem powbijanych jedna przy drugiej szpilek. Inżynier zerwał się, zrobił trzy kroki w stronę zwierzątka, tak osłupiały, że zapomniał prawie, gdzie stoi, i usłyszał potrójny odgłos, jak echo kroków. Zrozumiał, że stworzonko potrafi imitować dźwięki, postąpił wolno jeszcze bliżej i zastanawiał się właśnie, czy nie zerwać z siebie koszuli, aby posłużyć się nią jak siatką, kiedy zwierzątko nagle się odmieniło.

Łapki na bębenkowatym brzuszku zadrgały, błyszczący odwłok rozsunął się, rozwinął jak wielki wachlarz, kocia główka wyciągnęła się sztywno na długiej, nagiej szyi i stworzenie uniosło się w powietrze, otoczone migocącą słabo aureolą, przez chwilę wisiało nieruchomo nad nim, a potem oddaliło się spiralą, nabierając wysokości, zakrążyło raz jeszcze i znikło.

Inżynier zszedł na dół i opowiedział najdokładniej, jak mógł, co mu się przydarzyło.

– To nawet dobrze – a już się dziwiłem, czemu nie ma tu żadnych latających zwierząt – powiedział Doktor. Chemik przypomniał mu „białe kwiaty" znad strumienia.

– Wyglądały raczej na owady – powiedział Doktor – na tutejsze... no... motyle. Ale powietrze jest tu w ogóle bardzo słabo „zaludnione" – jeżeli na planecie ewoluują żywe organizmy, powstaje „ciśnienie biologiczne", dzięki któremu muszą zostać obsadzone wszystkie możliwe środowiska, „nisze ekologiczne" – brakowało mi tu bardzo ptaków.

– To było coś podobnego raczej do... nietoperza – powiedział Inżynier. – Miało sierść.

– Możliwe – powiedział Doktor, który nie bardzo usiłował wyzyskać monopol wiedzy biologicznej wśród załogi. I jak gdyby

bardziej z uprzejmości aniżeli dlatego, że go to naprawdę interesowało, dodał:

– Powiadasz, że imitowało odgłos kroków? To ciekawe. No cóż,
musi być w tym jakaś celowość przystosowawcza.

– Przydałaby się dłuższa próba terenowa, chyba nic nie nawali
– powiedział Koordynator, wyczołgując się spod łazika gotowego już
do drogi. Inżynier był rozczarowany obojętnością, z jaką przyjęto
jego odkrycie, ale powiedział sobie, że bardziej zaskoczyły go niezwykłe okoliczności spotkania aniżeli samo latające stworzonko.

Wszyscy obawiali się trochę chwili rozstania. Pozostający stali
pod rakietą i patrzyli, jak śmieszny pojazd zatacza wokół niej coraz
większe koła, prowadzony pewnie przez Koordynatora, który siedział okrakiem na przednim siodełku osłonięty szybą. Doktor i Chemik umieścili się za nim i jako towarzysza miał obok siebie tylko miotacz o cienkiej lufie. Naraz, podjeżdżając całkiem blisko do rakiety,
Koordynator zawołał:

– No, to postaramy się wrócić do północy, do widzenia! – zwiększył
gwałtownie szybkość i po chwili widać już było tylko coraz wyżej i dalej sunącą, odwiewaną łagodnie za zachód złotawą ścianę pyłu.

Łazik był właściwie gołym metalowym szkieletem, tylko od spodu zamkniętym przezroczystym dnem, żeby kierowca widział do ostatka brane przeszkody. Elektryczne silniki miał w tarczach kół, a dwie
rezerwowe opony chwiały się wysoko na przymocowanym z tyłu ka-
nistrze. Jak długo teren był gładki, robili do sześćdziesięciu kilometrów na godzinę. Oglądając się za siebie, Doktor rychło stracił z oczu
ostatni ślad rakiety. Motory śpiewały cicho, kurz bił falami z wyschłego gruntu i rzednąc, odchodził w stepowy krajobraz.

Nikt się przez dłuższy czas nie odzywał, zresztą plastykowa szy-
ba chroniła od wiatru tylko kierowcę. Siedzącym z tyłu porządnie
dmuchało w twarze i można było rozmawiać, tylko krzycząc. Teren
podnosił się, zarazem stawał się bardziej falisty, ostatnie szare kielichy znikły, mijali rozrzucone daleko w przestrzeni pojedyncze kępy pajęczystych zarośli, gdzieniegdzie stały na pół uschnięte oddychające drzewa o zwisających bezwładnie gronach liści, kiedy niekiedy tylko drgające słabym, naprzemiennym pulsem. W oddali
przed nimi pojawiły się rozsypane rzadko długie bruzdy, ale wirujących tarcz nigdzie nie dostrzegali. Kilka razy opony podskoczyły
miękko, przecinając bruzdy, z gruntu wynurzały się ostrokończyste,
białe jak wysuszona kość skałki, długie języki osypisk ciągnęły

od nich w dół ogromnego stoku, na który się wspinali, ostry żwir chrobotał niespokojnie pod brzuchatymi kołami, pochyłość rosła, jechali już dosyć wolno, choć silniki miały rezerwę mocy, ale Koordynator dławił je w tym trudnym terenie. Wyżej, między płowobrunatnymi grzbietami błyszczała długa, cienka wstęga, pozornie zagradzając drogę. Koordynator jeszcze bardziej zredukował szybkość. W poprzek stoku, tam, gdzie stromizna przechodziła w płaskowyż, nad którym bardzo daleko sterczały niewyraźne kształty, biegł wpasowany gładko w grunt w obie strony, jak okiem sięgnąć, lustrzany pas. Łazik stanął, dotykając jego brzegu przednimi kołami. Koordynator zeskoczył z siodełka, dotknął zwierciadlanej powierzchni kolbą eżektora, uderzył w nią mocniej, nareszcie stąpnął, podskoczył – ani drgnęła.

– Ile zrobiliśmy już? – spytał go Chemik, kiedy wsiadał.

– Pięćdziesiąt cztery – powiedział i ruszył ostrożnie z miejsca. Łazik zahuśtał się miękko, przejechali przez wstęgę, wyglądała jak idealnie równy kanał pełen zamarzłej rtęci, i z rosnącą szybkością mijali podlatujące to z lewej, to z prawej strony maszty z kolumnami dygotliwego wirowania powietrznego u szczytów. Potem wieloszereg masztów skręcił wielkim łukiem na wschód, a oni jechali dalej prosto, mając strzałkę kompasu ustawioną wciąż dokładnie na literze „S".

Płaskowyż przedstawiał obraz ponury – roślinność przegrywała powoli walkę z masami piasku, które niósł gorący jak z pieca wschodni wiatr, z niskich wydm wyrastały sczerniałe, tylko nad samą ziemią bladokarminowe zarośla, osypywały się z nich skórzaste strąki, czasem coś popielatego zaszuściło w zeschłym gąszczu, raz i drugi smuga szalonej ucieczki wyrwała się niemal spod samych kół łazika, ale nie zdołali dostrzec nawet zarysów tego stworzenia, z takim impetem buchnęło w gęstwinę.

Koordynator lawirował, wymijając kępy zbitych, kolczastych krzewów, raz zawrócił nawet, kiedy przecinka, w którą wjechali, zamknęła się ślepo piaszczystym spiętrzeniem pośród krzaków, teren był coraz bardziej nieprzejrzysty, zdradzał brak wody – większość roślin, spalona słońcem, wydawała w gorących podmuchach martwy, papierowy szelest. Łazik kręcił pospiesznie, jadąc między ścianami nawisłych gałęzi, z popękanych gron sypał się żółtawy pyłek, który pokrył przednią szybę, kombinezony, nawet twarze siedzących; z głębi krzaków walił znieruchomiały żar, trudno było oddychać. Doktor uniósł się z siedzenia i pochylił do przodu, kiedy hamulce zapiszczały nagle i stanęli.

Stołowe plateau urwało się kilkadziesiąt kroków dalej, krzaki ciągnęły się aż do samej linii obrywu czarną, prześwitującą pod słońce bursztynowo szczotką. Przed sobą mieli odległe zbocza górskie wstające wysoko nad kotliną przesłoniętą najbliższym otoczeniem. Koordynator wysiadł i podszedł do ostatniego krzaka o długich witkach chwiejących się łagodnie na tle nieba.

– Zjedziemy – powiedział, wracając.

Wóz potoczył się ostrożnie naprzód, naraz zadarł tył, jakby chciał przekoziołkować, kanister zahałasował, uderzając w kraty bagażnika, hamulce zapiszczały ostrzegawczo, Koordynator włączył pompę, koła nabrzmiewały w oczach, nierówności stromizny stały się od razu mniej wyczuwalne. Zobaczyli, że zesuwają się ku wełnistej powłoce chmur, którą od wnętrza przebija dołem walcowata, w górze bulwiasta maczuga brunatnego dymu. Prawie nie rozpraszał się w powietrzu, wysoko ponad szczytami wzgórz. Tak jak gdyby wulkaniczna erupcja trwała kilkadziesiąt sekund, potem kolumna dymów z ogromną chyżością zaczęła ściekać w dół, kryjąc się między białymi chmurami, aż znikła w nich, na powrót wessana do gigantycznej gardzieli, która ją przedtem wyrzuciła.

Cała dolina dzieliła się na dwa piętra, górne, pod słonecznym niebem, i dolne, położone daleko, niewidzialne, bo osłonięte warstwą nieprzenikliwych chmur, ku którym łazik biegł, kołysząc się i podskakując z przerywanym popiskiwaniem hamulców. Promienie nisko już stojącego słońca oświetlały jeszcze przez kilka chwil odległe, sterczące po przeciwnej stronie zbocza, w których świeciły, jakby wyrastające z gęstwy burych i fioletowych zarośli, przysadziste twory o lustrzanych powierzchniach. Trudno było w nie patrzeć, bo oślepiały odbitym słońcem. Warstwa białych obłoków była tuż, granica obrywu zaznaczona zębatą na błękitnym tle linią krzaków została wysoko za nimi, zwalniali coraz bardziej, naraz otoczyły ich chwiejne opary, poczuli duszną wilgoć, zrobiło się prawie ciemno. Koordynator przyhamował raz jeszcze, toczyli się krok za krokiem, rozwidniało się, a właściwie oczy ich przystosowały się do mlecznego półświatła. Koordynator zapalił na chwilę reflektory, ale zaraz je zgasił, bo elektryczny blask uwiązł bezsilnie we mgle. Nagle się rozwiała.

Było chłodniej, w powietrzu wisiała wilgoć. Znajdowali się na pochyłości dużo łagodniejszej, tuż pod niskimi chmurami, które sięgały daleko ku burym, czarniawym i szarym plamom, niewyraźniejącym w głębi doliny. Na wprost nich błyszczało coś słabo, jakby w powietrzu rozlana była warstwa oleistej cieczy, doznali takiego uczucia, jakby zamgliły im się nagle oczy. Doktor niemal równocześnie z Chemikiem podnieśli ręce, aby przetrzeć powieki – bezskutecznie. Z tego rozchybotanego błyskania wyłonił się ciemny punkt i zmierzał prosto ku nim. Łazik jechał teraz po terenie prawie równym, tak gładkim, jakby sztucznie zniwelowanym i utwardzonym, czarny punkt przed nimi rósł, zobaczyli, że toczy się na okrągłych balonach – to był ich łazik, jego odbicie w jakiejś powierzchni. Kiedy obraz stał się tak wielki, że prawie odróżniali już rysy własnych twarzy, zaczął się rozchwiewać i znikł, przez miejsce, w którym spodziewali się niewidzialnego lustra, przejechali bez napotkania jakiejkolwiek przeszkody, tylko niespodzianie musnęła ich fala mdłego ciepła, jakby przejeżdżali poprzez niedostrzegalną, rozgrzaną przegrodę. Zarazem owo „coś", co zamgliło im przed chwilą oczy i utrudniało patrzenie, raptownie znikło.

Opony zamlaskały – łazik wjechał w płytkie, błotniste rozlewisko, raczej kałużę, grunt pokrywały łachy mętnej wody, ciągnął od niej słaby, gorzki swąd, jakby rozpuściła w sobie jakieś zgliszcza. Tu i ówdzie wznosiły się nieregularne kopce wyrzuconej jaśniejszej ziemi nasiąkłej wodą, ciekły od nich strumyki zlewające się w kałuże. Dalej, po prawej stronie, ciemniały jakieś złachmanione zwaliska, nie szczątki murów, ale jakby pobrudzonych, sfałdowanych tkanin, jedne zwalone na drugie, splątane, to wznoszące się na wysokość kilku metrów, to przycupłe nad samą ziemią, z nieregularnymi, pustymi, czarnymi otworami. Jechali pośród wykopów – tego, co w nich się kryło, nie widzieli. Koordynator zatrzymał wóz przy jednym, podjechał do gliniastego zwału, aż otarł się oń przednim kołem, wysiadł i wszedł na jego wierzch. Pochylił się do przodu nad prostokątną studnią. Siedzący, zobaczywszy, jak zmieniła mu się twarz, bez słów skoczyli jego śladem, bryła gliny osunęła się pod stopą Doktora, prysnęło błoto, Chemik podtrzymał go i pociągnął za sobą.

W wykopie o pionowych, jakby ubitych maszyną ścianach leżał na wznak zanurzony twarzą nagi trup. Tylko sam wierzch grubych piersiowych mięśni, spomiędzy których wychodził dziecięcy tors, wystawał ponad czarne lustro wody.

Trzej ludzie podnieśli głowy, popatrzyli na siebie i zeszli z gliniastego kopca. Krople wody wyciekały z ciastowatych kawałów gliny, kiedy stawiali na nich nogi.

– Czy tylko groby są na tej planecie? – powiedział Chemik.

Stali przy łaziku, jakby nie wiedzieli, co począć. Koordynator odwrócił się, pobladły, spojrzał dokoła. Nieregularne szeregi gliniastych kopców ciągnęły się po całej okolicy, po prawej szarzały dalsze teraz fragmenty owych złachmanionych ruin, coś bielało wśród nich wężowatą, niską linią, po drugiej stronie, za plamami rozkopanej gliny, błyszczała szeroka u dołu, wyżej zwężająca się równia pochyła, jakby odlana z ziemistego, porowatego metalu. Do jej podstawy dochodziły ząbkowane smugi, daleko, między obłokami przepływającej leniwie pary widać było prześwitywanie czegoś pionowego, czarnego, jak gdyby ściany ogromnego kotła, ale było to wrażenie chwiejne i niepewne, bo przez pojedyncze rozziewy mgły czy pary przecierały się pojedyncze strzępy całości – i czuło się tylko, że stoi tam coś ogromnego, jak wyciosanego z góry.

Koordynator siadał już do wozu, kiedy dobiegło ich głębokie, jakby podziemne westchnienie, białawe tumany z lewej strony zakrywające dotąd wszystko rozpadły się w potężnym dmuchnięciu, które w następnej chwili owionęło ich gorzką, przenikliwą wonią. Ujrzeli wówczas wystrzelające ku chmurom cielsko dziwacznie uformowanego komina, odwróconym wodospadem bił z niego brunatny słup stumetrowej chyba grubości, roztrącał niespokojnie falujące mleko chmur i znikał. Trwało to może minutę, potem nastała cisza, znowu rozległo się stłumione stęknięcie, podmuch szarpiący ich włosy zmienił kierunek, chmury opadły niżej, oddzielały się od nich długie pióropusze i zakrywały czarną wyrzutnię, aż niemal całkowicie skryła się za nimi.

Koordynator dał im znak, wsiedli, łazik zakołysał się niezgrabnie na grudach wyrzuconej gliny i podjechał do następnego wykopu. Zajrzeli do środka. Był pusty, stała w nim tylko czarna woda. Znowu dał się słyszeć odległy, przygłuszony szum, chmury wydęły się, z wulkanicznego komina bluznął brunatny gejzer, znowu nastąpiło ssanie – coraz mniej uwagi zwracali na te miarowe przemiany i kotłowanie się chmur i dymów wewnątrz kotliny. Pochłonięci jazdą i ciągłym stawaniem, obłoceni wyżej kolan, skakali w ciastowate zwały, pięli się po oślizłych zboczach i zaglądali do wykopów, czasem woda zachlupotała w którymś pod kawałem gleby obruszonej ich krokami, schodzili, siadali, jechali dalej.

Na osiemnaście zbadanych wykopów martwe ciała znaleźli w siedmiu. I dziwna rzecz – ich zgroza, wstręt, przerażenie zmniejszały się w miarę odnajdywania następnych. Powracała zdolność obserwowania. Zauważyli, że w wykopach tym mniej było wody, im bardziej się zbliżali, jadąc zygzakiem po błotnistym gruncie, ku ścianie oparów, która na przemian to zasnuwała, to ukazywała czarnego kolosa. Pochyleni nad którąś z rzędu kwadratową studnią, której całe dno zakrywał zgięty wpół kadłub, zauważyli, że różni się nieco od innych.

Był bledszy i odmiennie uformowany – wrażenia tego nie potrafili sprawdzić, pojechali dalej, natrafili na dwa wykopy puste, a w czwartym z kolei, zupełnie już suchym, ledwo o kilkaset kroków od szuflowatej równi pochyłej, ujrzeli leżące na boku ciało, którego mały tors ukazywał rozpostarte ręce – jedna z nich była rozszczepiona u samego końca na dwa grube wyrostki.

– Co to jest? – nie swoim głosem wybełkotał Chemik, ściskając ramię Doktora. – Widzisz?

– Widzę.

– To jest jakieś inne – on nie ma palców?

– Może kalectwo – mruknął Koordynator. Nie zabrzmiało to przekonująco.

Zatrzymali się jeszcze raz u ostatniego wykopu przed równią pochyłą. Wydawał się zupełnie świeży – kruszynki gliny odpadały powoli od ścian, osuwały się, drżąc, jakby ogromna łopata dopiero przed chwilą wysunęła się z czworokątnej jamy.

– Wielkie nieba... – zachrypiał Chemik i blady jak trup, omal nie przewracając się, zeskoczył w tył z ziemnego wału.

Doktor zajrzał z bliska w twarz Koordynatora.

– Pomożesz mi wyjść? – powiedział.

– Tak. Co chcesz robić?

Doktor ukląkł, chwycił się brzegów jamy i opuścił ostrożnie na jej dno, starając się wyminąć nogami rozwalony w niej wielki kadłub. Pochylił się nad nim, wstrzymał instynktownie oddech. Z góry wyglądało tak, jakby poniżej piersiowych muskułów, tuż pod miejscem, w którym rozrosły mięsiście tors wydawał z siebie w stuleniu pofałdowanej skóry drugi – wbity był w bezwładną tuszę pręt metalu.

Z bliska zobaczył, że się mylili.

Spod fałdek skóry wychodził z ciała pępkowaty wyrostek, sinawy, cienkościenny, a metalowa rurka, której drugi zagięty koniec gubił się przytłoczony grzbietem martwego, była samym końcem wprowadzona do jego wnętrza. Poruszył ją najpierw delikatnie, potem pociągnął mocniej – nachylił się jeszcze bliżej i odkrył, że metalowy wylot prześwitujący przez naciągniętą nań skórę jest sczepiony z nią malutkimi, obok siebie błyszczącymi perełkami, jak gdyby ciągłym szwem.

Przez chwilę namyślał się, czy nie odciąć rurki wraz z wyrostkiem – powoli sięgnął do kieszeni po nóż, wciąż jeszcze niepewny, ale prostując się, popatrzał prosto w spłaszczoną twarzyczkę, nienaturalnie opartą o ścianę studni, i osłupiał.

Tam, gdzie stwór, którego sekcjonował w rakiecie, posiadał nozdrza, ten miał jedno szeroko otwarte, niebieskie oko, które zdawało się patrzeć w niego z milczącym natężeniem. Podniósł oczy. „Co tam?" – usłyszał głos Koordynatora, zobaczył jego głowę, czarną na tle chmur, i zrozumiał, dlaczego nie dostrzegli tego z góry: główka wsparta była o ścianę i żeby spojrzeć w nią wprost, trzeba było znaleźć się tam, gdzie właśnie stał.

– Podaj mi rękę – powiedział i wspiął się na palce. Uchwycił mocno opuszczoną dłoń, Koordynator pociągnął go, Chemik pomógł, porwali go za kołnierz kombinezonu i wydostał się na powierzchnię, powalany gliną. Popatrzał na nich zmrużonymi oczami.

– My nic nie rozumiemy – powiedział. – Słyszycie? Nic. Nic!

I dodał ciszej:

– Nie wyobrażam sobie w ogóle sytuacji, w której człowiek tak nic, ale to nic nie potrafiłby pojąć!

– Co znalazłeś? – spytał Chemik.

– One naprawdę różnią się między sobą – powiedział Doktor. Podchodzili do łazika. – Jedne mają palce, a inne nie. Jedne mają nos, a nie mają oka, inne mają oko, a nie mają nosa. Jedne są większe i ciemniejsze, a inne bledsze i mają krótszy nieco kadłub. Jedne...

– Więc co z tego? – przerwał mu niecierpliwie Chemik. – Ludzie też są różnych ras, mają różne rysy, kolor skóry, i czego tu nie potrafisz zrozumieć? Tu chodzi o coś innego, kto, czemu, dlaczego robi te potworne jatki.

– Nie jestem wcale pewny, że tu są jatki – odpowiedział cicho Doktor. Stał z pochyloną głową. Chemik patrzał na niego w najwyższym osłupieniu.

– Co to ma... co ty...

– Nic nie wiem... – z wysiłkiem powiedział Doktor. Usiłował mechanicznie, nie całkiem tego świadomy, wytrzeć chustką glinę z rąk.

– Ale to jedno wiem – dodał nagle, prostując się. – Nie potrafię tego wyjaśnić, ale te różnice nie wyglądają na różnicę ras w obrębie tego samego gatunku. Zbyt ważne są oczy i nos, zmysł wzroku i powonienia.

- Na Ziemi są mrówki, które wyspecjalizowały się jeszcze bardziej. Jedne mają oczy, inne nie, jedne potrafią latać, inne tylko chodzić, jedne są żywicielami, inne wojownikami, czy mam cię uczyć biologii?

Doktor wzruszył ramionami.

- Na wszystko, co się zdarzy, masz gotowy przywieziony z Ziemi schemat – odpowiedział. – Jeżeli jakiś szczegół, jakiś fakt nie pasuje do niego, to go po prostu odrzucasz. Nie udowodnię ci tego w tej chwili, ale wiem, po prostu wiem, że to nie ma nic wspólnego ani z rasową odmiennością, ani ze specjalistycznym zróżnicowaniem gatunku. Pamiętacie ten odłamek – koniec rurki, igły, który znalazłem przy sekcji? Oczywiście pomyśleliśmy wszyscy – i ja też – że na tym stworzeniu dokonano albo chciano dokonać – bo ja wiem – zabójstwa. On ma tam wyrostek, ssawkę czy coś takiego i ta rurka jest weń po prostu wsadzona, wprowadzona do środka. Tak jak człowiekowi wprowadza się rurkę do tchawicy przy tracheotomii. Oczywiście to nie ma nic wspólnego z tracheotomią, bo on nie ma w tym miejscu tchawicy. Nie wiem, co to jest, i nic nie rozumiem, ale to jedno przynajmniej wiem!

Wsiadł do łazika i spytał Koordynatora, który obchodził wóz z drugiej strony, aby dostać się na swoje miejsce:

- A co ty powiesz?

- Że musimy jechać dalej – odparł Koordynator i ujął kierownicę.

VII

Zapadał zmierzch. Ominęli wielkim łukiem pochylnię – nie była, jak sądzili, tworem architektonicznym, ale najdalszym rozpłaszczonym na równinie wybiegiem rzeki magmatycznej, której całość ogarnęli dopiero teraz. Schodziła po zboczach z górnego piętra doliny, zakrzepła w dziesiątki potrzaskanych zerw i kaskad. Pełną garbów powłoką jakby metalicznego żużlu okrywała niższe połacie stoku, tylko w górze, gdzie stromizna stawała się gwałtowna, wysterczały z tego martwego potopu nagie skalne żebra.

Z przeciwnej strony zaciskał kilkusetmetrowy przesmyk o wyschłym, gliniastym dnie pokrytym zygzakami pęknięć, wał górskiego łańcucha uchodzący w chmury. Okrywał go, o ile można to było dostrzec poprzez okna obłoków, czarniawy kożuch roślinności. W ołowianym świetle wieczoru skrzepła rzeka, zapewne pozostałość wulkanicznej erupcji, z lśniącymi czołami znieruchomiałych fal wyglądała jak wielki lodowiec.

Dolina była daleko rozleglejsza, aniżeli można było przypuszczać, patrząc na nią z wysoka – za przesmykiem otworło się jej boczne rozgałęzienie, wiodło płasko wzdłuż bochnowatych występów magmy, po prawej grunt występował tarasowatymi pochyłościami w górę, prawie nagi, wałęsały się tam pojedyncze szare obłoczki.

Jeszcze wyżej przed nimi, w głębi górnego kotła, co jakiś czas odzywał się przesłonięty teraz skalnym progiem gejzer, a wtedy przeciągły, głuchy szum wypełniał całą dolinę.

Otoczenie traciło z wolna barwy, kształty niewyraźniały, jakby zatapiała je woda. W oddali rysowały się przed łazikiem rudymi załamaniami ni to mury, ni to skalne stoki, ich gmatwaninę przyprószał delikatny brzask, jakby od promieni zachodzącego słońca – chociaż było zakryte chmurami.

Bliżej, po obu stronach coraz bardziej rozszerzającego się przesmyku, stały regularnym dwuszeregiem ciemne, maczugowate ogromy podobne do nadzwyczaj wysokich i wąskich balonów. Wjechali między pierwsze w zmroku pogłębionym przez cień wielkich budowli. Koordynator włączył światła i poza potrójną smugą reflektorów zrobiło się od razu ciemno, jakby nagle zapadła noc.

Koła przetaczały się po ławicach zastygłego żużlu, jego okruchy potrzaskiwały jak szkło, światła wędrowały w półmroku, ściany zbiorników czy balonów zapalały się rtęciowym blaskiem liźnięte reflektorami, ostatni ślad gliny znikł, jechali powierzchnią zakrzepłej jak lawa masy, łagodnie wybrzuszoną, w zaklęśnięciach stały czarne, płytkie kałuże rozpryskujące się z hałasem pod kołami. Na tle chmur rysowała się cienka jak pajęczyna czarna konstrukcja ganku, który napowietrznie łączył dwie odległe chyba o sto metrów maczugowate budowle, w reflektorach zajaśniało kilka machin zwalonych na boki. Odsłaniały wypukłe dna pokryte otworami, widniały w nich zęby, z których zwisały jakieś zetlałe wiechcie. Zatrzymali się, by stwierdzić, że machiny dawno już porzucono – płyty metalu przeżarła rdza.

W powietrzu było coraz więcej wilgoci, spomiędzy baloniastych kolosów wypływały podmuchy nasycone mdłym odorem i wonią spalenizny. Koordynator zmniejszył szybkość i skręcił do podnóża najbliższej maczugi. Podjeżdżali ku niej gładką, gdzieniegdzie wykruszoną z boków płytą ujętą z dwu stron skośnymi płaszczyznami opatrzonymi systemem wrębów, spód budowli zamajaczył na wprost długą, czarną jak smoła linią, która coraz bardziej rozszerzała się, rosła, stawała się wejściem. Ulatująca w górę znad tego wejścia wysklepiona cylindrycznie ściana gubiła się na wysokości, niepodobna już było objąć całego jej ogromu wzrokiem. Nad czarnym rozziewem wiodącym do niewidzialnej głębi wysuwał się grzybiasty okap, sfałdowany i obwisły, jak gdyby budowniczy zapomniał o nim i pozosta-

wił go w niedokończonym, nieuformowanym kształcie, jaki wyląg\
mu się ze stromo wymodelowanej powierzchni.

Wjeżdżali już pod rozległy okap.

Koordynator zdjął nogę z akceleratora, przestronne wejście ziało czernią, reflektory zgubiły się w niej bezradnie, na lewo i prawo biegły szerokie, z lekka zaklęsłe rynny, nabierały wysokości, niczym zwitki olbrzymich spirali – łazik, przyhamowany, prawie stanął, potem zaczął bardzo powoli wjeżdżać na tę, która prowadziła w prawo.

Otaczała ich zupełna ciemność, w snopach światła pojawiały się nad obrzeżami rynny i znikały rozchylone wachlarzowato szeregi skośnych, wysuwających się z siebie teleskopowo masztów, naraz coś zagrało nad nimi wielokrotnym lśnieniem, gdy unieśli głowy, ujrzeli, że w górze majaczą korowody białawych widm. Koordynator zapalił szerokokątny reflektor obok kierownicy i uniósłszy jego wylot, wodził nim wkoło – strumień blasku, słabnąc u końca drogi, przejechał jak po szczeblach po białych, klatkowatych tworach, które, wyrwane z mroku, zajarzyły się kościanym blaskiem i znikły, zarazem tysiące lustrzanych odbić uderzyły ich w twarz oślepiającymi błyśnięciami.

– To na nic – usłyszeli jego głos zniekształcony gromkim, blaszanym echem zamkniętej przestrzeni – czekajcie, mamy przecież flary!

W poświacie, którą rozpylały nad łazikiem płonące reflektory, wysiadł, czarnym cieniem pochylił się nad brzegiem rynny, coś stuknęło metalicznie, zawołał:

– Nie patrzcie tu, patrzcie w górę! – i przyskoczył do wozu. Niemal w tej samej chwili magnezja zapaliła się z przeraźliwym sykiem i upiorny, łopocący blask w okamgnieniu odwalił ciemność na boki.

Pięciometrowej szerokości rynna, na której stali, kończyła się nieco wyżej, łukiem uchodząc w głąb przezroczystego korytarza czy raczej szybu, tak stromo nabierał wysokości i srebrnawą rurą wnikał w przeraźliwie rozjarzony gąszcz pęcherzy, które nawisały nad nimi, wypełniając niczym nieprzeliczone rojowisko komórek szklanego ula cały kopulasto wzniesiony przestwór. Świetlne odbicia flar zwielokrotniały się w skupiających blask, przejrzystych ściankach. Za nimi, wewnątrz szklistych komórek, o powłoce wypukłej, jakby wydętej, widniały galerie pokracznych szkieletów. Były to śnieżnie białe, iskrzące się prawie rozsiadłe szeroko na łopatkowatych odnóżach kośćce z wachlarzem żeber wychodzących promieniście z wydłużonej owalnie kostnej tarczy, a każda taka niedomknięta z przodu klatka piersiowa zawierała w sobie cienki, na pół przechylony szkielecik ni to ptaka, ni to małpiątka o bezzębnej, kulistej czaszce. Niezliczone szpalery bielały pozamykane jak gdyby w szklanych jajach, kołując wielopiętrowymi spiralami coraz dalej i wyżej, tysiące pęcherzastych ścianek powielały i rozszczepiały blask, tak że niepodobna było odróżnić rzeczywistych kształtów od ich zwierciadlanych odbić. Siedzieli jak wykuci z kamienia przez sześć sekund, potem magnezjowy pożar raptownie zgasł. Rozdarta jeszcze ostatnim, pożółkłym rozbłyskiem, w którym zaiskrzyły się brzuchy pęcherzastych szkieł, zapadła ciemność. Po dobrej minucie spostrzegli, że reflektory wozu dalej płoną, opierając się plamami światła o spód szklistych bań.

Koordynator podjechał do samego ujścia szybu, w które rynna przechodziła stożkowatą tuleją, hamulce zapiszczały, wóz skręcił lekko, tak aby mieć pochyłość pod bokiem, dzięki czemu nie groziło mu stoczenie się, gdyby szczęki puściły, i wszyscy wysiedli.

Tunel wiódł przezroczystą rurą ostro wzwyż, ale rozpierając się w nim szeroko rękami, można było pokonać pochyłość. Wymontowali reflektor z kulowej obsady i weszli do szybu, wlokąc za sobą nić kabla.

Szyb – jak spostrzegli po kilkudziesięciu metrach – przenikał całe wnętrze kopuły spiralą. Przezroczyste cele mieściły się z obu jego stron nieco wyżej zaklęsłego dna, po którym stąpali, nachylając się silnie do przodu. Było to bardzo nużące, ale rychło stromizna tunelu zmalała. Każdy pęcherz przypłaszczony po bokach, gdzie wtapiał się w ściany innych, wysuwał do tunelu ryjowaty wylot zamknięty okrągłą, dokładnie wpasowaną w otwór soczewkowatą pokrywą słabo przymglonego szkliwa. Szli i szli, w ruchomym świetle przesuwały się kościane korowody. Kośćce były różnokształtne. Doszli do tego dopiero po pewnym czasie, bo te, które sąsiadowały ze sobą, niczym się prawie nie różniły. Aby odkryć rozmaitość ich ukształtowania, trzeba było dopiero zestawić ze sobą egzemplarze z odległych rozgałęzień wielkiej spirali.

Im wyżej się wznosili, tym jawniej zamykały się klatki piersiowe szkieletów, odnóża malały, jakby pochłaniane przez rozrosłą kostną tarczę, za to małym wewnętrznym potworkom rosły głowy, czaszki ich nabrzmiewały dziwacznie po bokach, skronie wypuklały się, tak że niektóre miały jak gdyby trzy zlane razem czaszkowe sklepienia – wielkie środkowe i dwa mniejsze wyżej usznych otworów.

Postępując jeden za drugim, przemierzyli półtora piętra spirali, gdy zatrzymało ich nagłe szarpnięcie. Kabel, który łączył reflektor z łazikiem, odwinął się do końca. Doktor chciał iść dalej, posługując się latarką, ale Koordynator sprzeciwił się temu. Od głównego tunelu odchodziły co kilkanaście kroków inne, łatwo można się było zgubić w tym jakby ze szkła wydmuchanym labiryncie. Zaczęli wracać. Po drodze próbowali otworzyć jedną, drugą i trzecią pokrywę, ale wszystkie były jakby stopione w jedno z brzegami przezroczystego ocembrowania.

Dna pęcherzy zalegał cienką warstewką subtelny, białawy pył, gdzieniegdzie majaczyły w nim niewyraźne rozrzedzenia, przez co przybierał formy niezrozumiałych śladów czy figur. Doktor, który szedł ostatni, co krok przystawał u wypukłych ścianek, nie mógł się wciąż zorientować, w jaki sposób zawieszony jest szkielet, co go podpiera, chciał obejść jedną z groniastych „kiści" bocznym korytarzykiem, ale Koordynator naglił, zrezygnował więc z dalszego badania, tym bardziej że Chemik, który niósł reflektor, oddalił się i dokoła panowała pełna połyskliwych ścian ciemność.

Schodzili coraz szybciej, na koniec z ulgą wciągnęli powietrze, przy łaziku daleko świeższe od zastałego i przegrzanego, które zalegało szklany tunel.

– Wracamy? – odezwał się ni to pytająco, ni to twierdząco Chemik.

– Jeszcze nie – odparł Koordynator. Zawrócił wozem na miejscu, rynna była dostatecznie przestronna, reflektory wielkim łukiem przeleciały przez łyskający mrok, zjechali po krętej pochyłości i stanęli na wprost wejścia, które jak niski, długi ekran wypełniało ostatnie światło wieczoru.

Kiedy znaleźli się na zewnątrz, Koordynator postanowił objechać dokoła osadę cylindrycznej budowli. Wnikała w grunt stożkowatym, wypukłym kołnierzem z litego metalu, nie okrążyli nawet jej połowy, gdy w reflektorach zalśniły tarasujące dalszą drogę wklinowane w siebie, podługowate bloki o ostrych jak brzytwy krawędziach.

Koordynator wzniósł wylot rzutnika i powiódł nim na boki.

Niesamowicie oświetlone ukazało się na tyłach budowli brunatnoczarne spiętrzenie lawospadu. Schodząc z wysokości, z niewidzialnego w ciemności zbocza, magma zawisła nad otoczeniem półksiężycowatą ścianą, którą wspierał, broniąc dalszego dostępu, gęsty las przypór, skośnie zarytych masztów i ażurowych ramion. Zawiła płątanina tych konstrukcji z cieniami poruszającymi się w obrotach reflektora wpierała się systemem posczepianych ze sobą grubych tarcz w czoło martwej fali. Tu i ówdzie olbrzymie, z wierzchu zmatowiałe, na odpękłych powierzchniach poświecające świeżym, czarnym szkliwem odłamy przedarły się ponad ogrodzeniami i runęły w dół, zawalając metalowy ostrokół gruzem, zarazem można było dostrzec, że samo czoło magmatycznego frontu, puchnąc, porozsuwało miejscami tarcze, wdarło się między nie nabrzmieniami, wygięło maszty, gdzieniegdzie wyrwane razem z klinowatymi blokami ich zakotwiczeń.

Obraz ten, przerażającego zaciekłością, zagrożonego klęską zmagania z górotwórczymi siłami planety, był tak bliski i zrozumiały ludziom, że opuścili to miejsce podniesieni na duchu. Łazik wycofał się tyłem na swobodny przestwór między maczugowatymi kolosami i pojechał dalej w głąb doliny.

Dziwaczna aleja biegła prosto jak strzelił – naraz wjechali między rosnące u ich przyziemi, wydłużone jak łany zboża czworoboki smukłych kielichów, takich samych jak te, które rosły na równinie wokół rakiety. Wężowe zarośla, przeszywane blaskiem, ukazywały pod błoniastą szarością powierzchni różowawy miąższ. Trafione światłami, próbowały się kurczyć, jakby przebudzone, ale ruch ten był zbyt senny, by przemienić się w jakąś zdecydowaną akcję – tylko fala bezsilnych drgnień biegła kilka metrów przed nimi w snopach reflektorów.

Raz jeszcze się zatrzymali, u przedostatniej cylindrycznej budowli. Wejście zagradzało osypisko szczątków pobrzękujących pod krokami, poświecili nad nim do środka, ale blask latarek był za słaby, ponownie więc zdjęli reflektor z maszyny i udali się z nim do wnętrza.

Ciemność, z łażącą po niej plamą światła, wypełniał ostry zaduch, jakby organicznej materii zżartej chemikaliami. Już przy pierwszych krokach ugrzęźli wyżej kolan w złożach szklistych skorup. Chemik zaplątał się w pogmatwanej, ze szczerbami, metalicznej sieci. Kiedy wyrwał się z niej, spod gruzów ukazały się podługowate, żółtawobiałe ułomki. Wzniesiony w górę reflektor ukazał ziejącą wyrwę sklepienia, zwisały z niej nadtłuczone pęki gron, niektóre pootwierane, puste, dokoła walały się szczątki szkieletów. Stąpając ostrożnie po chrzęszczącym osypisku, wrócili do łazika i pojechali dalej.

Minęli grupę szarych, skrytych w zagłębieniu zwalisk, reflektor omiótł nowe wypiętrzenie zbocza i podtrzymujące tę zerwę skośne, u góry lejowato rozszerzone przypory zakotwiczone hakowatymi łapami w gruncie, wóz przestał się chwiać i podskakiwać, mknął gładką, jakby wylaną betonem powierzchnią, w światłach rozpylonych w oddaleniu na szarawy obłoczek ukazał się niewyraźny szpaler, który zagradzał drogę, był to długi rząd kolumn, za nim następny, cały ich las podtrzymywał łukowate sklepienie. Osobliwa ta nawa bez ścian była otwarta na przestrzał ze wszystkich stron.

Poniżej miejsca, w którym łuki opuszczały kolumnę jak zrywające się do lotu skrzydła, widniały jakby zalążki, jak gdyby początki łuków następnych, możliwych, nierozwiniętych, stulone liściasto, posklejane, niewyklute. Po szeregu stopni, drobnych jak ząbki, maszyna wjechała między kolumny. W ich kształtach była szczególna regularność, nie to, że geometryczna, raczej roślinna, bo choć wszystkie były podobne do siebie, nie widziało się dwu takich samych – wszędzie drobne przesunięcia proporcji, przemieszczenia węźlastych zgrubień, w których kuliły się zawiązki skrzydlatych płaszczyzn.

Maszyna toczyła się bezszelestnie po kamiennej powierzchni, długie szeregi kolumn uchodziły w tył wraz z lasem obracających się na płask cieni, jeszcze i jeszcze jeden szereg, sklepienie znikło, widzieli już przed sobą wolną przestrzeń, daleko tlał nad nią niski, słaby brzask.

Łazik coraz wolniej jechał po litej skale, hamulce popiskiwały słabo, aż stanęli o metr od kamiennego wąwozu, którego brzegi otwarły się tu niespodzianie.

Pod nimi mroczniała gęstwa murów głęboko wpuszczonych w grunt na podobieństwo starych ziemskich fortyfikacji. Ich szczyty równały się z poziomem miejsca, na którym stali. Jak z lotu ptaka zaglądali w czarne wnętrze uliczek, wąskich, krętych, o prostopadłych ścianach. W murach widniały ciemniejsze od nich, odchylone w tył, jakby wycelowane skosem w niebo szeregi czworobocznych otworów o zaokrąglonych kątach. Kamienne kontury zlewały się w jednolitą masę, nierozwidnioną ani promykiem światła. Znacznie dalej, nad grzbietami następnych, gdzie wzrok już nie sięgał, stała nieregularnymi odblaskami poświata, a w jeszcze większej odległości jej plamy gęstniały i stopione w jednostajny pobrzask opruszały nieruchomo stojącą, złotawą mgłą kamienne krawędzie.

Koordynator wstał i skierował reflektor w głąb uliczki pod ścianą, na której szczycie zatrzymał się łazik. Snop światła objął z góry

113

oddaloną o sto kroków, samotną, wrzecionowatą kolumnę stojącą pośród łukowato oddalonych ścian. Po jej bokach, drgając roziskrzeniami, bezgłośnie spływała woda. Dokoła kolumny widniało na trójkątnych płytach nieco rzecznego piasku, opodal, na skraju jasności, spoczywało przewrócone, z jednej strony otwarte płaskie naczynie. Poczuli podmuch nocnego wiatru, zarazem w zaułkach na dole odpowiedział mu martwy szelest, jaki wydają źdźbła niesione po kamieniach.

– To jakieś osiedle... – powiedział wolno Koordynator. Stał i wodził coraz dalej światłem reflektora. Od placyku ze studnią odchodziły rozszerzonymi w górze gardzielami uliczki obramowane stykami pionowych murów, które przypominały dzioby okrętów. Mur między dwoma takimi występami przechylał się cały w tył, na kształt fortecznego blanku o pustych, czworokątnych otworach. W górę szły od nich czarniawe, rozwiane smugi, jakby osmaliny pożaru, który się tędy kiedyś wyrywał. Światło szło w drugą stronę po spiczastych zbiegach murów, uderzyło w czarną jamę piwnicznego wejścia, wędrowało po otwartych wylotach zaułków.

– Zgaś! – odezwał się nagle Doktor.

Koordynator usłuchał go. W zapadłym mroku dostrzegł dopiero teraz przemianę, jaka obejmowała przestrzeń przed nimi.

Widmowy, jednostajny brzask, który okalał szczyty odległych murów z wyrzynającymi się na jego tle sylwetami rur jakichś czy dymników, rozpadał się na pojedyncze wyspy, słabł, wygaszała go postępująca ze środka ku okręgowi fala ciemności, jeszcze przez chwilę tlały pojedyncze słupy poświaty, potem i one znikły, przybór nocy pochłaniał jedną połać kamiennych wąwozów za drugą, aż ostatni ślad światła znikł – ani jedna iskra nie płonęła już w martwych mrokach.

– Wiedzą o nas... – odezwał się Chemik.

– Możliwe – odparł Doktor – ale dlaczego tylko tam były światła? I... zauważyliście, jak gasły? Od centrum.

Nikt mu nie odpowiedział.

Koordynator usiadł i wyłączył reflektor. Mrok zatrzasnął ich jak czarne wieko.

– Nie możemy tam zjechać. Jeżeli zostawimy wóz, ktoś musi przy nim zostać – odezwał się. Milczeli. Nie dostrzegali nawet własnych twarzy, słyszeli tylko słaby szum przeciągającego gdzieś górą wiatru. Potem z tyłu, od pozbawionej ścian nawy, dobiegł słaby, powolny szmer jakby ostrożnego stąpania. Koordynator łowił go z wysiłkiem, obracał wolno wygaszony reflektor, wycelował go po omacku i naraz zapalił. Półkręgiem białych łat światła, kolumn i czarnych cieni osaczyła ich nieruchoma pustka.

Nie było nikogo.

– Kto? – powiedział.

Nikt się nie odezwał.

– A więc ja – zadecydował. Ujął kierownicę. Łazik z zapalonymi światłami ruszył wzdłuż brzegu muru. Kilkaset kroków dalej otwarły się wiodące w dół, obrzeżone kamiennymi wałami schody o płytkich, drobnych stopniach.

– Zostanę tu – zadecydował.

– Wiele mamy czasu? – spytał Chemik.

– Jest dziewiąta. Daję wam godzinę, z tym że w ciągu tej godziny musicie wrócić. Możecie mieć trudności z odnalezieniem drogi. Za czterdzieści minut od tej chwili zapalę flarę. Dziesięć minut potem – drugą, następną po pięciu minutach. Starajcie się w tym czasie znaleźć na jakimś wyniesieniu, chociaż łunę zobaczycie i z dołu. Teraz nastawimy zegarki.

Zrobili to w ciszy przerywanej tylko odgłosami wiatru. Powietrze chłodniało coraz bardziej.

– Miotacza nie weźmiecie, w tej ciasnocie i tak nie można by go użyć. – Koordynator, jak wszyscy, gdy mówili, zniżył mimowiednie głos. – Eżektory powinny wystarczyć, zresztą chodzi o kontakt. Ale nie za każdą cenę. To jasne, prawda?

Mówił to do Doktora. Ten skinął głową. Koordynator dodał:

– Noc nie jest najlepszą porą. Może tylko zorientujecie się w terenie. To byłoby najrozsądniejsze. Możemy tu przecież wrócić. Uważajcie, aby trzymać się razem, osłaniać sobie plecy i nie zapuszczać się w żadne zakamarki.

– Jak długo będziesz czekał? – spytał Chemik. Koordynator – zobaczyli to w odblasku, który sprawiał, że jego twarz rysowała się jakby przyprószona popiołem – uśmiechnął się.

– Do skutku. A teraz idźcie już.

Chemik przewiesił pas eżektora przez szyję, żeby mieć wolne ręce, broń zwisała mu na piersiach, trzymając latarkę oświetlił próg schodów. Doktor schodził już w dół. Naraz z wysoka buchnęły białe światła – Koordynator oświetlał im drogę. Nierówności kamiennej powierzchni ukazały się wyolbrzymione, pełne cieni, szli w długich padających z tyłu korytarzach blasku, wzdłuż ściany, aż w przeciwległym narożniku zaciemniała przestronna sień – z dwu stron ujmowały ją kolumny, wychylały się w połowie wysokości z muru, jak gdyby z niego wyrastając. Nadproże pokrywała graniasta wypukłorzeźba. Reflektory dalekiego łazika rzucały ostatek światła – półokrągły wachlarz jasności – na czarną polewę sieni wyżłobioną w progu jak od tysięcznych stąpnięć. Weszli powoli do środka, brama była ogromna, jak wzniesiona dla olbrzymów, na murach wewnętrznych ani śladu spoin czy fug, jakby budowla odlana została w całości z litej skały. Sień kończyła się ślepą, zaklęsłą ścianą, po obu stronach widniały szeregi nisz, każda miała u dna głębokie zaklęśnięcia przypominające klęcznik, nad nim otwierał się i wiódł w głąb muru niby dymowy wyciąg – latarki oświetliły tylko początek jego trójkątnej rury o czarnych, jakąś glazurą powleczonych ścianach.

Wyszli na zewnątrz. Kilkadziesiąt kroków dalej, w załomach muru, który obejmował regularnymi, choć niezrozumiałymi wielościennymi nachyleniami wylot bocznicy, urwały się towarzyszące im dotąd światła. Zagłębili się w ową uliczkę, gdy nagle coś się zmieniło – kamienna szarość otoczenia zgasła jak zdmuchnięta. Chemik obejrzał się, zewsząd otaczała ich ciemność. Koordynator wyłączył reflektory, których blask przenosił górą aż do tego miejsca.

Podniósł oczy. Nieba nie widział – raczej domyślał się go, czuł jego daleką, chłodną obecność całą powierzchnią twarzy.

Kroki głośno oddzwaniały w ciszy. Kamień odpowiadał miarowo, echo uliczki, wpuszczonej między blanki murów, było krótkie i głuche. Obaj, nie zmawiając się, podnieśli lewe ręce i zaczęli wieść nimi wzdłuż muru, pod którym szli. Był zimny i niewiele mniej gładki od szkła.

Po chwili Doktor zapalił latarkę, bo zamajaczyło mu jakieś zagęszczenie ciemnych plam – znajdowali się na placyku obwiedzionym murami jak dno studni, we wklęsłych ścianach przerywanych wylotami przecznic biegły dwurzędem przechylone w tył, skierowane w niebo i przez to prawie niewidzialne z dołu okna, wodzili wkoło latarkami, dostrzegli schodki w najwęższej z uliczek, biegły stromo w dół, przecięte u wlotu poziomą kamienną belką wpasowaną gładko między mury. Podczepiona pod nią wisiała rozszerzona u końców jak klepsydra ciemna bryła. Wybrali najszerszą uliczkę. Rychło poczuli, że otaczające powietrze odmieniło się, rzucony w górę promyk latarki ukazał podziurawione jak rzeszoto sklepienie, jakby ktoś w rozpiętej warstwie kamienia powybijał trójkątne otwory.

Szli długo. Mijali uliczki nakryte kamieniami jak galerie, wysokie i przestronne, przechodzili pod sklepieniami, zwisały z nich niekształtne dzwony czy baryły, pajęczyniaste strzępy snuły się u nadproży pokrytych bogatym roślinnym ornamentem, zaglądali do obszernych sieni, pustych, o beczkowatych stropach, z okrągłymi wielkimi otworami u szczytu – otwory te były zagwożdżone głucho wystającymi jak czopy głazami. Z uliczek uchodziły czasem w górę skośne rynny karbowane poprzecznymi zgrubieniami, przypominały oblane tężejącą masą szkielety drabin, czasem trafiał ich w twarz niespodziany ciepły przeciąg, kilkaset kroków podchodzili po prawie białych płytach, droga znowu się rozdzieliła, zaczęli schodzić w dół, mury wysuwały w uliczkę ciężkie skarpy, w każdej otwierała się wnęka wypełniona zwiędłymi liśćmi, zstępowali coraz niżej pochylnią o drobno ząbkowanych stopniach, w reflektorach wirował pył wzbijany krokami, po bokach ziały wyloty krypt o dusznym, zastałym powietrzu, promienie latarek więzły tam bezsilnie, potykając się w chaosie niezrozumiałych, jak gdyby dawno opuszczonych kształtów, droga powiodła wzwyż, kroczyli dalej, aż z góry spłynął wiew odsłoniętych nagle wysokości.

Mijali zaułki, krzyżujące się poziomy ganków, place, reflektory tłukły o mury, cienie zdawały się rozwijać skrzydła i pryskać spod ich stóp czarnymi gromadami, kłębiły się i gmatwały w otwartych na przestrzał pasażach, u ich wejścia czuwały nachylone ku sobie, wyrastające z murów kolumny, wędrówce towarzyszyło nieustające szczekliwe echo kroków.

Chwilami zdawało im się, że odczuwają czyjąś obecność. Zatrzymywali się wtedy ze zgaszonymi latarkami u stóp ściany. Serca uderzały mocniej. Coś szurało, człapało, odgłosy stąpań łamały się niekształtnym echem, słabły, niewyraźne bełkoty, jakby podziemnych strumieni, szły wzdłuż murów, czasem z wnętrza studni, która odmykała się w kamiennej niszy, płynął w zatęchłym wyziewie niekończący się jęk, niepodobna było orzec, czy to głos jakiejś istoty, czy dźwięk rozedrganego powietrza. Zrywali się z kolan, szli dalej, ogarniało ich w mroku wrażenie, że dokoła snują się jakieś postacie, raz dostrzegli wychyloną z bocznego zaułka bladą w świetle, zaklęsłą twarzyczkę poznaczoną zmarszczkami głębokimi jak pęknięcia. Kiedy dopadli tego miejsca, było puste, tylko na kamieniach leżał strzępek oddartej, złocistej, cienkiej jak papier folii.

Doktor milczał. Wiedział, że wędrówka ta, jej niebezpieczeństwo, więcej – szaleństwo, w tych warunkach, nocą, obciąża tylko jego, że Koordynator poszedł na ryzyko, bo czas naglił, a on, najuparciej ze wszystkich domagał się prób porozumienia. Dziesiątki razy powtarzał sobie, że dojdą jeszcze tylko do następnego załomu murów, do przeczni- cy i zawrócą – i szedł dalej. W wysokiej galerii obramowanej wzniesio- nymi na sobie tarczami nieprzejrzystego szkliwa tworzyły także strop z podwieszonymi na kształt łódkowatych gondoli dziwacznymi kon- solami czy balkonami – roślinny, groniasty strąk upadł kilka kroków przed nimi. Podnieśli go, był jeszcze ciepły, jak od dotyku ręki. Najbardziej zdumiewała ich ciemność nierozwidniona żadnym światłem. Mieszkańcy planety mieli przecież oczy, posiłkowali się wzrokiem, gdyby zaś dostrzegli ich przybycie, należało spodziewać się spotkania jakichś straży, ale nie tak całkowitej pustki niewątpli- wie zamieszkanej przestrzeni – świadczyły o tym chociażby światła, które dostrzegli przedtem z wysoka.

Wędrówka, im dłużej trwała, tym bardziej stawała się podob- na do koszmarnego snu – najbardziej ze wszystkiego pragnęli świat- ła, latarki dawały tylko jego złudę, pogłębiały jeszcze dookolny mrok, wyrywając zeń pojedyncze, pozbawione związku z całością i przez to niepojęte fragmenty.

Raz dobiegło ich człapanie tak bliskie i wyraźne, że pognali za nim, gwałtowne przyspieszenie, tupot ucieczki i pogoni wypełnił uliczkę, jego rozłamane echo łomotało w ciasnych murach, pędzili z zapalonymi latarkami, szary pobrzask pełzł nad nimi sklepieniem, to przypadał niemal do głów, kiedy się obniżało, to wzbijał się w gó- rę, strop płynął falami, czarne wyloty bocznic przelatywały w tył, zatrzymali się po nieprzytomnej gonitwie w pustce, zziajani.

– Słuchaj – czy – oni nas – wciągają? – wydyszał z trudem Chemik.

– Głupstwa pleciesz! – syknął gniewnie Doktor. Powiedli świat- łami wkoło. Stali nad wyschłą kamienną studnią, mury ziały czarny- mi jamami otworów, w którymś mignęła blada, spłaszczona twarzy- czka, kiedy plama świetlna wróciła, otwór był pusty.

Szli dalej. Obecności tamtych nie domyślali się już, stawała się nieznośna, czuli ją zewsząd, nawet Doktor bliski był myśli, że lepszy byłby choć atak, chociaż walka w tych mrokach, od uporczywej, bez- sensownej wędrówki, która prowadziła donikąd. Spojrzał na tarczę zegarka. Minęło już prawie pół godziny, wnet musieli wracać.

Chemik, który wyprzedził go o kilka kroków, podniósł reflektor. W załomie ścian otwierała się brama sklepiona w górze ostrokończystym łukiem, po obu stronach progu wznosiły się bulwiaste, kamienne pnie. Przechodząc koło ciemnego wnętrza, machinalnie skierował tam latarkę. Światło przesunęło się po szeregu ściennych nisz i padło na stłoczone, nagie grzbiety zastygłe w skuleniu.

– Są tam! – syknął, cofając się odruchowo. Doktor wszedł do środka. Chemik świecił z tyłu. Naga grupa przywierała do ściany zbita pod obwałowaniem stropu, jak skamieniała. W pierwszej chwili wydało mu się, że nie żyją – w świetle latarki zalśniły wodniste krople spływające po grzbietach – stał chwilę bezradnie.

– Hej! – powiedział słabo, czując, że cała sytuacja pozbawiona jest krzty sensu. Gdzieś wysoko, na zewnątrz rozległ się przeciągły, wibrujący świst. W kamienne sklepienie buchnął wielogłosy jęk. Żaden ze skulonych nie poruszył się; jęczeli tylko cienkimi, przeciągłymi głosami, za to na uliczce zrobił się ruch, słychać było odległe stąpania, przeszły w galop, kilka ciemnych postaci przemknęło, sadząc wielkimi susami, echo odpowiadało coraz dalej. Doktor wyjrzał z bramy – było pusto. Jego bezradność przemieniła się w zapiekłą złość; stał przed bramą i żeby lepiej słyszeć, zgasił latarkę.

Z ciemności płynął zbliżający się tupot.

– Idą!

Doktor poczuł raczej, aniżeli zobaczył, że Chemik podrywa broń, uderzył po lufie, przygiął ją w dół.

– Nie strzelaj! – krzyknął. Pusty zakręt zaroił się nagle, w plamach świateł skakały w górę i na boki garby, zakotłowało się, słyszeli zderzenia wielkich, miękkich ciał, ogromne, jakby uskrzydlone cienie przelatywały w głębi, równocześnie buchnął jazgot, chrobotliwy kaszel, kilka zdartych głosów zakwiliło przeraźliwie, ogromna masa runęła pod nogi Chemika, podcięła go, padając, zobaczył w ostatnim ułamku sekundy patrzącą prosto na nich wytrzeszczoną twarzyczkę o białych oczach, latarka trzasnęła o kamienie i zapadła ciemność. Chemik szukał jej rozpaczliwie, wodząc rękami po bruku jak ślepiec.

– Doktorze! Doktorze! – krzyczał, ale głos jego tonął w zamęcie, wokół przemykały dziesiątki ciał, ogromne tułowia z malutkimi rączkami zbijały się, zderzały, chwycił metalowy cylinder, zrywał się na nogi, kiedy potężne uderzenie rzuciło go na ścianę, rozległ się wysoko, jakby ze szczytu muru dolatujący świst, wszystko zamarło na mgnienie, poczuł zbliżającą się falę ciepła wydzielanego przez zgrzane ciała, coś popchnęło go, zatoczył się, krzyknął, czując śliski, wstrętny dotyk – naraz ze wszystkich stron otoczyły go ciężkie oddechy.

Przesunął kontakt. Latarka zapłonęła. Przez kilka sekund wygiętą linią napinały się przed nim ogromne, garbate torsy, z wysoka łyskały w twarzyczkach bezbrzeżnie oślepione oczy, pomarszczone główki chwiały się, potem nadzy, pchnięci potężnie od tyłu, runęli na niego. Krzyknął jeszcze raz. Własnego głosu nie usłyszał w chaosie, który rozpętał się dokoła – z żebrami wgniatanymi tłokiem, wklinowany między mokre, gorące tusze, tracił ziemię pod nogami, nie próbował się nawet bronić, czuł, że jest pchany gdzieś na oślep, wleczony, pociągany, odór surowizny dławił go wprost, kurczowo zaciskał latarkę przytłoczoną do piersi, oświetlała kilku otaczających, którzy patrzyli na niego z osłupieniem i usiłowali się cofać, ale tłum nie dawał miejsca, ciemność wyła bezustannie ochrypłymi głosami, małe torsy, zlane jak potem wodnistą cieczą, kryły się w wybrzuszeniach piersiowych mięśni, naraz potworna fala ścisku rzuciła całą grupę, w której tkwił, ku bramie. Zgnieciony, zobaczył jeszcze poprzez gąszcz splątanych rąk i kadłubów błysk światła, twarz Doktora, mignęły mu jego rozwarte w krzyku usta, obraz znikł, dusił się od ciężkiego odoru, wylot latarki skakał mu pod brodą, wykrawał z mroku twarzyczki bezokie, beznose, pozbawione ust, płaskie, starczo obwisłe, wszystkie jak zlane wodą, czuł uderzenia garbów, przez moment zrobiło się luźniej, potem znowu go sprasowało, rzuciło plecami na ścianę, uderzył grzbietem o kolumienkę, chwycił się jej, usiłował przywrzeć do niej, zapierał się ze wszystkich sił, walczył tylko o ustanie, upadek oznaczałby śmierć, namacał jakiś kamienny stopień, nie, bulwę głazu, wlazł w górę, podniósł wysoko latarkę.

Obraz był przerażający. Od ściany do ściany chwiało się morze głów prasowane tłokiem, stojący pod niszą wpatrywali się w niego rozszerzonymi oczami, widział rozpaczliwe wysiłki, jakie czynili, aby oddalić się od niego, konwulsyjnie, jak chwytani drgawkami, ale mogli poruszać się tylko jako cząstki nagiej masy, która parła wciąż w dół uliczki, wyciskając skrajnych aż na ściany, okropny wrzask nie ustawał, nagle zobaczył Doktora – nie miał latarki, posuwał się, a raczej płynął w tłumie, obracany to przodem, to bokiem, gubił się między przewyższającymi go wielkimi kadłubami, jakieś szmaty powiewały w powietrzu. Chemik trzymanym za łoże i kolbę eżektorem odgradzał się, jak mógł, od napierających, czuł, jak mdleją mu ręce – mokre, śliskie tusze waliły w niego taranami, odskakiwały, gnały dalej, tłum rzedniał, z mroków buchały nowe gromady, latarka zgasła, nieprzenikniona ciemność miotała się, bełkotała, jęczała, pot zalewał mu oczy, wciągał powietrze parzące płuca, tracił przytomność.

Osunął się na kamienny stopień, oparł plecami o zimne głazy, łapał oddech, rozróżniał już pojedyncze tupoty, plaskające susy, potępieńczy chór oddalał się. Oparty rękami o ścianę stanął na równe nogi. Kolana miał jak z waty, chciał zawołać Doktora, ale nie potrafił wydobyć głosu – naraz białawy brzask wykroił z mroku szczyt przeciwległego muru.

Minęła dobra chwila, zanim sobie uprzytomnił, że to Koordynator wskazuje im pewno kierunek powrotu magnezjową flarą. Pochylił się, zaczął szukać latarki, ani wiedział, kiedy mu ją wytrącono. Przy samej ziemi powietrze pełne było mdlącej, ohydnej woni, nie mógł jej wprost znieść, doprowadzała do torsji. Wstał. Usłyszał daleki krzyk. To był głos człowieka.

– Doktorze! Tu! Tu! – ryknął. Krzyk odpowiedział już z bliska, spomiędzy czarnych murów wychynął język światła. Doktor zmierzał ku niemu szybko, ale odrobinę chodził na boki, jakby pijany...

– A – powiedział – jesteś tu, dobrze...

Chwycił Chemika za ramię.

– Porwali mnie kawałek, ale udało mi się dostać do sieni... zgubiłeś latarkę?

– Tak.

Doktor wciąż trzymał się jego ramienia.

– Zawrót głowy – wyjaśnił spokojnym głosem z resztką zadyszki.

– To nic, zaraz przejdzie.

– Co to było? – powiedział szeptem, jakby do siebie, Chemik.

Tamten nie odpowiedział. Wsłuchiwali się obaj w ciemność – znowu przekradały się nią dalekie stąpania, mrowiła się od szmerów, kilka razy podniósł się przygłuszony odległością jęk. Drugi wybłysk nieba nad murami rozjaśnił ich szczyty, zadrgał na pionowych krawędziach, żółknącym blaskiem spływał w dół jak momentalny wschód i zachód słońca.

– Idziemy – powiedzieli jednym głosem.

Gdyby nie flary, nie udałoby im się chyba wrócić przed nastaniem dnia. Tak jednak, wzywani blaskiem, który jeszcze dwukrotnie rozjaśnił łuną mrok kamiennych wąwozów, utrzymali kierunek marszu. Po drodze napotkali kilku uciekinierów, którzy spłoszeni światłem ich latarki pierzchli w popłochu, a raz natknęli się na leżące u stóp stromych schodów już wystygłe całkiem ciało. Przekroczyli je bez słowa. Kilka minut przed jedenastą odnaleźli placyk z kamienną studnią – ledwo padł na nią promyk latarki Doktora, z wysoka potrójną jasnością błysły reflektory.

Koordynator stał nad schodami, po których biegli, dysząc, poszedł za nimi powoli, gdy dopadli maszyny i przysiedli na stopniach, zgasił światła i krążył tam i na powrót w ciemności, czekając, aż będą mogli mówić.

Kiedy opowiedzieli mu już wszystko, rzekł tylko:

– No tak. Dobrze, że to się tak skończyło. Tu jest jeden, wiecie...

Nie rozumieli go, dopiero kiedy zapalił boczny reflektor i odwrócił go w tył, skoczyli na równe nogi. Kilkanaście metrów od łazika leżał bez ruchu dubelt.

Doktor pierwszy zatrzymał się przed nim. Z reflektora padała w to miejsce szeroka świetlna droga, na której można było policzyć każde, najmniejsze zagłębienie kamiennych płyt.

Wpółleżał przed nimi, nagi, z uniesioną skośnie górną połową wielkiego torsu. Spomiędzy ziejących mięśni piersiowych spozierało na nich wielkie, bladoniebieskie oko – widzieli tylko rąbek spłaszczonej twarzyczki, jak poprzez szparę niedomkniętych drzwi.

– Jak się tu dostał? – spytał cicho Doktor.

– Nadbiegł z dołu, kilka minut przed wami. Kiedy zapalałem flarę, uciekł, potem wrócił.

– Wrócił?

– Na to miejsce. Tak.

Stali nad nim, nie wiedząc, co robić. Stwór dyszał jak po długim biegu. Doktor pochylił się, chcąc najprostszym gestem pogładzić czy poklepać otwartą dłonią olbrzyma, ten zadrgał, na bladej skórze jego cielska wystąpiły wodniste krople, wielkie jak pęcherze.

– On... się nas boi... – powiedział cicho Doktor. – Co robić? – dodał bezradnie.

– Zostawić go i jechać. Jest późno – rzucił Chemik.

– Nigdzie nie jedziemy. Słuchajcie... – Doktor zawahał się – wiecie co? Siądźmy...

Dubelt nie ruszał się. Gdyby nie miarowe ruchy jego tarczowo rozszerzonej piersi, można by sądzić, że nie żyje. Za przykładem Doktora posiadali wokół niego na kamiennej płaszczyźnie. Z ciemności dochodził odległy szum gejzera; czasem wiatr zaszuścił w niewidzialnych zaroślach, podziemne osiedle okrywała nieprzenikniona noc. W powietrzu przepływały czasem rzadkie opary mgły, ostro zarysowana w odblaskach reflektorów sylwetka łazika nieruchomiała opodal jak czarna dekoracja. Po dobrych dziesięciu minutach, kiedy zaczynali już tracić nadzieję, dubelt zerknął naraz przez szparę ze swego wewnętrznego ukrycia. Wystarczył nieopatrzny ruch Chemika, by mięśniowe odrzwia się zeszły – tym razem nie na długo. Na koniec – prawie pół godziny po spotkaniu – olbrzym się wyprostował. Miał ze dwa metry wzrostu, ale byłby jeszcze wyższy, gdyby nie pochylał się do przodu. Gdy kroczył, spód jego nieforemnego ciała się odmieniał. Wyglądało na to, że potrafi dowolnie wysuwać lub wciągać nogi, ale to tylko mięśnie, obkurczając się wokół odnóży, czyniły je niejako wyraźniej widzialnymi i zarazem sprawniejszymi w chodzeniu.

Nikt dobrze nie wiedział, jak Doktor tego dokonał – on sam zapewniał potem, że także nie wie, dość że po przeróżnych poklepywaniach, łagodnych gestach, naszeptywaniach dubelt, który na dobre już wysunął swój ruchliwy tors z wewnętrznego gniazda, pozwolił się pociągnąć Doktorowi za cienką rękę do łazika. Jego mała głowa, zwisła do przodu, spoglądała na nich z góry jakby z naiwnym zdumieniem, kiedy zgromadzili się w świetlnym stożku reflektora.

– I co teraz? – powiedział Chemik. – Nie porozumiesz się tu z nim.

– Jak to co – odparł Doktor – weźmiemy go ze sobą.

– Czy masz dobrze w głowie?

– To dałoby nam wiele – powiedział Koordynator – ale... on waży chyba z pół tony!

– I co z tego? Łazik jest obliczony na więcej.

– Dobryś sobie! Jest nas trzech i ładunek, to już ponad trzysta kilogramów. Mogą nam wałki torsyjne popękać.

– Tak? – powiedział Doktor. – To nie. Niech idzie. Z tymi słowami popchnął dubelta w stronę opadających schodów.

Wielki stwór (wciąż im się zdawało, kiedy tak stał przy nich, zwłaszcza gdy nie padało nań bezpośrednie światło reflektora, że ma uciętą głowę i na jej miejsce wetkniętą inną, obcą, zbyt małą i źle, za nisko osadzoną) skulił się nagle, jakby się zapadł w sobie, a jego skórę momentalnie pokryły opalizujące krople wodnistej cieczy.

– Ależ nie, u diabła... ja tylko żartowałem... – wybełkotał Doktor. Tamci też byli zdumieni tą reakcją. Doktorowi nie bez trudu udało się uspokoić wielkie stworzenie. Niełatwo przedstawiał się problem usadowienia nowego pasażera. Koordynator wypuścił prawie całe powietrze z opon, tak że łazik osiadł niemal na kamieniach, przy świetle ręcznego reflektora wymontowali oba tylne fotele i przytroczyli je do bagażnika, a na sam szczyt tej piramidy wwindowali jeszcze miotacz. Dubelt nie chciał jednak wejść do wozu – Doktor poklepywał go, namawiał, popychał, sam wsiadał i wyskakiwał i gdyby nie okoliczności, byłoby to na pewno bardzo zabawne widowisko. Minęła dawno jedenasta, a mieli jeszcze w ciemności, w ciężkim terenie, jadąc przeważnie stromo pod górę, przebyć z górą sto kilometrów dzielących ich od rakiety. Doktor stracił w końcu cierpliwość. Chwycił jedną z uniesionych rąk małego torsu i krzyknął:

. – Pchnijcie go z tyłu!

Chemik się zawahał – ale Koordynator podparł mocno ramieniem wypuczony grzbiet dubelta, który wydał skomlący dźwięk i tracąc równowagę, jednym susem znalazł się w środku. Teraz wszystko poszło już szybko. Koordynator wpuścił powietrze w opony, łazik, choć z wyraźnym przechyłem, ruszył jednak dzielnie z miejsca. Doktor zajął siedzenie przed nowym pasażerem, bo Chemik wolał unikać tego sąsiedztwa i zgodził się na bardzo niewygodną jazdę – stał za plecami Koordynatora.

W potrójnym blasku reflektorów przejechali przez amfilady kolumn, potem długie, gładkie płaszczyzny wiodły ku alei „maczug", łazik osiągnął na płaskim terenie znaczną szybkość, którą wytracili dopiero u stóp magmatycznego nawisu. W kilkanaście minut dotarli do gliniastych pagórków okalających studnie z okropną zawartością.

Jakiś czas jechali gęstym, przeraźliwie chlupiącym błotem, potem odnaleźli wytłoczone w glinie odciski własnych opon i pojechali niemal dokładnie tak samo, jak przybyli do kotliny.

Łazik, wyrzucając spod kół fontanny wody i błota, lawirował sprawnie między gliniastymi pagórkami uciekającymi to z lewej, to z prawej w potrójnych smugach blasku. Daleko w ciemności zapłonął rozmazany ognik, sunął im naprzeciw i powiększał się z każdą chwilą, wnet rozróżnili już trzy rozdzielne światła. Koordynator nie zwolnił, bo było to ich własne odbicie. Dubelt zaczął zdradzać niepokój, poruszał się, pochrząkiwał, a nawet przesuwał się niebezpiecznie w kąt, tak że cały pojazd przechylił się w lewo – Doktor usiłował uspokoić go głosem, bez większego skutku – spojrzawszy w tył, zobaczył, że blada sylweta upodobniła się do zaokrąglonej u szczytu głowy cukrowej – dubelt wciągnął swój mały tors i jak gdyby przestał oddychać. Dopiero kiedy gorąca, momentalna fala i zniknięcie zwierciadlanego odbicia zwiastowały, że przebyli zagadkową linię, wielki pasażer uciszył się, znieruchomiał i nie zdradzał żadnego podniecenia nocną jazdą, chociaż, pnąc się teraz z wysiłkiem po rosnącej pochyłości, łazik kołysał się mocno, nawet zataczał, wydęte koła szorowały ciężko po nierównościach, jechali coraz wolniej, zamiast wartkiego bębnienia opon słychać było wytężony śpiew motorów, parę razy przód wozu uniósł się niebezpiecznie w górę – ledwo już pełzli, naraz, mimo że koła się kręciły, zaczęli jechać w tył, ławica słabo spojonego z podłożem gruntu osunęła się pod nimi – Koordynator zakręcił gwałtownie kierownicą. Stali.

Ostrożnie nawrócił, zaczęli zjeżdżać skosem po stoku na powrót w dolinę.

– Dokąd?! – zawołał Chemik. Powiewy nocnego wiatru przynosiły drobniutkie krople, chociaż deszcz nie padał.

– Spróbujemy w innym miejscu – odrzucił, podnosząc głos, Koordynator.

Znowu się zatrzymali, plama ruchomego reflektora popełzła w górę, coraz bledsza w oddaleniu, wytężali wzrok, ale mało co było widać. Niewiele dowiedziawszy się dzięki świetlnemu rozeznaniu, raczej na chybił trafił ruszyli pod górę, pochyłość stała się rychło tak samo stroma jak w miejscu, w którym się obsunęli, ale grunt był tu suchy i łazik ciągnął dzielnie, ilekroć jednak Koordynator usiłował skręcić tak, by mieć na kompasie północ, maszyna zaczynała groźnie zadzierać maskę, siadając niemal na tylnych balonach, i zmuszała go do jazdy z rosnącym zachodnim odchyleniem. Było to niepomyślne, bo należało się liczyć z trafieniem w gąszcz krzaków. O ile pamiętał, porastały cały niemal brzeg zerwy wyżynnego plateau, ku któremu się wspinali. Nie miał na to jednak rady. Światła reflektorów trafiały w mroku na szereg białych, poruszających się pomału postaci, nie, to były mgielne opary, chmura połknęła ich raptownie, zrobiło się ciemniej, trudno było oddychać, pochłodniało, po przedniej szybie, po niklowych rurach oparć potoczyły się krople skondensowanej wody, nieprzejrzyste tumany to gęstniały, to rzedły, o kierowaniu wozem nie było co myśleć. Koordynator prowadził na ślepo, usiłował tylko jechać możliwie ostro pod górę.

Reflektory odzyskały nagle wzrok i siłę, mleczne kłęby rozchwiały się, spłynęły w tył, w jasnych pasach ujrzeli spiętrzony garb stoku, a jednocześnie w górze zaiskrzyło się czarne niebo. Wszystkim zrobiło się jakoś raźniej.

– Jak pasażer? – spytał Koordynator, nie odwracając się od kierownicy.

– Dobrze. – Jakby śpi – powiedział Doktor zza stojącego przed nim Chemika. Pochyłość, na którą wjeżdżali, stawała się coraz spadzistsza, wóz balansował nieprzyjemnie, przednie koła coraz mniej słuchały kierownicy, środek ciężkości przesuwał się wyraźnie ku tyłowi.

W pewnej chwili, kiedy wóz zatańczył prawie na miejscu i zarzucił przodem, spełzając kilka metrów w bok, Doktor zawołał niespokojnie.

– Słuchaj – może siądę z przodu, między reflektorami, na zderzaku, co!?

– Jeszcze nie – odparł Koordynator. Wypuścił trochę powietrza z gum, łazik osiadł i przez jakiś czas ciągnął nieco lepiej, w skaczących strugach blasku widać było już wysoko w górze nierówną linię krzaków, minęli wielką, gliniastą łysinę, krzaki były coraz bliżej, sterczały czarną szczotką na samym skraju przewieszonych, gliniastych zerw, nie było nawet mowy, aby tamtędy przejechać, a i skręcać w poszukiwaniu lepszego miejsca by się nie dało, parli więc wciąż w górę, aż kilkanaście kroków przed dwumetrową ścianką wóz się zatrzymał. Szarpnęły chwytające gwałtownie hamulce. W mocnym świetle żółciła się glina poprzerastana nitkowatymi korzeniami.

– Tośmy dojechali – powiedział Chemik i zaklął.

– Daj łopatę – rzucił Koordynator. Wysiadł, ostrzem łopaty wyciął kilka cegiełek gliny, podsadził je pod tylne balony łazika i wrócił do obrywu. Zaczął się nań wspinać. Chemik pospieszył za nim. Doktor słyszał, jak przedzierają się przez suchy gąszcz, trzeszczały łamane gałęzie, błysnęła latarka Koordynatora, zgasła, zapłonęła w innym miejscu.

– Co to za paskudztwo! – burknął głos Chemika. Coś zaszuściło, plama światła wahała się w ciemności, aż znieruchomiała.

– To ryzykowne – dobiegł znów głos Chemika.

– Astronautyka ma to do siebie – odparł Koordynator i natężając głos, krzyknął: – Doktorze! Musimy odwalić tu kawał gruntu na samym brzegu, myślę, że da się tędy przejechać, uważaj tylko na pasażera, żeby się nie wystraszył!

– Dobrze! – odkrzyknął Doktor. Odwrócił się na siedzeniu do dubelta, który trwał skulony bez ruchu. Rozległ się szelest ciurkiem lecącej gliny.

– Jeszcze raz! – stęknął Koordynator, strumienie okruchów szurały po zboczu, nagle rozległ się łomot, trzask i wielka bryła przetoczyła się tuż obok łazika, pecyny ziemi zabębniły po przedniej szybie, miękkie przewalanie się strąconego odłamu ucichło w dole, tylko przez długą chwilę po ściance ściekały okruchy poruszonego gruntu. Doktor pochylił się do przodu – dubelt w ogóle nie zareagował na całe wydarzenie – i skierował ruchomy reflektor w bok. W wardze gliniastej przewieszki powstał szeroki, lejowaty wyłom. Koordynator stał w nim, pracując energicznie łopatą. Było dobrze po dwunastej, kiedy wyjęli z bagażnika holowniczą szpulę, kotwiczki, zaczepy i zamocowawszy jeden koniec liny między reflektorami, drugi przewlekli środkiem wyłomu w gąszcz na górę, gdzie został dwukrotnie zakotwiczony. Potem Doktor i Chemik wysiedli, Koordynator zaś włączył jednocześnie silniki wszystkich kół i przedniego bębna, który nawijając na siebie linę, wciągnął wóz krok za krokiem w gliniastą gardziel. Nie obeszło się bez ponownego poszerzenia przejazdu, ale w pół godziny potem kotwiczki i lina były zapakowane, a łazik z przeraźliwym chrzęszczeniem i trzaskiem przedzierał się przez krzaki. Jakiś czas posuwali się bardzo wolno, dopiero gdy gęstwina, na szczęście zeschła i krucha, więc niestawiająca nadmiernego oporu, skończyła się, pomknęli ze sporą szybkością.

– Połowa drogi! – krzyknął w pewnej chwili do Doktora Chemik śledzący uważnie sponad ramienia Koordynatora licznik kilometrów. Koordynator pomyślał, że i połowy nie pokonali – odchylenie, do którego zmusiła ich niekorzystna wspinaczka stokami, obliczał na kilkanaście kilometrów w ostatecznym rezultacie – z twarzą tuż przy szybie, pochylony, nie odrywał oczu od drogi czy raczej bezdroża, starał się wymijać większe przeszkody, a mniejsze brać między koła, mimo to wóz rzucał, trząsł się, aż łomotała blacha kanistra, a chwilami, na jamach, skakał w powietrze, lądując z sykiem amortyzatorów wszystkimi czterema kołami. Widoczność była jednak niezła, żadnych jak dotąd niespodzianek – u końca rozpylonych w szarawą mgiełkę reflektorowych smug przemknęło coś – wysoka kreska, druga, trzecia, czwarta – to były maszty, przecięli ich szereg. Doktor usiłował zobaczyć na tle nieba, czy szczyty masztów wciąż otacza dygocące powietrze, ale było zbyt ciemno. Gwiazdy mrugały spokojnie, wielkie stworzenie za nim nie ruszało się, raz tylko, jakby zmęczone wciąż tą samą pozycją, przesunęło się nieco w bok, poprawiając się, i ten tak ludzki ruch dziwnie go wzruszył.

Opony przeskoczyły przez poprzeczne bruzdy. Zjeżdżali już w dół po wygarbionym podłużnie roztoczu. Koordynator zwolnił trochę, poza językiem wapiennego osypiska widział już następne bruzdy w pasmach światła, dobiegł go rosnący świst z lewej. Przeraźliwy, głuchy szum, rozwiana masa przecięła im drogę, błysła w reflektorach połyskliwym ogromem, znikła. Hamulce zapiszczały gwałtownie, targnęło, poczuli gorący, gorzki podmuch na twarzach, nadciągał nowy świst, Koordynator wyłączył reflektory. Zapadła ciemność, a w niej przelatywały kilka kroków przed nimi jakby trąby powietrzne, jedna za drugą, wysoko nad ziemią pędziły fosforycznie tlejące gondole owiane niewidzialnymi tarczami wirowania, kłoniły się lekko, wchodząc w zakręt, jedna za drugą wykonywały wszystkie ten sam skłon na wirażu, zaczęli liczyć: ósma, dziewiąta, dziesiąta...

Po piętnastej była przerwa, poruszyli się. Doktor powiedział:

– Tyleśmy jeszcze nie spotkali.

Znowu było coś słychać, inny, nieznany odgłos, daleko niższy, zbliżał się wolniej. Koordynator włączył nagle wsteczny bieg i wóz zaczął się cofać. Oddalali się pod górę, opony słabo zagrzechotały na wapiennym osypisku, kiedy łazik się zatrzymywał, w ciemności przed nimi przesunął się z basowym huczeniem, od którego aż dreszcz poszedł po karoserii, niedający się pochwycić kształt, tylko światło gwiazd wysoko nad drzewami ściemniało i grunt zadrżał, jakby szła lawina. Hucząc, jak ciężki bąk, przeciągnęła następna zjawa i jeszcze jedna, gondoli nie było widać, tylko nieregularny, zaostrzony na gwiaździstych końcach obrys czegoś, co tliło się czerwonawo i obracało wolno w stronę przeciwną do kierunku ruchu.

Znowu zapadła cisza, tylko z oddali donosiło się to cichsze, to nieco głośniejsze, coraz bardziej odległe granie.

– Te były kolosalne – widzieliście?! – powiedział Chemik.

Koordynator czekał jeszcze dobrą chwilę, nareszcie zapalił reflektory, odhamował, łazik potoczył się najpierw samym ciężarem, potem, napędzany, coraz szybciej biegł w dół. Chociaż jechać bruzdami było wygodniej, bo omijały większe nierówności, wolał nie ryzykować – mógł na nich wpaść z tyłu któryś z przezroczystych potworów. Poruszając lekko kierownicą, usiłował przedłużyć domyślnie kierunek jazdy napotkanych wehikułów – nadeszły z północo-zachodu, oddaliły się zaś na wschód, ale to o niczym nie świadczyło – zakręcały i mogły takich zakrętów wykonać więcej. Nic nie mówił, ale był niespokojny.

Kilka minut po drugiej zabłysła w światłach lustrzana wstęga. Dubelt, który podczas spotkania w ciemności ani drgnął, od pewnego czasu rozglądał się po okolicy, wysunąwszy głowę. Gdy łazik dojechał prawie do zwierciadlanego pasa, wielki stwór zakaszlał nagle, sapnął i pojękując, zaczął się prostować, gramolić, przeważył się cały w jedną stronę, jakby chciał wyskoczyć w biegu.

– Stój! Stój! – krzyknął Doktor. Koordynator zahamował, stanęli o metr przed wstęgą.

– Co się stało?

– On chce uciec!

– Dlaczego?

– Nie wiem, może przez to – zgaś reflektory!

Koordynator usłuchał. Ledwo zapadł mrok, dubelt osunął się ciężko na swoje miejsce. Ruszyli z wygaszonymi światłami, przez sekundę po obu stronach łazika lśniło odbicie gwiazd w czarnych taflach, już toczyli się znowu po ziemi. Reflektory uderzyły w noc. Byli na równinie. Łazik pędził coraz szybciej, cały jego korpus wibrował, drżał, wapienne skałki z obracającymi się po piasku jak wokół pionowej osi wielkimi cieniami leciały w tył, piasek smużył spod opon, zimne powietrze aż kąsało przy oddechu, biło w twarze, pęd huczał, szumiał, kamyki strzelały dźwiękliwie w podwozie. Chemik się skulił, usiłował skryć, jak mógł, głowę za przednią szybą, jechali po równym, szybkość więc rosła, w każdej chwili spodziewali się zobaczyć statek.

Było umówione, że pozostający zawieszą na rufie rakiety lampę błyskową, szukali więc migającego światełka, ale minuty płynęły, łazik zwolnił nieco, skręcił, dążyli teraz na północny wschód, a wokół rozpościerała się jednakowa ciemność. Od dawna jechali już z małymi światłami, teraz Koordynator wyłączył i te, nie zważając na ryzyko zderzenia z jakąś niewidzialną przeszkodą. Raz dostrzegli mrugające światełko i pomknęli ku niemu z najwyższą chyżością, ale już po kilku minutach przekonali się, że to po prostu niska gwiazda. Było dwadzieścia po drugiej.

– Może lampa im się popsuła – odezwał się Chemik. Nikt nie odpowiedział. Przejechali następne pięć kilometrów, znowu zakręcili, Doktor podniósł się z miejsca i wpijał oczy w ciemną okolicę. Zwolnili jeszcze bardziej, nagle wóz podskoczył mocno, zrazu przednimi, potem tylnymi kołami – przejechali przez rów wyorany w piaszczystym gruncie.

– Jedź w lewo – powiedział naraz Doktor. Łazik skręcił, w małych światłach ukazały się wygarbienia, przeskoczyli drugą, głęboką na pół metra bruzdę, wszyscy naraz zobaczyli niewyraźny brzask i wznoszący się na jego tle wydłużony, pochyły cień, którego szczyt przez sekundę otaczała aureola, gdy znikła, stracili go z oczu. Łazik ruszył gwałtownym zrywem, pędzili prosto, nowy błysk lampy przesłoniętej rufą statku ukazał trzy drobne sylwetki, Koordynator włączył reflektory, biegły z podniesionymi rękami. Koordynator zwolnił i kiedy biegnący usunęli się z drogi, zatrzymał wóz kilka metrów za nimi. Rakieta wznosiła się niedaleko. Podjechali ku niej tak, że górna część rufy przesłoniła podwieszoną lampę.

– Jesteście?! Wszyscy?! – krzyknął Inżynier. Przyskoczył do łazika i targnął się wstecz na widok czwartej, bezgłowej postaci, która poruszyła się niespokojnie.

Koordynator objął jedną ręką Inżyniera, drugą Fizyka i stał tak przez sekundę, jakby się na nich opierał. Zgrupowali się w pięciu przy bocznym reflektorze – Doktor przemawiał cicho do dubelta.

– U nas wszystko w porządku – powiedział Chemik – a u was?

– Mniej więcej – odparł Cybernetyk. Patrzyli na siebie długą chwilę, nikt nic nie mówił.

– Będziemy relacjonować czy pójdziemy spać? – zapytał Chemik.

– Ty możesz spać? To piękne! – zawołał Fizyk. – Spać! Dobry Boże! Oni tu byli, wiecie?

– Tak myślałem – powiedział Koordynator. – Czy... doszło do starcia?

– Nie. A wy?...

– Także nie. Myślę... to, że odkryli rakietę, może okazać się ważniejsze od tego, co myśmy widzieli. Mówcie, Henryku, może ty?...

– Złapaliście go? – spytał Inżynier.

– Właściwie... on nas złapał. To znaczy – dał się zabrać z dobrej woli. Ale to cała historia. Długa, skomplikowana, chociaż, niestety, nic z niej nie rozumiemy.

– Z nami akurat to samo! – wybuchnął Cybernetyk. – Przyjechali tu w jakąś godzinę potem, jakeście wyruszyli!! Myślałem, myślałem, że to koniec – wyznał nagle ciszej.

– Nie jesteście głodni? – spytał Inżynier.

– Zdaje się, że zapomniałem o tym na dobre. Doktorze! – zawołał Koordynator – Chodź tu!

– Narada? – Doktor wysiadł i podszedł ku nim, ale nadal nie spuszczał oka z dubelta, który nieoczekiwanie skoczył na ziemię, ruchem dziwnie lekkim, i przyczłapał powoli do stojących – ledwo dotknął granicy oświetlonego kręgu, cofnął się i znieruchomiał. Patrzyli na niego, milcząc – wielki stwór osunął się, przypadł do gruntu, przez moment widzieli jego głowę, potem mięśnie się zeszły, pozostawiając szparę, w rozproszonej poświacie reflektorów widzieli spoczywające na nich niebieskie oko.

– A więc byli tu? – spytał Doktor. W tej chwili on jeden nie patrzył na dubelta.

– Tak. Przyjechali – dwadzieścia pięć wirujących kręgów, takich samych jak ten, któryśmy zdobyli – i cztery machiny daleko większe, nie pionowe tarcze, ale jakby przezroczyste bąki.

– Spotkaliśmy je! – krzyknął Chemik.

– Kiedy? Gdzie?

– Może godzinę temu, wracając! Małośmy się z nimi nie zderzyli – i co zrobiły tu?

– Niewiele – podjął Inżynier. – Przybyły szeregiem, skąd, nie wiemy, bo kiedyśmy wyszli na powierzchnię – akurat tak się stało, że wszyscy byliśmy w rakiecie dosłownie przez pięć minut – ciągnęły już jeden za drugim, krążąc wokół rakiety. Nie zbliżały się. Myśleliśmy, że to pierwszy zwiad, patrol, szpica rozpoznania taktycznego, no, ustawiliśmy pod rakietą miotacz i czekaliśmy – a one kręciły się dokoła, wciąż w tę samą stronę, ani się nie oddalały, ani nie zbliżały. To trwało chyba z półtorej godziny. Potem pojawiły się te większe, te bąki – coś trzydzieści metrów wysokie! Kolosy! Dużo powolniejsze, jechać mogą, zdaje się, tylko bruzdami, które orzą tamte. Wirujące tarcze zrobiły im miejsce w swoim kolisku, tak że na przemian szła jedna machina większa i jedna mniejsza, i znowu zaczęły kołować. Czasem zwalniały, a raz dwie omal nie zderzyły się, a właściwie zetknęły się samymi obrzeżami, z okropnym trzaskiem, ale nic im się nie stało – wirowały dalej.

– A wy?

– No, my, cóż, pociliśmy się przy miotaczu. To nie było przyjemne.

– Wierzę – powiedział solennie Doktor – a dalej?

– Dalej? Najpierw myślałem wciąż, że lada chwila nas zaatakują, potem, że tylko dokonują obserwacji, ale dziwił mnie ten ich szyk i to, że nie zatrzymywały się ani na chwilę, a wiemy przecież, że taki krąg może wirować na miejscu – no, a gdzieś po siódmej posłałem Fizyka po lampę błyskową. Mieliśmy zawiesić ją dla was, ale nie moglibyście przecież przejechać przez ten skrzydlaty mur – i wtedy pierwszy raz przyszło mi do głowy, że to blokada! No – pomyślałem, że w każdym razie trzeba próbować porozumienia – jak długo się da. Siedzieliśmy wciąż za miotaczem i zaczęliśmy błyskać lampą – seriami, wiecie, najpierw po dwa błyski, potem po trzy, cztery.

– Pitagorasem? – spytał Doktor, a Inżynier usiłował – daremnie – dojrzeć w rozbłysku wiszącej wysoko lampy, czy Doktor kpi.

– Nie – powiedział wreszcie – zwykłe serie liczb.

– A one co? – rzucił słuchający chciwie Chemik.

– Jak by ci powiedzieć – właściwie nic...

– Jak to „właściwie"? A „niewłaściwie"?

– To znaczy robiły rozmaite rzeczy przez cały czas – i przed naszym błyskaniem, i podczas niego, i potem, ale nic takiego, co wyglądałoby na próbę odpowiedzi albo nawiązania kontaktu.

– Co robiły?

– Wirowały szybciej albo wolniej, zbliżały się do siebie, coś ruszało się w gondolach.

– Czy bąki, te wielkie, też mają gondole?

– Mówiłeś, żeście je widzieli?

– Było ciemno, kiedyśmy je spotkali.

– Nie mają żadnych gondoli – w samym środku w ogóle nic. Puste miejsce. Za to po obwodzie chodzi tam – pływa – no, krąży jakby wielki zbiornik, z zewnątrz wypukły, od środka zaklęsły, który może ustawiać się rozmaicie, a po bokach ma cały szereg rogów – takich stożkowatych zgrubień. Zupełnie bez sensu – naturalnie z mego punktu widzenia. Więc, co takiego mówiłem – aha, otóż te bąki wychodziły czasem z koliska i zamieniały się miejscem z mniejszymi tarczami.

– Jak często?

– Rozmaicie. W każdym razie żadnej – liczbowej regularności nie udało się w tym wykryć. No, mówię wam liczyłem wszystko, co mogło mieć jakikolwiek związek z ich ruchami, bo oczekiwałem przecież jakiejś odpowiedzi. Robiły nawet skomplikowane ewolucje. Na przykład w drugiej godzinie te wielkie zwolniły tak, że się prawie zatrzymały, przed każdym bąkiem stanęła mniejsza tarcza, ruszyła wolno ku nam, ale posunęła się niewiele, może piętnaście metrów, wielki bąk za nią i znów zaczęły zataczać kręgi, teraz już były dwa – wewnętrzny, po którym krążyły cztery duże i cztery mniejsze, i zewnętrzny, z resztą płaskich tarcz. Kiedy już myślałem, że trzeba będzie coś począć, żebyście mogli wrócić – uformowały naraz jeden długi szereg i oddaliły się, najpierw po spirali, a potem prosto na południe.

– Która mogła być?

– Kilka minut po jedenastej.

– To znaczy, że spotkaliśmy chyba inne – zwrócił się Chemik do Koordynatora.

– Niekoniecznie. Mogły się gdzieś zatrzymać.

– Teraz wy mówcie – powiedział Fizyk.

– Niech mówi Doktor – odezwał się Koordynator.

– Dobrze. A więc... – Doktor streścił w parę minut całe dzieje wyprawy i ciągnął: – Zważcie, że wszystko, cokolwiek się tu dzieje, częściowo przypomina nam rozmaite rzeczy znane z Ziemi, ale zawsze tylko częściowo – zawsze kilka kamyków zostaje luzem i nie daje się wpasować do łamigłówki. To bardzo charakterystyczne! Te ich pojazdy pojawiły się tu jak machiny w szyku bojowym – może patrol zwiadowczy, może szpica armii, może początek blokady? Niby wszystko po trosze, ale ostatecznie nic z tego i nie wiadomo co. Te gliniaste wykopy, naturalnie, były okropne – ale co właściwie znaczyły? Groby? Tak to wyglądało. Potem to osiedle, czy jak to nazwać. To już było całkiem nieprawdopodobne! Historia ze snu. No, a szkielety? Muzeum? Rzeźnia? Kaplica? Wytwórnia eksponatów biologicznych? Więzienie? Można myśleć o wszystkim, nawet o obozie koncentracyjnym! Ale nie spotkaliśmy tam nikogo, kto by nas chciał zatrzymać albo nawiązać z nami jakikolwiek kontakt – nic takiego! To chyba najbardziej niepojęte, przynajmniej dla mnie. Cywilizacja planety bez wątpienia wysoka. Architektura – technicznie bardzo wysoko rozwinięta, budowanie takich kopuł jak te, któreśmy widzieli, musi przedstawiać nie lada problem! A obok kamienne osiedle przypominające średniowieczny gród. Zadziwiające pomieszanie szczebli cywilizacyjnych! Przy tym muszą posiadać doskonałą sieć sygnalizacyjną, skoro wygasili światła w tym swoim grodzie dosłownie minutę po naszym przybyciu – a jechaliśmy bardzo szybko i nikogo nie dostrzegliśmy na drodze... Bez wątpienia są obdarzeni inteligencją, a tłum, który nas opadł, zachowywał się jak stado baranów ogarnięte paniką. Ani śladu jakiejkolwiek organizacji... Najpierw jak gdyby uciekali przed nami, potem nas otoczyli, zgnietli, powstał nieopisany chaos, wszystko to było bez sensu, wprost obłędne! No i tak ze wszystkim. Osobnik, któregośmy zabili, był odziany w jakąś srebrzystą folię – te były nagie, ledwo kilku miało na sobie jakieś plecionki czy lachmany. Trup w wykopie miał wprowadzoną w skórny wyrostek rurkę – i co dziwniejsze, miał oko, jak ten, którego widzicie, a inne nie miały oczu, za to nos, albo na odwrót, kiedy o tym myślę, ogarnia mnie obawa, że nawet ten, któregośmy przywieźli, niewiele nam pomoże. Będziemy się naturalnie starali z nim porozumieć, ale nie bardzo wierzę, że się to uda...

– Cały dotychczas zebrany materiał informacyjny trzeba spisać i jakoś posegregować – zauważył Cybernetyk – bo się w nim zgubimy. Muszę powiedzieć... Doktor na pewno ma rację, ale... Te szkielety – czy to na pewno były szkielety? I ta historia z tłumem, który najpierw otoczył was, a potem uciekł...

– Szkielety oglądałem tak, jak ciebie widzę. To niewiarygodne, ale to prawda. No, a tłum – rozwiódł ręce.

– To było zupełne szaleństwo – dorzucił Chemik.

– Może zbudziliście całe osiedle i z powodu zaskoczenia – wyobraź sobie, powiedzmy, hotel na Ziemi, do którego wjeżdża naraz tutejszy wirujący krąg. Przecież jasne, że wybuchłaby panika!

Chemik przeczył uporczywie głową. Doktor się uśmiechnął.

– Nie byłeś tam, więc trudno ci to wytłumaczyć. Panika – doskonale. A potem, kiedy wszyscy ludzie już się pochowali i pouciekali, krąg wyjeżdża na ulicę i wtedy jeden z uciekinierów, nagi, jak wyskoczył z łóżka, trzęsąc się ze strachu, pędzi za tym kręgiem i daje komendantowi do zrozumienia, że chce z nim pojechać. Co?

– No, on was nie prosił...

– Nie prosił? Spytaj ich, jeżeli mi nie wierzysz, co się stało, kiedy na niby udałem, że chcę go odepchnąć, żeby tam wracał. Zresztą – hotel, a dalej groby, otwarte groby pełne zwłok.

– Moi drodzy, jest za kwadrans czwarta – powiedział Koordynator – a jutro, to znaczy dzisiaj, mogą nam składać nowe wizyty – w ogóle może się tu w każdej chwili wszystko stać. Mnie nic nie zdziwi! Coście zrobili w rakiecie? – spytał Inżyniera.

– Mało co, bośmy siedzieli ze cztery godziny przy miotaczu! Jeden nadprzewodzący elektromózg typu „mikro" przejrzany, aparatura radiowa prawie uruchomiona – Cybernetyk powie ci dokładniej. Dużo kaszy, niestety.

– Brak mi szesnastu diod niobowo-tantalowych – powiedział Cybernetyk – kriotrony są całe, ale bez diod nic nie zrobię z mózgiem.

– Nie możesz wziąć z innych?

– Wziąłem, wiele było – ponad siedemset.

- Więcej nie ma?
- Może jeszcze w Obrońcy - nie mogłem się do niego dostać. Leży na samym spodzie.
- Słuchajcie, czy mamy stać tu tak całą noc - przed rakietą?
- Słusznie, idziemy. Zaraz, co z dubeltem?
- No i łazik?
- Powiem wam coś bardzo przykrego - od tej chwili musimy mieć stale zaciągniętą wartę - powiedział Koordynator. - Uczciwym szaleństwem było, żeśmy nie mieli jej dotąd. Pierwsze dwie godziny, do świtu, na ochotnika, kto się zgłosi, a potem...
- Ja mogę - odezwał się Doktor.
- Ty? Nigdy w świecie, tylko ktoś z nas - powiedział Inżynier.
- Myśmy przynajmniej siedzieli na miejscu.
- A ja siedziałem w łaziku. Nie jestem bardziej zmęczony od ciebie.
- Dosyć tego. Najpierw Inżynier, potem Doktor - powiedział Koordynator. Przeciągnął się, potarł zziębnięte ręce, podszedł do łazika, wyłączył światła i potoczył go wolno, pchając aż pod kadłub rakiety.
- Słuchajcie - Cybernetyk stał nad leżącym nieruchomo dubeltem - a co z nim?
- Zostanie tu. Pewno śpi. Nie ucieknie. Po co by z nimi przyjechał? - rzucił Fizyk.
- Ależ tak nie można - trzeba jakoś zabezpieczyć - zaczął Chemik i urwał. Tamci, jeden po drugim, wchodzili już do tunelu. Popatrzał dokoła, wzruszył gniewnie ramionami i poszedł za innymi. Inżynier rozścielił sobie przy miotaczu nadymane poduszki i usiadł, ale czując, że natychmiast zaczyna go morzyć sen, wstał i począł się miarowo przechadzać w jedną i drugą stronę.

Piasek cichutko poskrzypywał pod butami. Pierwsza szarość stała nad wschodem, gwiazdy powoli przestawały drżeć i bladły. Powietrze wypełniało mu płuca, zimne i czyste - spróbował wyczuć w nim ową obcą woń, którą pamiętał z pierwszego wyjścia na powierzchnię planety, ale nie mógł się już jej doszukać. Bok leżącego opodal stworu miarowo podnosił się i opadał. Inżynier zobaczył naraz długie, cienkie macki, które wypełzły z jego piersi i chwyciły go za nogę. Targnął się rozpaczliwie, potknął, omal nie upadł - i otworzył oczy. Zasnął, chodząc. Było już jaśniej. Pierzaste chmurki ułożyły się na wschodzie w skośną linię zarysowaną jakby jednym olbrzymim pociągnięciem, koniec jej zaczynał się pomału żarzyć, w niezdecydowaną szarość nieba wpływał błękit. Ostatnia silna gwiazda znikła w nim – Inżynier stanął twarzą do horyzontu. Obłoki z burych stawały się brązowozłote, ogień buszował w ich skrajach, smuga różu stopionego z niepokalaną bielą przeszywała pół nieboskłonu – płaski, jakby wypalony brzeg planety zaklęsł nagle pod dotykiem ciężkiej, czerwonej tarczy. To mogła być Ziemia. Odczuł przeszywającą, niewypowiedzianą rozpacz. – Zmiana! – rozległ się silny głos za jego plecami. Inżynier drgnął. Doktor patrzył na niego i uśmiechał się, Inżynier chciał mu naraz podziękować za coś – powiedzieć, że – sam nie wiedział co – to było niezmiernie ważne, ale nie miał słów – potrząsnął głową, uśmiechem odpowiedział na uśmiech i zanurzył się w ciemnym tunelu.

VIII

Około południa pięciu półnagich mężczyzn, o karkach i twarzach opalonych na brąz, leżało w cieniu rakiety pod jej białym brzuchem.

Dokoła pełno było naczyń, części aparatów, na płachcie namiotowej spoczywały rozrzucone kombinezony, buty, ręczniki, z otwartego termosu unosił się zapach świeżo parzonej kawy, wielką równiną pełzały cienie obłoków, panował spokój i gdyby nie skulony, nagi stwór, który siedział bez ruchu kilka kroków dalej pod kadłubem, scena ta mogłaby przedstawiać jakiś ziemski biwak.

– Gdzie Inżynier? – spytał Fizyk. Uniósł się leniwie na łokciach i patrzał na wprost – mimo ciemnych okularów kłębiasty cumulus jarzył mu się we wzroku jak płomień.

– Pisze swoją książkę.

– Jaką znów – aha, zestawienie remontów?

– Tak, będzie z tego gruba książka i ciekawa, powiadam ci!

Fizyk popatrzył na mówiącego.

– Jesteś w dobrym humorze? To cenne. Rana już ci się prawie zagoiła, wiesz? Na Ziemi nie zamknęłaby się chyba tak szybko.

Koordynator dotknął bliznowaciejącego miejsca na czole i podniósł brwi.

– Może być. Statek był sterylny, a tutejsze bakterie są dla nas nieszkodliwe. Owadów, zdaje się, nie ma tu wcale. Nie widziałem żadnego, a wy?

– Białe motyle Doktora – mruknął Fizyk. Od upału nie chciało mu się mówić.

– No, to tylko hipoteza.

– A co nie jest tu hipotezą? – spytał Doktor.

– Nasza obecność – odparł Chemik. Odwrócił się na wznak.

– Wiecie – wyznał – chciałbym już zmienić otoczenie...

– Ja też – zauważył Doktor.

– Widziałeś, jak mu się zaczerwieniła skóra, kiedy parę minut posiedział na słońcu? – rzucił Koordynator. Doktor skinął głową.

– Tak. To znaczy, że albo nie przebywał dotąd na słońcu, albo miał jakąś odzież, jakieś okrycie, albo...

– Albo?

– Albo jeszcze coś innego, czego nie wiem...

– Nie jest źle – powiedział Cybernetyk, podnosząc głowę znad zapisanego papieru – Henryk obiecuje mi, że wydostanie diody z Obrońcy. Dajmy na to, że jutro skończę przegląd i że wszystko będzie grało. To znaczy wieczorem będziemy już mieli pierwszy automat w ruchu! Postawię go nad całą resztą, jeżeli skleci tylko trzy sztuki, i tak wszystko ruszy z miejsca. Zapuścimy ciężarowce, kopaczkę, potem jeszcze tydzień, rakietę się postawi i... – nie dokończył.

– Jak to – powiedział Chemik – to ty sobie wyobrażasz, że my tak, po prostu, wsiądziemy i odlecimy?

Doktor zaczął się śmiać.

– Astronautyka to czysty niepokalany płód ludzkiej ciekawości – powiedział. – Słyszycie? Chemik nie chce się już stąd ruszać!

– Nie, bez żartów, Doktorze, co z tym dubeltem? Siedziałeś z nim cały dzień!

– Siedziałem.

– I co? Przestań być tajemniczy! Dosyć mamy tego dokoła...

– Nie jestem wcale tajemniczy. Och, wierz mi, chciałbym być! On, no cóż, zachowuje się jak dziecko. Jak niedorozwinięte umysłowo dziecko. Poznaje mnie. Kiedy go zawołam, idzie. Kiedy go popchnę, siada. Po swojemu.

– Zaciągnąłeś go do maszynowni. Jak sobie tam poczynał?

- Jak niemowlę. Nic go to nie obchodziło. Kiedy nachyliłem się za generatorem i przestał mnie widzieć, spocił się ze strachu. Jeżeli to jest pot – i jeżeli oznacza strach...

– Czy on coś mówi? Słyszałem, jak gulgotał coś do siebie.

– Artykułowanych dźwięków nie wydaje. Robiłem zapisy na taśmie i analizowałem częstości. Głos słyszy, w każdym razie – reaguje na głos. Jest to coś – na co braknie mi wprost miejsca w głowie... On jest krwi i strachliwy, i nieśmiały, a przecież z podobnych osobników składa się cała ta społeczność, chyba że on jeden – ale taki przypadek...

– Może jest młody? Może od razu są takie wielkie.

– O nie, młody nie jest. To poznać, choćby po skórze, po zmarszczkach, po jej fałdach, to są bardzo ogólne biologiczne prawidłowości. Poza tym podeszwy, te zgrubienia, którymi stąpa, ma zupełnie twarde, zrogowaciałe. No, w każdym razie dzieckiem w naszym rozumieniu nie jest. Zresztą w nocy, kiedyśmy wracali, na pewne rzeczy zwracał uwagę wcześniej od nas i reagował swoiście, na przykład na to odbicie w powietrzu, o którym wam mówiłem. Bał się. Tej – tej swojej siedziby także się bał. Inaczej po cóż by stamtąd uciekał?

– Może da się go czegoś nauczyć – ostatecznie oni zbudowali fabryki, wirujące tarcze, muszą być przecież inteligentni... – powiedział Fizyk.

– Ten nie jest.

– Czekaj. Wiesz, co mi przyszło do głowy? – podniósł się na rękach Chemik. Usiadł, ścierając ziarenka piasku, które przywarły mu do łokci.

– A może to... debil? Niedorozwinięty? Albo...

– A, sądzisz, że tam – że to jest ich azyl obłąkanych? – powiedział Doktor. Także usiadł.

– Kpisz ze mnie?

– Dlaczego miałbym kpić? To mógł być izolowany zakątek, w którym trzymają swoich chorych.

– I dokonują na nich eksperymentów – powiedział Chemik.

– To, co widziałeś, nazywasz eksperymentami? – włączył się do rozmowy milczący dotąd Koordynator.

– Nie oceniam tego moralnie. Jak mogę? Przecież nic nie wiemy – odparł Chemik. – Doktor znalazł tam, w jednym, rurkę podobną do tej, która tkwiła w ciele sekcjonowanego...

– Aha. Czyli że ten, który wlazł do rakiety, też pochodził stamtąd – uciekł i dobrnął tu w nocy?

– Dlaczego nie? Czy to niemożliwe?

– A te szkielety? – rzucił Fizyk, którego twarz wyjawiła, że bardzo sceptycznie przyjmuje wywody Chemika.

– No... nie wiem. Może to konserwacja jakaś albo może ich leczą, pokazując – mam na myśli rodzaj psychicznych szoków.

– Ma się rozumieć. I mają swego Freuda – powiedział Doktor.

– Kochany, daj lepiej spokój. I nie mów, że te szkielety – to taka rozrywka albo „pałac duchów". To jakieś ogromne urządzenie – cała masa chemii musi być potrzebna do wtapiania kośćców w te bloki szkliwa. Może jakaś produkcja? Ale czego?

– To, że nie możesz nic wykrzesać z tego dubelta, nie przesądza jeszcze sprawy – zauważył Fizyk. – Spróbowałbyś się dowiedzieć czegoś o ziemskiej cywilizacji od janitora w moim uniwersytecie.

– Niedorozwinięty janitor? – spytał Chemik i wszyscy się roześmieli. Naraz śmiech się urwał. Dubelt stał nad nimi. Poruszał w powietrzu węzełkowatymi paluszkami, a jego płaska twarzyczka, opuszczona na szyi, drgała.

– Co to jest?! – wyrzucił Chemik.

– On się śmieje – powiedział Koordynator.

Wszyscy zauważyli wtedy czkawkę małego torsu – jakby zanoszącego się od wesela. Niekształtne, wielkie stopy podreptywały na miejscu. Wobec pięciu par wlepionych w niego oczu stwór powoli znieruchomiał, wodził niebieskim spojrzeniem od jednego do drugiego, naraz wciągnął tors, rączki, głowę, jeszcze raz zerknął przez mięśniową szparę i pokuśtykał na swoje miejsce, gdzie opuścił się z cichym sapnięciem na ziemię.

– Jeżeli to jest śmiech – wyszeptał Fizyk.

– Też nie świadczyłby o niczym. Nawet małpy się śmieją.

– Czekaj – powiedział Koordynator. Oczy błyszczały mu w chudej, spalonej słońcem twarzy. – Dajmy na to, że u nich istnieje znacznie większy rozrzut biologiczny wrodzonych uzdolnień aniżeli u nas. Że, jednym słowem, istnieją warstwy – grupy – kasty pracujących twórczo, konstruujących i wielka ilość osobników, które nie są w ogóle zdolne do żadnej pracy – do niczego. I że w związku z tym tych nieużytecznych...

– Zabijają. Robią na nich doświadczenia. Zjadają ich. Nie lękaj się, możesz powiedzieć wszystko, co ci przychodzi do głowy – odparł Doktor. – Nikt cię nie wyśmieje, bo wszystko jest możliwe. Tylko, niestety, nie wszystko z tego, co jest możliwe, człowiek potrafi zrozumieć.

– Zaraz. Co sądzisz o tym, co powiedziałem?

– A szkielety? – rzucił z boku Chemik.

– Po obiedzie robią pomoce naukowe – wyjaśnił Cybernetyk ze złośliwym grymasem.

– Gdybym ci opowiedział wszystkie teorie, które przepuściłem od wczoraj przez głowę, myśląc o tym – powiedział Doktor – powstałaby książka pięć razy grubsza od tej, którą pisze Henryk, chociaż na pewno nie tak składna. Jako chłopak poznałem starego kosmonautę – widział więcej planet, niż miał włosów na głowie, a wcale jeszcze nie był łysy... Miał dobre chęci, chciał mi opowiedzieć, jak wygląda krajobraz, nie pamiętam już, na jakim księżycu. Tam są takie – mówił i rozkładał ręce – takie wielkie – i mają to takie, i tam jest tak, a niebo, inaczej niż u nas – inaczej, to tak – powtarzał wciąż w kółko, aż sam się zaczął śmiać i machnął ręką. Nie można komuś, kto nigdy nie był w przestrzeni, powiedzieć, jak to jest, kiedy wisisz w próżni i masz pod nogami gwiazdy – a to dotyczy tylko odmiennych warunków fizycznych! Tu mamy przed sobą cywilizację, która rozwijała się co najmniej przez pięćdziesiąt wieków. Co najmniej! I my chcemy ją zrozumieć po paru dniach!

– Musimy się bardzo starać, bo jeżeli nie zrozumiemy, cena, którą przyjdzie płacić, może być... za wysoka – powiedział Koordynator. Przez chwilę milczał i dodał:

– Co więc według ciebie należy robić?

– To, co dotąd – odparł Doktor – ale szanse naszego sukcesu uważam za nikłe, jak – jak jeden do liczby lat, które liczy sobie cywilizacja Edenu...

Z tunelu wychylił się Inżynier, a widząc towarzyszy spoczywających w szerokiej strefie cienia jak na plaży, zrzucił kombinezon i podszedł do nich, szukając miejsca. Chemik przywał go skinieniem.

– Jak ci poszło? – spytał Koordynator.

– Owszem, mam już prawie trzy czwarte... nie pracowałem nad tym zresztą przez cały czas, bo próbowałem zrewidować nasz poprzedni pogląd, że ta pierwsza fabryka – na północy – działa tak, jak działa, bo pozbawiono ją kontroli i rozregulowała się... O co chodzi? Co w tym śmiesznego? No, czemu się śmiejecie?!

– Powiem wam coś – rzekł Doktor. On jeden został poważny.

– Kiedy statek będzie zdolny do startu, nastąpi bunt. Nikt nie będzie chciał lecieć, dopóki się nie dowie... No bo jeżeli już teraz, zamiast w pocie czoła wkręcać śrubki... – rozłożył ręce.

– Aha, wy też o tym samym? – domyślił się nareszcie Inżynier.

– I czegoście doszli?

– Niczego, a ty?

– Właściwie też, ale – więc poszukiwałem pewnych najbardziej ogólnych i zarazem wspólnych rysów zjawiska, z którym zetknęliśmy się, i uderzyło mnie to, że ta fabryka, ta automatyczna, wiecie, nie tylko produkowała w kółko, ale robiła to jak gdyby niedbale – poszczególne „gotowe produkty" różniły się od siebie. Pamiętacie?

Rozległ się przytakujący pomruk.

– No, a wczoraj Doktor zwrócił uwagę na to, że poszczególne dubelty różniły się od siebie w dziwny sposób – jedne nie miały oka, inne nosa, liczba palców też była zmienna, tak samo kolor skóry – wszystko to wahało się w pewnych granicach – a był to jak gdyby skutek pewnej niedokładności procesu o technologii „organicznej" – tu i tam...

– Więc to jest naprawdę ciekawe! – zawołał słuchający z wielką uwagą Fizyk, a Doktor dodał:

– Tak, nareszcie coś istotnego – a dalej? Dalej? – zwrócił się do Inżyniera, który potrząsnął ze zmieszaniem głową.

– Naprawdę, nie mam odwagi tego powiedzieć. Człowiek, kiedy tak siedzi sam, wymyśla różne...

– Ależ mów! – krzyknął Chemik prawie z oburzeniem.

– Jeżeli zacząłeś – zauważył Cybernetyk.

– Rozważałem tak: tam mieliśmy przed sobą kołowy proces produkcji, destrukcji i znowu produkcji – a wy wczoraj odkryliście także coś, co wyglądało jak jakaś fabryka – jeżeli to była fabryka, to musi coś wytwarzać.

– Nie, tam nic nie było – powiedział Chemik. – Oprócz szkieletów. Nie szukaliśmy co prawda wszędzie... – dodał z wahaniem.

– A jeżeli ta fabryka wytwarza... dubelty? – cicho spytał Inżynier i w powszechnym milczeniu ciągnął: – System produkcji byłby analogiczny: seryjna, masowa, z odchyleniami powodowanymi, powiedzmy, nie tyle brakiem kontroli, ile samą swoistością procesów tak złożonych, że powstają w nich określone wahnięcia od normy zaplanowanej, które nie poddają się już sterowaniu. Szkielety też różniły się między sobą.

– I... myślisz... że oni zabijają tych, którzy są „źle wyprodukowani"...? – zmienionym głosem spytał Chemik.

– Wcale nie! Myślałem, że te... ciała, któreście znaleźli – że one w ogóle nigdy nie żyły! Że synteza powiodła się o tyle, by stworzyć umięśnione organizmy wyposażone we wszystkie narządy wewnętrzne – ale odchylenie od normy było tak wielkie, że nie były zdolne do...

... do funkcjonowania – więc w ogóle nie ożyły i zostały usunięte, wytrącone z cyklu produkcyjnego...

– A... ten rów pod miastem, to co? Też „zła produkcja"? – spytał Cybernetyk.

– Nie wiem, chociaż ostatecznie i to nie jest wykluczone...

– Nie, nie jest – powiedział Doktor. Patrzał w niebieskawo przymglony skraj horyzontu. – W tym, co mówisz, jest coś takiego, że... ta rurka ułamana, jedna i druga...

– Może wprowadzali przez nie jakieś odżywcze substancje podczas syntezy.

– To by tłumaczyło też, po części, dlaczego przywieziony przez was dubelt jest jakby niedorozwinięty umysłowo – dorzucił Cybernetyk. – Został stworzony od razu taki „dorosły", nie mówi – brak mu jakichkolwiek doświadczeń...

– Ej, nie – odparł Chemik. – Ten nasz dubelt wie jednak coś niecoś – lękał się nie tylko powrotu do tego kamiennego azylu, co ostatecznie mogłoby w jakiś sposób być zrozumiałe, ale bał się też lustrzanego pasa. Poza tym, wiedział też coś o tym świetlnym odbiciu, o tej niewidzialnej granicy, którąśmy mijali...

– Gdyby kontynuować hipotezę Henryka, powstaje obraz trudny do przyjęcia. – Koordynator mówił to, patrząc w piasek u swoich stóp. – Ta pierwsza fabryka wytwarza nieużywane części. A ta druga? Żywe istoty? – po co? Czy myślisz, że one... też są wprowadzane do procesu kołowego?

– Wielkie nieba! – krzyknął Cybernetyk. Wzdrygnął się. – Nie mówisz tego chyba serio?

– Zaraz – Chemik usiadł. – Gdyby żywi wracali do retorty, usuwanie stworów niedoskonałych, niedających się ożywić, byłoby całkiem zbędne. Zresztą, nie widzieliśmy wcale śladów takiego procesu...

W zapadłej ciszy Doktor wyprostował się i powiódł po nich oczami.

– Słuchajcie – powiedział – nie ma rady... Muszę to powiedzieć. Zasugerowaliśmy się wszyscy wspólnym rysem, który wykrył Inżynier, i usiłujemy teraz dopasować fakty do „produkcyjnej" hipotezy. Otóż z tego wszystkiego wynika niezbicie jedno – że jesteśmy bardzo zacnymi i naiwnymi ludźmi...

Patrzyli na niego z rosnącym zdumieniem, gdy ciągnął:

– Usiłowaliście przed chwilą wymyślić najokropniejsze rzeczy, na jakie was stać – i doszliście do obrazu, który mogłoby stworzyć dziecko. Fabryka wytwarzająca żywe istoty, aby je zemleć... Moi drodzy, rzeczywistość może być gorsza.

– No wiesz! – wybuchnął Cybernetyk.

– Czekaj. Niech mówi – wtrącił Inżynier.

– Im dłużej myślę nad tym, cośmy przeżyli w owym osiedlu, tym mocniejsze ogarnia mnie przekonanie, że widzieliśmy coś zupełnie innego, aniżeli wydawało się nam, że widzimy.

– Mów jasno. Więc co takiego się tam działo? – zapytał Fizyk.

– Nie wiem, co się działo – wiem natomiast, pewien jestem, że wiem, co się nie działo.

– No proszę! Może dasz spokój tym zagadkom?

– Chcę powiedzieć tyle: po dłuższej wędrówce w tym podziemnym labiryncie zostaliśmy znienacka opadnięci przez tłum, który nas trochę poturbował w tłoku, a potem rozpierzchł się i uciekł. Ponieważ dojeżdżając do osiedla, zauważyliśmy, jak gasną w nim światła, pomyśleliśmy, naturalnie, że dzieje się to w związku z naszym przybyciem, że mieszkańcy pochowali się przed nami – i że ogarnęła nas gromada, bo ja wiem, udających się do schronów czy coś w tym rodzaju. Otóż wedle możliwości unaoczniłem sobie jak najdokładniej całą sekwencję wypadków, wszystko, co się z nami i wokół nas działo, i powiadam wam: to było coś całkiem innego – coś, przed czym umysł broni się jak przed zgodą na obłęd.

– Miałeś mówić prosto – ostrzegł go Fizyk.

– Mówię prosto. Proszę was, dana jest taka sytuacja: na planecie zamieszkanej przez istoty inteligentne lądują przybysze z gwiazd. Jakie są możliwe reakcje mieszkańców?

Ponieważ nikt się nie odezwał, Doktor ciągnął dalej:

– Gdyby nawet mieszkańcy tej planety zostali stworzeni w retortach czy też przyszli na świat w okolicznościach jeszcze bardziej niesamowitych – widzę tylko trzy możliwe typy zachowania: próby nawiązania z przybyszami kontaktu, próby zaatakowania ich albo – panika. Okazało się jednak, że możliwy jest typ czwarty – całkowita obojętność!!

– Sam mówiłeś, że omal wam żeber nie połamali, i to nazywasz obojętnością!? – zawołał Cybernetyk. Chemik słuchał słów Doktora z rozszerzonymi oczami, w których naraz zapaliło się światło.

- Gdybyś się znalazł na drodze stada uciekającego przed pożarem, mogłoby być z tobą jeszcze gorzej, ale z tego nie wynika, że stado zwraca na ciebie uwagę - odparł Doktor. - Powiadam wam - ten tłum, w któryśmy się dostali, w ogóle nas nie widział! Nie interesował się nami! Był ogarnięty paniką, zgoda - ale wcale nie z naszego powodu. Dostaliśmy się weń najzupełniej przypadkowo. Oczywiście byliśmy zrazu pewni, że to my jesteśmy przyczyną zapadnięcia ciemności, chaosu - wszystkiego, cośmy widzieli. Ale to nieprawda. Tak nie było.

- Udowodnij to - powiedział Inżynier.

- Pierwej chciałbym usłyszeć, co powie mój towarzysz - odparł Doktor, patrząc na Chemika, który siedział ogarnięty dziwnym osłupieniem - poruszając bezgłośnie wargami, jakby coś do siebie mówił. Teraz drgnął nagle.

- Tak - powiedział. - Więc - chyba tak. Tak. Przez cały czas, aż do tej chwili, coś mnie w tym wszystkim męczyło, nie dawało mi spokoju - czułem, że było tam jakieś przesunięcie, jakieś nieporozumienie czy jak by powiedzieć - że - więc, jak gdybym odczytał poplątany tekst i nie mógł się połapać, gdzie zdania zostały przestawione. Teraz wszystko mi się uporządkowało. To musiało być tak, jak on mówi. Obawiam się, że tego nie udowodnimy - tego się nie da udowodnić. Trzeba było tam być, w tym tłumie. Oni po prostu w ogóle nie widzieli nas. Z wyjątkiem kilku najbliższych, rozumie się, ale właśnie tych, którzy mnie otaczali, nie ogarniała powszechna panika - powiedziałbym, że wręcz przeciwnie, mój widok działał na nich jak gdyby trzeźwiąco - jak długo patrzyli na mnie, byli po prostu bardzo zdumionymi, nadzwyczaj zaskoczonymi mieszkańcami planety, którzy zobaczyli nieznane stworzenia. Wcale nie chcieli zrobić mi nic złego - przypominam sobie nawet, że w pewnej mierze pomagali mi się wyswobodzić z tłoku, o ile to było, naturalnie, możliwe...

- A jeżeli ten tłum ktoś poszczuł na was, jeżeli miał być tylko nagonką? - podrzucił Inżynier.

Chemik zaprzeczył głową.

- Kiedy tam nikogo takiego nie było - żadnych wirujących tarcz, żadnych straży zbrojnych, żadnej organizacji - był kompletny chaos i nic więcej. Tak - dodał - dziwię się doprawdy, że dopiero teraz to zrozumiałem! Ci, którzy mnie widzieli z bliska, jak gdyby przytomnieli, a jak szalona zachowywała się właśnie cała reszta!

– Jeżeli było tak, jak mówicie – odezwał się Koordynator – oznaczałoby to dosyć dziwną koincydencję – dlaczego światła wygaszono akurat w momencie, kiedyśmy tam przyjechali?

– Aha, rachunek prawdopodobieństwa – powiedział Doktor. Dodał głośniej. – Nie widziałbym w tym nic niezwykłego poza niepozbawionym podstaw przypuszczeniem, że takie stany zdarzają się stosunkowo często.

– Jakie stany?

– Wszechogarniającej paniki.

– I cóż ją może powodować?

– Mógłby to być uchyłek procesu cywilizacyjnego planety – odezwał się po chwili powszechnego milczenia Cybernetyk. – Okres wstecznego rozwoju, powiedzmy, upraszczając: cywilizację toczy rodzaj... społecznego raka.

– To bardzo mgliste – powiedział Koordynator. – Ziemia jest, jak wiemy, planetą całkiem przeciętną. Zachodziły na niej epoki inwolucji, całe cywilizacje powstawały i padały, ale całkując tysiąclecia, otrzymujemy obraz potęgowania złożoności życia i jego rosnącej ochrony. Nazywamy to postępem. Postęp zachodzi na przeciętnych planetach. No, ale istnieją przecież – zgodnie z prawem wielkiej liczby – statystyczne odchylenia od przeciętnej, dodatnie i ujemne. Nie trzeba odwoływać się do hipotez o okresowej degeneracji, o uwstecznieniu. Być może cierpienia towarzyszące powstawaniu cywilizacji były i są tu większe niż gdzie indziej. Być może wylądowaliśmy właśnie na okazie „odchylenia ujemnego...".

– Matematyczny demonizm – mruknął Inżynier.

– Ta fabryka istnieje – zauważył Fizyk.

– Ta pierwsza, zgoda, istnienie drugiej jest hipotezą, której nie da się utrzymać.

– Jednym słowem potrzebna jest nowa ekspedycja – powiedział Chemik.

– Co do tego nie miałem najmniejszej wątpliwości.

Inżynier rozejrzał się po okolicy. Słońce wyraźnie przechylało się ku zachodowi, cienie na piasku szły coraz dalej. Powiał słaby wiatr.

– Czy dziś?... – spytał, patrząc na Koordynatora.

– Dziś należałoby pojechać po wodę – i po nic więcej.

To mówiąc, Koordynator wstał.

– Dyskusja była bardzo interesująca – powiedział z takim wyrazem twarzy, jakby myślał o czymś innym.

Podniósł kombinezon i rzucił go zaraz, tak był rozgrzany od słońca.

– Myślę – podjął – że pod wieczór zrobimy wypad na kołach do strumienia. Nie damy się odciągnąć od wykonania planu niczym oprócz bezpośredniego zagrożenia.

Wrócił do siedzących na piasku. Patrzał na nich chwilę, wreszcie z ociąganiem rzekł:

– Muszę wam powiedzieć, że jestem trochę... niespokojny.

– Czemu?

– Nie podoba mi się, że tak nas zostawili w spokoju – po tej przedwczorajszej wizycie. Odkryli nas z górą dobę temu – i... nic. Tak nie zachowuje się żadna społeczność, wśród której spadnie z nieba zaludniony pojazd.

– To by w pewnej mierze podtrzymywało moje przypuszczenie – zauważył Cybernetyk.

– O tym „raku”, który toczy Eden? No, z naszego punktu widzenia nie byłoby to najgorsze, tylko że...

– Co?

– Nic. Słuchajcie, weźmiemy się wreszcie do Obrońcy. Odwalimy cały wierzchni gruz, w środku diody na pewno będą całe.

IX

Z górą dwie godziny pracowali ciężko, wynosząc ze spodniej komory potrzaskane kawały automatów wryte w siebie, sczepione niemal nie do rozerwania części zapasowe, które przy zderzeniu wyrwały się z umocnień i lawiną pokryły stojącą pod nimi lawetę Obrońcy. Największe ciężary podnosili małym nożycowym dźwigiem, a wszystko, czego nie dało się przeciągnąć przez drzwi, Inżynier rozmontowywał pierwej pospołu z Koordynatorem. Dwa arkusze pancernej blachy wklinowane między wieżyczkę Obrońcy i przytłaczającą ją skrzynię z ołowianymi cegłami pocięli w końcu łukiem elektrycznym, sprowadziwszy w dół z maszynowni kable z tablicy rozdzielczej reaktora. Cybernetyk z Fizykiem segregowali to, co już wywleczono ze zgrzytającego potępieńczo stosu wraków. Części nie do naprawienia przeznaczali na złom. Chemik z kolei dzielił ów złom wedle rodzaju materiału. Od czasu do czasu, gdy przychodziło dźwigać jakiś szczególnie masywny element konstrukcji, wszyscy rzucali swoją robotę i spieszyli z pomocą „tragarzom". Kilka minut przed szóstą dostęp do spłaszczonego łba Obrońcy otworzył się na tyle, że przystąpili do otwierania jego górnej klapy.

Cybernetyk jako pierwszy skoczył równymi nogami do ciemnego wnętrza, za chwilę zawołał o lampę, spuścili mu ją z góry na kablu. Usłyszeli jego okrzyk, stłumiony jak ze studni.

- Są! - wołał triumfująco. - Są!

Wystawił na chwilę głowę.

- Tylko siąść i jechać! Cała instalacja czynna!!

- Jasne, przecież Obrońca jest po to, aby wiele wytrzymać - rzucił rozpromieniony Inżynier. Miał krwawe szramy na przedramionach od dźwigania ciężarów.

- Moi drodzy, jest szósta. Jeżeli mamy jechać po wodę, trzeba to zrobić zaraz - powiedział Koordynator. - Cybernetyk i Inżynier mają pełne ręce roboty - myślę, że pojedziemy w tym samym składzie co wczoraj.

- Nie zgadzam się!

- Rozumiesz przecież - zaczął Koordynator, ale Inżynier nie dał mu dokończyć.

- Potrafisz tyle, co ja. Ty zostaniesz dziś.

Spierali się chwilę, na koniec Koordynator ustąpił. W skład wyprawy wchodzili Inżynier, Fizyk i Doktor. U Doktora nic nie wskórali perswazją - chciał jechać.

- Przecież naprawdę nie wiadomo, gdzie bezpieczniej, tu czy tam, jeżeli o to ci chodzi - powiedział wreszcie zniecierpliwiony atakami Inżyniera. Wyszedł na górę po stalowej drabince.

- Zbiorniki macie już przygotowane - powiedział Koordynator.

- Do strumienia jest nie więcej niż dwadzieścia kilometrów. Wracajcie zaraz z wodą - dobrze?

- Jeżeli się da, obrócimy dwa razy - powiedział Inżynier - to byłoby już czterysta litrów.

- Zobaczymy jeszcze, jak to będzie z obracaniem.

Chemik i Cybernetyk chcieli wyjść za nimi, ale Inżynier zagrodził im drogę.

- Nie, bez odprowadzań, pożegnań, to nie ma sensu. Trzymajcie się. Jeden musi być na powierzchni, ten może pójść z nami.

- To właśnie ja - powiedział Chemik - widzisz przecież, że jestem bezrobotny.

Słońce stało dość nisko. Sprawdziwszy całość zawieszeń, luzy kierownicze i zapas izotopowej mieszanki, Inżynier usiadł na przedzie. Ledwo Doktor wsiadł, leżący pod rakietą dubelt wylazł i prostując się na całą wysokość, zaczął człapać ku nim. Łazik ruszył. Wielki stwór zajęczał i puścił się za nimi z szybkością, która wprawiła Chemika w osłupienie. Doktor krzyknął coś do Inżyniera, wóz się zatrzymał.

- No i cóż ty chcesz - gderał Inżynier - nie weźmiesz go przecież!

Doktor, zmieszany, nie bardzo wiedząc, co robić, patrzał bezradnie na przewyższającego go o dwie głowy olbrzyma, który zaglądał mu z góry w twarz, przestępował z nogi na nogę i wydawał skrzekliwe dźwięki.

– Zamknij go w rakiecie. Pójdzie za tobą – poradził Inżynier.

– Albo go uśpij – dodał Chemik. – Bo jeżeli pogoni za wami, może jeszcze ściągnąć kogoś.

To przemówiło Doktorowi do przekonania. Łazik podjechał powoli do rakiety, dubelt pognał za nim swymi dziwacznymi susami, potem Doktor pociągnął olbrzyma do tunelu – przeprawa nie była łatwa. Wrócił po jakimś kwadransie, zły i zdenerwowany.

– Zamknąłem go w przedsionku salki opatrunkowej – powiedział – tam nie ma szkła ani niczego ostrego. Ale boję się, że narobi gwałtu.

– No, no – rzucił Inżynier – nie ośmieszaj się.

Doktor chciał coś odpowiedzieć, może i ostro, ale zmilczał. Ruszyli ponownie, wielkim łukiem okrążyli rakietę. Chemik machał ręką, nawet kiedy widział już tylko wysoką, rozwianą kitę pyłu. Potem zaczął się miarowo przechadzać w pobliżu okopanego płytko miotacza.

Chodził tak jeszcze bez mała dwie godziny później, kiedy pośród smukłych kielichów rzucających długie cienie pojawiła się chmurka kurzu. Jajowata, nabrzmiała czerwono tarcza słoneczna dotknęła właśnie horyzontu, na północy siniał przypływ chmur, nie czuło się zwykłego, nadciągającego o tej porze chłodu – wciąż było duszno. Chemik wybiegł z cienia rakiety i zobaczył maszynę, podskakiwała właśnie na bruzdach wyoranych przez wirujące tarcze.

Dopadł wozu, gdy ten jeszcze się toczył. Nie musiał nawet pytać o sukcesy wyprawy – łazik siedział ciężko na przypłaszczonych oponach, słychać było chlupanie wody we wszystkich kanistrach, nawet na wolnym siedzeniu bulkała pełna bańka.

– Jak było? – spytał Chemik. Inżynier zdjął ciemne szkła i chustką ścierał sobie pot i proch z twarzy.

– Bardzo przyjemnie – powiedział.

– Nikogo nie spotkaliście?

– No, jak zwykle, krążki, ale wszystkie mijaliśmy z daleka – pojechaliśmy od drugiej strony tego zagajnika z wykrotem, wiesz? Tam prawie wcale nie ma bruzd. Tyle że było trochę kłopotu z napełnianiem kanistrów. Przydałaby się jakaś pompka.

– Chcemy jechać jeszcze raz – dodał Fizyk.

– Najpierw musicie przelać wodę...

- E, nie warto – odparł Fizyk – tu leży tyle pustych baniek i kanistrów, weźmiemy inne, a potem wszystko przeleje się już za jednym zamachem. Co?

Spojrzeli sobie z Inżynierem w oczy, jakby mieli w tym jakąś ukrytą myśl. Chemik nie zauważył tego, zdziwił go tylko trochę ich nadzwyczajny pośpiech. Wyładowali kanistry, jakby się paliło, i ledwo rzucili na bagażnik nowe – wcale nie było ich tak wiele – wsiedli i pomknęli z miejsca, wzbijając kłęby kurzu. Jego ściana osiadała jeszcze na równinie oblana pąsem w świetle zachodzącego słońca, kiedy na powierzchnię wyszedł Koordynator.

- Nie ma ich – powiedział.
- Już byli, zamienili bańki na puste i pojechali jeszcze raz.

Koordynator bardziej się zdziwił, niż rozgniewał.

- Jak to – od razu pojechali?

Powiedział, że zaraz go zastąpi, i zszedł do wnętrza statku, aby powtórzyć wiadomość pracującemu przy uniwersalnym automacie, ale z Cybernetykiem trudno było mówić. Miał ze dwadzieścia tranzystorów w ustach, wypluwał je do ręki jak pestki, kilkaset wywalonych z porcelitowych wnętrzności przewodów owinął sobie dookoła szyi, rozczesał na piersi i łączył je z taką szybkością, aż palce mu migały. Czasem zastygał bez ruchu i dobrą minutę jakby w nieziemskim osłupieniu wpatrywał się w rozwieszony tuż przed twarzą wielki schemat.

Koordynator wrócił na powierzchnię, zastąpił Chemika, który poszedł przygotować dla wszystkich kolację, i siedząc przy miotaczu, skracał sobie czas wpisywaniem praktycznych uwag na marginesach montażowej książki, którą założył Inżynier.

Od dwu dni łamali sobie głowy, co począć z dziewięćdziesięcioma tysiącami litrów skażonej radioaktywnie wody, która zalała całą przestrzeń nad ciężarowym włazem. Było to jedno z błędnych kół pozornie nie do rozcięcia, na które się wciąż natykali – żeby oczyścić tę wodę, trzeba było uruchomić filtry, a dostać się do kabla, który je zasilał, można było właśnie w zalanym miejscu. Na statku był nawet nurkowy skafander, ale potrzebny był taki, który jednocześnie chroni od promieniowania, a tego nie mieli. Przysposabiać go specjalnie i pancerzyć ołowiem się nie opłacało – już raczej czekać, aż uruchomione automaty będą mogły zanurzyć się pod wodę.

Koordynator siedział pod rufą rakiety, na której od zapadnięcia zmroku co chwila zapalała się lampa błyskowa, i notował szybko, jak tylko mógł, to, co przyszło mu na myśl, bo światło trwało ledwo trzy sekundy. Sam się potem śmiał, oglądając gryzmoły, w które przemieniało się jego pismo po ciemku. Kiedy spojrzał na zegarek, dochodziła dziesiąta. Wstał i zaczął się przechadzać. Wypatrywał świateł łazika, ale nic nie widział, obserwację utrudniała lampa błyskowa. Zaczął więc oddalać się w stronę, z której miała wrócić maszyna.

Jak zwykle, kiedy był sam, skierował oczy na gwiazdy – Droga Mleczna wznosiła się stromo w ciemności, od Skorpiona wzrok jego poszedł na lewo, zatrzymał się zdumiony – najjaśniejsze gwiazdy Koziorożca ledwo było widać, ginęły w bladym pałaniu, jak gdyby Droga Mleczna naraz rozszerzyła się i pochłonęła je – a przecież leżały poza nią. Nagle zrozumiał. To była łuna, tam właśnie, nad wschodnim horyzontem. Serce zaczęło mu uderzać powoli i mocno. Poczuł ucisk w gardle, który zaraz przeszedł. Z zaciśniętymi szczękami ruszył dalej. Łuna była biaława, niska i nierównomiernie przygasała, aby po długiej chwili rozbłysnąć kilka razy z rzędu. Zamknął oczy i z najwyższym natężeniem wsłuchiwał się w ciszę – ale słyszał tylko szum krwi. Teraz już gwiazdozbiorów nie było prawie widać, stał bez ruchu, wpatrzony w nieboskłon, który nalewał się mętną poświatą.

Zrazu chciał wrócić do rakiety i wyciągnąć tamtych na górę – mogli pójść z miotaczem. Pieszo trwałoby to co najmniej trzy godziny. Poza łazikiem mieli mały śmigłowiec, ale siedział w przegrodzie zalanej wodą, zaklinowany między skrzyniami – obejrzeli tylko wystający wierzch, śmigło potrzaskało się w katastrofie na kawałki, kabina musiała wyglądać jeszcze gorzej. Pozostawał jednak Obrońca. Pomyślał, że mogą po prostu wsiąść do niego, zdalnie otworzyć ciężarową klapę – jej rozrząd mieścił się w maszynowni – i zjechać poprzez wodę; która wyleje się zresztą, jak tylko klapa się odemknie. W Obrońcy byliby osłonięci przed radioaktywnością. Ale nie było pewne, czy klapa w ogóle się otworzy, nie mówiąc już o tym, co począć później – cały grunt dokoła rakiety zamieniłby się w jedną wielką radioaktywną plamę. Niemniej gdyby tylko mieć pewność, że klapa puści...

Powiedział sobie, że czeka jeszcze dziesięć minut, jeżeli do tego czasu nie dojrzy świateł, pojadą. Było trzynaście minut po dziesiątej. Opuścił rękę z zegarkiem. Łuna – tak, nie mylił się – powoli sunęła wzdłuż horyzontu, dochodziła już do alfy Feniksa – różowawą z wierzchu, dołem mętnobiaławą smugą uchodziła ku północy. Znowu spojrzał na tarczę zegarka. Brakowało jeszcze czterech minut, kiedy zobaczył reflektory.

Były najpierw mrugającym świetlikiem, gwiazdką, która drżała szybko, potem się rozdwoiły, skakały w górę i w dół, wreszcie zaczęły oślepiać coraz mocniej – słyszał już prędki szurgot obracających się kół. Jechali szybko, ale znów nie na złamanie karku – wiedział, że można z łazika wycisnąć więcej, i to, że nie tak bardzo się śpieszyli, uspokoiło go do reszty. Jak zwykle w takich okolicznościach poczuł rosnący gniew. Sam nie wiedział o tym, ale oddalił się od rakiety o dobre trzysta kroków, jeśli nie więcej. Łazik przyhamował ostro, Doktor krzyknął:

– Wsiadaj!

Podbiegł, skoczył bokiem na puste miejsce, odsuwając blaszankę, i poczuł, że jest pusta. Spojrzał na siedzących – na oko nikomu nic się nie stało. Pochylił się do przodu, dotknął lufy miotacza – była zimna.

Fizyk odpowiedział na jego wzrok nic niemówiącym spojrzeniem. Czekał zatem, nie odzywając się, aż podjechali pod rakietę. Inżynier skręcił ostro, odśrodkowa siła wgniotła Koordynatora w siedzenie, puste blachy kanistrów zahałasowały i wóz znieruchomiał tuż przed wejściem do tunelu.

– Woda wyschła? – spytał Koordynator obojętnym tonem.

– Nie mogliśmy nabrać wody – powiedział Inżynier. Odwrócił się do niego na swym obrotowym siedzeniu. – Nie dało się dojechać do strumienia.

Wyciągniętą ręką wskazał na wschód.

Nikt nie wysiadał. Koordynator patrzał badawczo to na Fizyka, to na Inżyniera.

– Zauważyliśmy już pierwszy raz, że coś się tam zmieniło – powiedział Fizyk – ale nie wiedzieliśmy co i chcieliśmy się upewnić.

– A gdyby zmieniło się tak dalece, że byście nie wrócili, to co przyszłoby nam z takiej przezorności? – powiedział Koordynator. Nie ukrywał już pasji. – No, jazda, mówcie wszystko, bez kroplomierza!

– Oni tam coś robią, wzdłuż strumienia, przed nim i za nim, dokoła pagórków, we wszystkich kotlinach, wzdłuż większych bruzd, i to na przestrzeni całych kilometrów – powiedział Doktor. Inżynier skinął głową.

– Za pierwszym razem, kiedy jeszcze było jasno, zauważyliśmy tylko całe korowody tych wielkich bąków – sunęły szykiem w kształcie litery V i wyrzucały ziemię, jakby prowadziły jakieś wykopy. Zobaczyliśmy je na dobre dopiero w powrotnej drodze, ze szczytu wzgórza, i nie spodobały mi się.

– A co ci się w nich nie spodobało? – spytał łagodnie Koordynator.

– To, że są trójkątne, a szczyt każdego trójkąta mierzy w naszym kierunku.

– Cudownie. I nie mówiąc o tym ani słowa, pojechaliście tam jeszcze raz? Wiesz, jak nazwać takie postępowanie?

– Może zrobiliśmy głupstwo – powiedział Inżynier. – Nawet na pewno popełniliśmy je, ale pomyśleliśmy sobie, że jak zaczniemy tu obradować, czy jechać drugi raz, i znowu zaczną się spory, kto ma narażać to bezcenne życie i tak dalej – postanowiliśmy załatwić się z tym szybko sami. Liczyłem na to, że o zmroku będą musieli jakoś oświetlić miejsce robót.

– Nie zauważyli was?

– Prawie na pewno nie. W każdym razie żadnych oznak nie widziałem – nie atakowali nas.

– Jak jechaliście teraz?

– Niemal cały czas grzbietami wzgórz, nie samymi szczytami, ale trochę niżej, żeby nie mogli nas dostrzec na tle nieba. Ma się rozumieć, bez świateł. Dlatego tak długo to trwało.

– To znaczy, że w ogóle nie pojechaliście z zamiarem tankowania wody, a kanistry wzięliście tylko, żeby oszukać Chemika?

– Nie, tak nie było – wmieszał się do rozmowy Doktor. Wciąż siedzieli w łaziku, raz w pałaniu błyskowej lampy, raz w mroku, kiedy gasła.

– Chcieliśmy podjechać do strumienia dużo dalej, z drugiej strony, ale się nie dało.

– Dlaczego?

– Tam też prowadzą takie same roboty. Teraz, to znaczy od zapadnięcia ciemności, leją jakiś świecący płyn do tych wykopów – dawał tyle blasku, że można to było doskonale widzieć.

– Co to jest? – Koordynator patrzał na Inżyniera. Ten wzruszył ramionami.

– Może robią jakieś odlewy. Chociaż to było zbyt rzadkie jak na roztopiony metal.

– Czym to dowozili?

– Niczym. Kładli coś wzdłuż bruzd – przypuszczam, że rurociąg, ale na pewno nie mogę powiedzieć.

– Płynny metal tłoczyli rurociągiem?!

– Mówię ci, co widziałem w ciemności przez lornetkę, w bardzo kiepskich warunkach oświetlenia – środek każdego wykopu świeci jak rtęciowy palnik, a dokoła wszystko ciemne – nie zbliżyliśmy się zresztą nigdzie bliżej niż na jakieś siedemset metrów. Lampa błyskowa zgasła i przez chwilę siedzieli, nie widząc się – potem zajaśniała znowu.

– Myślę, że trzeba ją będzie zlikwidować – powiedział, podnosząc wzrok, Koordynator. – I to zaraz – dodał.

– Co tam? – spojrzał w mrok, lampa znowu zapłonęła – zobaczyli wynurzającego się z tunelu Chemika. Podbiegł do wozu, padły pospieszne pytania i odpowiedzi, tymczasem Inżynier zszedł na dół i wyłączył w maszynowni dopływ prądu. Lampa błysnęła ostatni raz i zaległa ciemność. Tym wyraźniej wystąpiła łuna na horyzoncie. Przeniosła się teraz bardziej na południe.

– Jest ich tam jak maku – powiedział Inżynier, który wrócił na powierzchnię i stał przy rakiecie zwrócony twarzą ku łunie. Jego twarz wystąpiła szaro w nieruchomym odblasku.

– Tych wielkich bąków?

– Nie, dubeltów. Widać było sylwetki na tle tego świecącego ciasta – spieszyli się bardzo, widocznie gęstniało, stygnąc. Obudowywali je jakimiś kratownicami, z tyłu i z boków. Przód, to znaczy część zwrócona w naszą stronę, zostawała wolna.

– I co? Będziemy sobie teraz siedzieli z założonymi rękami, czekając – zaczął podniesionym głosem Chemik.

– Wcale nie – powiedział Koordynator. – Zaraz weźmiemy się do sprawdzania układów Obrońcy.

Przez chwilę milczeli, patrząc w łunę. Kilka razy łysnęła mocniej.

– Chcesz spuścić wodę? – ponuro spytał Inżynier.

– Jak długo się da – nie. Myślałem już o tym. Spróbujemy otworzyć klapę. Jeżeli kontrolki pokażą, że mechanizm zamkowy działa, zatrzaśniemy ją na powrót i będziemy po prostu czekali. Klapa uchyli się przy próbie tylko na milimetry, w najgorszym razie poleci na dół kilkadziesiąt litrów wody. Taka mała plama radioaktywna nie jest problemem, damy sobie z nią radę. Za to będziemy wiedzieli, że w każdej chwili możemy wyjechać Obrońcą na zewnątrz i mamy swobodę manewru.

– W najgorszym razie plama będzie, ale z nas – powiedział Chemik. – Ciekawym, co przyjdzie ci z tych eksperymentów, jeżeli atak będzie atomowy?

– Ceramit wytrzyma do trzystu metrów od punktu zero.

– A jeżeli wybuch będzie o sto?

– Obrońca wytrzyma wybuch i na sto metrów.

– Wkopany w ziemię – poprawił go Fizyk.

– No więc co? Jeżeli zajdzie potrzeba, wkopiemy się.

– Jeżeli wybuch będzie nawet o czterysta, klapa zatnie się termicznie i nie wyjedziesz na zewnątrz! Ugotujemy się jak raki!

– To wszystko nie ma sensu. Na razie bomby nie lecą, a zresztą, powiedzmy to sobie w końcu, u diabła – rakiety nie opuścimy. Jeżeli ją zniszczą, ciekawym, z czego zrobisz drugą?

Po tych słowach Inżyniera zaległo milczenie.

– Czekajcież – zreflektował się naraz Fizyk – przecież Obrońca nie jest kompletny! Cybernetyk wyjął z niego diody.

– Tylko z automatu celowniczego. Można celować bez automatu. Zresztą wiesz – jeżeli strzela się antyprotonami, można trafić obok, skutek będzie ten sam...

– Słuchajcie – chciałem zapytać o jedną rzecz... – odezwał się Doktor. Wszyscy zwrócili się ku niemu.

– Co?

– Nic takiego, chciałem tylko spytać, co robi dubelt...

Po sekundzie milczenia wybuchła salwa śmiechu.

– To piękne! – zawołał Inżynier. Nastrój się odmienił, jakby niebezpieczeństwo nagle znikło.

– Śpi – powiedział Koordynator. – Przynajmniej spał przed ósmą, kiedy do niego zajrzałem. On w ogóle prawie wciąż potrafi spać.

– Czy on coś je? – spytał Doktor.

– U nas nie chce nic jeść. Nie wiem, co on je. Z tego, co mu podsuwałem, niczego nie tknął.

– Tak, każdy ma swoje kłopoty – westchnął Inżynier. Uśmiechał się w ciemności.

– Uwaga! – rozległ się spod ziemi głos. – Uwaga! Uwaga!!

Odwrócili się gwałtownie, z tunelu wyłaził wielki, ciemny stwór, zachrzęścił łagodnie i stanął. Za nim ukazał się Cybernetyk z płonącą latarką na piersi.

– Nasz pierwszy uniwersalny! – przedstawił z triumfem w głosie. – Co to?... – dodał, spoglądając kolejno na oświetlone twarze towarzyszy. – Co się stało?

– Na razie jeszcze nic – odpowiedział mu Chemik. – Ale może się stać więcej, niż byśmy sobie życzyli.

– Jak to?... Mamy automat – trochę bezradnie powiedział Cybernetyk.

– Tak? No, to powiedz mu, że może już zacząć.

– Co?

– Kopać groby!!

Po tym okrzyku Chemik roztrącił stojących i wielkimi krokami poszedł przed siebie, w ciemność. Koordynator stał chwilę bez ruchu, patrząc za nim, a potem ruszył w tym samym kierunku.

– Co mu się stało? – spytał oszołomiony Cybernetyk, który nic nie rozumiał.

– Szok – wyjaśnił zwięźle Inżynier. – Przygotowują coś przeciw nam w tych dolinkach na wschodzie. Stwierdziliśmy to w czasie wypadu. Prawdopodobnie będą nas atakować, ale nie wiadomo jak.

– Atakować?

Cybernetyk wciąż jeszcze był w kręgu swojej pracy i swego sukcesu – zdawało się, że to, co mówi Inżynier, wcale nie dociera do jego świadomości. Patrzał rozszerzonymi oczami na stojących, potem zwrócił się ku równinie. Na tle blednącej srebrnawo łuny wracały powoli dwie sylwetki. Cybernetyk spojrzał za siebie – górujący nad ludźmi automat stał już, nieruchomy, jak wyciosany ze skały.

– Trzeba coś robić... – wyszeptał jakby do samego siebie.

– Chcemy uruchomić Obrońcę – powiedział Fizyk. – Czy to coś da, czy nie, w każdym razie trzeba się wziąć do roboty. Powiedz Koordynatorowi, niech przyśle za nami Chemika – idziemy na dół. Będziemy naprawiać filtry. Automat podłączy kabel. Chodź – skinął na Cybernetyka. Najgorzej tak czekać z założonymi rękami.

Weszli do tunelu, automat stał przez sekundę, nagle zawrócił na miejscu i ruszył za nimi.

– Popatrz, ma z nim już sprzężenie zwrotne – nie bez podziwu w głosie powiedział Inżynier do Doktora – to się nam zaraz przyda – dodał – poślemy Czarnego pod wodę. Zanurzonemu nie można by wydawać rozkazów głosem.

– A jak? Przez radio? – powiedział Doktor z roztargnieniem, jakby mówił byle co, nie chcąc dopuścić do urwania rozmowy. Śledził ciemne sylwetki na tle łuny – znowu zawróciły. Wyglądało to na nocny spacer pod gwiazdami.

– Mikronadajnikiem, przecież wiesz – zaczął Inżynier, poszedł oczami za wzrokiem Doktora i ciągnął tym samym tonem – to dlatego, bo już był pewny, że się nam uda...

– Tak – skinął głową Doktor. – Dlatego tak wzbraniał się rano opuścić Eden...

– To nic... – Inżynier odwracał się już w stronę tunelowego włazu. – Ja go znam. Przejdzie mu wszystko, jak się zacznie.

– Tak, wtedy wszystko przejdzie – zgodził się Doktor, ruszając za nim.

Inżynier wstrzymał krok, w ciemności usiłował zajrzeć mu w twarz, niepewny, czy w tym powtórzeniu jego słów nie kryło się szyderstwo, ale nie zobaczył nic – było zbyt ciemno.

Po jakimś kwadransie Koordynator i Chemik zeszli do rakiety. Przed rozpoczęciem prac wysłano na górę Czarnego, który wzniósł wokół wylotu tunelu dwumetrowy wał ziemny, utwardził go i podstemplował, a potem wniósł pod ziemię pozostawione na powierzchni rzeczy. Oprócz okopanego miotacza został tam tylko łazik. Szkoda im było czasu na rozbieranie go, a i z pomocy automatu nie mogli zrezygnować.

O północy wzięli się na dobre do dzieła. Cybernetyk sprawdzał całą instalację wewnętrzną Obrońcy, Fizyk z Inżynierem regulowali stacyjkę filtrów radioaktywności, a Koordynator w ubraniu ochronnym stał nad studzienką dolnego piętra maszynowni. Automat zanurkował przez nią na dno i pracował dwa metry pod wodą przy rozgałęzieniach kabli.

Okazało się, że nawet po naprawie filtry mają zmniejszoną przepustowość wskutek wypadnięcia kilku sekcji, poradzili więc sobie tak, że przyspieszyli cyrkulację wody. Oczyszczanie jej posuwało się naprzód w warunkach raczej prymitywnych – Chemik badał stopień radioaktywnego skażenia, biorąc co dziesięć minut próbki ze zbiornika do analizy, bo samoczynny wskaźnik nie działał, a naprawienie go pochłonęłoby czas, którego nie mieli.

O trzeciej nad ranem woda była praktycznie oczyszczona. Zbiornik, z którego się wyrwała, pękł w trzech miejscach – bezwładność pchnęła go do przodu w legarach i uderzył czołową tarczą w jeden z głównych wręgów pancerza. Zamiast go spawać, dla pośpiechu przetłoczyli po prostu wodę do wierzchniego, pustego zbiornika – w normalnych warunkach takie asymetryczne rozmieszczenie ładunku było nie do pomyślenia, ale rakieta nie gotowała się na razie do drogi. Po odpompowaniu wody przedmuchali denne pomieszczenie sprężonym powietrzem. Na ścianach zostało nieco radioaktywnego osadu, ale machnęli nań ręką – nikt nie zamierzał na razie tam wchodzić. Przystąpili do najważniejszej czynności – otwarcia ciężarowej klapy. Kontrolne światła pokazywały pełną sprawność jej zamkowego mechanizmu, mimo to przy pierwszej próbie nie chciała się otworzyć.

Wahali się przez chwilę, czy nie wzmóc ciśnienia w hydraulikach – ale Inżynier zadecydował, że lepiej będzie zbadać ją z zewnątrz, wyszli więc na powierzchnię.

Niełatwo było dostać się do klapy, znajdowała się na spodzie kadłuba, teraz przeszło cztery metry nad ziemią. Naprędce zbudowali z metalowych ułomków rusztowanie – szło to już szybko, automat pospawał stalowe fragmenty – w niezgrabny, ale mocny pomost – i zaczęły się oględziny w świetle latarek i reflektora.

Niebo na wschodzie poszarzało, łuny nie było już widać, gwiazdy powoli bladły i grubokroplista rosa ściekała po wznoszących się nad nimi ceramitowych płytach kadłuba.

– Ciekawe – powiedział Fizyk – mechanizm gra – klapa wygląda jak złoto i ma tylko ten jeden mały błąd, że nie daje się otworzyć.

– Nie lubię cudów – dorzucił Cybernetyk. Uderzał rękojeścią pilnika w metal.

Inżynier nic nie powiedział. Był wściekły.

– Czekajcie – odezwał się Koordynator – a może starą, wypróbowaną przez pokolenia metodą?...

I podniósł ośmiokilowy młot, który leżał u jego stóp na rusztowaniu.

– Można opukać obrzeże – ale tylko raz – zgodził się po chwili wahania Inżynier. Nie lubił podobnych „metod".

Koordynator spojrzał z ukosa na czarny automat, który rysował się jak kanciasty pomnik w szarzyźnie świtu, podtrzymując piersią pomost, zważył w rękach młot, zamachnął się niezbyt mocno i uderzył. Bił miarowo, samym rozpędem wymachów, kując raz koło razu, pancerz odpowiadał tęgim, krótkim dźwiękiem, każde uderzenie trafiało kilka centymetrów dalej, było mu niewygodnie bić w górę, ale potrzebował fizycznego wysiłku, wtem seria miarowych odgłosów uległa zakłóceniu, wpadło w nią nowe, basowe stęknięcie, jakby się odezwała pod nimi sama ziemia. Młot obwisł w rękach Koordynatora. Usłyszeli przeciągły, narastający górą świst, potem tępy łomot, rusztowanie zadrgało konwulsyjnie.

– Na dół! – krzyknął Fizyk. Zeskakiwali jeden po drugim z rusztowania, tylko automat ani drgnął. Było już dobrze szaro. Równina i niebo miały barwę popiołu. Drugie mrukliwe stęknięcie, przenikający świst zdawał się ich nakrywać – odruchowo skulili się, wciągnęli głowy w ramiona – stali jeszcze pod osłoną wielkiego korpusu rakiety. Kilkaset metrów dalej grunt wytrysł pionowym gejzerem, towarzyszący temu odgłos był dziwnie słaby, stłumiony. Pobiegli do tunelu. Automat ruszył za nimi. Wskakiwali do środka. Koordynator i Inżynier zatrzymali się za osłoną ziemnego przedpiersia. Cały horyzont we wschodniej stronie stękał podziemnymi gromami, łoskot toczył się równiną, świst zwielokrotniał, spotężniał, że nie można już było rozróżnić w nim pojedynczych nut, niebo grało organowym pianiem, jakby stada niewidzialnych naddźwiękowców pikowały z zenitu prosto na nich, całe przedpole buchało krótkimi bryzgami piasku, ziemi, wytryski rysowały się prawie czarno na ołowianym tle nieba, ziemia drgała raz po raz, z przedpiersia staczały się drobniutkie okruchy i leciały na dno tunelu.

– Zupełnie normalna cywilizacja – usłyszeli dochodzący z głębi głos Fizyka. – Co?

– Same przeloty albo niedoloty – mruknął Inżynier. Koordynator nie mógł go usłyszeć, powietrze piało bez przerwy, piaski tryskały, ale fontanny nie podchodziły bliżej do rakiety. Stali tak, zanurzeni po ramiona, kilka długich minut, a nic się nie zmieniało. Gromowy pomruk na horyzoncie zlał się w jeden przeciągły, basowy, prawie niezmieniający się huk, ale wybuchów nie było dalej słychać – pociski padały prawie bezgłośnie, ziemia, wyrzucana z impetem, osypywała się, było już tak jasno, że widzieli jej niewielkie wybrzuszenia, jakby kretowiska otaczające miejsca trafień.

– Przynieście lornetę – krzyknął Koordynator, nachylając się w głąb tunelu.

Po chwili miał ją w ręku. Nic nie mówił do Inżyniera, dziwił się tylko coraz bardziej – zrazu myślał, że atakująca ich artyleria wstrzeliwuje się, ale pociski łożyły się wciąż tak samo. Wodził lornetą po okolicy i widział buchające ze wszystkich stron fontanny trafień, to bliższe, to dalsze, żadna nie zbliżała się do rakiety ani na dwieście metrów.

– Co tam?! Nieatomowe, co?! – dobiegło go przytłumione wołanie z wnętrza tunelu.

– Nie! Spokój! – odkrzyknął, wysilając głos. Inżynier przysunął twarz do jego ucha.

– Widzisz?! Same niewypały!!

– Widzę!!

– Okrążają nas ze wszystkich stron!!

Kiwnął powtórnie głową. Teraz Inżynier lornetował przedpole. Lada chwila miało wzejść słońce. Niebo, blade, jakby wymyte, napełniał rozwodniony błękit.

Nic nie poruszało się na równinie – poza pióropuszami trafień, które krzaczastym, rozsypującym się momentalnie i natychmiast znowu wstającym z ziemi kręgiem, niby dziwaczny, migający żywopłot, otaczały rakietę i wzgórze, z którego sterczała.

Koordynator zdecydował się naraz, wypełzł z tunelu i trzema susami wspiął się na szczyt pagórka, tu padł płasko na ziemię i spojrzał w przeciwną stronę, której nie mógł widzieć z tunelu. Obraz był taki sam – rozległy sierp trafień wyrastał kurzącymi i trzepoczącymi krzakami wybuchów.

Ktoś rzucił się obok niego z impetem na wyschły grunt – Inżynier. Leżeli głowa przy głowie, patrząc na to, co się działo, prawie już nie słyszeli bezustannego gromu pod widnokręgiem, który płynął żelaznymi falami, chwilami jak gdyby się oddalał – to był efekt wiatru obudzonego pierwszymi promieniami słońca.

– To nie są żadne niewypały! – krzyknął Inżynier.

– A co!?

– Nie wiem. Poczekajmy...

– Chodźmy do środka!

Zbiegli po stoku – choć pociski nie padały blisko, nie było to przyjemne, pod kopułą przeraźliwego wycia i świstu. Jeden za drugim skoczyli do włazu. Postawili w nim automat, a sami poszli do wnętrza statku, pociągając za sobą innych. W bibliotece, dokąd się udali, mało co było słychać, nawet drgań gruntu się nie czuło.

– Więc co? Chcą nas tak trzymać? Zagłodzić? – pytał Fizyk, zdumiony, kiedy powiedzieli wszystko, co zdołali dostrzec.

– Diabli wiedzą. Chciałbym zobaczyć z bliska taki pocisk – powiedział Inżynier. – Jeżeli zrobią przerwę, warto by skoczyć.

– Automat skoczy – powiedział chłodno Koordynator.

– Automat?! – prawie jęknął Cybernetyk.

– Nic mu się nie stanie, nie bój się.

Poczuli bardzo słabe, ale odmienne drgnięcie korpusu. Popatrzyli na siebie.

– Dostaliśmy! – krzyknął Chemik i zerwał się z miejsca.

– Przenoszą ogień?... – z wahaniem powiedział Koordynator. Pospieszył do tunelu. Na górze nic się z pozoru nie zmieniło. Horyzont huczał – ale pod rufą rakiety leżało na osłonecznionym piasku coś rozpryśniętego czarno, jak rozpękły worek śrutu. Usiłował odnaleźć miejsce, w którym dziwny pocisk roztrzaskał się o pancerz – ceramit nie nosił jednak najmniejszego śladu.

Zanim stojący z tyłu zdołali go powstrzymać, biegiem skoczył ku rufie i zaczął obiema rękami wrzucać do pustego futerału lornety rozpryśnięte szczątki. Były jeszcze ciepłe.

Wrócił ze zdobyczą i natychmiast wszyscy poczęli na niego krzyczeć, najgłośniej Chemik.

– Masz źle w głowie, wiesz! To może być radioaktywne!!

Pobiegli do wnętrza. Szczątki nie okazały się radioaktywne. Licznik impulsów, kiedy go do nich zbliżyli, milczał. Wyglądały bardzo osobliwie – ani śladu pancerza czy innej jakiejś grubej powłoki pocisku, po prostu mnóstwo nadzwyczaj drobnych grudek rozsypujących się w palcach na gruboziarniste, lśniące tłusto metalowe opiłki.

Fizyk wziął ten proch pod lupę, podniósł brwi, wyciągnął z szafki mikroskop, spojrzał i krzyknął.

– No! No?! – omal nie oderwali mu przemocą głowy od okularu.

– Posyłają nam zegarki... – słabym głosem powiedział Chemik, kiedy z kolei odjął oko od mikroskopu.

W polu widzenia leżały rozsypane rulonikami i łańcuszkami dziesiątki i setki malutkich zębatek, mimośrodów, sprężynek, pogiętych osiek – przesuwali mikroskopowy stolik, sypali pod obiektyw nowe próbki i wciąż widzieli to samo.

– Co to może być?! – krzyknął Inżynier. Fizyk biegał po bibliotece od ściany do ściany z rozburzonymi włosami, stawał, patrzał na nich błędnym wzrokiem i biegał dalej.

– Jakiś niesłychanie skomplikowany mechanizm – coś potwornego po prostu, w tym – Inżynier zważył w ręce garść metalicznego prochu – są chyba miliardy, jeśli nie biliony tych przeklętych kółeczek!! Chodźmy na górę – zdecydował nagle – zobaczymy, co się dzieje.

Kanonada trwała bez żadnych zmian. Automat naliczył od chwili swego przybycia na posterunek tysiąc sto dziewięć trafień.

– Spróbujemy teraz klapę – przypomniał sobie naraz Chemik, kiedy wrócili do rakiety. Cybernetyk siedział nad mikroskopem i przeglądał szczątki pocisku, porcję za porcją. Nie odpowiadał, kiedy do niego mówili.

Trudno było w samej rzeczy siedzieć i nic nie robić – udali się więc do maszynowni. Światełka kontrolne mechanizmu zamkowego wciąż płonęły. Inżynier poruszył tylko rękojeść i wskaźnik posłusznie drgnął – klapa ruszyła. Natychmiast zamknął ją i powiedział:

– W każdej chwili możemy wyjechać Obrońcą.

– Klapa zawiśnie w powietrzu – zauważył Fizyk.

– Nie szkodzi, zostanie najwyżej półtora metra do ziemi. Dla Obrońcy to nic. Przejedzie.

Na razie nie było jednak naglącej potrzeby wyruszenia, wrócili więc do biblioteki. Cybernetyk wciąż tkwił przy mikroskopie. Był jak w transie.

– Zostawcie go – może wpadnie na coś – powiedział Doktor.

– A teraz... musimy coś robić. Proponuję, żebyśmy zwyczajnie wzięli się do dalszego remontowania statku...

Wstali wolno z miejsc. Cóż innego pozostawało? Cała piątka spuściła się do sterowni, w której najwięcej jeszcze pozostało śladów zniszczeń. Przy rozrządzie sporo było mozolnej, niemal zegarmistrzowskiej dłubaniny, każdy obwód sprawdzali najpierw z otwartymi wyłącznikami, potem pod napięciem, co jakiś czas Koordynator wychodził na górę i wracał, milcząc. Nikt go już o nic nie pytał. W sterowni, zagłębionej piętnaście metrów pod ziemię, czuło się delikatne chwianie otaczającego gruntu. Tak minęło południe. Robota mimo wszystko się posuwała. Poszłaby dużo szybciej z pomocą automatu – ale posterunek obserwacyjny był nieodzowny. Do pierwszej narachował przeszło osiem tysięcy trafień.

Chociaż nikt nie był głodny, przyrządzili obiad i zjedli go – na siłę i dla zdrowia – jak oświadczył Doktor. Teraz mało już było z tym kłopotów i naczyń nie musieli myć, wrzucało się je po prostu do paszczy zmywaka. Dwanaście minut po drugiej drgania nagle ustały. Wszyscy rzucili natychmiast pracę i pobiegli tunelem na powierzchnię. Chmurka zasłaniała słońce, cała rozpalona złoto równina leżała w nagrzanej ciszy, delikatny pył, podniesiony wybuchami, opadał, panował martwy spokój.

– Koniec?... – powiedział niepewnie Fizyk. Głos jego zabrzmiał dziwnie mocno, w ciągu całych godzin przywykli do nieustającego huczenia.

Ostatnie trafienie zarejestrowane przez automat miało liczbę porządkową dziesięć tysięcy sześćset cztery.

Powoli wyszli z tunelu. Nic się nie działo. O dwieście kilkadziesiąt do trzystu metrów ciągnął się wokół rakiety pas rozoranego przemielonego gruntu, miejscami pojedyncze leje zlały się w ciągłe zapadliska.

Doktor wspiął się na przedpiersie.

– Jeszcze nie – wstrzymał go Inżynier. – Zaczekajmy.

– Jak długo?

– Co najmniej pół godziny, a lepiej i godzinę.

– Zapalniki z opóźnieniem? Przecież tam nie ma wybuchowych ładunków.

– Nie wiadomo.

Chmura zeszła ze słońca, zajaśniało. Stali i rozglądali się – wiatr prawie ustał, robiło się coraz goręcej. Koordynator pierwszy usłyszał szelest.

– Co to jest? – powiedział szeptem.

Nastawili uszu. Im też wydało się, że coś słyszą. Szelest był taki, jakby wiatr poruszał listkami krzaków. Ale w zasięgu spojrzenia nie było ani krzaków, ani liści, nic oprócz zrytego koliska piachu. Powietrze stało martwe, nagrzane, daleko, nad wydmami, dygotało od żaru. Szelest trwał.

– To stamtąd?...

– Tak.

Mówili szeptem. Dobiegał teraz równomiernie ze wszystkich stron – czy to przesypywał się tak piasek?

– Nie ma wiatru... – odezwał się cicho Chemik.

– Nie, to nie wiatr. To tam – gdzie te pociski...

– Pójdę tam.

– Oszalałeś?! A jeżeli to czasowe zapalniki? Chemik pobladł. Cofnął się, jakby chciał skoczyć do tunelu. Ale było tak jasno, panował taki bezruch – wszyscy stali – zacisnął zęby i pięści, został. Szelest trwał, miarowy, szybki, płynął zewsząd. Stali przygarbieni, z napiętymi mięśniami, bez drgnienia, jak w nieświadomym oczekiwaniu ciosu – to było tysiąc razy gorsze od kanonady! Słońce zawisło w zenicie, cienie kłębiastych chmur wolno sunęły równiną, chmury były spiętrzone, o płaskich podstawach, wyglądały jak białe wyspy.

Na horyzoncie nic się nie ruszało – wszędzie było tak pusto – nawet szare kielichy, których kreseczki wznosiły się przedtem niewyraźnie na tle odległych wydm – nawet one znikły! Teraz dopiero to spostrzegli.

– Patrzcie!

Krzyknął Fizyk. Wyciągniętą ręką pokazywał przed siebie. Ale to się stało prawie jednocześnie – ze wszystkich stron naraz. Można było patrzeć w każdą – widziało się to samo. Zryty lejami grunt drgnął. Poruszył się. Wysuwało się z niego coś iskrzącego w słońcu, wszędzie, gdzie padły pociski. Niemal równa, grzebieniasta linia błyszczących kiełków, gdzieniegdzie w czterech, czasem w pięciu, sześciu rzędach. Coś wyrastało z ziemi, tak szybko, że można było, wytężając wzrok, niemal widzieć postępowanie tego wzrostu.

Ktoś wybiegł pędem z tunelu, pognał, jakby ich nie widząc, przed siebie, ku wygiętej linii lustrzanych płomyków. Cybernetyk! Krzyknęli i pobiegli za nim.

– Wiem! – krzyczał. – Wiem!!

Padł na kolana przed szklistym wielorzędem kiełków. Wystawały już na palec z ziemi, u nasady grube jak pięść. Piasek delikatnie mrowił wokół każdego, w głębi coś drżało gorączkowo, krzątało się, pracowało. Słychać było jakby jednoczesne przesypywanie się miliardów najdelikatniejszych ziarenek.

– Mechaniczne plemniki!!! – krzyknął Cybernetyk. Rękami usiłował odkopywać grunt dokoła najbliższego kiełka. Nie szło mu to. Piasek był gorący. Poderwał ręce w górę. Ktoś pobiegł po łopaty, zabrali się do kopania, aż ziemia wylatywała w powietrze. Zmieszane z nią, zabłysły rozczłonkowane, długie, posplatane jak korzenie żyły lustrzanej masy. Była twarda, dźwięczała pod uderzeniami łopaty jak metal, gdy dół osiągnął metr głębokości, usiłowali wyrwać ten dziwny twór, ale nawet nie drgnął – tak był zrośnięty z innymi.

– Czarny!! – krzyknął chór głosów, jak z jednej piersi. Automat nadbiegł, piasek tryskał mu spod nóg.

– Wyrwij to!

Chwytne cęgi zamknęły się na grubych jak męskie ramię lustrzanych żyłach. Stalowy tors wyprężał się. Zobaczyli, jak jego stopy zaczynają wolno zapadać w grunt. Najcichsze granie, jakby do ostatka napiętej, wibrującej struny, dobywało się z kadłuba. Prostował się, grzęznąc.

– Puść!! – krzyknął Inżynier. Czarny wygramolił się ciężko z zarycia i znieruchomiał.

Oni też stali bez ruchu. Lustrzany żywopłot miał już prawie pół metra wysokości. U spodu – nad samą ziemią powoli nabiegał nieco ciemniejszą, mlecznobłękitną barwą, a górą wciąż rósł.

– To tak – powiedział spokojnie Koordynator.

- Tak.
- Chcą nas zamknąć?

Milczeli przez chwilę.

- Czy to nie jest jednak prymitywne – w końcu moglibyśmy teraz wyjść – powiedział Chemik.
- Zostawiając rakietę – odparł Koordynator. – Musiał ją sobie dobrze obejrzeć ten ich zwiad! Uważacie – wstrzelali się, prawie dokładnie, w tę bruzdę, którą wyryły ich tarcze!
- Rzeczywiście!
- Nieorganiczne plemniki – powiedział Cybernetyk. Uspokoił się. Otrzepał ręce z piasku i gliny. – Nieorganiczne ziarna – nasiona – rozumiecie? Zasadzili je – swoją artylerią!
- To nie jest metal – powiedział Chemik. – Czarny by go zgiął. To coś jak supranit albo ceramit z utwardzającą obróbką.
- Ależ nie, przecież to po prostu piasek! – zawołał Cybernetyk.
- Nie rozumiesz? One – to jest nieorganiczny metabolizm! Katalitycznie przemieniają piasek w jakąś wysokomolekularną pochodną krzemu – i tworzą z niej te żyły, tak jak rośliny wychwytują z gleby sole.
- Myślisz? – powiedział Chemik. Ukląkł, dotykał lśniącej powierzchni. Podniósł głowę.
- A gdyby trafiły na inny rodzaj gruntu? – spytał.
- Przystosowałyby się. Jestem tego pewien! Dlatego właśnie są tak piekielnie skomplikowane – ich zadaniem jest wytworzyć zawsze substancję jak najtwardszą, najoporniejszą ze wszystkich możliwych – z tego, co mają do dyspozycji.
- Och, jeżeli nic więcej – Obrońca wszystko ugryzie. I nie połamie sobie zębów – uśmiechnął się Inżynier.
- Czy oni nas zaatakowali? – powiedział cicho Doktor. Spojrzeli na niego ze zdziwieniem.
- A co to jest? Nie atak?
- Nie. Powiedziałbym raczej – próba obrony. Chcą nas izolować.
- Więc co? Mamy siedzieć i czekać, aż będziemy jak robaki pod kloszem?
- A po co wam Obrońca?

Zawahali się.

- Wody już nie potrzebujemy. Rakietę – prawdopodobnie – uda się wyremontować do tygodnia. Do dziesięciu dni, powiedzmy. Syntetyzatory atomowe ruszą w najbliższych godzinach. Nie przypuszczam, żeby to miał być klosz. Raczej – wysoki mur. Przegroda nie do przebycia dla nich, więc sądzą, że i dla nas także. Dzięki syntetyzatorom będziemy mieli żywność. Nie potrzebujemy od nich nic, a oni – chyba nie mogli wyraźniej – dać nam do zrozumienia, że sobie nas nie życzą... Słuchali jego słów nachmurzeni. Inżynier rozejrzał się. Lustrzane ostrza dochodziły mu już do kolan. Sczepiały się. Zrastały. Szelest był teraz tak silny, jak dobywające się spod ziemi brzęczenie setek niewidzialnych uli. Sine korzenie w dnie wykopu nabrzękły, grube prawie jak pnie.

– Proszę cię – przyprowadź tu dubelta – nieoczekiwanie powiedział Koordynator. Doktor popatrzał na niego, jakby nie dosłyszał.

– Teraz? Tu? Po co?

– Nie wiem. To znaczy... chciałbym, żebyś go przyprowadził. Dobrze?

Skinął głową i odszedł. Stali, milcząc w słońcu. Ukazał się Doktor. Nagi olbrzym wypełzł za nim z trudem z tunelu, przeskoczył przez wał ziemi, wydawał się ożywiony i jakby zadowolony – trzymał się blisko Doktora i gulgotał z cicha. Naraz jego płaska twarzyczka stężała, błękitne oko patrzało nieruchomo przed siebie, sapnął. Obrócił się całym kadłubem. Przeraźliwie zakwilił. Wielkimi susami dopadł lustrzanych zasieków, jakby chciał się na nie rzucić, gnał wzdłuż nich, sadząc pokracznie, obiegł dokoła całe kolisko, bezustannie jęcząc, wydawał dziwny, dudniący kaszel, pomknął do Doktora, zaczął szczypać węzełkowatymi paluszkami jego kombinezon na piersi, drapał elastyczny materiał, zaglądał w oczy, lał się z niego pot, pchnął Doktora, odskoczył, wrócił, nagle jeszcze raz rozejrzał się, wciągnął z nieprzyjemnym odgłosem mały tors do kadłuba i rzucił się w czarny otwór tunelu.

Przez sekundę widzieli jeszcze spłaszczone, drgające podeszwy jego stóp, kiedy wpełzał do wnętrza.

Ludzie milczeli dobrą chwilę.

– Spodziewałeś się tego? – spytał Doktor Koordynatora.

– Nie... nie wiem. Naprawdę. Myślałem tylko, że być może – to nie jest mu obce. Oczekiwałem jakiejś reakcji. Niezrozumiałej, powiedzmy. Takiej – nie...

– Czy to ma znaczyć, że ona jest zrozumiała? – mruknął Fizyk.

– W pewnym sensie tak – odparł Doktor. – On to zna. W każdym razie – zna coś podobnego – i boi się tego. Jest to dla niego jakieś straszne, zapewne – śmiertelnie niebezpieczne zjawisko.

– Egzekucja... *modo* Eden? – podpowiedział z cicha Chemik.

– Nie wiem. W każdym razie wskazywałoby to, że używają tego „żywego muru" nie tylko wobec planetarnych przybyszów. Można go zresztą zasadzić i bez artylerii.

– A może on po prostu boi się wszystkiego, co błyszczy? – powiedział Fizyk. – Proste skojarzenie. To by wyjaśniło także historię z tym lustrzanym pasem.

– Nie, pokazywałem mu lustro; ani się nie bał, ani się nim nie interesował – powiedział Doktor.

– A zatem on nie jest ani taki głupi, ani niedorozwinięty – rzucił Fizyk. Stał tuż przy szklistych zasiekach, dochodziły mu do pasa.

– Ostrzelany pies boi się karabinu.

– Słuchajcie – powiedział Koordynator – zdaje mi się, że to martwy punkt. Jesteśmy w kropce. Co począć dalej? Remonty – remontami, to rozumie się samo przez się, ale chciałbym...

– Nowa ekspedycja? – podpowiedział Doktor. Inżynier uśmiechnął się niewesoło.

– Tak? Ja zawsze z tobą. Dokąd? Do miasta?

– To oznaczałoby pewne starcie – szybko rzucił Doktor. – Bo nie przejedziesz inaczej jak Obrońcą. A na szczeblu cywilizacji, którą zdołaliśmy osiągnąć wspólnym wysiłkiem – mając pod ręką wyrzutnię antyprotonów, ani się obejrzysz, jak zaczniesz strzelać. Powinniśmy unikać walki za wszelką cenę. Wojna jest najgorszym sposobem gromadzenia wiedzy o obcej kulturze.

– Wcale nie myślałem o wojnie – odparł Koordynator. – Obrońca jest właśnie doskonałym ukryciem, bo tak wiele może wytrzymać. Wszystko zdaje się wskazywać na to, że ludność Edenu jest głęboko rozwarstwiona – i że z warstwą, która podejmuje rozumne działania, nie mogliśmy dotąd nawiązać kontaktu. Rozumiem, że wypad w stronę miasta gotowi potraktować jako przeciwuderzenie. Został nam jednak niezbadany kierunek zachodni. Dwóch ludzi całkowicie wystarczy do obsługi wozu, reszta może zostać i pracować w rakiecie.

– Ty i Inżynier?

– Niekoniecznie. Ale możemy pojechać z Henrykiem, jeśli chcesz.

– W takim razie będę potrzebował kogoś trzeciego obznajomionego z Obrońcą – powiedział Inżynier.

– Kto chce jechać?

Chcieli wszyscy. Koordynator uśmiechnął się mimo woli.

– Ledwo armaty przestają huczeć, jad ciekawości ich zżera – zadeklamował.

– No to jedziemy – oświadczył Inżynier. – Doktor chce oczywiście być z nami jako przedstawiciel rozsądku i łagodności. Doskonale. Dobrze, że zostajesz – mówił do Koordynatora – bo znasz kolejność robót. Najlepiej postawcie od razu Czarnego nad jednym ciężarowcem, ale nie zaczynajcie wykopów pod rakietą, dopóki nie wrócimy. Chciałbym sprawdzić jeszcze statyczne obliczenia.

– Jako przedstawiciel rozsądku chciałbym spytać, jaki jest cel tej wyprawy? – powiedział Doktor. – Otwierając sobie drogę, wstępujemy w fazę konfliktu, czy chcemy tego, czy nie.

– Podaj kontrpropozycję – odparł Inżynier. Stali w cichym, śpiewnym nieomal szumie rosnącego żywopłotu, który rychło miał już wyróść im ponad głowy. Słońce rozłamywało się na białe i tęczujące iskry w jego żylastych splotach.

– Nie mam żadnej – wyznał Doktor. – Wypadki nieustannie wyprzedzają nas, a dotychczas wszystkie ułożone z góry plany zawodziły. Może najrozsądniejsze byłoby powstrzymanie się od jakiegokolwiek wypadu. Za kilka dni rakieta będzie zdolna do lotu – okrążając planetę na małej wysokości, będziemy mogli być może dowiedzieć się więcej i swobodniej niż teraz.

– Nie wierzysz w to chyba – zaoponował Inżynier. – Jeżeli nie możemy dowiedzieć się niczego, badając wszystko z bliska, cóż powie nam lot na ponadatmosferycznej wysokości? A rozsądek, mój Boże... Gdyby ludzie byli rozsądni, nie znaleźlibyśmy się tu nigdy. Cóż rozsądnego jest w rakietach, które lecą do gwiazd?

– Demagogia – mruknął Doktor. – Wiedziałem, że was nie przekonam – dodał. Poszedł powoli wzdłuż szklistej przeszkody.

Tamci wracali ku rakiecie.

– Nie licz na sensacyjne odkrycia – przypuszczam, że na zachód ciągnie się teren podobny do tego tutaj – powiedział Koordynator do Inżyniera.

– Skąd wiesz?

– Nie mogliśmy upaść akurat w środku pustynnej plamy. Na północy – fabryka, na wschodzie – miasto, na południu – pogórze z „osiedlem" w kotlinie – najprawdopodobniej siedzimy zatem na skraju pustynnego języka, który rozszerza się ku zachodowi.

– Możliwe. Zobaczymy.

X

Kilka minut po czwartej spodnia klapa ciężarowa drgnęła i opuściła się wolno w dół jak szczęka żarłacza. Znieruchomiała skośnym pomostem w powietrzu – do ziemi brakowało od jej brzegu więcej niż metr. Zgromadzeni pod rakietą stali po obu stronach włazu z zadartymi głowami. W ziejącym wnętrzu ukazały się najpierw szeroko rozstawione gąsienice, z narastającym pomrukiem sunęły prosto, jakby wielka maszyna chciała skoczyć w powietrze, przez mgnienie widzieli jeszcze szarożółty spód, nagle ten ogrom nad ich głowami chybnął się, gwałtownie przechylił się w przód, uderzył obiema gąsienicami w zwisający pomost, aż gruchnęło, zjechał po nim w dół, przekroczył metrowy rozziew, złapał przodami gąsienic grunt, szarpnął go, przez ułamek sekundy zdawało się, że obie z wolna mielące wstęgi profilowanych płytek staną, ale targnęło i unosząc do poziomu swój spłaszczony łeb, Obrońca pojechał kilkanaście metrów po równym, aż zamarł ze śpiewnym pomrukiem.

– No, a teraz, kochani – Inżynier wystawił głowę przez mały tylny właz – chowajcie się do rakiety, bo będzie gorąco, i nie wyłaźcie, aż za jakieś pół godziny. A najlepiej wyślijcie przedtem Czarnego, niech zbada szczątkową radioaktywność.

Klapa zamknęła się. Trzej ludzie weszli do tunelu i zabrali ze sobą automat. Wnet w wylocie tunelu pokazała się wypchnięta od środka tarcza, która szczelnie wypełniła cały otwór. Obrońca nie ruszał się – wewnątrz Inżynier przecierał ekrany, sprawdzał wskazania zegarów, aż powiedział spokojnie:

– Zaczynamy.

Krótki i cienki, z góry i z dołu ujęty walcowatymi zgrubieniami ryj Obrońcy zaczął pomału sunąć na zachód.

Inżynier naprowadził zbite szkliwo żywopłotu na skrzyżowanie czarnych nitek, zerknął w bok, łowiąc położenie trzech tarczek – białej, czerwonej i niebieskiej – i nacisnął nogą pedał.

Ekran przez ułamek sekundy był czarny jak zasypany sadzą, zarazem powietrze z dziwnym odgłosem, jakby jakiś gigant powiedział, wciskając usta w ziemię, „UMPF!" – uderzyło w Obrońcę, aż się zakołysał. Ekran znowu pojaśniał.

Płomienisty obłok rozprężał się kuliście na wszystkie strony, powietrze falowało wokół niego gwałtownie jak płynne szkło. Lustrzany żywopłot znikł na przestrzeni dziesięciu metrów, z zapadliska o wywiniętych, wiśniowo rozżarzonych brzegach biła para. Piasek w odległości kilkunastu kroków zeszklił się po wierzchu i sypał w słońcu iskrami. Na Obrońcę padł polatujący, nieważki prawie, biały popiół.

Dałem troszkę za dużo – pomyślał Inżynier, ale powiedział tylko: – Wszystko w porządku, jedziemy. – Przysadzisty kadłub drgnął i dziwnie lekko potoczył się ku wyrwie. Ledwie się zahuśtali, przejeżdżając przez nią, na dnie tężała odrobina płomienistej cieczy – roztopiona krzemionka.

Właściwie jesteśmy barbarzyńcami – przemknęło Doktorowi przez głowę. – I co ja tu robię?...

Inżynier poprawił kierunek i przyspieszył. Obrońca sunął jak po autostradzie, wewnętrzna, miękka powierzchnia gąsienic cichutko mlaskała na prowadzących rolkach. Robili prawie sześćdziesiąt kilometrów na godzinę, wcale tego nie czując.

– Można otworzyć? – spytał Doktor. Siedział nisko w małym fotelu, nad ramieniem miał ekran, wypukły, podobny do okrętowego iluminatora.

– Oczywiście, że można – zgodził się Inżynier – tylko...

Uruchomił sprężarkę. Z wieńca u obsady wieżyczki trysnął ostrymi jak igły strumykami bezbarwny roztwór, spłukując z pancerza resztki radioaktywnego popiołu. Potem zrobiło się jasno – pancerny łeb otwarł się, jego wierzch zesunął się do tyłu, boki zapadły w głąb kadłuba – i jechali osłonięci już tylko biegnącą dokoła siedzeń grubą, wygiętą szybą, przez otwarty wierzch wpadł wiatr i rozburzył im włosy.

– Coś mi się zdaje, że Koordynator miał rację – mruknął po jakimś czasie Chemik. Krajobraz nie zmieniał się, płynęli przez morze piasków, ciężki pojazd kołysał się łagodnie, ciągnąc w poprzek płetwowato wygarbionych wydm wciąż w takim samym rytmie. Inżynier zwiększył szybkość, ale wtedy zaczęło nimi rzucać, gąsienice gwizdały przeraźliwie, przód skakał z jednej wydmy prosto w szczyt następnej, zarywał się na mgnienie, wyrzucał ciężkie chmury piachu, parę razy sypnęło aż do środka. Przy pięćdziesięciu kilometrach nadmierne kołysanie ustało. Jechali tak z górą dwie godziny.

– Tak, on miał chyba słuszność – powiedział Inżynier i nieznacznie zmienił kurs z zachodniego na południowo-zachodni.

Następna godzina jazdy nie przyniosła żadnych zmian i jeszcze raz skręcili, jadąc już wyraźnie ku południo-zachodowi. Przemierzyli dotąd sto czterdzieści kilometrów.

Barwa piasku stawała się powoli inna – z niemal białego, bardzo sypkiego, który wstawał za nimi długim, pokłębionym warkoczem, stał się czerwonawy i cięższy, nie kurzył już tak, i wyrzucany gąsienicami w górę zaraz opadał. Także wydmy stały rzadziej od siebie i były coraz niższe. Od czasu do czasu mijali sterczące badyle całkowicie zasypanych krzaków. W oddali pojawiły się niewyraźne, małe plamki, leżały nieco z boku od kierunku jazdy. Inżynier skręcił ku nim. Rosły szybko, po kilku minutach dostrzegli już wznoszące się z piasku pionowe płyty podobne do stojących samotnie obłomków muru czy ścian. Zwolnili, wjeżdżając w wąskie przejście, z obu stron stały nachylone pod kątem narożniki murów zżarte erozją. Wielki, kamienny kloc leżał pośrodku i zagradzał drogę. Obrońca uniósł łeb, przejechał bez trudu przez przeszkodę, znaleźli się jak gdyby w ciasnej uliczce – poprzez szczerby i prześwity między niedomykającymi się płytami widać było dalsze fragmenty ruin, wszystkie nadgryzione głęboko poziomymi warstwicami erozji. Z osady kamiennych gruzów wyjechali na wolną przestrzeń. Znowu pojawiły się wydmy, ale były zbite, jakby sprasowane, i nie wstawał z nich kurz. Teren powoli się nachylał, jechali w dół łagodnym zboczem, daleko, niżej, widniały tępe, maczugowate skałki i znowu białawe kontury ruin.

Pochyłość się skończyła, po jej dnie usianym plamistymi głazami wjechali na przeciwstok rozpostarty aż po horyzont, gąsienice nie zagłębiały się już wcale, grunt był zbity, pojawiły się pierwsze, plackowate kępy groniastych zarośli, prawie czarnych, tylko pod niskie słońce prześwitywały wiśniowym kolorem, jakby liściaste pęcherzyki wypełniała krew. Jeszcze dalej ku południo-zachodowi zarośla podwyższyły się, gdzieniegdzie zamykały drogę. Obrońca parł przez nie zanurzony do połowy gąsienic, prawie nie zmniejszał szybkości, wydawał przy tym głuchy, nieprzyjemny trzask, odgłosy tysięcy pękających bąbelków, z których tryskała lepka, ciemna maź plamiąca ceramitowe płyty, rychło cały korpus aż po wieżyczkę opryskany był jakby rudobrunatną farbą.

Byli na dwóchsetnym kilometrze, słońce dotykało już zachodniego horyzontu, długi, wyolbrzymiony cień pojazdu falował, wyginał się i rozciągał coraz bardziej. Naraz okropnie zazgrzytało pod Obrońcą, który na moment uniósł się lekko i zapadł w coś rozpryskującego się z przeciągłym chrzęstem. Inżynier zahamował, ale ujechali jeszcze kilkanaście metrów, zanim wóz stanął. W szerokiej, wytorowanej w gąszczu koleinie za sobą ujrzeli zgniecione ciężarem Obrońcy kawały rdzawej konstrukcji przemieszane z poszarpanymi szczątkami krzaków. Pojechali dalej – i znowu trafili, tym razem jedną gąsienicą, na zrosłe po wierzchu brodawczastymi krzakami łachmany kratownic, wygiętych, ażurowych ramion, płaty dziurawych blach – Obrońca roznosił to wszystko na kawałki gąsienicami, ugniatał z mazią cieknącą z pękających gron na zgrzytające ciasto, po jakimś czasie mur zarośli stał się jeszcze wyższy, wstrętny chrobot i pisk pordzewiałego żelastwa ustał, naraz czarniawe, tłukące w pancerz łodygi z brodawczakowatymi zgrubieniami rozsunęły się na obie strony – wjechali w głąb szerokiej na kilkanaście metrów przecinki, po drugiej stronie ciemniała taka sama ściana gąszczu jak ta, przez którą się przedarli. Inżynier zakręcił na miejscu i pojechali opadającą w dół niczym leśna droga przecinką, jej gliniaste dno było ubite, pokrywały je iłowate zacieki wskazujące, że niekiedy płynęła tędy woda.

Przecinka nie biegła prosto, czasem połowa wielkiej, szkarłatnie rozpalonej tarczy słonecznej stawała naprzeciw przodu maszyny, rażąc ich, czasem na zakrętach kryła się i tylko krwawymi łyśnięciami rozdzierała atramentowy gąszcz, który uchodził w górę na dwa i trzy metry, zbity, droga zwężała się, zarazem pochyłość rosła, naraz ujrzeli całą ogromną tarczę zachodzącego słońca, przed nią rozpościerała się kilkaset metrów niżej wielka, różnobarwna przestrzeń. W głębi płonęła powierzchnia wody, odbijając słoneczną czerwień. Brzeg jeziora, nierówny, pokryty plamami ciemnych zarośli, ukazywał sztuczne umocnienia, maszyny na rozstawionych nogach, bliżej, prawie pod samym stokiem urwiska, na którego krawędzi zatrzymał się gwałtownie Obrońca, nieregularną mozaiką rozchodziły się wzdłuż jasnych smug zabudowania, szeregi pionowych, ostro lśniących masztów, nie większych od zapałek, na dole panował ożywiony ruch, w różne strony pełzły kolumny szarych, białawych i brunatnych punkcików, mieszały się z sobą, gdzieniegdzie tworzyły koncentryczne skupiska i znów rozchodziły się wydłużonymi sznureczkami, a przy tym cały ten gęsto zamieszkany teren nieustannie błyskał drobnymi iskrami, jak gdyby w dziesiątkach domów mieszkańcy nieznużenie zamykali i otwierali okna świecące szybami w blaskach słońca. Doktor wydał okrzyk zachwytu.

– Henryku, to ci się udało! Nareszcie coś normalnego, zwyczajne życie, i jaki punkt obserwacyjny!!

Mówiąc to, przekładał już nogi przez obrzeże otwartej wieżyczki. Inżynier zatrzymał go.

– Czekaj no, widzisz słońce? Zajdzie za jakieś pięć minut i nic już nie zobaczymy. Musimy sfilmować całą tę panoramę, i to z wielkim przyspieszeniem, inaczej nie uda się nam zdążyć.

Chemik wyciągał już spod foteli kamery, pomogli mu szybko założyć największy teleobiektyw, podobny do rury garłacza, dla pośpiechu ciskali statywy na ziemię, Inżynier rozwinął tymczasem splot nylonowej liny, zahaczył koniec u brzegu wieżyczki, resztę zwojów cisnął ponad przodem Obrońcy i zeskoczył na dół.

Tamci dwaj podnosili już statywy, biegli na skraj obrywu, dogonił ich z oboma końcami liny w ręku, ściągnął ją i zamocował po karabinku u pasa każdego.

– W zachłanności jeszcze byście zlecieli! – powiedział. Tarcza słoneczna opuszczała się w gorejące wody jeziora, kiedy ustawili kamerę, rozległ się pospieszny szmer mechanizmu i wielki obiektyw spojrzał w dół. Doktor ukląkł, podtrzymując przednie nogi statywu, którym groziło osunięcie się w przepaść. Chemik przyłożył oko do celownika, skrzywił się.

- Fatalnie oślepia! – krzyknął. – Daj blendy!!

Inżynier pognał pod górę, przyniósł po chwili największą osłonę przeciwsłoneczną i znowu zaczęli kręcić z największym pośpiechem. Tarcza do połowy tkwiła już za horyzontem. Inżynier, oburącz trzymając prowadnice, wodził miarowo kamerą w lewo i prawo, Chemik chwilami wstrzymywał ten ruch, nastawiał obiektyw na miejsca, w których w małym polu widzenia celownika dostrzegał zagęszczoną cyrkulację plamek i kształtów, poruszał transfokatorem, zmieniał ogniskową, Doktor wciąż klęczał, kamera cichutko mruczała, taśma leciała z bębnów, jedna się skończyła, zmienili szpule, jakby się paliło, szła już druga. Ledwo kawałek tarczy słonecznej stał nad ciemniejącą wodą, kiedy obiektyw całkowicie opuścił się w dół, na największe skupisko ruchu. Doktor wychylony prawie do połowy ciała wisiał na napiętej linie – inaczej nie dałoby się zrobić zdjęcia – widział pod sobą gwałtownie lecące w dół rudawe fałdy gliniastej ściany oświetlone coraz to bledszą czerwienią. Przy ostatnich metrach drugiej szpuli czerwony dysk zgasł, niebo było jeszcze pełne blasku, ale równinę i jezioro okrył szaroniebieski cień – poza wybłyskami światełek nic już nie było tam widać.

Doktor wstał, chwytając się liny. Nieśli kamerę we trzech, ostrożnie, jak skarb.

- Myślisz, że się udały? – spytał Chemik Inżyniera.

- Przynajmniej część. Trochę taśmy mogło się prześwietlić. Przekonamy się na statku. Ostatecznie zawsze można tu wrócić.

Załadowali kamerę, szpule i statywy do środka i raz jeszcze wrócili na skraj urwiska. Teraz dopiero spostrzegli, że na wschodzie brzeg jeziora spiętrza się stromo, przechodząc w głębi krajobrazu w nieregularny, skalny mur, na szczytach oświetlony ostatnim różowym odblaskiem. Nad nim, daleko, biła w błękit z pierwszymi gwiazdami brunatna kolumna dymu – jej grzybiasto wypuszczony szczyt trwał chwilę nieruchomo i zapadł się poza górską barierę, znikając im z oczu.

- A, to tam jest ta dolina – zawołał Chemik do Doktora. Znowu spojrzeli w dół. Korowody białych i zielonkawych iskier pełzły powoli w różne strony wzdłuż brzegów jeziora, zakręcały, zlewały się w pełgające nierówno strumyczki, miejscami gasły, pojawiały się inne, większe, powoli robiło się tam coraz ciemniej i liczba świateł rosła. Nad nimi szumiał spokojnie wysoki gąszcz, całkiem czarny, odwrócili się niechętnie, tak piękny był widok, unieśli w oczach obraz jeziora z odbiciem silnych, mlecznych gwiazd.

Podchodząc po ilastym dnie przecinki, Doktor spytał Chemika:

– Co widziałeś?

Ten uśmiechnął się ze zmieszaniem.

– Nic. Nie myślałem w ogóle o tym, co widzę – starałem się tylko cały czas utrzymać ostrość, a Henryk tak szybko jechał w jedną i drugą stronę, że w ogóle w niczym nie mogłem się zorientować.

– To nie szkodzi – powiedział Inżynier i oparł się na wyziębłym pancerzu Obrońcy – robiliśmy dwieście zdjęć na sekundę, wszystko, co tam było, zobaczymy po wywołaniu – a teraz wracamy!

– Zupełnie sielska wyprawa – mruknął Doktor. Wspięli się na górę. Inżynier przesunął przezierniki teleekranu w tył i włączył wsteczny bieg. Jakiś czas jechali pod górę, cofając się, w szerszym miejscu nawrócili i pomknęli już prosto na północ.

– Nie będziemy wracać tą samą drogą – powiedział Inżynier – nadłożylibyśmy niepotrzebnie ze sto kilometrów. Pociągnę przecinką, jak długo się da, i będziemy na miejscu za dwie godziny.

XI

Droga kręciła. Pochyłość była nieco mniejsza, ściany gąszczu zaciskały niekiedy Obrońcę, słyszeli uderzenia łodyg o szklistą obudowę wieżyczki, od czasu do czasu groniasty strąk spadał na kolana Chemika czy Doktora. Ten ostatni podniósł nierozwiniętą kiść do nosa – i zdziwił się.

– To ma bardzo miły zapach – powiedział.

Byli w doskonałych humorach. Roziskrzone niebo nabierało plastyczności i głębi, wąż Drogi Mlecznej tlał bryłowato, powiewy wiatru przeczesywały gęstwinę ze słabym szelestem, Obrońca toczył się miękko, wydając ledwo słyszalne śpiewne mruczenie.

– Ciekawa rzecz, że na Edenie nie ma żadnych macek – zauważył Doktor. – We wszystkich książkach, jakie kiedykolwiek czytałem, na innych planetach jest zawsze pełno macek, które się wiją i duszą.

– A ich mieszkańcy mają po sześć palców – dodał Chemik. – Prawie zawsze sześć. Nie wiesz przypadkiem czemu?

– Sześć to liczba mistyczna – odparł Doktor. – Dwa razy trzy jest sześć, a do trzech razy sztuka.

– Przestań pleść, bo zgubię drogę – powiedział Inżynier, który siedział wyżej. Nie mógł się wciąż zdecydować, żeby włączyć światła, chociaż prawie nic już nie widział, ale noc była niezwykle piękna, a wiedział, że wrażenie to pryśnie, gdy zapali reflektory. Na radar także nie chciało mu się jechać – pierwej musiałby zamknąć wieżyczkę. Ledwo dostrzegał własne ręce na sterze, tylko wskaźniki i zegary na tablicach przed nim i niżej, w głębi pojazdu, tlały bladym seledynem i różem, a strzałki wskaźników atomowych drgały delikatnie pomarańczowymi gwiazdkami.

– Czy możesz połączyć się z rakietą? – spytał Doktor.

– Nie – powiedział Inżynier. – Tutaj nie ma strefy Heaviside'a – a właściwie jest, ale dziurawa jak rzeszoto. Mowy nie ma o łączności na krótkich falach, a na zainstalowanie innego nadajnika nie mieliśmy czasu. Wiesz przecież.

Niebawem gąsienice zagrzechotały, wóz zakołysał się, Inżynier włączył na chwilę światła i zobaczył, że jadą po głazach, białych, zaokrąglonych, a wysoko nad zaroślami zamajaczyły fantastyczne kształty wapiennych iglic. Jechali wyschłym dnem wąwozu.

To mu się trochę nie spodobało, bo nie wiedział, dokąd ich ta droga zaprowadzi, a tak stromych ścian nie sforsowałby nawet Obrońca. Jechali dalej, kamieni było coraz więcej, zarośla stały już pojedynczymi kępami, czarne, w światłach reflektorów droga wiła się, szła najpierw pod górę, potem prawie po równym, skałki z jednej strony stały się niższe, wreszcie znikły całkiem i znaleźli się na łagodnie pochylonej łące, u góry obramionej wapiennymi progami; szły od nich niewielkie, piarżyste żlebiki. Między głazami wiły się przy ziemi długie, zielonosrebrne w świetle kręte łodygi.

Już koło kwadransa jechali z nadmiernym północno-wschodnim odchyleniem i czas było wracać na właściwy kierunek, ale nie pozwalała na to wapienna grzęda, wzdłuż której sunął Obrońca.

– Mieliśmy jednak szczęście – ni stąd, ni zowąd powiedział Chemik – mogliśmy spaść choćby do jeziora albo trafić na skały – wątpię, czybyśmy się wykaraskali.

– To racja – odparł Inżynier i dodał – czekajcie no...

Drogę zagradzało coś kosmatego, jak gdyby siatka z długimi, włosianymi frędzlami. Obrońca podjechał wolno do tej przegrody, utknął w niej przodem, Inżynier nacisnął łagodnie akcelerator i z cichym szarpnięciem dziwaczna sieć rozdarła się i znikła wgnieciona w grunt gąsienicami. Światła wychwyciły z mroku wysokie, czarne kształty, cały ich las, jakby skamieniałego wojska w rozwiniętym szyku, pojawił się przed maszyną, omal nie najechali na spiczasty postument. Zapłonął wielki, środkowy reflektor, liznął czarną kolumnę, pojechał po niej w górę.

Był to nadludzkiej wielkości posąg, w którym przy pewnym wysiłku można było rozpoznać tors dubelta – tylko mały jego tors, powiększony do ogromnych rozmiarów. Miał skrzyżowane, w górę wzniesione ręce, płaską, prawie zaklęsłą twarz z czterema regularnymi jamami, więc inną niż te, które znali, i kłonił się w bok, jak gdyby patrzał na nich z wysokości poczwórnymi oczodołami. Wrażenie było tak wielkie, że długą chwilę nikt się nie odzywał, potem język reflektora opuścił posąg, śmignął poziomo w głąb ciemności, uderzając w inne postumenty, jedne wysokie i wąskie, inne niskie, wznosiły się na nich torsy czarne; plamiste, gdzieniegdzie stał mlecznobiały, jakby wyrzeźbiony z kości, wszystkie twarze miały czworo oczu, niektóre były dziwnie zdeformowane, jakby obrzękłe, z ogromnym wałem czoła, a jeszcze dalej, chyba o dwieście metrów od miejsca, w którym zatrzymał się Obrońca, biegł mur, wystawały zeń w górę rozłożone, splecione albo skrzyżowane ręce nadnaturalnej wielkości – wszystkie zdawały się wskazywać rozmaite strony gwiaździstego nieba.

– To... to jakby cmentarz – powiedział Chemik, zniżając głos do szeptu.

Doktor wyłaził już na tylny pancerz, Chemik pospieszył za nim. Inżynier zwrócił stożek reflektora w drugą stronę, tam, gdzie przedtem sterczała wapienna bariera – zamiast niej ujrzał rzadki szpaler figur o urzeźbieniu zatartym, jakby spłukanym, były to zawiłe sploty kształtów, w których wzrok gubił się bezsilnie, już, już zdawał się dostrzegać coś znajomego i znowu całość wymykała się zrozumieniu.

Chemik i Doktor szli powoli między posągami, Inżynier przyświecał im z wieżyczki, od dłuższej chwili zdawało mu się, że słyszy daleki, płaczliwy jazgot, ale pochłonięty niezwykłym widokiem nie zwracał uwagi na owe odgłosy, tak słabe i niewyraźne, że nie mógł sobie uświadomić, skąd płyną.

Reflektor poszybował nad głowami idących, wyłuskując dalsze i dalsze figury – wtem, zupełnie blisko, rozległ się jadowity syk, spomiędzy szpaleru posągów popłynęły z wolna rozwiewające się szare kłęby, a przez nie, skacząc, z przeciągłym jękiem, kaszlem, kwileniem, gnała czereda dubeltów. Jakieś szmaty, strzępy powiewały nad nimi, kiedy pędziły na oślep, potrącając się i zderzając.

Inżynier rzucił się w siedzenie, chwycił dźwignie, chciał jechać ku swoim – to była jego pierwsza myśl, widział sto kroków dalej, u końca zarosłej alejki, blade w świetle twarze Doktora i Chemika, którzy patrzyli z osłupieniem na pędzące postacie – nie mógł jednak ruszyć, bo uciekinierzy nie zważali wcale na maszynę, przebiegali tuż przed nią, kilka wielkich ciał padło, przeraźliwe syczenie było tuż, zdawało się płynąć spod ziemi.

Spomiędzy najbliższych postumentów rozjaśnionych reflektorami Obrońcy wypełzł gibki, kilka centymetrów nad ziemią sunący wylot rury, z której tryskał strumień gotującej się w powietrzu piany. Ochlapując podłoże, zaczynała gwałtownie dymić i powlekała otoczenie mglistą szarością.

Kiedy pierwsza fala szarej mgły owionęła wieżyczkę, Inżynier poczuł, że jak gdyby tysiące kolców rozdziera mu płuca. Oślepiony, ze strumieniami łez cieknących po twarzy, wydał głuchy okrzyk i dusząc się, łkając od okrutnego bólu, nacisnął gwałtownie akcelerator. Obrońca skoczył naprzód jak wystrzelony, obalił czarny posąg, wdarł się nań w okamgnieniu i przetoczył po nim, rycząc. Inżynier nie mógł oddychać, potworny ból łamał go we dwoje, ale nie zamykał wieżyczki, wiedział, że musi pierwej zabrać tamtych, jechał dalej, oślepionymi oczami ledwo widział walące się z łoskotem posągi, które tratował Obrońca, powietrze stało się czystsze, posłyszał raczej, niż dostrzegł, jak Chemik i Doktor wyskakują z gąszczu i wdzierają się na pancerz, chciał krzyknąć „właźcie", ale tylko charkot dobył się z jego spalonej krtani. Tamci, zanosząc się od kaszlu, skoczyli do środka. Po omacku nacisnął dźwignię, metalowa kopuła zamknęła się nad nimi, ale rwąca gardło mgła wisiała jeszcze wewnątrz. Jęczał, ostatkiem sił mocował się z uchwytem stalowego przewodu, tlen aż huknął, wylatując nagle pod wysokim ciśnieniem z reduktora, poczuł na twarzy jego uderzenie, gaz był tak sprężony, że jak gdyby pięść raził go między oczy.

Nie dbał o to zatopiony w ożywczym strumieniu, tamci przewiesili mu się przez ramiona i dyszeli gwałtownie. Filtry pracowały, tlen wypierał trującą mgłę, przejrzeli, wciąż dysząc, czuli dotkliwy ból w piersiach, każdy łyk powietrza zdawał się spływać po obnażonych ranach tchawicy, ale uczucie to mijało, upłynęło zaledwie kilkanaście sekund od zamknięcia wieży, kiedy Inżynier przejrzał na dobre. Włączył ekran.

Między podstawami trójkątnych postumentów, w bocznej alejce, do której nie dojechali, drgało jeszcze kilka rozpłaszczonych ciał, większość nie poruszała się wcale, pomieszane rączki, małe torsy, głowy to znikały, to pojawiały się spoza płynących ospale szarych kłębów. Inżynier włączył zewnętrzny nasłuch – coraz słabsze i dalsze pokaszliwania, skowyty, coś zatupotało z tyłu, chór porozrywanych, zdartych głosów buchnął raz jeszcze w stronie splecionych białych figur, ale tam nic nie było widać oprócz jednolitego falowania szarej mgły. Inżynier upewnił się, że wieżyczka jest hermetyczna, i z zaciśniętymi szczękami poruszył kierownicze rękojeści. Obrońca powoli obracał się na miejscu, gąsienice jazgotały na kamiennych szczątkach, trzy snopy reflektorów usiłowały przedrzeć chmurę, ruszył obok rozbitych posągów, szukając owego syczącego wylotu – domyślał się go po tryskającej w górę i na boki pianie jakieś dziesięć metrów dalej, chwiejna fala dymu zatapiała już wzniesione ręce następnej figury.

– Nie! – krzyknął Doktor. – Nie strzelaj! Tam mogą być żywi!!

Było za późno. Ekran sczerniał na ułamek sekundy, Obrońca skoczył w górę, jakby podrzucony potworną pięścią, i opadł z okropnym zgrzytem, fale prowadzące i sterujące ledwo oderwały się z ostrza wytwornicy ukrytej w ryju, a już trafiły, po przejściu kilkunastu metrów, w to, co wyrzucało syczącą pianę, i antyprotonowy ładunek połączył się z równoważną ilością materii.

Kiedy ekran zabłysnął, między rozrzuconymi daleko resztkami postumentów ział ognisty krater.

Inżynier ani na niego patrzał. Wytężał wzrok, usiłując dostrzec, co się stało z resztą owego przewodu i gdzie znikł. Raz jeszcze obrócił na miejscu Obrońcą o dziewięćdziesiąt stopni i popełzł wolno wzdłuż zwalonych podmuchem posągów. Szarej mgły było coraz mniej. Minęli trzy-cztery rozpłaszczone, szmatami pokryte ciała. Inżynier przyhamował lewą gąsienicę, żeby nie przejechać po najbliższym. Wielki nieruchomy kształt majaczył w gęstwinie nieco niżej. Otwierała się tam wydłużona polanka, u jej końca błysnęły srebrem w światłach pierzchające w gąszcz postacie, zamiast małych torsów miały niesamowicie długie, wąskie pokrywy czy hełmy, z boków przypłaszczone, u góry kończące się rodzajem dzioba.

Coś wyrżnęło głucho w przód Obrońcy, ekran zaćmił się i znowu zajaśniał. Lewe światło zgasło.

Inżynier przesunął po ciemnym brzegu zagajnika drugim, centralnym światłem, wyłuskał spomiędzy gałęzi liczne srebrne błyski, za którymi coś zaczęło coraz szybciej i szybciej wirować – poleciały na wszystkie strony gałęzie, całe kawały pociętych krzaków, i wielka wirująca masa, mieląc powietrze w blasku reflektorów, ruszyła w bok. Inżynier nakierował ryj w środek największej krzątaniny i nacisnął pedał. Głuche, potężne UMPF!! wstrząsnęło wieżyczką. Ledwo ekran rozbłysnął, zwrócił wieżyczkę w bok. Można było sądzić, że wzeszło słońce. Stał niemal na środku polany. Niżej, gdzie przedtem był zagajnik, piąta część horyzontu zmieniła się w białe morze ognia. Gwiazdy znikły, powietrze dygotało febrycznie, na tle tej zmierzwionej dymami ściany sunęła ku niemu pękata, wyiskrzona ognistymi blaskami kula. Nie słyszał nic oprócz huczenia pożaru. Obrońca wydawał się przycupniętą przy samej ziemi kruszyną wobec tego ogromu, który zaczął wirować jeszcze szybciej, zmienił się w wysoki jak góra z powietrza wir przegrodzony pośrodku czarniawym zygzakiem – już miał go na krzyżu celownika, kiedy kilkaset kroków dalej dostrzegł oświetlone łuną blade sylwetki uciekających.

– Trzymajcie się!! – ryknął z uczuciem, że gwoździe wbijają mu się w krtań.

Piekielny zgrzyt, wstrząs, łomot, zderzyli się.

Przez sekundę zdawało mu się, że wieżyczka leci na niego. Obrońca stęknął cały, zagrał wszystkimi amortyzatorami, pancerz zahuczał jak dzwon, strzelił, jakby pękał. Ekran na mgnienie pociemniał i znów zajaśniał. Łomot nie ustawał, jakby setka piekielnych młotów kuła zaciekle w wierzchnią pokrywę. Ten ogłuszający łoskot słabł, uderzenia stawały się coraz wolniejsze, kilka razy jeszcze kanciaste ramię ze świstem rozcięło powietrze, naraz wzdłuż pancerza osunął się głuchy, przeciągły hurgot walącego się żelastwa i kilka ramion, kurcząc leniwie pajęczaste członki, znowu je prostując, legło przed samym łbem Obrońcy. Jedno bębniło jeszcze miarowo w pancerz, jakby go gładząc – ten ruch był już ledwo dostrzegalny, aż ustał. Inżynier spróbował ruszyć z miejsca, ale gąsienice wykonały tylko drobną część obrotu i zacięły się z chrobotem. Włączył wsteczny bieg – teraz poszło. Powoli, wykręcając, ryjąc ziemię włóczonymi szczątkami, Obrońca szedł jak rak, naraz puściło, metal zabrzęczał i maszyna wyswobodzona skoczyła raptownie w tył.

Na tle ściany wciąż płonącego zagajnika wrak wyglądał jak trzydziestometrowy, rozdeptany pająk – jeden kikut ramienia kopał jeszcze febrycznie ziemię. Spomiędzy kończystych, długich odnóży wystawała rogata bania, teraz otwarta, wyskakiwały z niej srebrne postacie.

Sprawdził odruchowo, czy nikogo nie ma na linii strzału, i nacisnął pedał.

Zagrzmiało. Nowe słońce rozerwało polankę. Odłamki wraka z wyciem i gwizdem leciały na wszystkie strony, pośrodku buchnął słup kipiącej gliny, piasku, zwęglonych, lekkich jak słoma płatów kopciu. Inżynier poczuł nagłą słabość. Czuł, że jeszcze chwila, a porwą go torsje. Lodowaty pot ciekł mu po karku, jak woda zalewał twarz. Zgrabiałą w jednej sekundzie rękę kładł na dźwigniach, kiedy usłyszał krzyk Doktora:

– Zawracaj, słyszysz!! Zawracaj!!

Z gorejącego zapadliska buchał czerwono podświetlony dym, jakby tam, gdzie przedtem stał zagajnik, otworzył się wulkan, kipiąca szlaka ściekała dalej po zboczu, wzniecając płomienie w resztkach powalonej, zmiętej gęstwiny.

– Ależ zawracam – powiedział Inżynier – zawracam...

Ale nie ruszał się. Krople potu ściekały mu wciąż po twarzy.

– Co ci jest? – usłyszał jak z wielkiej dali głos Doktora, zobaczył nad sobą jego twarz. Potrząsnął głową, otworzył szeroko oczy.

– Co? Nie, nic – wymamrotał. Doktor przecisnął się na powrót do tyłu.

Inżynier włączył silnik. Obrońca drgnął, obrócił się na miejscu – nie słyszeli nic, wszystkie odgłosy pochłaniał szumiący jak ocean, olbrzymi pożar – i popełzł pod górę tą samą drogą, którą zjechał.

Jedyny reflektor – środkowy stracili w zderzeniu – ukazał znów posągi zwalone na ziemię przemieszane z martwymi ciałami. Jedne i drugie pokrywał metaliczny, szary nalot. Przejechali między obłomkami dwu białych figur i wykręcili na północ. Obrońca, jak okręt wchodzący w wodę, rozciął i położył na boki chrupiącą pod gąsienicami gęstwę, kilka bladych postaci umknęło panicznie z zasięgu światła, pojechali dalej z rosnącą szybkością, wozem rzucało na nierównościach, Inżynier oddychał ciężko, coraz mocniej zaciskał szczęki, żeby nie zasłabnąć, wciąż miał jeszcze w oczach wirujące płaty kopciu – wszystko, co pozostało z wyskakujących, srebrnych postaci – otwierał szeroko oczy. W świetle zażółciła się glina, pochyły, wygarbiony stok, Obrońca zadarł łeb i parł w górę, prężne witki chlastały po pancerzu, gąsienice pozgrzytywały na czymś niewidzialnym, mknęli coraz szybciej, raz w górę, raz w dół, teren był poprzecinany małymi wąwozami, przejeżdżali przez kręte parowy, obalali drzewiaste, splątane zarośla, maszyna przeszła jak taran przez zagajnik pajęczastych drzew, ich kolczaste odwłoki bombardowały pancerz bezsilnymi, miękkimi uderzeniami, przeraźliwy był trzask i syk mielonych łodyg i konarów. W tylnych ekranach stała jeszcze łuna pożaru. Powoli mroczniała – na koniec wszędzie zaległa jednakowa ciemność.

XII

Po godzinie mknęli już równiną. Stała czarna, wygwieżdżona noc, coraz rzadsze kępy krzaków przelatywały obok wyjącej miarowo maszyny, nareszcie znikły ostatnie i nie było już nic oprócz długich, łagodnych garbów, które zdawały się ożywać w reflektorze, falowały. Obrońca brał je z impetem, jakby chciał wystrzelić w powietrze, siedzenia huśtały się miękko, wizg gąsienic przypominał zajadły dźwięk świdra wwiercającego się w metal, strzałki zegarów świeciły różowo, pomarańczowo, zielono. Inżynier z twarzą u ekranu szukał światełka rakiety.

To, co przedtem było oczywistością – że wyruszyli bez zapewnienia sobie radiowej łączności – uważał teraz za szaleństwo; spieszyli się, jak gdyby jeszcze jedna czy dwie godziny niezbędne do zainstalowania innego nadajnika były bezcenne. Kiedy był już prawie pewien, że minął w ciemności rakietę i jedzie dalej na północ, zobaczył ją – a właściwie dziwacznie rozlany świetlny pęcherz. Obrońca jechał coraz wolniej, srebrem i ogniem zabłysły w jego jedynym reflektorze pochylone ściany. Widok był niezwykły, kiedy lampa błyskowa zapalała się, wielopiętrowa, niedomknięta u szczytu kopuła buchała mrowiem tęcz w szklistych splotach, zwielokrotniony blask oświetlał daleko piaski.

Nie chcąc strzelać, Inżynier skierował tępy, pancerny przód pojazdu na miejsce, w którym otworzył przedtem drogę – ale lustrzany mur przekroczył wyrwę z obu stron, zarósł ją, jedynym śladem przejścia była tylko płyta zamienionego w żużel piasku u podnóża budowli.

Obrońca z biegu taranował mur pełną masą swoich szesnastu tysięcy kilogramów, aż stęknął pancerz. Ściana nie poddała się.

Inżynier wycofał się wolno na dwieście metrów, skierował nitki celownika najniżej, jak mógł, i w chwili, kiedy świetlana bania wyskoczyła z mroków, nacisnął szybko pedał.

Nie czekając, aż otwór o kipiących brzegach ostygnie, ruszył, wieżyczka zawadziła wierzchem, ale materiał, rozmiękły od żaru, poddał się, jednooki Obrońca łypnął w głąb pustego koliska i z zamierającym mruczeniem podjechał do rakiety.

Powitał ich tylko Czarny, który natychmiast zresztą znikł. Nastąpiła konieczna zwłoka – trzeba było oczyścić pancerz z radioaktywnego nalotu, zbadać częstość impulsów otoczenia i wtedy dopiero mogli opuścić ciasne wnętrze maszyny.

Lampa się zaświeciła. Koordynator, który wyszedł jako pierwszy z tunelu, jednym spojrzeniem ogarnął pokryty czarnymi plamami przód Obrońcy, wgniecenia w miejscu dwu reflektorów, blade, zapadnięte twarze wracających i powiedział:

– Biliście się.

– Tak – odparł Doktor.

– Zejdźcie na dół. Jest jeszcze 0,9 rentgena na minutę. Czarny zostanie tutaj.

Nikt więcej się nie odezwał. Schodzili tunelem, Inżynier zauważył drugi, mniejszy automat, który łączył przewody w przejściu do maszynowni, ale nawet nad nim nie przystanął. W bibliotece paliły się światła, na małym stole stały aluminiowe talerze, leżały nakrycia, pośrodku stała flaszka wina. Koordynator, stojąc, powiedział:

– To miała być taka – uroczystość, bo automaty przejrzały rozrząd grawimetryczny – jest cały... Główny stos na rozruchu. Jeżeli postawimy rakietę; będzie można startować. Mówcie teraz.

Przez chwilę panowało milczenie. Doktor spojrzał na Inżyniera, zrozumiał nagle i odezwał się:

– Miałeś rację. Na zachód rzeczywiście ciągnie się pustynia. Zrobiliśmy – wielkim łukiem – prawie dwieście kilometrów w kierunku południowo-zachodnim.

Opowiedział, jak dojechali nad zamieszkaną równinę u jeziora i sfilmowali ją, i jak wracając, natknęli się w ciemności na zbiorowisko posągów – tu się zawahał.

– Wyglądało rzeczywiście jak cmentarz albo – siedlisko jakiegoś wierzenia. To, co się potem działo, trudno przedstawić, bo nie jestem pewien, co to znaczyło – tę piosenkę już znacie. Gromada dubeltów uciekała w panice, wyglądało to tak, jakby ukryły się i zostały wypłoszone czy zagnane między te „nagrobki" obławą. Mówię, że to tak wyglądało – więcej nie wiem. Kilkaset metrów poniżej, bo to się działo na stoku, był niewielki zagajnik i tam ukryte były inne dubelty, podobne do tego srebrnego, któregośmy zabili. Za nimi stała – być może zamaskowana – jedna z wirujących machin – wielki bąk. Ale tegośmy jeszcze wtedy nie wiedzieli – ani tego, że ci ukryci w zagajniku przeprowadzili nad samą ziemią giętki przewód, rodzaj dmuchawy, z której leciała pod ciśnieniem trująca substancja, piana zamieniająca się w zawiesinę czy gaz. Można będzie ją zbadać, bo musiała osiąść na filtrach, prawda? – zwrócił się do Inżyniera, który skinął głową. Wysiedliśmy z Chemikiem, żeby obejrzeć te posągi, wieżyczka była otwarta – omal nas nie zadusiło, a najgorzej było z Henrykiem, bo pierwsza fala gazu poszła na Obrońcę. Kiedyśmy się dostali do środka i przedmuchali wieżyczkę tlenem, Henryk strzelił w przewód, a raczej w miejsce, w którym było go przedtem widać, bo staliśmy już w gęstej chmurze.

– Antymaterią? – spytał Koordynator w ciszy.

– Tak.

– Nie mogłeś użyć małego miotacza?

– Mogłem, ale nie użyłem.

– Byliśmy wszyscy... – Doktor szukał przez chwilę słowa – wzburzeni. Widzieliśmy padających. Te dubelty nie były nagie. Miały na sobie jakieś łachmany, zdawało mi się, że porozdzierane jakby w walce, ale tego nie jestem pewien. Na naszych oczach zginęły wszystkie albo prawie wszystkie. Przedtem – samiśmy się omal nie potruli. Tak to było. Potem Henryk usiłował odnaleźć dalszy ciąg przewodu, jeżeli dobrze pamiętam. Tak?

Inżynier skinął głową.

– W ten sposób zjechaliśmy w dół, do zagajnika, zobaczyliśmy tych srebrnych. Nosili rodzaj masek. Przypuszczam, że filtrowały powietrze. Ostrzelali nas, nie wiem czym – straciliśmy reflektor. Równocześnie ten wielki bąk ruszył. Chciał nas zaatakować z boku. W każdym razie wyjechał z krzaków. Wtedy Henryk dał serię.

– Po zagajniku?

– Tak.

– Po tych srebrnych?

– Tak.

– I po bąku?

– Nie. On najechał na nas i roztrzaskał się o Obrońcę. Powstał naturalnie pożar – zarośla wyschły od termicznego udaru w momencie eksplozji, więc paliły się jak papier.

– Próbowali kontratakować?

– Nie.

– Gonili was?

– Nie wiem. Raczej nie. Wirujące tarcze mogłyby nas chyba doścignąć.

– W tym terenie – nie. Tam jest mnóstwo wądołów, parowy, wąwozy, coś jak ziemska jura, wapienne skałki, progi, osypiska – wyjaśnił Inżynier.

– Aha. I potem jechaliście prosto tutaj?

– Prawie prosto, z tym że mieliśmy wschodnie odchylenie.

Przez kilka sekund siedzieli w ciszy. Koordynator podniósł głowę.

– Zabiliście – wielu?

Doktor spojrzał na Inżyniera, a widząc, że ten nie zbiera się do odpowiedzi, rzekł:

– Było ciemno. Oni kryli się w gąszczu. Wydaje mi się – widziałem co najmniej dwadzieścia srebrnych odblasków naraz. Ale głębiej, to znaczy w dalszych zaroślach, jeszcze coś prześwitywało. Mogło ich być więcej.

– Ci, którzy strzelali do was, to były na pewno dubelty? Nikt inny?

Doktor się zawahał.

– Mówiłem, że na małych torsach mieli rodzaj pokryw, hełmów. Ale sądząc z kształtów, wielkości, sposobu poruszania się, to były dubelty.

– Czym was ostrzelali?

Doktor milczał.

– Pociski prawdopodobnie niemetaliczne – powiedział Inżynier.

– Oceniam naturalnie tylko na wyczucie. Miejsc trafienia nie badałem, nawet nie oglądałem. Mała siła przebijająca – takie było moje wrażenie.

– Tak, niewielka – zgodził się z nimi Fizyk. – Reflektory – obejrzałem je przelotnie – są raczej wgniecione, aniżeli przestrzelone.

– Jeden rozbił się w zderzeniu z bąkiem – wyjaśnił Chemik...
– A teraz o posągach – jak wyglądały? – spytał Koordynator.
Doktor usiłował opisać je, jak umiał. Kiedy przyszła kolej na białe figury, urwał i po chwili dodał z bladym uśmiechem:
– Tu znowu, niestety, można mówić tylko na migi...
– Czworo oczu? Bardzo wydatne czoła? – powtarzał powoli Koordynator.
– Tak.
– To były rzeźby? Kamień? Metal? Odlewy?
– Nie mogę powiedzieć. Odlewy na pewno nie – wielkość była nadnaturalna, jeżeli o to chodzi. A także pewna deformacja, zmiana proporcji. Jakby... – zawahał się.
– Co?
– Uwznioślenie – powiedział z zakłopotaniem Doktor. – Ale to tylko impresja. Zresztą oglądaliśmy je krótko, a potem tyle się stało... I naturalnie znowu jest pole do robienia łatwych analogii. Cmentarz. Nieszczęśni prześladowani. Policyjna obława. Motopompa z gazem trującym. Policja w maskach przeciwgazowych. Umyślnie używam takich określeń, bo w samej rzeczy mogło się wydawać, że tak było – ale tego nie wiemy. Jedni z mieszkańców planety zabili na naszych oczach innych. To jest fakt – chyba bezsporny. Ale kto kogo – czy to były istoty dokładnie takie same czy jakieś inne, różniące się między sobą...
– A jeżeli się różniły, to już wszystko jasne? – spytał Cybernetyk.
– Nie. Ale – myślałem też o takiej ewentualności. Przyznaję, z naszego punktu widzenia jest makabryczna. Jak wiadomo, człowiek potępia najsurowiej kanibalizm. Jednakże zjeść pieczeń małpią nie jest już na ogół w oczach naszych moralistów niczym strasznym. A co, jeżeli ewolucja biologiczna przebiegała tu tak, że zewnętrzne różnice pomiędzy istotami o inteligencji takiej jak ludzka a istotami, które pozostały na zwierzęcym szczeblu rozwoju, są daleko mniejsze aniżeli między człowiekiem i człekokształtną małpą? Mogliśmy – w takim wypadku – być świadkami – dajmy na to – polowania.
– A ten rów pod miastem? – rzucił Inżynier. – To też myśliwskie trofea, tak? Podziwiam twoje adwokackie wybiegi, Doktorze!
– Jak długo nie mamy pewności...
– Mamy jeszcze film – przerwał mu Chemik. – Nie wiem dlaczego – ale dotąd rzeczywiście nie udało się nam zobaczyć normalnego, zwykłego życia na tej planecie. Te zdjęcia to właśnie przeciętna,

coś najbardziej codziennego, takie przynajmniej odniosłem wrażenie...

– Jak to, nie widzieliście nic? – zdziwił się Fizyk.

– Nie, zanadtośmy się spieszyli, żeby wykorzystać ostatnie światło. Odległość była znaczna, ponad osiemset metrów, nawet większa, ale mamy dwie szpule filmu zdjęć zrobionych teleobiektywem. Która godzina? Nie ma jeszcze dwunastej! Możemy je zaraz wywołać.

– Daj Czarnemu – powiedział Koordynator. – Albo ten drugi automat – Doktorze, Inżynierze, widzę, że to was wzięło, prawda, żeśmy przeklęcie ugrzęźli w tym wszystkim, ale...

– Czy kontakty wysokich cywilizacji muszą się kończyć w taki sposób? – powiedział Doktor. – Bardzo bym chciał usłyszeć odpowiedź na to pytanie...

Koordynator potrząsnął głową, wstał i zdjął flaszkę ze stolika.

– Schowamy ją – powiedział – na inną okazję...

Kiedy Inżynier i Fizyk wyszli obejrzeć Obrońcę, a Chemik postanowił na wszelki wypadek dopilnować wywołania filmu, Koordynator wziął Doktora pod ramię i podchodząc z nim do przechylonych półek bibliotecznych, powiedział, zniżając głos:

– Słuchaj, czy jest możliwe, że to wyście spowodowali nieoczekiwanym zjawieniem tę paniczną ucieczkę i że to tylko was, nieuciekających, usiłowano atakować?

Doktor popatrzał na niego rozszerzonymi oczami.

– Wiesz, to mi w ogóle nie przyszło na myśl – przyznał. Milczał przez chwilę zamyślony.

– Nie wiem – odezwał się na koniec. – Raczej nie... chyba że to był atak nieudany, który od razu obrócił się przeciw niektórym z nich. Oczywiście – dodał, prostując się – można to wszystko wyłożyć zupełnie inaczej. Tak, teraz widzę to wyraźnie. Powiedzmy: wjechaliśmy na jakiś teren strzeżony. Ci, co uciekali, to była, dajmy na to, grupa pielgrzymów, pątników, bo ja wiem. Straż, pilnująca tego miejsca, podprowadziła broń – ten przewód – pomiędzy posągami, w chwili kiedy Obrońca stanął. Tak, ale pierwsza fala gazu najwyraźniej objęła tamtych, a nie nas... Dobrze, załóżmy, że to był z ich punktu widzenia nieszczęśliwy przypadek. Wtedy – tak. Mogło tak być.

– Więc nie możesz wykluczyć?

– Nie, nie mogę. I wiesz, im dłużej nad tym myślę, tym bardziej wydaje mi się takie wyłożenie równouprawnione z naszym pierwszym.

Mogli przecież zaciągnąć rozmaite straże w okolicy, kiedy wiadomość o nas się rozeszła. Kiedy byliśmy w tej dolinie, jeszcze nic nie wiedzieli i dlatego nie napotkaliśmy tam uzbrojonych... Tego samego wieczoru pojawiły się przecież wirujące tarcze po raz pierwszy przy rakiecie.

– Naszym nieszczęściem jest to, że nie natrafiliśmy do tej pory nawet na strzępy chociażby ich sieci informacyjnej – odezwał się z głębi kajuty Cybernetyk. – Telegraf, radio, pismo, utrwalone dokumenty, coś takiego... Każda cywilizacja stwarza tego rodzaju środki techniczne i utrwala za ich pomocą swoją historię i doświadczenie. Ta pewno też. Gdybyśmy mogli dostać się do miasta!

– Obrońcą, tak – odpowiedział, zwracając się ku niemu Koordynator. – Ale rozpętałaby się bitwa, której przebiegu ani rezultatów nie potrafimy przewidzieć – zdajesz sobie chyba z tego sprawę.

– Więc gdybyśmy mogli zetknąć się z jakimś rozumnym fachowcem, technikiem z ich szeregów.

– Jak mamy to zrobić? Udać się na polowanie? – spytał Doktor.

– Ba, gdybym wiedział jak! To wydaje się przecież tak proste – przybywa się na planetę z całym naręczem interkomunikatorów, elektronowych mózgów tłumaczących, rysuje się na piasku trójkąty Pitagorasa, wymienia podarki...

– Przestań opowiadać bajki, dobrze?

To powiedział Inżynier. Stał w progu.

– Chodźcie. Film jest już wywołany.

Postanowili wyświetlić go w laboratorium, było bowiem najdłuższe ze wszystkich pomieszczeń statku. Kiedy tam weszli, taśma już utrwalona, ale jeszcze mokra, wirowała w bębnie, przez który dmuchało gorące powietrze. Z niego szła od razu na szpulę aparatu projekcyjnego. Koordynator usiadł za nim, tak aby móc w każdej chwili zatrzymać lub cofać obraz na ekranie, wszyscy zajęli miejsca i automat zgasił światło.

Pierwsze metry były zupełnie spalone – kilka razy mignęły fragmenty tafli jeziora, potem ukazało się jego nabrzeże. Było umocnione, w kilku miejscach schodziły w wodę długie pochylnie, nad którymi stały rozkraczone wieże połączone ażurowymi wstęgami. Obraz na chwilę stał się nieostry, a kiedy znowu szczegóły dały się dostrzec, zobaczyli, że każda wieża ma u szczytu dwa wirujące w przeciwne strony pięciołopatkowe śmigła. Obracały się bardzo wolno, bo zdjęcie było robione ze znacznym przyspieszeniem. Po opadających w głąb jeziora pochylniach sunęły jakieś przedmioty, jakby zatapiane w wodzie, ale niepodobna było dostrzec ich zarysów. Ponadto wszystko działo się niesłychanie powoli. Koordynator cofnął kilkanaście metrów taśmy i puścił ją drugi raz, znacznie szybciej. Przedmioty spuszczane wzdłuż cienkich smug, rozmazanych, niczym drgające grube struny, zjechały teraz szybko i wpadły do wody, po powierzchni rozeszły się kręgi. Na samym brzegu stał, widziany z tyłu, dubelt, tylko górna część jego wielkiego torsu wystawała z beczkowatego urządzenia, na którym sterczał cienki bicz zakończony rozwianą plamą. Nabrzeże znikło. Teraz przez ekran przesuwały się płaskie jak pudełka obiekty osadzone na ażurowych słupach. Na ich wierzchu stały liczne beczkowate twory podobne do tego, w którym tkwił dubelt na przystani. Wszystkie były puste, niektóre poruszały się leniwie, po dwa i trzy w tę samą stronę, stawały i ruszały z powrotem.

Obraz przesuwał się powoli dalej. Pojawiły się błyski, bardzo liczne, widać je było jako spalone, czarne plamy. Film uległ prześwietleniu i co gorsza, plamy otaczały kręgi zmętnień. Spoza tych mglistych otoków przezierały małe sylwetki widziane w skrócie, z wysoka. Dubelty chodziły parami w różne strony, małe torsy miały okolone czymś puszystym, tak że wystawała tylko główka, ale obraz nie był tak wyraźny, by dało się rozróżnić rysy twarzy.

Teraz wpłynęła w ekran wielka, podnosząca się i opadająca miarowo masa. Ściekała w stronę dolnego rogu ekranu jak spieniony syrop, chodziły po niej na eliptycznych podkładach dziesiątki dubeltów, wyglądało, jakby trzymały coś w swoich małych rączkach i dotykały owej masy, wygładzały ją czy zgarniały. Od czasu do czasu wypuczała się we wzgórek zaostrzony u szczytu, wytryskało stamtąd coś podobnego do szarego kielicha. Obraz przesuwał się, ale ruchliwa masa dalej go wypełniała, szczegóły wystąpiły z dużą wyrazistością, w środku powstała, jakby wyrastając, kępa oddalonych od siebie nieznacznie smukłych kielichów, przy każdym stały dwa albo trzy dubelty i przykładały do nich z wysoka twarze, stawały chwilę nieruchomo, potem oddalały twarz i to się tak powtarzało. Koordynator znowu cofnął taśmę i puścił ją szybko – teraz dubelty jak gdyby całowały wnętrze owych kielichów. Inne, w tle, na które nie zwrócili przedtem uwagi, stały z wyciągniętym do połowy małym torsem i jakby obserwowały czynności tamtych.

Obraz znowu się przesunął. Widać było sam skraj masy obwiedziony ciemną linią, tuż obok przesuwały się wirujące kręgi, o wiele mniejsze od tych, które znali. Ich wirowanie było leniwe i odbywało się jak-by skokami – można było zauważyć rozmachy ażurowych ramion – był to filmowy efekt spowodowany przesunięciem się obracających ele-mentów względem poszczególnych klatek taśmy. Ekran wypełniał się z wolna coraz żywszym ruchem, choć odbywał się on – wskutek spowol-nienia – jakby w bardzo gęstym, niepowietrznym ośrodku. Pojawiło się to, co filmujący wzięli za „śródmieście". Była to gęsta sieć rowków, któ-rymi sunęły w różne strony szczególne, z jednego boku ścięte, z drugie-go zaokrąglone, beczkowate twory. Na każdym tuliły się ciasno postacie dubeltów w liczbie od pięciu do dwóch. Przeważnie jechały po trzy ra-zem. Wydawało się, że ich małe torsy opasuje coś, co przechodzi na ze-wnętrzną stronę jadącej „beczki", ale mógł to być też odblask. Cienie od zachodzącego słońca były bardzo długie i utrudniały rozróżnianie ele-mentów obrazu. Ponad rowkowanymi arteriami biegły ażurowe most-ki o zgrabnych kształtach. Na tych mostkach stały gdzieniegdzie, wiru-jąc na miejscu, wielkie bąki, i znowu wirowanie to rozpadało się na se-rie skomplikowanych ruchów kołująco-wyprostnych, jakby członkowate odnóża wychwytywały coś niewidzialnego z powietrza. Jeden bąk znie-ruchomiał i wtedy zaczęły wychodzić z niego postacie okryte bardzo błyszczącą substancją. Film był czarno-biały, niepodobna więc było orzec, czy jest srebrna. W momencie kiedy trzeci dubelt wysiadał, cią-gnąc za sobą coś mglistego, obraz się przesunął. Przez środek biegła gruba lina, znajdowała się o wiele bliżej obiektywu aniżeli to, co było w tle. Lina ta – czy rurowy przewód – huśtała się lekko obciążona wą-skim cygarem, z którego sypało się coś mieniącego, jak chmura liści, ale przedmiociki te musiały być cięższe, nie polatywały bowiem, lecz spa-dały jak ciężarki w dół; tam, na zaklęsłej powierzchni, stały wieloma sze-regami dubelty i nieustanne, drobne iskry leciały z ich rączek ku ziemi – było to całkiem niezrozumiałe, bo chmura sypiących się z wysokości obiektów jak gdyby znikała, nie dolatując do stojących na dole. Obraz przesuwał się wolno, na samym skraju leżały dwa dubelty nieruchomo, trzeci zbliżał się do nich, wtedy owe dwa wolno się uniosły. Jeden z nich chwiał się na różne strony – wyglądał jak głowa cukru, ze schowanym małym torsem. Koordynator cofnął taśmę, puścił ją jeszcze raz, a kiedy ukazały się leżące ciała, zatrzymał ją, próbował wyostrzyć obraz, potem podszedł do ekranu z dużym powiększającym szkłem.

Przez szkło zobaczył tylko rozpływające się, wielkie plamy.

Zrobiło się ciemno – to był koniec pierwszej taśmy. Początek dru-giej ukazywał ten sam obraz, tylko trochę przesunięty i ciemniejszy, widocznie światło osłabło i nie dało się już tego skompensować pełnym rozwarciem obiektywu. Dwa dubelty odchodziły wolno, trzeci wpółleżał na ziemi. Przez ekran przeciągnęły trzepoczące smugi, obiektyw jechał tak szybko, że nic się nie widziało, potem weszła w pole widzenia wielka sieć o pięciokątnych okach, w każdym stał jeden dubelt, tylko w nielicznych – dwa. Pod tą siecią drżała druga, rozmazana, naraz zrozumieli, że pierwsza była rzeczywista, a druga – jej cieniem rzucanym na podłoże. Było ono gładkie, jakby wyłożone jakąś substancją podobną do betonu. Dubelty w okach sieci miały na sobie bufiaste, ciemne przybrania, które pogrubiały je i poszerzały. Wszystkie niemal wykonywały te same ruchy – ich małe torsy, zasłonięte czymś na wpół przejrzystym, powoli kłoniły się na boki, ta osobliwa gimnastyka odbywała się nadzwyczaj wolno. Obraz zadrgał, pochylił się, przez chwilę znów źle było widać, robiło się też coraz ciemniej, ukazał się sam skraj sieci rozpiętej na linach, jedna kończyła się u stojącej skosem, wielkiej, nieruchomej tarczy. Dalej odbywał się taki sam „uliczny" ruch, jaki już widzieli – w różne strony sunęły beczkowate obiekty pełne dubeltów.

Kamera raz jeszcze najechała na sieć, z drugiej strony, odsunęła się w bok, pojawiły się piesze dubelty – sfilmowane w ostrym, odgórnym skrócie, łaziły kaczkowato parami, dalej ukazał się cały tłum rozdzielony pośrodku na dwoje długą, wąską uliczką. Jej środkiem sunęła na zamglonych kółkach lina wybiegająca poza brzeg obrazu, lina ta ciągnęła coś długiego, co wydawało ostre błyski, jak graniasty, wydłużony kryształ czy obłożony lustrzanymi taflami kloc, chwiał się z boku na bok i rzucał świetlne liźnięcia na stojących – naraz, na krótką chwilę, znieruchomiał – wyprzejrzyścił się, zamknięta w jego wnętrzu ukazała się leżąca postać. Rozległ się czyjś stłumiony okrzyk. Koordynator cofnął taśmę, przewinął ją, a kiedy po znanym już chybnięciu wydłużony przedmiot ukazał zawartość swego wnętrza, zatrzymał projektor. Wszyscy podeszli do samego ekranu – otoczony szpalerem dubeltów leżał tam, w środku pustej uliczki, człowiek.

Panowała martwa cisza.

– Zdaje się, że przyjdzie jednak zwariować – rozległ się w ciemności czyjś głos.

– No, pierwej obejrzymy to sobie do końca – odparł Koordynator. Wrócili na miejsca, taśma ruszyła, obraz drgnął, ożył. Jedna po drugiej sunęły uliczką w tłumie wydłużone, trumniaste bryły, ale były pokryte czymś jasnym, co zwisało aż do ziemi i wlokło się po niej jak gruba tkanina.

Obraz przesunął się, ukazał pustkowie, z jednej strony obramowane pochyłym murem, sterczały pod nim kępy zarośli, samotny dubelt szedł wzdłuż bruzdy biegnącej przez cały ekran, naraz uskoczył, jakby w popłochu – zwolnionym, ogromnym susem szybował w powietrzu, wirujący bąk przesunął się wzdłuż bruzdy, coś błysnęło mocno, jakby mgła zasnuła pole widzenia, kiedy się rozeszła, dubelt leżał nieruchomo rozciągnięty na boku. Jego ciało stało się nagle prawie czarne. Wszystko to było zanurzone w rosnącym mroku, wydawało się, że leżący drgnął, zaczął jak gdyby pełznąć, na ekranie zamigotały ciemne pręgi, potem zapłonął biało. Tak skończył się film.

Gdy światło zabłysło, Chemik zabrał szpule i poszedł z nimi do ciemni, by zrobić fotograficzne powiększenia wybranych klatek. Inni zostali w laboratorium.

– No, a teraz magiel interpretacyjny – powiedział Doktor. – Zaraz mogę przedstawić dwie, a nawet trzy rozmaite wykładnie.

– Koniecznie chcesz nas doprowadzić do rozpaczy? – rzucił rozeźlony nagle Inżynier. – Gdybyś solidnie wziął się za fizjologię dubelta, przede wszystkim – fizjologię zmysłów – na pewno wiedzielibyśmy dziś już daleko więcej!

– Kiedy miałem to zrobić? – spytał Doktor.

– Koledzy! – podniósł głos Koordynator. – Zaczyna się zupełnie jak posiedzenie instytutu kosmologicznego! Naturalnie wszystkich nas zaszokowała ta ludzka figura – to była bez wątpienia figura, nieruchoma podobizna zatopiona, jak się zdaje, w jakiejś masie. Jest zupełnie prawdopodobne, że za pośrednictwem swojej sieci informacyjnej rozesłali nasze konterfekty do wszystkich osiedli planety, gdzie w oparciu o posiadane wiadomości sporządzono człekokształtne kukły.

– Skąd wzięli nasze podobizny? – spytał Doktor.

– Krążyli przecież dobre kilka godzin wokół rakiety przed dwoma dniami, mogli dokonać nawet szczegółowych obserwacji.

– I po cóż by mieli robić takie „portrety"?

– Do celów naukowych albo religijnych – tego nie rozstrzygniemy oczywiście najdłuższą nawet dyskusją. W każdym razie nie jest to jakiś niewytłumaczalny fenomen. Widzieliśmy raczej niezbyt wielki ośrodek, w którym toczą się prace o charakterze zapewne wytwórczym, być może obserwowaliśmy także ich rozrywki, może

197

funkcjonowanie ich „sztuki", przeciętny „ruch uliczny" – dalej – prace na przystani i u tych sypiących się przedmiotów, niezbyt zrozumiałe.
– To dobre określenie – wtrącił uparty Doktor.
– Były tam jeszcze jak gdyby „sceny z życia wojska" – mamy sporo podstaw do sądzenia, że odziani w srebrne powłoki tworzą armię – scena u samego końca jest niejasna. Mogło to być naturalnie jakieś ukaranie osobnika, który idąc traktem przeznaczonym dla bąków, wykroczył przeciw panującemu u nich prawu.
– Egzekucja na miejscu jako mandat za złe przejście ulicy to raczej srogie, nie uważasz? – spytał Doktor.
– Dlaczego usiłujesz wszystko obracać w nonsens?
– Ponieważ w dalszym ciągu twierdzę, że zobaczyliśmy akurat tyle, co mogliby zobaczyć ślepi.
– Czy ktoś jeszcze ma coś do powiedzenia – spytał Koordynator – poza wyznaniami agnostycznego credo?
– Ja – powiedział Fizyk. – Wygląda na to, że dubelty poruszają się pieszo raczej w okolicznościach wyjątkowych, na co zresztą wskazywałaby ich wielka tusza i dysproporcja kończyn, zwłaszcza rąk, w stosunku do masy ciała. Wydaje mi się, że próby naszkicowania możliwego drzewa ewolucyjnego, które wydało tak ukształtowane osobniki, byłoby niezmiernie instruktywne. Zauważyliście wszyscy ich żywą gestykulację – tymi swoimi rączkami żaden z nich nie podnosił ciężaru, nie ciągnął nic, nie dźwigał, obrazy takie są przecież w mieście ziemskim na porządku dziennym. Może więc ręce służą im do innych celów.
– Do jakich? – z zainteresowaniem spytał Doktor.
– Nie wiem, to twoja dziedzina. Jest tu w każdym razie wiele do zrobienia. Może pochopnie usiłowaliśmy od razu zrozumieć architektonikę ich społeczeństwa – zamiast wziąć się do uczciwego badania poszczególnych jego cegiełek.
– To racja – powiedział Doktor. – Ręce – tak, to na pewno bardzo ważny problem. Drzewo ewolucyjne też. Nie wiemy nawet, czy są ssakami. Podjąłbym się w ciągu kilku dni odpowiedzieć na takie pytania, tylko się boję, że nie wyjaśnię tego, co mnie w tym całym widowisku najbardziej zafrapowało.
– A mianowicie? – spytał Inżynier.
– Mianowicie to, że nie widziałem ani jednego samotnego przechodnia. Ani jednego. Nie zwróciliście na to uwagi?
– Owszem, był jeden – na samym końcu – powiedział Fizyk.

– Tak, właśnie.

Po tych słowach Doktora nikt się przez dłuższą chwilę nie odezwał.

– Będziemy musieli jeszcze raz obejrzeć ten film – powiedział, jakby wahając się Koordynator. – Zdaje mi się, że Doktor ma słuszność. Samotnych pieszych nie było – poruszali się co najmniej parami. Chociaż, na samym początku, tak! Jeden stał na przystani.

– Siedział w tym stożkowatym aparacie – powiedział Doktor. – W tarczach też siedzą pojedynczo. Mówiłem o pieszych. Tylko o pieszych.

– Nie było ich wielu.

– Kilka setek na pewno. Wyobraź sobie widzianą z lotu ptaka ulicę ziemskiego miasta. Procent samotnych przechodniów na pewno będzie spory. W niektórych godzinach tacy stanowią nawet większość, a tu brak ich w ogóle.

– Co to ma znaczyć? – spytał Inżynier.

– Niestety – potrząsnął głową Doktor – teraz ja pytam.

– Jeden – samotny – przyjechał z wami – powiedział Inżynier.

– Ale znasz okoliczności, jakie temu towarzyszyły?

Inżynier nie odpowiedział.

– Słuchajcie – odezwał się Koordynator – taka dyskusja natychmiast staje się jałowym sporem. Nie prowadziliśmy systematycznych badań, bo nie jesteśmy ekspedycją naukowo-badawczą, mieliśmy raczej inne kłopoty, typu „walka o byt". Musimy ułożyć dalsze plany działania. Jutro ruszy koparka, to jest już pewne. Będziemy mieli łącznie dwa automaty, dwa półautomaty, koparkę i Obrońcę, który przy zachowaniu odpowiedniej ostrożności może też dopomóc w wydobywaniu rakiety. Nie wiem, czy znacie plan, któryśmy opracowali z Inżynierem. Pierwotna koncepcja polegać miała na opuszczaniu rakiety do poziomu i stawianiu w pionie przez podnoszenie i podtrzymywanie kadłuba utwardzoną ziemią. Jest to metoda, której używali jeszcze budowniczowie piramid. Otóż chcemy teraz pociąć nasz „szklany mur" na fragmenty odpowiedniej wielkości i zbudować z nich system rusztowań. Materiału będzie dość, a wiemy już, że ta substancja daje się topić i spawać w wysokiej temperaturze. Realizacja tego projektu przy użyciu budulca, którego z mimowiedną życzliwością dostarczyli nam mieszkańcy Edenu, pozwoli skrócić radykalnie cały proces. Nie jest wykluczone, że za trzy dni będziemy mogli startować. – Czekajcie – powiedział, widząc poruszenie obecnych – więc chciałem was w związku z tym zapytać – czy będziemy startować?

– Tak – powiedział Fizyk.

– Nie! – prawie równocześnie odezwał się Chemik.

– Jeszcze nie – rzucił Cybernetyk.

Nastała chwila ciszy. Inżynier ani Doktor jeszcze się nie wypowiedzieli.

– Myślę, że powinniśmy lecieć – powiedział na koniec Inżynier. Wszyscy spojrzeli na niego zaskoczeni.

Gdy milczenie się przedłużało, jakby oczekiwali od niego jakichś wyjaśnień, powiedział:

– Uważałem przedtem inaczej. Chodzi jednak o cenę. Po prostu o cenę. Moglibyśmy się bez wątpienia wiele jeszcze dowiedzieć, ale koszt zdobycia tej wiedzy mógłby być zbyt wielki. Dla obu stron. Po tym, co zaszło, pokojowe próby porozumienia, nawiązania kontaktu, uważam za nierealne. Poza tym, cośmy sobie mówili, każdy chyba, czy tego chciał, czy nie, ma jakąś własną koncepcję tego świata. Ja też miałem taką koncepcję. Wydawało mi się, że zachodzą tu rzeczy potworne i że w związku z tym powinniśmy interweniować. Jak długo byliśmy Robinsonami i odwalali każdy kawałek gruzu ręką, nic o tym nie mówiłem. Chciałem czekać, aż dowiem się więcej i będziemy mieli do dyspozycji nasze środki techniczne. Otóż teraz, wyznam, dalej nie widzę przekonujących powodów, które zmusiłyby mnie do odrzucenia mojej koncepcji Edenu, ale wszelka interwencja w służbie tego, co uważamy za dobre i słuszne, każda taka próba skończy się najprawdopodobniej tak jak nasza dzisiejsza wyprawa. Użyciem anihilatora. Naturalnie, znajdziemy zawsze usprawiedliwienie, że to była obrona konieczna i tak dalej, ale zamiast pomocy przyniesiemy zagładę. Teraz wiecie mniej więcej wszystko.

– Gdybyśmy mieli lepsze rozeznanie w tym, co naprawdę się tu dzieje... – powiedział Chemik. Inżynier potrząsnął głową.

– Wtedy okaże się pewno, że każda ze stron ma jakąś swoją rację...

– I co z tego, że zabójcy mają „swoją rację"? – rzucił Chemik.

– Nie będzie nam szło o ich rację, lecz o ocalenie.

– Ale co możemy im ofiarować prócz anihilatora Obrońcy? Powiedzmy, że obrócimy pół planety w perzynę, ażeby wstrzymać te jakieś akcje eksterminacyjne, tę niezrozumiałą „produkcję", obławy, trucie – i co dalej?

– Odpowiedź na to pytanie znalibyśmy, gdybyśmy posiadali większą wiedzę – z uporem powiedział Chemik.

– To nie takie proste – wmieszał się w spór Koordynator. – Wszystko, co się tu dzieje, jest jednym z ogniw długotrwałego procesu historycznego. Myśl o pomocy wypływa z przekonania, że społeczeństwo dzieli się na „dobrych" i „złych".

– Wcale nie – przerwał mu Chemik. – Powiedz: na prześladowanych i prześladujących. To nie jest to samo.

– Dobrze. Wyobraź sobie, że jakaś wysoko rozwinięta rasa przybywa na Ziemię w czasie wojen religijnych, kilkaset lat temu, i chce się wmieszać w konflikt – po stronie słabych. W oparciu o swoją potęgę zakazuje palenia heretyków, prześladowania innowierców i tak dalej. Czy myślisz, że potrafiliby upowszechnić na Ziemi swój racjonalizm? Przecież prawie cała ludzkość była wtedy wierząca, musieliby stopniowo wytłuc ją do ostatniego człowieka i zostaliby sami ze swoimi racjonalnymi ideałami!

– Jak to, naprawdę uważasz, że żadna pomoc nie jest możliwa?! – oburzył się Chemik.

Koordynator patrzał na niego długo, zanim odpowiedział.

– Pomoc, mój Boże, cóż znaczy pomoc? To, co się tu dzieje, co tu widzimy, to owoce określonej konstrukcji społecznej, należałoby ją złamać i stworzyć nową, lepszą i jakże my to mamy zrobić? Przecież to są istoty o innej fizjologii, psychologii, historii niż my. Nie możesz wcielić tu w życie modelu naszej cywilizacji. Musiałbyś nakreślić plan innej, która funkcjonowałaby dalej nawet po naszym odlocie... Naturalnie od dłuższego czasu przypuszczałem, że niektórzy z was noszą się z podobnymi myślami co Inżynier i Chemik. Myślę, że i Doktor tak sądził, dlatego lał zimną wodę na ogień rozmaitych analogii rodem z Ziemi – prawda?

– Tak – powiedział Doktor. – Obawiałem się, że w przystępie szlachetności zechcecie zrobić tu „porządek", co przetłumaczone na praktykę będzie oznaczało terror.

– Ale może ci prześladowani wiedzą, jak chcą żyć, tylko są jeszcze za słabi, aby to urzeczywistnić – powiedział Chemik. – Ale gdybyśmy tylko uratowali życie jakiejś grupie skazanych, byłoby to już wiele...

– Ale myśmy już uratowali jednego – odparł niecierpliwie Koordynator. – Może wiesz, co z nim zrobić dalej?

Odpowiedziało mu milczenie.

– Jeżeli się nie mylę, Doktor jest także za startem? – powiedział Koordynator. – Dobrze. Ponieważ ja też, to znaczy, że większość. Urwał. Jego oczy stężały w osłupieniu. On jeden siedział twarzą do drzwi – do uchylonych drzwi. W absolutnej ciszy z ciemni dobiegał tylko słaby chlupot wody – odwrócili się, idąc za jego wzrokiem. W otwartych drzwiach stał dubelt.

– Jak on tu się... – zaczął Fizyk i słowa zamarły mu na ustach. Poznał swoją omyłkę. To nie był i c h dubelt. Ten siedział zamknięty w salce opatrunkowej. Na progu stał ogromny, smagłoskóry osobnik z ugiętym nisko małym torsem, głową dotykając prawie nadproża. Okryty był ziemistą materią, która spływała płasko od dołu do góry, okalając mały tors jakby kołnierzem; owijał się wokół niego gruby splot zielonego drutu. Materia ta ukazywała przez rozcięcie na boku szeroki, metalicznie świecący pas przylegający ściśle do ciała. Stał bez ruchu. Jego pomarszczoną, płaską twarz o dwu wielkich błękitnych oczach zakrywała przezroczysta zasłona lejkowatego kształtu, rozszerzająca się ku dołowi. Wybiegały z niej szare, cienkie pasma owijające wielokrotnie mały tors i spięte na krzyż z przodu, gdzie tworzyły jakby gniazdko, w którym spoczywały jego tak samo obandażowane ręce. Tylko węzełkowate palce wystawały, zwieszone lekko w dół, stykając się koniuszkami.

Wszyscy siedzieli tak, jak zaskoczył ich ten widok. Dubelt pochylił się jeszcze bardziej, przeciągle kaszlnął i wolno postąpił naprzód.

– Jak on wszedł?... Czarny jest w tunelu... – szepnął Chemik.

Dubelt cofał się pomału tyłem. Wyszedł, przez chwilę stał w półmroku korytarza i po raz drugi wszedł do środka, a raczej wsunął tylko głowę, pod samym nadprożem.

– Pyta, czy może wejść... – powiedział szeptem Inżynier. I wybuchnął: – Ależ prosimy! Prosimy!

Wstał i cofnął się pod przeciwległą ścianę, wszyscy poszli w ślad za nim, dubelt patrzał na opustoszały środek kajuty bez wyrazu. Wszedł, powoli się rozejrzał.

Koordynator podszedł do ekranu, pociągnął za drążek, na którym był rozpięty, a gdy materiał furknął i się zwinął, odsłaniając tablicę, powiedział:

– Rozsuńcie się.

Wziął kawał kredy do ręki, narysował małe koło, dokoła niego zakreślił elipsę, na zewnątrz większą jeszcze jedną, i jeszcze

- wszystkiego cztery. Na każdej umieścił małe kółko, podszedł do stojącego w środku olbrzyma i wetknął w jego węzełkowate paluszki kredę.

Dubelt przyjął ją niezręcznie, spojrzał na nią, zapatrzył się w tablicę, pomału podszedł do ściany. Musiał się pochylić małym torsem, który wystawał skośnie z kołnierza, aby uwięzioną w bandażach ręką dotknąć tablicy. Wszyscy patrzyli ze wstrzymanym tchem. Odszukał trzecie od środka kółko na elipsie i z wysiłkiem, niezgrabnie, puknął w nie kilka razy, a potem maznął nią jeszcze, tak że prawie wypełnił je roztartą kredą. Koordynator skinął głową. Wszyscy odetchnęli.

– Eden – powiedział Koordynator.

Pokazał na kredowe kółko.

– Eden – powtórzył.

Dubelt przypatrywał się jego ustom z widocznym zainteresowaniem. Kaszlnął.

– E d e n – nadzwyczaj wyraźnie i powoli powiedział Koordynator. Dubelt zakaszlał kilka razy.

– On nie mówi – zwrócił się Koordynator do towarzyszy. – To pewne.

Stali naprzeciw siebie, nie wiedząc, co robić. Dubelt poruszył się. Upuścił kredę, stuknęła o podłogę. Dał się słyszeć trzask jakby otwierającego się zamka. Ziemisty materiał rozchylił się, jakby rozpruty od góry do dołu, ujrzeli szeroki, złotawy pas, który przylegał do jego boków.

Koniec pasa odwinął się i zaszeleścił jak metalowa folia. Mały tors dubelta pochylał się, jakby chciał wyskoczyć z ciała, złamał się prawie w pół, chwycił paluszkami koniec folii. Rozwinęła się w długą płachtę, którą trzymał przed sobą, jakby im ją podawał. Koordynator i Inżynier wyciągnęli jednocześnie ręce. Obaj drgnęli, Inżynier wydał słaby okrzyk. Dubelt wydawał się zaskoczony, kilkakrotnie kaszlnął, przezroczysta zasłona na jego twarzy zafalowała.

– Ładunek elektryczny, ale niezbyt mocny – wyjaśnił Koordynator innym i po raz drugi ujął brzeg folii. Tamten puścił ją. Obejrzeli dokładnie w świetle złotawą powierzchnię, była doskonale gładka i pusta. Koordynator dotknął na chybił trafił palcem jakiegoś miejsca i znowu poczuł lekkie elektryczne uderzenie.

– Co to jest?! – mruknął Fizyk, przysunął się, zaczął wodzić ręką po folii, wciąż biły go w palce elektryczne ładunki, aż ścięgna podrygiwały. – Dajcie grafitowy proszek! – krzyknął. – Stoi tam w szafie!

Rozpostarł folię na stole, nie zważając na to, że mięśnie rąk drgają mu nieprzyjemnie od mrowiących ukłuć, posypał ją starannie proszkiem, który podał mu Cybernetyk, zdmuchnął nadmiar. Na złocistej płaszczyźnie pozostały drobne czarne punkty rozsypane chaotycznie, bez sensu.

– Lacerta!! – krzyknął nagle Koordynator.
– Alfa Cygni!
– Lira!
– Cefeusz!!

Odwrócili się do dubelta, który patrzał na nich spokojnie. W ich oczach lśnił triumf.

– Mapa gwiazdowa! – powiedział Inżynier.
– Naturalnie.
– No, jesteśmy w domu – Koordynator uśmiechał się szeroko.

Dubelt kaszlnął.
– Mają elektryczne pismo?
– Tak to wygląda.
– Jak utrwalone ładunki?
– Nie wiem, może to elektret.
– Muszą mieć zmysł elektryczny!
– Możliwe.
– Koledzy – spokój! Musimy postępować systematycznie – powiedział Koordynator. – Od czego zaczniemy?
– Narysuj mu, skąd jesteśmy.
– Racja.

Koordynator wytarł szybko tablicę, narysował gwiazdy Centaura, zawahał się, bo projekcja musiała być zrobiona z pamięci i tak, jak przedstawiała się ta okolica Galaktyki widziana z Edenu; maznął grubą kropkę oznaczającą Syriusza, dodał jeszcze kilkanaście pomniejszych gwiazd i na tle Wielkiej Niedźwiedzicy wyrysował krzyżyk oznaczający Słońce, po czym kolejno dotknął ręką piersi swojej i wszystkich po kolei ludzi, ogarnął zamachem ręki całe pomieszczenie i znowu puknął kredą w krzyżyk.

Dubelt kaszlnął. Wziął od niego kredę, z wysiłkiem przysunął mały tors do tablicy i trzema stuknięciami uzupełnił rysunek Koordynatora projekcją alfy Orła i podwójnego układu Procjona.

– Astronom!! – krzyknął Fizyk. I dodał ciszej: – Kolega...

– Bardzo możliwe! – odparł Koordynator. – Teraz pojedziemy dalej! – Zaczęło się wielkie rysowanie. Planeta Eden – i tor statku. Wejście w ogon gazowy. Karambol (nie było pewne, czy rysunek wyjaśnia dostatecznie sprawę katastrofy, ale chwilowo nie mieli na to rady). Wrycie się rakiety w grunt (rysunek przedstawiał przekrój pagórka z wbitą rakietą). Postępować dalej było już trudno – zatrzymali się. Dubelt oglądał rysunki i kaszlał. Przybliżał i oddalał twarz od tablicy. Potem podszedł do stołu. Z zielonego oplotu kołnierza wyciągnął cienki, gibki drucik, pochylił się i zaczął nim z nadzwyczajną szybkością wodzić po złocistej folii. Trwało to jakiś czas. Potem odstąpił od stołu. Posypali folię grafitem. Okazało się coś bardzo dziwnego. Jeszcze w trakcie zdmuchiwania nadmiaru proszku zarysowujące się kontury poczęły się ruszać. Zobaczyli najpierw wielką półkulę, w której wnętrzu stał skośny słup. Potem pojawiła się maleńka plamka, która pełzła do brzegu półkuli. Stawała się coraz większa. Poznawali sylwetkę schematycznie i niedokładnie narysowanego Obrońcy. Część boku półkuli znikła. Przez powstały otwór Obrońca wjechał do środka. Wszystko znikło – folię pokrywał równomiernie rozsypany grafitowy proch. Naraz skupił się w mapę gwiazdową. Na jej tle pojawiła się naszkicowana długimi pociągnięciami postać dubelta. Ten, który stał za ich plecami, zakaszlał.

– To on – powiedział Koordynator.

Mapa znikła, widać było tylko dubelta. Potem znikła jego sylweta i mapa znowu się ukazała. Powtórzyło się to cztery razy. I znów grafitowy pył ułożył się, jakby wodzony niewidzialnym podmuchem w zarys półkuli z otwartym bokiem. Mała sylwetka dubelta, który jak gdyby pełzł rozpłaszczony, zbliżała się do otwartego boku półkuli. Dostała się do jej wnętrza. Półkula się rozwiała. Skośny słup rakiety był większy. Z przodu, pod kadłubem, widniał otwarty występ. Dubelt wyprostował się pod nim i wniknął weń, znikając w rakiecie. Grafitowy proch rozsypał się i leżał chaotycznymi skupiskami. To był koniec przesłanej wiadomości.

– W ten sposób dostał się do nas – przez klapę ciężarową! – powiedział Inżynier. – A my też gapy jesteśmy – zostawiliśmy ją otwartą!!

– Czekaj, wiesz, co mi przyszło do głowy? – rzucił nagle Doktor.

– Że być może oni nie tyle chcieli zamknąć nas tym murem, ile uniemożliwić swoim – swoim uczonym, powiedzmy – nawiązanie z nami kontaktu!

– A rzeczywiście!

Zwrócili się do dubelta. Kaszlnął.

– No, dosyć tego – powiedział Koordynator. – Bardzo przyjemne, ehm, zebranie towarzyskie, ale mamy ważniejsze sprawy na oku! Z partyzantką – koniec. Musimy wziąć się do rzeczy systematycznie. Zaczniemy chyba od matematyki. Tym zajmie się Fizyk. Matematyka – naturalnie także metamatematyka. Teoria materii. Atomistyka, energetyka. Dalej – teoria informacji, sieci informacyjnej. Sposoby przekazywania, utrwalania. Zarazem – funktory zdaniotwórcze, funkcje zdaniowe. Szkielet gramatyczny, semantyka. Przyporządkowalność pojęć. Typy używanych logik. Język. Słownik. To wszystko należy do ciebie – zwrócił się do Cybernetyka. – No, a kiedy będziemy mieli gotowy taki most łączący – przyjdzie kolej na resztę. Metabolizm, sposoby odżywiania, typ produkowania, formy relacji zbiorowych, reakcje, nawyki, podziały, konflikty grupowe i tak dalej. Z tym nie będziemy się już tak śpieszyć. Na razie – zwrócił się do Cybernetyka i Fizyka – zacznijcie wy. Będzie trzeba przystosować odpowiednio kalkulator. Naturalnie macie do pomocy filmy, jest biblioteka, bierzcie wszystko, co okaże się potrzebne.

– Na początek można go oprowadzić po statku – powiedział Inżynier. – Co o tym sądzisz? To może mu niejedno powiedzieć, a poza tym będzie wiedział, że niczego przed nim nie ukrywamy.

– Zwłaszcza to drugie jest ważne – zgodził się Koordynator. – Ale – dopóki nie możemy się z nim jeszcze porozumiewać, nie puszczajcie go do salki opatrunkowej. Obawiałbym się jakiegoś nieporozumienia. Idziemy teraz na obchód statku – która godzina?

Była trzecia w nocy.

XIII

Obchód rakiety trwał dosyć długo. Dubelt interesował się szczególnie stosem atomowym i automatami. Inżynier rysował mu mnóstwo szkiców na blokach, wypełniając cztery tylko w maszynowni. Automat wzbudził wyraźny podziw gościa. Szczegółowo obejrzał mikrosieć i nadzwyczaj się zdziwił, ujrzawszy, że cała jest zanurzona w zbiorniku chłodzonym płynnym helem – był to kriotrionowy mózg nadprzewodliwego typu dla szczególnie szybkich reakcji. Widocznie jednak pochwycił cel, któremu służyło chłodzenie, bo niezmiernie długo pokaszliwał i z wielką aprobatą studiował szkice, które kreślił mu Cybernetyk. Zdawało się, że na temat elektrycznych połączeń będą mogli się porozumieć wcześniej aniżeli co do tego, jakim gestem czy symbolem oznaczyć najprostsze słowa.

O piątej nad ranem Chemik, Koordynator i Inżynier poszli spać, na posterunku, po zamknięciu klapy ciężarowej, stanął w tunelu Czarny, a pozostali trzej ludzie poszli z dubeltem do biblioteki.

– Czekajcie – powiedział Fizyk, kiedy przechodzili obok laboratorium – pokażemy mu jeszcze tablicę Mendelejewa. Tam są schematyczne rysunki atomów.

Weszli do środka. Fizyk zaczął kopać się w stosie papierów pod szafkami, kiedy coś zatykotało.

Fizyk wyrzucał z kąta szeleszczące zwoje i nic nie usłyszał, ale Doktor nadstawił ucha.

– Co to jest? – powiedział. Fizyk wyprostował się i także usłyszał tykot. Powiódł po nich oczami, w których było przerażenie.

– To ten geiger, tam... stójcie! Jakiś przeciek... Przyskoczył do licznika. Dubelt stał dotąd nieruchomo i wodził wzrokiem po aparatach. Zbliżył się teraz do stołu, licznik zagrzechotał długimi seriami, jak dobosz bijący przeciągły werbel.

– To on! – krzyknął Fizyk, porwał oburącz metalowy cylinder i skierował go na olbrzyma. Licznik zawarczał.

– Radioaktywny? On? Co to znaczy? – pytał oszołomiony Cybernetyk.

Doktor pobladł. Przystąpił do stołu, popatrzył na dygocący wskaźnik – wyjął z rąk Fizyka metalowy cylinder i zaczął wodzić nim w powietrzu wokół dubelta. Bębnienie słabło tym wyraźniej, im wyżej unosił jego wylot. Kiedy go opuścił do grubszych, niezgrabnych nóg przybysza, membrana warknęła. Na tarczy aparatu zajarzył się czerwony ogienek.

– Skażenie radioaktywne... – wyrzucił Fizyk. Dubelt wodził oczami od jednego do drugiego, zdziwiony, ale najwidoczniej nie zaniepokojony niezrozumiałą dla niego operacją.

– On się tu dostał przez otwór, który wypalił Obrońca – powiedział cicho Doktor. – Tam jest plama radioaktywna... Przeszedł tamtędy...

– Nie zbliżaj się do niego! – wybuchnął Fizyk. – On wypromieniowuje co najmniej milirentgen na sekundę! Czekaj – będziemy musieli go jakoś – jeżeli owiniemy go folią ceramitową, będzie można na zaryzykować...

– Ależ, człowieku, tu nie chodzi o nas! – podniesionym głosem powiedział Doktor. – Chodzi o niego! Jak długo mógł przebywać na plamie? Ile dostał rentgenów?

– N... nie wiem. Skąd mogę wiedzieć... – Fizyk patrzał wciąż na terkoczący licznik. – Musisz coś zrobić! Kąpiel w occie, abrazja naskórka – on, patrzcie, on nic nie rozumie!

Doktor wybiegł bez słowa z laboratorium. Po chwili wrócił z kasetą pierwszej pomocy przeciwpromienistej. Dubelt początkowo chciał się jakby opierać niepojętym zabiegom, ale potem dał z sobą wszystko robić.

– Włóż rękawice! – krzyknął Fizyk na Doktora, który gołymi rękami dotykał skóry leżącego.

– Zbudzić tamtych? – spytał niepewnie Cybernetyk. Stał pod ścianą z opuszczonymi rękami. Doktor naciągnął ciężkie rękawice.
– Po co? – powiedział. Pochylił się nisko. – Na razie nic... rumień wystąpi za jakieś dziesięć-dwanaście godzin, o ile...
– Gdybyśmy mogli się z nim porozumieć – mruknął Fizyk.
– Transfuzja, ale jak? Skąd? – Doktor patrzał przed siebie, nic nie widząc. – Ten drugi! – zawołał nagle. Zawahał się. – Nie – dodał ciszej – nie mogę – trzeba by pierwej zbadać krew obu na aglutynację – mogą mieć różne grupy...
– Słuchaj – Fizyk odciągnął go na bok – to niedobra sprawa. Obawiam się, no, rozumiesz? Musiał przejść po plamie, jak tylko temperatura opadła – na obwodzie mikroanihilacyjnej reakcji powstaje zawsze sporo radioizotopów. Rubid, stront, ypr i cała reszta. Ziemie rzadkie. On na razie nic jeszcze nie czuje, najwcześniej jutro – tak myślę. Czy on ma białe ciałka we krwi?
– Tak, ale wyglądają zupełnie inaczej niż ludzkie.
– Wszystkie obficie rozmnażające się komórki są rażone zawsze tak samo, bez względu na gatunek. On powinien mieć trochę większą odporność niż człowiek, ale...
– Skąd wiesz?
– Bo normalna radioaktywność gruntu jest tutaj prawie dwa razy wyższa niż na Ziemi, więc w pewnej mierze może są do niej przystosowani. Twoje antybiotyki będą oczywiście na nic?
– Na nic. Oczywiście, że na nic – tu muszą być jakieś całkiem inne bakterie...
– Tak myślałem. Wiesz co? Powinniśmy przede wszystkim porozumieć się z nim w najszerszym zakresie. Reakcja nastąpi najwcześniej za kilka godzin...
– A! – Doktor spojrzał na niego szybko i spuścił oczy. Stali o pięć kroków od wpółleżącego dubelta, który nie spuszczał z nich bladoniebieskiego spojrzenia.
– Żeby wyciągnąć z niego jak najwięcej, zanim zginie?
– Nie myślałem tego w ten sposób – powiedział Fizyk. Zmuszał się do spokoju. – Przypuszczam, że będzie się zachowywał podobnie jak człowiek. Sprawność psychiczną zachowa przez kilka godzin, potem przyjdzie apatia – przecież wiesz – będąc na jego miejscu, każdy z nas myślałby przede wszystkim o wypełnieniu zadania!
Doktor wzruszył ramionami, popatrzał na niego spode łba i nagle się uśmiechnął.

– Każdy z nas, mówisz? Tak, może, wiedząc, co się stało. Ale on został porażony przez nas! Z naszej winy.
– Więc co z tego? Chodzi ci o jakąś ekspiację? Nie bądź śmieszny!! Czerwone plamy wystąpiły na twarz Fizyka.
– Nie – powiedział Doktor. – Nie zgadzam się. Rozumiesz? To – wskazał na leżącego – jest chory, a to – stuknął się palcem w pierś – lekarz. A poza lekarzem nikt nie ma tu teraz nic do roboty.
– Tak uważasz? – głucho powiedział Fizyk. – Ale to nasza jedyna szansa. Nie zrobimy mu przecież nic złego. To nie nasza wina, że...
– Nieprawda! Został rażony, bo szedł śladem Obrońcy! A teraz dosyć. Muszę mu wziąć krew.
Podszedł do dubelta ze strzykawką. Stał nad nim przez chwilę, jakby się wahał, potem wrócił do stołu po drugą strzykawkę. Na obie nasadził igły wyjęte z gamma-sterylizatora.
– Pomóż mi – zwrócił się do Cybernetyka. Zbliżył się do dubelta. Na jego oczach obnażył ramię, Cybernetyk wprowadził mu igłę do żyły, wciągnął trochę krwi Doktora, odstąpił w tył, wtedy Doktor wziął drugą i dotykając nią skóry leżącego, wyszukał naczynie, spojrzał mu w oczy, a potem wbił igłę. Cybernetyk stał nad nimi. Dubelt nie drgnął nawet. Jego jasnorubinowa krew wypełniła szklany cylinder. Doktor wyjął zręcznie igłę, przycisnął krwawiącą rankę kawałkiem waty i wyszedł z trzymaną strzykawką.
Tamci wymienili spojrzenia. Cybernetyk trzymał jeszcze w ręku strzykawkę z krwią Doktora. Położył ją na stole.
– I co teraz? – spytał Cybernetyk.
– On mógłby nam wszystko powiedzieć!
Fizyk był jak w gorączce.
– A ten – ten!
Naraz popatrzał Cybernetykowi w oczy.
– Może ich zbudzić?... – powtórzył Cybernetyk.
– To nic nie da. Doktor powie im to samo co mnie. Jest tylko jedna możliwość – on... musi sam zadecydować. Gdyby on tak chciał, Doktor nie będzie mógł mu się przeciwstawić.
– On? – Cybernetyk patrzał na niego zdumiony. – No dobrze... ale jakże on zadecyduje? Przecież nic nie wie – a my nie możemy mu powiedzieć!
– Owszem, możemy – powiedział chłodno Fizyk. Patrzał teraz wciąż na szklany cylinder z krwią leżący obok sterylizatora. – Mamy

z piętnaście minut, póki Doktor nie policzy jego krwinek. Dawaj tu tę tablicę!

– Ależ to nie ma żadnego...

– Dawaj tablicę! – krzyknął Fizyk i zaczął zbierać cały stos kawałków kredy.

Cybernetyk zdjął tablicę ze ściany, razem ustawili ją naprzeciw dubelta.

– Mało kredy! Przynieś z biblioteki kolorową!

Gdy Cybernetyk wyszedł, Fizyk porwał pierwszy kawałek kredy i zaczął szybko rysować wielką półkulę, w której znajdowała się rakieta. Czując na sobie bladoniebieski, nieruchomy wzrok, rysował coraz szybciej. Gdy kończył, odwracał się do dubelta, patrzał mu mocno w oczy, palcem uderzał w tablicę, ścierał ją gąbką i rysował dalej.

– Ściana półkuli – cała. Ściana – i przed nią Obrońca. Ryj Obrońcy – i wylatujący z niego pocisk. Wyszukał kawałek fioletowej kredy, zasmarował nim część ściany przed Obrońcą, palcami roztarł kredę, tak że powstał otwór okolony fioletowym zaciekiem. Sylwetka dubelta. Podszedł do leżącego, dotknął jego torsu, wrócił do tablicy, puknął kredą w narysowanego, starł wszystko, aż woda chlapała na podłogę, nasmarował z największym pośpiechem jeszcze raz otwór w ścianie grubo obwiedziony fioletem, w otworze – dubelta, potem starł wszystko dookoła. Na tablicy został tylko zarys wielkiej postaci. Fizyk stojąc tak, żeby tamten mógł widzieć każdy jego ruch, zaczął powoli wcierać roztartą na proch fioletową kredę w nogi wyprostowanej sylwetki. Odwrócił się. Mały tors dubelta, który przedtem spoczywał oparty o wydętą przez Doktora gumową poduszkę, powoli uniósł się w górę, jego twarz, pomarszczona, małpia, z rozumnymi oczami zeszła z tablicy i spoczęła na Fizyku, jakby pytając w milczeniu.

Wówczas Fizyk skinął głową, chwycił blaszaną puszkę, parę ochronnych rękawic i wybiegł pędem z laboratorium. W tunelu omal nie zderzył się z automatem, który rozpoznawszy go, usunął się z drogi. Wyskoczył na powierzchnię i naciągając w biegu rękawice, pognał na oślep w stronę, w której znajdował się wypalony przez Obrońcę otwór. Przed płytkim lejem runął na kolana, z największym pośpiechem wyrywał z ziemi kawały skrzepłego, zeszklonego żarem piasku i wrzucał je do puszki. Potem zerwał się i wciąż biegnąc, wrócił przez tunel do rakiety. W laboratorium stał ktoś – zmrużył oślepione oczy – to był Cybernetyk.

- Gdzie Doktor? – rzucił mu.
- Jeszcze nie wrócił.
- Cofnij się. Najlepiej siedź tam, pod ścianą.

Tak jak się tego spodziewał, zeszklony piasek był bladofioletowego koloru – nie bez kozery wybrał kredę tej właśnie barwy. Kiedy wszedł, dubelt zwrócił ku niemu twarz – najwyraźniej go oczekiwał. Fizyk wysypał na podłogę przed tablicą całą zawartość puszki.

- Zwariowałeś! – krzyknął, zrywając się z miejsca Cybernetyk. Licznik odstawiony na drugi koniec stołu zbudził się i zaczął pospiesznie tykać.

- Milcz! Nie przeszkadzaj!

W głosie Fizyka drgała taka wściekłość, że Cybernetyk zastygł bez ruchu pod ścianą. Fizyk rzucił okiem na tarczę zegara – upłynęło już dwanaście minut. Lada chwila mógł wrócić Doktor. Pochylił się, wskazał na fioletowe, mgławe szczerby na pół stopionego piasku. Podniósł ich garść, przytknął, trzymając ją rozwartą dłonią w górę, do miejsca, gdzie powalane fioletową kredą naszkicowane były nogi stojącego. Roztarł nieco piaskowych okruchów na rysunku, popatrzał w oczy dubelta, strząsnął resztę pyłu na podłogę, cofnął się w głąb sali, potem ruszył zdecydowanym krokiem przed siebie, jakby szedł gdzieś daleko, wstąpił w środek fioletowej plamy, stał tak chwilę, zamknął oczy i powoli przewrócił się, rozluźniając mięśnie. Jego ciało głucho uderzyło o podłogę. Leżał tak kilka sekund, nagle zerwał się, podbiegł do stołu, chwycił licznik Geigera i trzymając go przed sobą, jak myśliwski reflektor, podszedł do tablicy. Ledwo wylot czarnego cylindra zbliżył się do narysowanych kredą nóg, dał się słyszeć gwałtowny, alarmowy werbel. Fizyk kilka razy przysuwał i odsuwał licznik od tablicy, powtarzając efekt przed wpatrzonym bez drgnienia dubeltem, potem zwrócił się wolno ku niemu i zaczął przysuwać wylot geigera do jego obnażonych podeszew.

Licznik zawarczał.

Dubelt wydał słaby odgłos, jakby się zakrztusił. Przez kilka sekund, które Fizykowi zdawały się wiecznością, patrzał mu w oczy – zachłannym, bladym spojrzeniem. Wtedy – Fizykowi krople potu toczyły się z czoła – dubelt rozluźnił nagle tors, zamknął oczy i bezwładnie osunął się po wezgłowiu, jednocześnie wyprężając dziwacznie węzełkowate paluszki obu rąk. Spoczywał tak przez chwilę jak martwy, naraz otworzył oczy, usiadł i wbił spojrzenie w twarz Fizyka.

Ten skinął głową, odniósł aparat na stół, trącił nogą tablicę i odezwał się głucho w stronę Cybernetyka:

– Zrozumiał.

– Co zrozumiał?... – wybełkotał tamten, wstrząśnięty milczącą sceną.

– Że musi umrzeć.

Wszedł Doktor, spojrzał na tablicę, na rozsypane, szkliste szczątki, na nich.

– Co tu się dzieje? – spytał. – Co to znaczy?! – podniósł gniewnie głos.

– Nic takiego. Masz już dwóch pacjentów – powiedział obojętnie Fizyk, a gdy Doktor patrzał na niego z osłupieniem, wziął ze stołu licznik i skierował jego wylot na własne ciało. Radioaktywny kurz wniknął w materiał kombinezonu – geiger zaterkotał przeraźliwie. Twarz Doktora poczerwieniała. Przez chwilę stał bez ruchu, zdawało się, że strzeli w podłogę strzykawką, którą miał w ręku. Powoli krew odpływała mu z twarzy.

– Tak? – powiedział. – Dobrze. Chodź.

Ledwo wyszli, Cybernetyk narzucił ochronny płaszcz i zaczął pospiesznie sprzątać promieniujące okruchy. Wyprowadził ze ściennego schowka półautomat oczyszczający i puścił go na pozostałą plamę. Dubelt leżał bez ruchu, patrzał na jego krzątaninę, kilka razy słabo zakaszlał. Po jakichś dziesięciu minutach Fizyk wrócił z Doktorem – miał na sobie białe płócienne ubranie, szyję i ręce pokrywały grube zwoje bandaża.

– Już – powiedział prawie wesoło do Cybernetyka. – Nic takiego – pierwszy stopień albo i to nie.

Doktor z Cybernetykiem wzięli się do podnoszenia dubelta, który pojąwszy, o co idzie, wstał i wyszedł posłusznie z laboratorium.

– I po co było to wszystko? – spytał Cybernetyk. Nerwowo chodził po sali, wtykając we wszystkie szpary i kąty czarny pyszczek geigera. Od czasu do czasu tykot nieco przyspieszał.

– Zobaczysz – odparł spokojnie Fizyk. – Jeżeli on ma głowę na właściwym miejscu – zobaczysz.

– Dlaczego nie włożyłeś ubrania ochronnego? Żal ci było tej minuty.

– Musiałem pokazać to jak najprościej – powiedział Fizyk. – Jak najnaturalniej, bez żadnych „domieszek", rozumiesz?

Zamilkli. Wskazówka ściennego zegara przesuwała się wolno. Cybernetyka począł w końcu morzyć sen. Fizyk, manipulując wystającymi z bandaża palcami, niezręcznie zapalił papierosa. Wpadł Doktor w poplamionym fartuchu, wściekły skoczył do Fizyka.

– To ty! To ty, co?! Coś z nim zrobił?!

– A co takiego? – uniósł głowę Fizyk.

– Nie chce leżeć! Ledwo dał się opatrzyć, wstaje i pakuje się w drzwi, o, już go tu masz... – dodał ciszej.

Dubelt wszedł. Kuśtykał niezgrabnie. Po podłodze ciągnął się za nim rozwinięty koniec bandaża.

– Nie możesz go leczyć wbrew jego woli – chłodno powiedział Fizyk. Rzucił papierosa na podłogę, wstał i zdusił go nogą. – Weźmiemy chyba ten kalkulator z nawigacyjnej, co? Ma największy zasięg ekstrapolacji – powiedział do Cybernetyka. Ten drgnął, przebudzony, zerwał się na równe nogi, chwilę patrzał pijanym wzrokiem i wyszedł szybko. Zostawił otwarte drzwi. Doktor z pięściami w kieszeniach fartucha stał na środku laboratorium. Na słabe człapnięcie odwrócił się. Popatrzał na olbrzyma, który zbliżał się powoli, odetchnął.

– Już wiesz? – powiedział. – Już wiesz, co?

Dubelt kaszlnął.

Tamci trzej spali przez cały dzień. Kiedy się obudzili, zapadał zmierzch. Poszli prosto do biblioteki. Przedstawiała obraz przerażający. Stoły, podłoga, wszystkie wolne fotele zawalone były stosami książek, atlasów, pootwieranych albumów, setki zarysowanych arkuszy walały się pod nogami, pomieszane z książkami leżały części aparatów, kolorowe plansze, puszki konserw, talerze, szkła optyczne, arytmometry, cewki, o ścianę opierała się tablica, z której ściekała woda zmieszana z kredowym miałem, gruba warstwa wyschłego wapiennego prochu pokrywała skorupą palce, rękawy, nawet kolana trzech ludzi. Siedzieli naprzeciw dubelta, zarośnięci, z przekrwionymi oczami i pili kawę z wielkich kubków. Pośrodku, tam, gdzie przedtem znajdował się stół, na wolnej przestrzeni wznosił się szkielet dużego elektronowego kalkulatora.

– Jak idzie? – spytał Koordynator, stając w progu.

– Świetnie. Ujednoznaczniliśmy już tysiąc sześćset pojęć – odparł Cybernetyk. Doktor wstał. Miał jeszcze na sobie biały fartuch.

– Zmusili mnie do tego – powiedział. – On jest porażony – wskazał na dubelta.

– Porażony!? – Koordynator wszedł do środka. – Co to znaczy?

– Przeszedł przez plamę radioaktywną w otworze – wyjaśnił Fizyk. Odstawił niedopitą kawę i ukląkł przy aparacie.

– Ma już o dziesięć procent białych ciałek mniej niż przed siedmioma godzinami – powiedział Doktor. – Degeneracja hyalinowa – zupełnie jak u człowieka. Chciałem go izolować, musi mieć spokój, ale nie daje się leczyć, bo Fizyk powiedział mu, że to i tak nie pomoże! – Czy to prawda? – zwrócił się Koordynator do Fizyka. Ten, nie odrywając się od gwiżdżącego aparatu, skinął głową.

– I on jest nie do uratowania?... – spytał Inżynier.

Doktor wzruszył ramionami.

– Nie wiem! Gdyby to był człowiek, powiedziałbym, że ma trzydzieści szans na sto. Ale to nie jest człowiek. Staje się trochę apatyczny. Ale to może być zmęczenie i bezsenność. Gdybym go mógł izolować...

– O co ci chodzi? Przecież i tak robisz z nim wszystko, co chcesz – powiedział Fizyk. Nie odwrócił nawet głowy. Obandażowanymi rękami manipulował wciąż przy aparacie.

– A co tobie się stało? – spytał Koordynator.

– Wytłumaczyłem mu, w jaki sposób uległ promienistemu skażeniu.

– Tak dokładnie mu to wytłumaczyłeś?! – krzyknął Inżynier.

– Musiałem.

Milczeli przez chwilę.

– Stało się, co się stało – powoli powiedział Koordynator. – Dobrze czy źle, ale stało się. Co teraz? Co już wiecie?

– Sporo.

Mówił Cybernetyk.

– Opanował już masę naszych symboli – zwłaszcza matematycznych. Teorię informacji mamy właściwie przetorowaną. Najgorzej z jego elektrycznym pismem, bez specjalnego aparatu nie moglibyśmy się go nauczyć, a nie mamy takiego aparatu ani czasu, żeby go zbudować. Pamiętacie te fragmenty rurek wchodzące w głąb ciała? To po prostu urządzenia do pisania! Kiedy dubelt przychodzi na świat, od razu wszczepia mu się taką rurkę – jak u nas kiedyś przekłuwało się dziewczynkom uszy... Mają po obu stronach ciała, tego wielkiego, organy elektryczne. Dlatego kadłub jest taki wielki! To jak gdyby mózg i zarazem plazmatyczna bariera, która przekazuje ładunki bezpośrednio „przewodowi piszącemu". U niego kończy się on tymi drutami na „kołnierzu", ale to jest indywidualnie różne. Pisania muszą się oczywiście uczyć. Ta wstępna operacja praktykowana od tysięcy lat jest tylko krokiem przygotowawczym.

- A więc on rzeczywiście w ogóle nie mówi? – spytał Chemik.
- Mówi! Ten kaszel, któryście słyszeli, to właśnie mowa. Jedno „kaszlnięcie" to całe zdanie. Wyrzucane z wielkim przyśpieszeniem. Nagraliśmy je na taśmę – rozkłada się na widmo częstotliwości.
- A! Więc to jest mowa na zasadzie modulowanej częstości drgań dźwiękowych?
- Raczej szmerów. Jest bezdźwięczna. Dźwiękami wyrażają wyłącznie uczucia, stany emocjonalne.
- A te organy elektryczne – czy są ich bronią?
- Nie wiem. Ale możemy go spytać.

Pochylił się, wyciągnął spomiędzy papierów dużą planszę, na której widniał schematyczny, pionowy przekrój dubelta, wskazał dwa podłużne segmentowane twory w jego wnętrzu i zbliżając usta do mikrofonu, powiedział:
- Broń?

Głośnik umieszczony z drugiej strony, naprzeciw leżącego, skrzeknął. Dubelt, który uniósł nieznacznie mały tors, gdy weszli nowi ludzie, trwał przez chwilę bez ruchu, potem zakaszlał.
- Broń – nie – zaskrzypiał głośnik. – Liczne obroty planetarne – niegdyś – broń.

Dubelt kaszlnął.
- Organ-rudyment – ewolucji – biologicznej – wtórna – adaptacja – cywilizacja – wyskrzypiał martwo, bez żadnej intonacji głośnik.
- No, no – mruknął Inżynier. Chemik stał zasłuchany ze zmrużonymi oczami.
- A więc naprawdę! – wyrwało się Koordynatorowi. Opanował się. – Jak przedstawia się ich nauka? – spytał.
- Z naszego punktu widzenia – dziwacznie – powiedział Fizyk. Wstał z kolan. – Nie wyeliminuję tego przeklętego skrzypienia – rzucił Cybernetykowi. – Wielkie wiadomości w dziedzinie fizyki klasycznej – podjął. – Optyka, elektryczność, mechanika w specyficznym połączeniu z chemią – coś w rodzaju mechanochemii. Tam mają ciekawe osiągnięcia.
- No?! – rzucił się naprzód Chemik.
- Szczegóły potem. Mamy wszystko utrwalone, nie bój się. W drugą stronę poszli z tych wyjściowych pozycji do teorii informacji. Ale studiowanie jej jest u nich, poza specjalnymi placówkami, zakazane. Najgorzej wygląda ich atomistyka, zwłaszcza chemia jądrowa.
- Czekaj – jak to zakazane? – zdziwił się Inżynier.

– Po prostu nie wolno prowadzić takich badań.

– Kto tego zabrania?

– To skomplikowana sprawa i mało co jeszcze pojmujemy – wtrącił Doktor. – Najgorzej orientujemy się wciąż w ich dynamice społecznej.

– Zdaje się, że do badań jądrowych brakło im bodźców – powiedział Fizyk. – Nie odczuwają niedoboru energetycznego.

– Ależ skończmy pierwej z jednym! Więc jakże to jest z tymi zakazywanymi badaniami?

– Siadajcie – będziemy pytali dalej – powiedział Cybernetyk. Koordynator zbliżył twarz do mikrofonu, tamten powstrzymał go.

– Czekaj. Trudność polega na tym, że im zawilsza konstrukcja zdania, tym bardziej rozsypuje się kalkulatorowi gramatyka. Zdaje się poza tym, że analizator dźwięków jest za mało selektywny. Często dostajemy po prostu rebusy, sami zresztą zobaczycie.

– Na planecie jest was – wielu – powoli i wyraźnie powiedział Fizyk. – Jaka jest struktura dynamiczna – was wielu – na planecie?

Głośnik szczeknął dwa razy i urwał. Dubelt dość długo się nie odzywał. Potem zakaszlał ochryple.

– Struktura dynamiczna – podwójna. Relacja – podwójna – zamamrotał głośnik. – Społeczeństwo – sterowane – centralnie – cała planeta.

– Doskonale! – zawołał Inżynier. Jak pozostali dwaj nowi uczestnicy badania zdradzał duże podniecenie. Tamci, może wskutek zmęczenia, siedzieli bez ruchu z obojętnymi twarzami.

– Kto rządzi społeczeństwem? Kto jest na szczycie, jeden osobnik czy grupa? – spytał Koordynator, zbliżając usta do mikrofonu. Głośnik trzeszczał, rozległo się przeciągłe buczenie i czerwony wskaźnik mignął parę razy na tablicy aparatu.

– Tak pytać nie można – pospieszył z wyjaśnieniem Cybernetyk. – Jeżeli mówisz „na szczycie", to jest przenośnia i nie ma odpowiednika w słowniku kalkulatora. Czekaj, spróbuję.

Pochylił się do przodu.

– Jak wielu jest u was u steru społeczeństwa? Jeden? Kilku? Wielka liczba?

Głośnik szybko skrzeknął.

– A ster to nie przenośnia? – spytał Koordynator. Cybernetyk potrząsnął głową.

– Termin z zakresu teorii informacji – zdążył odpowiedzieć w momencie, gdy dubelt odezwał się i głośnik tłumaczył, wyrzucając miarowo:

– Jeden – kilku – wielu – ster – nie wiadomo. Nie – wiadomo – powtórzył.

– Jak to nie wiadomo? Co to ma znaczyć? – pytał zaskoczony Koordynator.

– Zaraz się dowiemy.

– Nie wiadomo tobie – czy – nie wiadomo – żadnemu – na planecie? – powiedział w mikrofon. Dubelt odpowiedział i kalkulator, tłumacząc, wyrzucał przez głośnik:

– Relacja – dynamiczna – podwójna. – Wiadomo jedno – jest. Wiadomo – drugie – nie jest.

– Nic nie rozumiem! – Koordynator patrzał na pozostałych – a wy?

– Zaczekaj – powiedział Cybernetyk wpatrzony w dubelta, który powoli zbliżył jeszcze raz twarz do swojego mikrofonu i kaszlnął dwa razy.

Kalkulator podjął:

– Wiele obrotów planety – niegdyś – sterowanie centralne rozłożone. Pauza. Jeden dubelt – jeden ster. Pauza. Sto trzynaście obrotów planety tak jest. Pauza. Sto jedenasty obrót planety – jeden dubelt – ster – śmierć. Pauza. Inny jeden – ster – śmierć. Pauza. Jeden – jeden – śmierć. Pauza. Potem – jeden dubelt ster – nie wiadomo – kto. Nie wiadomo – kto – ster. Wiadomo centralny – ster. Pauza. Nie wiadomo – kto – ster. Pauza.

– Tak, to rzeczywiście rebus – powiedział Koordynator. – I co z tym robicie?

– To nie żaden rebus – odparł Cybernetyk. – Powiedział, że do roku sto trzynastego, licząc od dziś, mieli rząd centralny wieloosobowy. „Sterowanie centralne rozłożone". Potem nastąpiły rządy jednostek – przypuszczam, że coś w rodzaju monarchii albo tyranii. W latach 112 i 111 – oni liczą od chwili obecnej, teraz jest rok zerowy – nastąpiły jakieś gwałtowne przewroty pałacowe. Czterech władców zmieniło się w ciągu dwóch lat, kończąc panowanie śmiercią – oczywiście, nie śmiercią naturalną. Potem pojawił się nowy władca i nie wiadomo, kto nim był. Wiadomo było, że istnieje, ale nie wiedzieli, kto to jest.

– Jak to – anonimowy władca? – zdumiał się Inżynier.

– Widocznie. Postaramy się dowiedzieć więcej.

Zwrócił się do mikrofonu.

– Teraz wiadomo, że jeden osobnik jest u steru społeczeństwa, ale nie wiadomo, kto to jest? Czy tak? – spytał. Kalkulator zachrząkał niewyraźnie, dubelt odkaszlnął, jakby się zawahał, znowu kilka razy kaszlał i głośnik odpowiedział:

– Nie. Nie tak. Pauza. Sześćdziesiąt obrotów planety wiadomo, jeden dubelt centralny ster. Pauza. Potem wiadomo, żaden. Pauza. Nikt. Nikt centralny ster. Tak wiadomo. Nikt ster. Pauza.

– Teraz to i ja nie rozumiem – przyznał Fizyk.

Cybernetyk siedział pochylony przed aparatem, zgarbił się, gryzł wargi.

– Czekajcie.

– Informacja powszechna – jest taka – że nie ma centralnej władzy? Tak? – powiedział do mikrofonu. – A realność jest taka, że jest centralna władza. Tak?

Kalkulator porozumiewał się z dubeltem, wymieniając skrzekliwe odgłosy. Czekali z głowami pochylonymi w stronę głośnika.

– Taka prawda. Tak. Pauza. Kto informacja – jest centralny ster, ten – jest, nie ma. Kto informacja – taka – ten jest, nie ma. Ten, niegdyś jest, potem nie ma.

Popatrzyli na siebie w milczeniu.

– Kto mówi, że istnieje władza, sam przestaje istnieć. Tak powiedział? – półgłosem odezwał się Inżynier. Cybernetyk skinął wolno głową.

– Ależ to niemożliwe! – zawołał Inżynier. – Przecież władza ma swoją siedzibę, musi wydawać zarządzenia, ustawy, muszą istnieć jej organy wykonawcze, hierarchicznie niższe, wojsko – przecież spotkaliśmy ich zbrojnych – Fizyk położył mu rękę na ramieniu. Inżynier umilkł. Dubelt pokaszliwał dłuższą chwilę. Zielone oko kalkulatora szybko trzepotało. Mruczał. Brzęczał prądem. Głośnik odezwał się:

– Informacja – podwójna. Pauza. Jedna informacja kto – ten jest. Pauza. Druga informacja – kto – ten niegdyś jest, potem nie ma. Pauza.

– Istnieje informacja, która jest blokowana? – spytał w mikrofon Fizyk. – Czy tak? Kto stawia pytania z zakresu tej informacji – temu grozi śmierć, czy tak?

Znowu słychać było po drugiej stronie aparatu skrzypiący głośnik i pokaszliwanie dubelta.

– Nie. Nie tak. Pauza. – Odpowiedział kalkulator swoim obojętnym głosem. Miarowo oddzielał od siebie słowa. – Kto niegdyś jest, potem nie ma – ten nie śmierć. Pauza.

Odetchnęli.

– A więc nie kara śmierci! – zawołał Inżynier. – Spytaj go, co się dzieje z takimi – zwrócił się do Cybernetyka.

– Obawiam się, że to się nie da zrobić – powiedział Cybernetyk, ale Koordynator i Inżynier upierali się przy tym pytaniu, rzucił więc:

– Jak chcecie. Dobrze, ale nie odpowiadam za rezultat.

– Jaka jest przyszłość tego, kto rozpowszechnia informację blokowaną? – powiedział do mikrofonu.

Chrypliwy dialog kalkulatora ze spoczywającym bezwładnie dubeltem trwał długo. Na koniec głośnik odezwał się:

– Ten kto taka informacja inkorporowany samosterowna grupa niewiadomy stopień prawdopodobieństwo degeneracja zakres pauza. Efekt kumulatywny brak terminu adaptacja taka konieczność walka spowolnienie siły potencjał brak terminu pauza. Niewielka liczba obroty planetarne śmierć pauza.

– Co powiedział? – zwrócili się jednocześnie Chemik, Koordynator i Inżynier do Cybernetyka. Ten wzruszył ramionami.

– Pojęcia nie mam. Mówiłem wam, że to się nie da zrobić. To problem zbyt skomplikowany. Musimy posuwać się stopniowo. Domyślam się, że los takiego osobnika nie jest godny pozazdroszczenia. Czeka go przedwczesna śmierć, ostatnie zdanie było zupełnie przejrzyste, ale jaki jest mechanizm całego procesu, nie wiem. Jakieś samosterowne grupy – naturalnie można na ten temat stawiać hipotezy, ale dowolnych kombinacji mam raczej dość.

– Dobrze – powiedział Inżynier – to spytaj go o tę fabrykę na północy.

– Pytaliśmy już – odparł Fizyk. – To także bardzo skomplikowana sprawa. Na ten temat mamy taką teorię...

– Jak to teorię?! Nie odpowiedział wam wyraźnie? – wtrącił Koordynator.

– Nie, bo to też zatrąca o zjawiska wyższego rzędu. Co do samej fabryki, została porzucona w okresie, gdy miała rozpocząć produkcję. To wiemy całkiem dokładnie. Gorzej z wiedzą o przyczynach, dla których tak się stało. Blisko pięćdziesiąt lat temu został u nich wprowadzony plan rekonstrukcji biologicznej. Przebudowy cielesnych funkcji – może także kształtów – to ciemna historia. Całą niemal populację planety w ciągu wielu lat poddano serii zabiegów. Chodziło, jak się zdaje, o przebudowę, nie tyle pokolenia żyjącego, ile następnych, przez sterowane mutacje komórek rozrodczych. Tak to sobie tłumaczymy. W zakresie biologii porozumienie jest bardzo trudne.

– Jaka to miała być przebudowa? W jakim kierunku? – spytał Koordynator.

– Tego nie udało się ustalić – odparł Fizyk.

– No, coś jednak wiemy – nie zgodził się z nim Cybernetyk. – Biologia, w szczególności badanie procesów życiowych, ma u nich osobliwy charakter, jak gdyby doktrynalny, odmienny niż w innych dziedzinach nauki.

– Możliwe, że religijny – wtrącił Doktor. – Z tym że ich wierzenia to raczej system nakazów i reguł dotyczących życia doczesnego, pozbawiony pierwiastków transcendentnych.

– Nigdy nie wierzyli w jakiegoś stwórcę? – spytał Koordynator.

– Nie wiadomo. Zrozum, takie pojęcie abstrakcyjne, jak wiara, bóg, moralność, dusza, nie dają się w ogóle ujednoznacznić w obrębie kalkulatora. Musimy zadawać mnóstwo rzeczowych pytań i z całej masy odpowiedzi, nieporozumień, cząstkowego pokrywania się znaczeń usiłujemy dopiero wyprowadzić sensowną i uogólnioną ekstrapolację. Mnie się wydaje, że to, co Doktor nazywa religią – to po prostu tradycja, historycznie nawarstwione obyczaje, rytuały.

– Ale co religia czy tradycja może mieć wspólnego z badaniami biologicznymi? – spytał Inżynier.

– Tego właśnie nie potrafimy ustalić. W każdym razie związek, i to bardzo ścisły, istnieje.

– Może szło o to, że usiłowali naginać pewne fakty biologiczne do swoich wierzeń czy przesądów?

– Nie, to jakaś znacznie bardziej skomplikowana historia.

– Wróćmy do rzeczy – powiedział Koordynator. – Jakie były konsekwencje wprowadzenia w życie tego planu biologicznego?

– Takie, że na świat poczęły przychodzić osobniki bezokie albo ze zmienną liczbą oczu, niezdolne do życia, spotworniałe, beznose, także znaczna liczba niedorozwiniętych psychicznie.

– Ach! Nasz dubelt i te inne!

– Tak. Widocznie teoria, na której się opierali, była fałszywa. W ciągu kilkunastu lat pojawiły się dziesiątki tysięcy mutantów okaleczonych, zdeformowanych – tragiczne plony tego eksperymentu zbierają jeszcze dzisiaj.

– Plan został oczywiście zarzucony?

– Nawet nie spytaliśmy o to – przyznał Cybernetyk. Zwrócił się do mikrofonu.

– Plan rekonstrukcji biologicznej – czy istnieje nadal? Jaka jest jego przyszłość?

Kalkulator przez chwilę jak gdyby spierał się skrzekliwie z dubeltem, który wydawał słabe chrząkanie.

– Czy z nim jest źle? – spytał cicho Koordynator Doktora.

– No – lepiej, niż się spodziewałem. Jest wyczerpany, ale nie chciał wyjść stąd przedtem. Nawet transfuzji nie mogę mu zrobić, bo krew naszego dubelta strąca jego krwinki, widocznie...

– Cii! – syknął Fizyk. Głośnik zachrypiał.

– Plan – jest, nie jest. Pauza. Teraz, plan niegdyś, nie był. Pauza. Teraz mutacje, choroba. Pauza. Informacja prawdziwa, plan był, teraz nie jest.

– Nie połapałem się – wyznał Inżynier.

– Mówi, że obecnie zaprzecza się istnieniu tego planu – jak gdyby w ogóle go nigdy nie było, a mutacje są rzekomo rodzajem choroby. W rzeczywistości plan został wprowadzony w życie, a potem zarzucili go, nie przyznając się przed zbiorowością do klęski.

– Kto?

– Ta ich rzekomo nieistniejąca władza.

– Czekajcie – powiedział Inżynier – jakże to jest? Od czasu kiedy ostatni anonimowy władca przestał istnieć, zapanowała niejako „epoka anarchii", czy tak? Więc kto wprowadził w życie plan?

– Słyszałeś przecież. Nikt go nie wprowadził – żadnego planu nie było. Tak dziś twierdzą.

– No dobrze, ale wtedy, pięćdziesiąt czy ileś tam lat temu?

– Wtedy głosili coś innego.

– Nie, to nie da się zrozumieć!

– Dlaczego? Przecież wiesz, że i na Ziemi istnieją pewne zjawiska nienazywane publicznie – chociaż się o nich wie. Na przykład w zakresie życia towarzyskiego, które byłoby niemożliwe bez pewnej dawki obłudy. To, co u nas jest wąskim wycinkiem, marginesem, u nich stanowi główny nurt.

– Wszystko to jest pokrętne i nieprawdopodobne – powiedział Inżynier. – A jaki związek ma z tym ta fabryka na północy?

– Miała wytwarzać coś, co było związane z urzeczywistnieniem planu – może aparaturę do zabiegów albo obiekty, których oni sami nie potrzebowali, ale które miały się rzekomo okazać potrzebne przy-

szłym, „zrekonstruowanym" pokoleniom. Ale to tylko moje domysły
– z naciskiem kończył Cybernetyk – co mieli tam wytwarzać, nie
wiemy.

– Takich fabryk musiało być pewno więcej?

– Fabryk, pochodnych planu biologicznego, liczba mała – czy
wielka? – Jak wiele? – spytał Cybernetyk. Dubelt odkaszlnął i kalkulator niemal natychmiast odpowiedział:

– Nie wiadomo. Fabryki, prawdopodobieństwo, wiele. Pauza. Informacja, żadne fabryki.

– To jednak jakieś społeczeństwo – przerażające! – wykrzyknął
Inżynier.

– Dlaczego? Czy nie słyszałeś nigdy o tajemnicy wojskowej albo
innej podobnego rodzaju?

– Jaka energia porusza te fabryki? – zwrócił się Inżynier do Cybernetyka, ale powiedział to tak blisko mikrofonu, że kalkulator
od razu przełożył pytanie. Głośnik brzęczał chwilę i wyrecytował:

– Inorgan terminu brak bio bio pauza entropia constans bio system – reszta utonęła w rosnącym brzęczeniu.

Czerwone światełko migało na tablicy.

– Luki w słowniku – wyjaśnił Cybernetyk.

– Słuchaj, włączymy go poliwalencyjnie – powiedział do niego
Fizyk.

– Po co? Żeby zaczął gadać jak schizofrenik?

– Może uda się więcej zrozumieć.

– O co chodzi? – spytał Doktor.

– On chce zmniejszyć selektywność kalkulatora – wyjaśnił Cybernetyk. – Kiedy widmo pojęciowe jakiegoś słowa nie jest ostre, kalkulator odpowiada, że brak terminu. Gdybym włączył poliwalencyjnie, zacznie kontaminować – produkować zbitki słowne, jakich nie
ma w żadnym ludzkim języku.

– W ten sposób zbliżymy się do jego języka – nastawał Fizyk.

– Proszę cię. Możemy spróbować.

Cybernetyk przerzucił wtyczki. Koordynator spojrzał na dubelta, który leżał teraz z zamkniętymi oczami. Doktor podszedł do niego, badał go chwilę i wrócił, nic nie mówiąc, na swoje miejsce.

Koordynator powiedział do mikrofonu:

– Na południe od tego miejsca – tutaj – jest dolina. Tam
– wielkie budynki, w budynkach szkielety, dookoła, w ziemi – groby.
Co to jest?

- Czekaj, groby nic nie znaczą.

Cybernetyk przyciągnął do siebie giętkie ramię mikrofonu.

- Na południu - konstrukcja architektoniczna, przy niej - w otworach ziemi, martwe ciała. Martwe dubelty. Co to znaczy? Tym razem kalkulator dłuższy czas wymieniał zgrzytliwe dźwięki z dubeltem. Zauważyli, że po raz pierwszy maszyna jakby sama od siebie zdawała się pytać o coś jeszcze raz, na koniec zwrócony ku nim głośnik oświadczył monotonnie:

- Dubelt praca fizyczna nie. Pauza. Organ elektryczny praca tak, ale akceleroinwolucja degeneracja nadużycie. Pauza. Południe to egzemplifikacja prokrustyki samosterownej pauza. Biosocjozwarcie antyśmierć pauza. Izolacja społeczna nie siła, nie przymus, pauza. Dobrowolność pauza. Mikroadaptacja grupy centrosamociąg produkcja tak nie pauza.

- Masz teraz - Cybernetyk spojrzał gniewnie na Fizyka. - „Centrosamociąg", „antyśmierć", „biosocjozwarcie". Mówiłem ci. Proszę, zrób z tym coś teraz.

- Powoli - powiedział Fizyk. - To ma coś wspólnego z pracą przymusową.

- Nieprawda. - Powiedział „nie siła, nie przymus". „Dobrowolność".

- No, to jeszcze raz spytamy - Fizyk przyciągnął do siebie mikrofon.

- Niezrozumiałe - powiedział. - Powiedz - bardzo prosto - co jest na południu w dolinie? Kolonia? Grupa karna? Izolacja? Produkcja? Jaka produkcja? Kto produkuje? Co? I po co? W jakim celu?

Kalkulator znowu porozumiewał się z dubeltem - trwało to chyba pięć minut, zanim się odezwał:

- Izolmikrogrupa dobrowolność interoadhezja przymus nie. Pauza. Każdy dubelt przeciwgra izolmikrogrupa. Pauza. Relacja główna samociąg centripetalny pauza. Spoiwo gniewić pauza. Kto wina ten kara. Pauza. Kto kara ten izolmikrogrupa dobrowolność pauza. Co to jest izolmikrogrupa? Pauza. Interrelacje zwrotne polindywidualne sprzężenie gniewić samocel gniewić samocel pauza. Cyrkulacja socjopsycho wewnętrzna antyśmierć pauza.

- Czekajcie! - krzyknął Cybernetyk, widząc, że inni poruszają się niespokojnie - co to znaczy „samocel"? Jaki cel?

- Samocal... enie - wybełkotał kalkulator, który tym razem wcale nie zwrócił się do dubelta.

– A! Instynkt samozachowawczy! – krzyknął Fizyk, a kalkulator oświadczył pośpiesznie:

– Instynkt samozachowawczy. Tak. Tak.

– Czy chcesz powiedzieć, że rozumiesz, co on mówił?! – poderwał się z miejsca Inżynier.

– Nie wiem, czy rozumiem, ale domyślam się – chodzi o jakieś odnogi ich systemu kar. To widać jakieś mikrospołeczności, grupy autonomiczne, które, by tak rzec, nawzajem trzymają się w szachu.

– Jak to? Bez straży? Bez nadzorów?

– Tak. Powiedział wyraźnie, że żadnego przymusu nie ma.

– To niemożliwe!

– Wcale nie. Wyobraź sobie dwu ludzi, jeden ma zapałki, a drugi pudełko. Mogą się nienawidzić, ale ogień skrzeszą tylko razem. Gniewić to gniew i nienawiść albo coś zbliżonego. Kooperacja wynika zatem w grupie dzięki sprzężeniom zwrotnym, jak w moim przykładzie – ale oczywiście nie tak prosto! Przymus rodzi się niejako sam z siebie – wytwarza go wewnętrzna sytuacja grupy.

– No dobrze, dobrze, ale co oni tam robią? Co tam robią? Kto leży w tych grobach? Dlaczego?

– Słyszałeś, co powiedział kalkulator? „Prokrustyka". Oczywiście, od prokrustowego łoża.

– Bajesz! Skąd dubelt słyszał o Prokruście?!

– Kalkulator, nie dubelt! Wyszukuje pojęcie najbliższe według rezonansu w widmie semantycznym! Tam, w tych grupach, toczy się wyczerpująca praca. Możliwe, że ta praca nie ma żadnego celu ani sensu – powiedział „produkcja tak nie" – więc, że produkują, że muszą to robić, bo to jest kara.

– Jakże muszą? Kto ich do tego zmusza, jeżeli brak jakiejkolwiek straży?

– Jakiś ty uparty! Z tą produkcją mogę się mylić – ale przymus tworzy sytuacja. Jakże, nie słyszałeś o sytuacjach przymusowych? Na tonącym okręcie, dajmy na to, masz bardzo mało dróg wyboru – może mają pokład takiego okrętu pod sobą przez całe życie... Ponieważ praca fizyczna, wyczerpująca zwłaszcza, szkodzi im, powstaje jakieś „biozwarcie", może w obrębie tego organu elektrycznego.

– Mówił „biosocjozwarcie". To musi być coś innego.

– Ale coś bliskiego. W grupie istnieje adhezja – wzajemne przyciąganie, czyli że grupa jest niejako skazana sama na siebie, izolowana od społeczeństwa.

– To szalenie mgliste. Cóż oni tam w końcu robią?

– Ależ jakże chcesz, żebym ci powiedział? Wiem tyle co ty. Przecież zachodzą nieporozumienia i przesunięcia znaczeń podwójne – nie tylko z naszej strony, ale tak samo między kalkulatorem i dubeltem z drugiej! Może mają specjalną dyscyplinę naukową – „prokrustykę", teorię dynamiki takich grup! Planują z góry typ działań, konfliktów i wzajemnych przyciągań w jej obrębie, funkcje są tak rozłożone i zaplanowane, żeby powstała swoista równowaga, wymiana, krążenie gniewu, strachu, nienawiści, żeby te uczucia spajały ich i zarazem, żeby nie mogli znaleźć wspólnego języka z kimkolwiek spoza grupy...

– To są twoje prywatne wariacje na temat schizofrenicznych mętniactw kalkulatora – a nie żadne tłumaczenie! – krzyknął Chemik.

– Jest bardzo wyczerpany – powiedział Doktor. – Najwyżej jedno jeszcze, dwa pytania. Kto chce je zadać?

– Proszę, możesz zająć moje miejsce. Może pójdzie ci lepiej. Milczeli chwilę.

– Ja? – powiedział Koordynator.

– Skąd wiedziałeś o nas? – rzucił w mikrofon.

– Informacja – meteoryt – statek – odpowiedział po chwili kalkulator, wymieniwszy kilka krótkich, chrapliwych dźwięków z dubeltem. – Statek – innej planety – promienie kosmiczne – degeneracja istot. Pauza. Zadają śmierć. Pauza. Otorbienie szkliste celem likwidacji. Pauza. Obserwatorium. Pauza. Huk. Dokonałem – namiary – kierunek dźwięku – źródła huku – ognisko trafień rakieta. Pauza. Poszedłem kiedy noc. Pauza. Czekałem – Obrońca otworzył otorbienie. Wszedłem. Jestem. Pauza.

– Ogłosili, że spadł statek z jakimiś potworami, tak? – spytał Inżynier.

– Tak. Że jesteśmy zdegenerowani pod wpływem promieniowania kosmicznego. I że zamierzają zamknąć nas, otorbić tą szklistą masą. Zrobił nasłuchowe namiary kierunków bombardowania, wyznaczył ich cel i w ten sposób znalazł nas.

– Nie bałeś się potworów? – rzucił Koordynator pytanie w mikrofon.

– „Nie bałeś się" to nic nie znaczy. Zaraz, jakie to było słowo? Aha, gniewiść. Może tak przetłumaczy.

Cybernetyk powtórzył pytanie dziwacznym żargonem kalkulatora.

– Tak – odparł prawie natychmiast głośnik. – Tak. Ale – szansa – jeden na milion obrotów planetarnych.

– Ma się rozumieć. Każdy z nas by poszedł – skinął ze zrozumieniem głową Fizyk.

– Czy chcesz zostać z nami? My – wyleczymy cię. Śmierci nie będzie – powiedział wolno Doktor. – Czy zostaniesz u nas.

– Nie – odpowiedział głośnik.

– Chcesz odejść? Chcesz wrócić – do swoich?

– Powrót – nie – odparł głośnik.

Popatrzyli na siebie.

– Naprawdę nie umrzesz! Wyleczymy cię, naprawdę! – zawołał Doktor. – Powiedz, co chcesz zrobić, kiedy będziesz wyleczony.

Kalkulator zaskrzeczał, dubelt odpowiedział jednym, tak krótkim, że ledwo słyszalnym dźwiękiem.

– Zero – powiedział, jakby z wahaniem, głośnik. I po chwili dodał, jak gdyby niepewny, czy go dobrze zrozumieli:

– Zero. Zero.

– Nie chce zostać – wracać też nie – mruknął Chemik. – Może on... majaczy? Popatrzyli na dubelta. Jego bladoniebieskie oczy spoczywały na nich nieruchomo. W ciszy rozległ się powolny, głuchy oddech.

– Dosyć tego – powiedział Doktor, wstając. – Wyjdźcie wszyscy.

– A ty?

– Przyjdę za chwilę. Zażywałem dwa razy psychedrynę, mogę jeszcze przy nim przez chwilę posiedzieć.

Kiedy ludzie wstali i ruszyli ku drzwiom, mały tors dubelta, dotąd podtrzymywany jakby niewidzialnym oparciem, załamał się naraz – jego oczy zamknęły się, głowa opadła bezwładnie w tył.

– Słuchajcie, ale tylko my wypytywaliśmy jego, czemu on nas o nic nie pytał? – zreflektował się w korytarzu Inżynier.

– Owszem, przedtem pytał – odpowiedział Cybernetyk. – O stosunki panujące na Ziemi, o naszą historię, o rozwój astronautyki – jeszcze jakieś pół godziny, nimeście przyszli, mówił znacznie więcej.

– Musi być bardzo osłabiony?

– Na pewno. Wchłonął dużą dawkę promieniowania, wędrówka przez pustynię musiała go dobrze zmęczyć, tym bardziej że jest dosyć stary.

– Jak długo oni żyją?

– Około sześćdziesięciu obrotów planety, więc nieco mniej niż sześćdziesiąt naszych lat. Eden obraca się szybciej wokół Słońca niż Ziemia.

– Czym się odżywiają?

– To dosyć osobliwe. Zdaje się, że ewolucja przebiegała tu inaczej niż na Ziemi. Oni mogą bezpośrednio przyswajać niektóre substancje nieorganiczne.

– To rzeczywiście osobliwe – powiedział Inżynier.

– Ach, ta ziemia, którą wyniósł ów pierwszy!! – połapał się nagle Chemik.

Przystanęli.

– Tak, ale w ten sposób odżywiali się przed tysiącami lat. Teraz nigdy tak normalnie nie postępują. Te cienkie kielichy na równinie, wiecie – to są jak gdyby ich „akumulatory żywności".

– Czy to żywe istoty?

– Tego nie wiem. W każdym razie wychwytują wybiórczo z gleby substancje, które służą dubeltom za pożywienie, i magazynują je w „kielichu". Jest ich wiele rozmaitych rodzajów.

– Tak, oczywiście, muszą je hodować czy raczej uprawiać – powiedział Chemik. – Na południu widzieliśmy całe zagony tych kielichów. Ale dlaczego ten, który dotarł do rakiety, grzebał się w glinie?

– Bo kielichy wciągają się po zapadnięciu zmroku pod ziemię.

– Ależ i tak miał wszędzie dosyć ziemi, a wybrał akurat tę w rakiecie.

– Może dlatego, że była rozdrobniona, a on – głodny. Nie mówiliśmy o tym z naszym astronomem. Możliwe, iż tamten naprawdę uciekał z tej doliny na południu.

– Moi drodzy, idźcie teraz spać – zwrócił się do Fizyka i Cybernetyka Koordynator – a my zabierzemy się do roboty. Dochodzi dwunasta.

– Dwunasta w nocy?

– A jakże. Już całkiem straciłeś, widzę, rachubę czasu?

– No, w tych warunkach...

Usłyszeli za sobą kroki. Z biblioteki wyszedł Doktor. Spojrzeli na niego pytająco.

– Śpi – powiedział. – Kiepsko z nim. Kiedyście wyszli, wyglądało mi już... – nie dokończył.

– Nie mówiłeś już z nim?

– Mówiłem. To znaczy – wydawało mi się, że to już, rozumiecie – spytałem go, czy moglibyśmy coś dla nich zrobić. Dla wszystkich.

- I co powiedział?

- Zero - powtórzył wolno Doktor, a im wydało się, że słyszą martwy głos kalkulatora.

- Pójdziecie teraz wszyscy i położycie się - rzekł Koordynator po chwili - ale skorzystam jeszcze z tego, że jesteśmy razem, i spytam was - czy startujemy?

- Tak - powiedział Inżynier.

- Tak - Fizyk i Chemik niemal równocześnie.

- Tak - dodał Cybernetyk.

- A ty? Milczysz? Teraz? - spytał Koordynator Doktora.

- Zastanawiam się. Ja, wiecie, nie byłem nigdy tak bardzo ciekaw...

- Wiem, szło ci raczej o to, jak można im pomóc. Ale teraz wiesz już przecież, że...

- Nie. Nie wiem - cicho powiedział Doktor.

XIV

W godzinę potem po opuszczonej klapie ciężarowej zjechał Obrońca. Inżynier podprowadził go na dwieście metrów do szklistego muru, zaklęsającego w górze jak niewykończone sklepienie, i zabrał się do dzieła. Ciemność gigantycznymi susami uciekała w głąb pustyni. Jaśniejsze od słońca, grzmiące linie cięć płatały lustrzaną ścianę, ociekające żarem płyty waliły się na ziemię, biały dym migotał nad kipieliskiem. Inżynier zostawiał kawały budulca, by stygły, i dalej ciął anihilatorem, wyrąbywał w sklepieniu okna, z których spływały płomieniście sople. W mętnej, na wpół przeświecającej powłoce powstały szeregi czworobocznych dziur, ukazały się w nich studnie gwiaździstego nieba. Dym słał się zwojami po piasku, w żyłach szklistego ogromu coś postękiwało, trzeszczało, obłomki zachodziły ciemnym żarem, na koniec Obrońca podjechał tyłem do rakiety. Inżynier badał na odległość promieniowanie szczątków. Liczniki brzęczały ostrzegawczo.

– Musielibyśmy czekać co najmniej cztery doby – powiedział Koordynator – ale puścimy tam Czarnego i oczyszczacze.

– Tak, radioaktywność jest znaczna tylko na powierzchni. Porządny strumień piasku pod ciśnieniem da jej radę. A szczątki zgromadzi się na jednym miejscu i zakopie.

– Można by je władować do osadnika, w rufie – Koordynator patrzał w zamyśleniu na wiśniowo nabiegły żar zwalisk.

– Myślisz? Po co? – dziwił się Inżynier. – Nie będziemy z tego nic mieli, nieużyteczny balast.

– Wolałbym nie zostawiać radioaktywnych śladów... Nie znają energii atomowej i lepiej, żeby jej nie poznali.

– Może i racja – mruknął Inżynier. – Eden... – dodał po chwili.

– Wiesz, zaczyna mi się rysować jakiś obraz w oparciu o słowa dubelta, tego astronoma, a raczej... kalkulatora... Potworny.

– Tak – skinął wolno Koordynator. – Jakieś ostateczne, tak konsekwentne, że aż budzące podziw nadużycie teorii informacji. Jak się okazuje, może być ona narzędziem do zadawania tortur znacznie straszliwszych niż wszystkie męczarnie fizyczne, wiesz? Selekcjonowanie, hamowanie, blokowanie informacji – w ten sposób można w samej rzeczy uprawiać jakąś geometrycznie ścisłą, koszmarną „prokrustykę", jak powiedział kalkulator.

– Jak sądzisz, czy oni... czy on to – rozumie?

– Jak to, czy rozumie? A, myślisz, czy uważa taki stan za normalny? No, w pewnym sensie chyba tak. Przecież nic innego nie zna. Chociaż powoływał się na ich dawniejszą historię – tyranów, zwykłych, potem tych „anonimów", a więc posiada skalę porównawczą. Tak, na pewno – gdyby jej nie miał, nie potrafiłby nam tego powiedzieć.

– Jeżeli odwoływanie się do tyranii ma mu umożliwić wspominanie „lepszych czasów", to... dziękuję...

– A jednak. To – pewnego rodzaju – spoisty ciąg rozwojowy. Któryś tyran z rzędu wpadł widać na myśl, że własna anonimowość przy istniejącym systemie władania będzie korzystna. Społeczeństwo, nie mogąc skoncentrować oporu, skierować wrogich uczuć na konkretną osobę, staje się w jakiejś mierze jak gdyby rozbrojone.

– Ach, rozumiesz to w ten sposób? Tyran bez twarzy!

– Może to fałszywa analogia, ale – po pewnym czasie, kiedy powstały teoretyczne podstawy tej ich „prokrustyki", któryś z jego następców poszedł jeszcze dalej, zlikwidował – pozornie – nawet swoje „incognito", zniósł samego siebie, sam system rządów – oczywiście, wyłącznie w sferze pojęć, słów, publicznego porozumiewania się...

– Ale dlaczego nie ma tu żadnych ruchów wyzwoleńczych? Tego nie mogę pojąć! I nawet jeżeli karzą swoich „przestępców" w ten sposób, że wcielają ich do tych jakichś autonomicznych, izolowanych grup, to przecież wobec braku jakiejkolwiek straży, nadzoru, zewnętrznej przemocy – możliwa jest indywidualna ucieczka, a nawet zorganizowany opór.

– Aby powstać mogła organizacja, pierwej muszą powstać środki porozumiewania.

Koordynator wystawił przez właz wieżyczki tarczkę geigera, którego tykot zdawał się pomału przygasać.

– Zauważ, że określone zjawiska nie są u nich w ogóle pozbawione nazwy – ani związku z innymi – ale że i nazwy, i związki, jakie się podaje za rzeczywiste, są maskami. Spotwornienia wywołane mutacjami nazywa się epidemią jakiejś choroby i tak musi być ze wszystkim innym. Żeby opanować świat, trzeba go pierwej nazwać. Pozbawieni wiedzy, broni, organizacji, odcięci od innych żyjących niewiele mogą począć.

– Tak – powiedział Inżynier – ale ta scena na cmentarzu, ten rów pod miastem wskazują przecież, że być może porządek nie jest tu mimo wszystko taki doskonały, jak by sobie mógł tego życzyć niewiadomy władca. A jeszcze to, że nasz dubelt przeraził się tego lustrzanego muru, pamiętasz? Widać, nie wszystko toczy się tutaj gładko.

Geiger nad ich głowami tykał coraz ospalej. Zwaliska pod ścianą otaczającą statek ściemniały, tylko ziemia dymiła jeszcze, a powietrze drgało słupem tak wysokim, aż chwiały się dziwacznie obrazy gwiazd.

– Zdecydowaliśmy start – podjął Inżynier – a przecież moglibyśmy poznać lepiej ich język. Dojść tego, jak działa ta ich przeklęta władza udająca własne nieistnienie. I... dać im broń...

– Komu? Tym nieszczęśnikom podobnym do naszego dubelta? Dałbyś mu w rękę anihilator? Człowieku!

– A więc na początku moglibyśmy sami...

– Zniszczyć tę władzę, tak? – spokojnie powiedział Koordynator.

– Innymi słowy – wyzwolić ich – siłą.

– Jeżeli innego sposobu nie ma.

– Po pierwsze, to nie są ludzie. Nie wolno ci zapominać, że koniec końców zawsze rozmawiasz z kalkulatorem i że dubelta zrozumiesz tylko o tyle, o ile pojmie go sam kalkulator. Po wtóre – nikt im tego, co jest, nie narzucił. Przynajmniej nikt z kosmosu. Oni sami...

– Rozumując tak, wyrażasz zgodę na wszystko. Na wszystko! – krzyknął Inżynier.

– A jak chcesz, żebym rozumował? Czy ludność planety to dziecko, które weszło w ślepy zaułek, z którego można je wyprowadzić

233

za rączkę? Gdyby to było tak proste, mój Boże! Henryku, wyzwalanie zaczęłoby się od tego, że musielibyśmy zabijać, a im zacieklejsza byłaby walka, z tym mniejszym rozeznaniem byśmy działali, zabijając już w końcu tylko po to, by otworzyć sobie odwrót albo drogę do kontrataku, zabijając wszystkich, którzy by stali naprzeciw Obrońcy – wiesz dobrze, jak to łatwo!

– Wiem – mruknął Inżynier. – Zresztą – dodał – nic jeszcze nie wiadomo. Bez wątpienia obserwują nas i te okna, któreśmy pootwierali w ich „nieprzenikliwej" powłoce, na pewno im się nie spodobają. Sądzę, że możemy teraz oczekiwać następnej próby.

– Tak, to możliwe – zgodził się Koordynator. – Myślałem nawet, czy nie warto by wystawić jakichś dalekich posterunków. Elektronowe oczy i uszy.

– Zabrałoby nam to masę czasu i pochłonęło materiał, którego nie mamy zbyt wiele.

– I o tym myślałem, dlatego właśnie się waham...

– Dwa rentgeny na sekundę. Możemy już wysłać automaty.

– Dobrze. Obrońcę lepiej będzie wciągnąć na górę, do rakiety – na wszelki wypadek.

Po południu niebo zaciągnęło się chmurami i po raz pierwszy od czasu, kiedy przybyli na planetę, zaczął padać drobny, ciepły deszcz. Lustrzany mur pociemniał, słychać było, jak po jego wypukłościach sączą się drobne strumyki. Automaty pracowały nieznużenie, bicze piasku wyrzucane z pulsomotorów zgrzytały i syczały po powierzchni zwalonych płyt, okruchy szkliwa wzbijały się w powietrze, piach z deszczem tworzył rzadkie błoto. Czarny wciągał do rakiety ciężarowym włazem zbiorniki pełne radioaktywnych szczątków, drugi automat kontrolował geigerem hermetyczność pokryw. Potem obie maszyny wlokły już oczyszczone płyty na miejsca wyznaczone przez Inżyniera, gdzie w tryskających fontannach iskier wyrzucanych przez spawarki wielkie bryły miękły w temperaturze łuku, sczepiały się ze sobą i tworzyły zaczątek przyszłego pomostu.

Okazało się rychło, że budulca braknie – po całym dniu pracy, o zmierzchu, Obrońca znowu wypełzł z rakiety i ustawił się naprzeciw podziurawionych ścian. Widowisko było piekielne. Deszcz wciąż padał, zmieniał się w ulewę. Nieregularne, kwadratowe słońca wybuchały strasznym blaskiem w ciemności, łoskot nuklearnych wybuchów mieszał się z odgłosem płonących dzwon szkliwa, gdy ryły ziemię w upadku, w górę strzelały gęste obłoki dymu i pary, kałuże deszczówki gotowały się z przenikliwym świstem, deszcz wrzał w powietrzu, nie dolatując do ziemi, wysoko w górze nieruchomymi miriadami tęcz różowych, zielonych i żółtych odświecały pioruny eksplozji. Obrońca, czarny jak wyrąbany z węgla, w łopotaniu błyskawic cofał się, obracał wolno na miejscu, podnosił tępy ryj i znów pioruny i grzmoty wstrząsały okolicą.

– To nawet dobrze! – ryknął Inżynier w samo ucho Koordynatora. – Może odstraszy ich taka kanonada i dadzą nam spokój! Potrzebujemy co najmniej dwu jeszcze dni!

Jego twarz zlana potem – w wieżyczce było gorąco jak w piecu – wyglądała jak rtęciowa maska.

Kiedy udali się na spoczynek, automaty znów wyszły na górę i hałasowały do rana, wlokąc za sobą węże piaskowych pomp, grzechotały płytami szkliwa, deszcz jarzył się i iskrzył oślepiającym, najczystszym błękitem wokół spawarek, ciężarowa klapa połykała nowe zbiorniki szczątków – paraboliczna konstrukcja tuż za rufą rakiety rosła powoli, jednocześnie ciężarowy automat i koparka pracowały pod jej brzuchem i wgryzały się zajadle w stok wzgórza.

Kiedy wstali o świcie, część szklistego budulca zużyta już została na podstemplowanie sztolni.

– To był dobry pomysł – powiedział Koordynator. Siedzieli w nawigatorni, na stole walały się zwoje rysunków technicznych. – Rzeczywiście, gdybyśmy zaczęli usuwać stemple, strop mógłby się nagle zawalić pod ciężarem rakiety i nie tylko gruchnęłaby na ziemię, ale jeszcze by zmiażdżyła automaty – na pewno nie zdążyłyby się wycofać z wykopu.

– Czy wystarczy nam potem energii na lot? – spytał Cybernetyk. Stał w otwartych drzwiach.

– Na dziesięć lotów. Możemy przecież, gdyby zaszła potrzeba, choć na pewno będzie to zbyteczne – anihilować szczątki, które siedzą w osadniku. Wpuścimy do sztolni grzejne przewody – będziemy mogli dokładnie regulować temperaturę – kiedy osiągnie punkt topienia szkliwa, stemple zaczną powoli osiadać. Gdyby to szło za szybko, w każdej chwili możemy wstrzyknąć do sztolni porcję płynnego powietrza. W ten sposób do wieczora wyciągniemy rakietę z zarycia. No, potem stawianie do pionu...

– To następny rozdział – powiedział Inżynier.

O ósmej rano chmury się rozeszły i zabłysło słońce. Ogromny walec statku, dotąd zaryty bezwładnie w zboczu, drgał. Inżynier czuwał nad tym ruchem – za pomocą teodolitu mierzył powolne obsuwanie

235

się rufy – dziób statku był już głęboko podkopany, próżnię po wydobytej glinie zapełnił las szklanych słupów. Stał w znacznej odległości od rakiety, niemal pod samym murem, który podziurawiony szeregami otworów przypominał ruinę jakiegoś wydętego ze szkła Colosseum. Ludzi i dubelty ewakuowano ze statku na okres operacji. Inżynier zobaczył w pewnej chwili figurkę Doktora, który nadchodził z dala, okrążając wielkim łukiem tył kadłuba, ale nie doszło to do jego świadomości, zbyt był pochłonięty obserwacją instrumentów. Tylko cienka warstwa ziemi wraz z systemem miękących stempli dźwigała ciężar rakiety. Osiemnaście grubych lin biegło od tulei rufowych do zaczepów wtopionych w co masywniejsze zwaliska muru. Inżynier błogosławił ten mur – bez niego roboty nad spuszczaniem i stawianiem okrętu trwałyby co najmniej cztery razy dłużej.

Całą siecią wijących się po piasku kabli prąd wpływał do grzejnych rur ułożonych we wnętrzu sztolni. Jej wylot, dobrze widoczny tuż pod miejscem, w którym kadłub wchodził w zbocze, słabo dymił. Leniwe, żółtoszare obłoki wlokły się nad nieobeschłą jeszcze po nocnym deszczu ziemią. Rufa rakiety osuwała się drobnymi ruchami, gdy poczynała siadać gwałtowniej, Inżynier poruszał zacisk aparatu, wtedy z czterech opierścienionych przewodów wpadających do sztolni tryskał potok płynnego powietrza i otwór z dudnieniem rzygał brudnobiałymi chmurami.

Naraz, w czasie kolejnej fazy nadtapiania szklistej obudowy sztolni, cały kadłub zadrgał spazmatycznie i zanim Inżynier zdążył obrócić zacisk, z górą stumetrowy walec z przeciągłym stęknięciem przechylił się, rufa zatoczyła łuk, przebyła w ułamku sekundy cztery metry powietrza, zarazem czub pocisku wyrwał się ze zbocza, wyrzucając w górę zwał piachu i margla – ceramitowy ogrom znieruchomiał. Przygniótł sobą kable i metaliczne węże, jeden pękł, zmiażdżony. Strzelił z niego wyjący gejzer skroplonego powietrza.

– Leży! Leży!!! – ryknął Inżynier. Po chwili dopiero oprzytomniał – tuż przy nim stał Doktor.

– Co? Co? – powtarzał, jakby ogłuszony – nie mógł zrozumieć, co tamten mówi.

– Zdaje się, że wracamy... do domu – powiedział Doktor. Inżynier milczał.

– On będzie żył – powiedział Doktor.

– Kto? O kim mówisz? A...

Zorientował się nagle. Raz jeszcze upewnił się wzrokiem, że rakieta leży, wyzwolona.

– I co? – pojedzie z nami? – spytał, ruszając z miejsca, spieszył się, chciał jak najszybciej zbadać powłokę dziobu.

– Nie – odparł Doktor. Poszedł kilka kroków za Inżynierem, potem, jakby się rozmyślił, został na miejscu. Pochłodniało wyraźnie od fontanny skroplonego gazu, która wciąż rwała się z roztrzaskanej rury. Na wierzchu kadłuba pojawiły się drobne postaci – jedna znikła, po kilku chwilach wrzący słup gazu zmalał, przez chwilę wyrzucał jeszcze pianę, od której lodowaciało powietrze, aż znikł. Zrobiło się nagle dziwnie cicho – Doktor rozejrzał się, jakby zdziwiony, skąd się tu znalazł – i powoli ruszył przed siebie.

Rakieta stała pionowo – biała, bielsza od słonecznych obłoków, wśród których zdawał się już wędrować jej daleki, zaostrzony szczyt. Minęły trzy dni ciężkiej pracy. Wszystko było już załadowane. Wielka paraboliczna pochylnia z pospawanych odłamków muru, który miał ich zamknąć, ciągnęła się wzdłuż stoku wzgórza pusta. Osiemdziesiąt metrów nad ziemią, w otwartym włazie, stało czterech ludzi. Patrzeli w dół. Tam, na burożółtej płaskiej powierzchni widniały dwie drobne figurki, jedna nieco jaśniejsza od drugiej. Patrzeli na nie z góry, jak stoją bez ruchu o kilkadziesiąt metrów od rozszerzających się łagodnie niczym gigantyczne kolumny wylotowych tulei.

– Dlaczego nie odchodzą? – powiedział niecierpliwie Fizyk. – Nie będziemy mogli startować!

– Oni nie odejdą – powiedział Doktor.

– Co to ma znaczyć? On nie chce, żebyśmy odlecieli?

Doktor wiedział, co to znaczy, ale milczał. Słońce stało wysoko. Od zachodu płynęły spiętrzone obłoki. Z otwartego włazu jak z okna strzelistej wieży niespodzianie wzniesionej w pustkowiu widzieli góry południa, zbłękitniałe, pomieszane z chmurami szczyty, wielką zachodnią pustynię, rozciągniętą na setki kilometrów pasmami rozsłonecznionych wydm, i fioletowy kożuch lasów okrywających wschodnie pogórze. Olbrzymia przestrzeń leżała pod błękitami z małym, ostrym słońcem u zenitu. Koronkowym szkieletem biegło w dole kolisko muru – cień rakiety przesuwał się po nim jak wskazówka słonecznego zegara tytanów, dochodził już do dwu malutkich figurek.

Od wschodu rozległ się grom – przeciągłym świstem odpowiedziało powietrze i niegasnący w słońcu płomień błysnął z czarnej bani wybuchu.

– Oho – to coś nowego – powiedział Inżynier.

Drugi grom. Niewidzialny pocisk wył coraz bliżej, stożek piekielnego świstu nakrył ich, zdawało się, że zawadzi o czub rakiety – ziemia stęknęła, skoczyła w górę kilkadziesiąt metrów od statku. Poczuli, jak się zakołysał.

– Załoga – powiedział Koordynator – na stanowiska!

– Ale oni – wyrzucił z gniewem Chemik, raz jeszcze wyzierając w dół. Klapa się zamknęła.

W sterowni nie było słychać huku – w ekranach tylnego zasięgu skakały po piaskach ogniste krzaki. Dwa jasne punkty stały wciąż nieruchomo u stóp rakiety.

– Zapiąć pasy! – powiedział Koordynator. – Gotowi?

– Gotowi – odezwał się pomruk.

– Godzina dwunasta siedem. Do – startu. Pełny rozruch!

– Włączam stos – powiedział Inżynier.

– Krytyczna osiągnięta – powiedział Fizyk.

– Normalna cyrkulacja – powiedział Chemik.

– Grawimetr na osi – powiedział Cybernetyk.

Doktor, wisząc w połowie odległości między zaklęsłym stropem a wykładaną pianoplastykiem podłogą, patrzył w tylny ekran.

– Są? – spytał Koordynator i wszyscy obrócili na niego oczy, to słowo nie należało do startowego rytuału.

– Są – powiedział Doktor. Rakieta, uderzona bliższym od innych podmuchem, zadrżała.

– Start! – głośno powiedział Koordynator. Inżynier z martwą twarzą uruchomił pędnie. Nic nie było słychać oprócz nadzwyczaj słabych, dalekich wybuchów, jakby działy się w innym, nic niemającym z nimi wspólnego świecie. Powoli narastał cichy, przejmujący świst – wszystko jak gdyby rozpuszczało się w nim, rozpływało, miękko się kołysząc, zapadli w objęcia niezmożonej siły.

– Stoimy na ogniu – powiedział Inżynier.

Znaczyło to, że rakieta uniosła się z gruntu i wyrzuca tyle tylko płomienistych gazów, aby zrównoważyć własny ciężar.

– Zwykła synergiczna – powiedział Koordynator.

– Wchodzimy za zwykłą – oświadczył Cybernetyk i wszystkie nylonowe liny zadrgały. Łapy amortyzatorów wysunęły się z tłoków i poszły, pełznąc wolno, w tył.

– Tlen w usta! – krzyknął odruchowo Doktor, jakby zbudził się nagle, i sam zagryzł elastyczny ustnik.

Po dwunastu minutach wyszli z atmosfery. Nie zmniejszając szybkości, odchodzili w gwiazdową czerń po witkach coraz bardziej rozwijającej się spirali.

Siedemset czterdzieści świateł wskaźników, lamp kontrolnych, zegarowych tarcz pulsowało bezgłośnie w sterowni. Ludzie odpięli pasy, rzucali karabinki i zaczepy na podłogę, podchodzili do tablic rozrządczych, jakby niedowierzająco kładli na nich dłonie, badali, czy przewody nie grzeją się nigdzie, czy nie słychać syczenia zwarć, podejrzliwie wciągali powietrze, szukając w nim woni żaru, spalenizny, zaglądali w ekrany, sprawdzali tarcze kalkulatorów astrodezyjnych – wszystko było takie, jakie miało być, powietrze czyste, temperatura prawidłowa, rozrząd pracował jak gdyby nigdy nie zmienił się w stos szczątków.

W kabinie nawigacyjnej pochylali się nad mapami Inżynier i Koordynator.

Gwiazdowe karty były większe od stołu, zwisały, nieraz naddzierały się, od dawna mówiono, że w nawigacyjnej potrzebny jest większy stół, bo depcze się po mapach. Stół był wciąż ten sam.

– Widziałeś Eden? – spytał Inżynier.

Koordynator popatrzał na niego, nie rozumiejąc.

– Jak to, czy widziałem?

– Teraz. Popatrz.

Koordynator się odwrócił. W ekranie płonęła, gasząc pobliskie gwiazdy, jedna ogromna kropla opalu.

– Piękna – powiedział Inżynier. – Zboczyliśmy, bo taka była piękna. Chcieliśmy tylko nad nią przelecieć.

– Tak – powtórzył Koordynator – chcieliśmy tylko przelecieć...

– Wyjątkowy blask. Inne planety nie mają tak czystego. Ziemia jest po prostu niebieska.

Patrzyli wciąż w ekran.

– Zostali? – powiedział cicho Koordynator.

– Tak. On tak chciał.

– Myślisz.

– Jestem pewien. Wolał, żeby to my – a nie oni. To było wszystko, co mogliśmy dla niego zrobić.

Jakiś czas żaden się nie odezwał. Eden się oddalał.

– Jaka czysta – powiedział Koordynator. – Ale... wiesz? Z rozkładu prawdopodobieństwa wynika, że bywają jeszcze piękniejsze.

Kraków – Zakopane, lato 1958

Stanisław Lem z żoną, 1957

Jerzy Jarzębski

Smutek Edenu

Edenowi przypada w udziale szczególna rola – otwiera epokę dojrzałej twórczości *science fiction* u Lema. Po zapomnianym i niewznawianym przez dziesięciolecia *Człowieku z Marsa*, po przekreślonych przez samego autora *Astronautach, Sezamie, Obłoku Magellana*, ta napisana w 1958 roku powieść stała się pierwszym utworem SF zaliczanym do Lemowego „kanonu". *Eden* powstał niedługo po październiku 1956, niedługo też po eseistycznych *Dialogach*, gdzie autor poddał bezlitosnemu nicowaniu komunistyczny wzorzec państwa. Ślady tych przemyśleń widoczne są w powieści na pierwszy rzut oka.

W *Edenie* ziemska wyprawa przybywa na planetę, której mieszkańcy stworzyli cywilizację opartą na bioinżynierii. Sterowanie genetyką okazało się jednak nie dość precyzyjne: po wytwarzających „braki" roślinnych fabrykach przyszła kolej na nieudane eksperymenty nad genotypem obywateli globalnego państwa. Ziemianie pojawiają się w momencie, gdy na planecie odbywa się akcja eksterminacyjna: anonimowa władza Edenu próbuje zgładzić obarczone defektem pokolenie mutantów. Okrucieństwo tego polowania na współbraci jest tym większe, że ono właściwie nie istnieje w społecznej świadomości Edeńczyków. Władcy panują tam niepodzielnie nad językiem i bez pardonu usuwają zeń wszystkie sformułowania nazywające stan faktyczny po imieniu: partactwo genetyków, nieudałą mutację, masowe zabójstwa; w to miejsce pojawiają się terminy zakłamujące rzeczywistość – np. nieszczęsne ofiary systemu uchodzą tam za „chorych".

Iście Orwellowska wizja stosunków na planecie (która musiała przypominać czytelnikom z lat pięćdziesiątych rządy doktryny i rozpanoszenie oficjalnego kłamstwa w stalinowskim imperium) skłania zrazu przybyszów z Ziemi do interwencji w obronie obrażonego poczucia moralnego; na szczęście goście w porę dochodzą do wniosku, że ziemskie kategorie etyczne mogą nie pasować do norm rządzących społeczeństwem tubylców. Rezygnując z uszczęśliwiania na siłę, Ziemianie odlatują.

Eden to jednak nie tylko przypowieść o grzechach polityków i o zasadzkach, które niesie zbyt ortodoksyjnie stosowana zasada walki „o wolność waszą i naszą". Interesująca jest już sama wizja cywilizacji, która wybrała inną niż ziemska drogę rozwoju. Bioinżynieria zawsze fascynowała Lema; abominacja do politycznych porządków panujących na planecie tego nie przekreśla. W przypadku Edenu motyw ten jednak posłużył nie tylko jako podstawa niezwykłych wizji (obraz biofabryki), ale też jako uzasadnienie głębokiej odmienności Edeńczyków od Ziemian, braku możliwości porozumienia między cywilizacjami.

Powieść Lema jest zatem jedną z wielu manifestacji sceptycyzmu co do szans dogadania się z kosmitami. Obca cywilizacja nieoczekiwanie odwróciła się tyłem do przybyszów, odmawiając współpracy czy porozumienia. Ziemianie byli zapewne dla władców planety niewygodni politycznie, ale na politycznych sensach nie wyczerpuje się wymowa utworu (któż zresztą wie, co „polityka" znaczyć by miała na Edenie?). Kosmonauci zwiedzają dziwaczne i nieco upiorne miasto, oglądają biologiczną „fabrykę", wypróbowują edeński pojazd, nawet udaje im się nawiązać interesującą rozmowę z jednym spośród żyjących na planecie uczonych. I cóż stąd? Cywilizacja edeńska jako całość okaże się doskonale wsobna, nieskora do wymiany doświadczeń, chroniąca swą splendid isolation.

Zrozumieć Edeńczyków można więc tylko – „uczłowieczając" ich, uzupełniając luki w wiedzy na ich temat treściami wywiedzionymi z ludzkiego doświadczenia. Fenomen powieści na tym się zasadza, że ona jakby zaprasza do interpretacji w Orwellowskim duchu, ale jednocześnie przed takim uproszczeniem przestrzega. Nie jest więc tak, jak mniemał jeden z krytyków – że treści polityczne są w Edenie nieważne, są one jednak utemperowane przez swoisty relatywizm poznawczy. Ostatecznie obraz całościowy planetarnej cywilizacji jest dziełem załogi ziemskiej rakiety – zdanej na zwodnicze świadectwo zmysłów, domniemania lub daleki od ideału przekład wynurzeń swego osobliwego gościa.

Dlatego i Ziemianie nie mogą zrealizować żadnego z mitycznych schematów Kontaktu: mogliby być dziarskim oddziałem konkwistadorów, misjonarzami wśród dzikusów, obrońcami kultury i wyższej etyki wśród barbarzyńców, forpocztą odmiennej cywilizacji wymieniającą doświadczenia z kosmicznymi braćmi itd. Nic z tego nie wchodzi w rachubę – z przyczyn moralnych lub praktycznych. Odlot rakiety jest więc także sygnałem niezgody autora na literackie konwencje rządzące zazwyczaj spotkaniem z kosmitami w stereotypowej science fiction.

Cóż tedy sprawia, że *Eden* czyta się po czterdziestu z górą latach z nie-
słabnącym zainteresowaniem? Z pewnością niezwykła wyobraźnia autora,
który tworzy zmysłowe, bogate wizje planetarnej natury i kultury, a jednocześnie bardzo umiejętnie dozuje napięcie, pozwalając tajemnicom Edenu
odsłaniać się stopniowo, krok po kroku, z zachowaniem dramatyzmu właściwego każdej rzeczywistej historii odkryć. Bo w istocie dzieje ludzkiego poznania, jego porażek, zwycięstw, błądzenia w labiryntach, towarzyszących od-
kryciom przeżyć osobistych i zbiorowych – to motyw dla Lema najbardziej
fascynujący, angażujący pióro i emocje. Jak więc to bywa z reguły w Lema
powieściach o Kontakcie, główny nacisk pada w *Edenie* na to wszystko, co
dzieje się tam między ludźmi. Autor czyni w tekście aluzje do przygód Ro-
binsona, w istocie jednak schemat zdarzeń powieści odsyła raczej do *Tajem-
niczej wyspy* Verne'a: załoga rakiety rozbitej na powierzchni nieznanego
globu to przede wszystkim grupa fachowców; nawet ich imiona zastąpił
autor nazwami profesji (Doktor, Inżynier, Cybernetyk itd.). Podobnie jak
bohaterowie Verne'a kosmonauci z *Edenu* z niezwykłą sprawnością wycho-
dzą z beznadziejnego, zdawałoby się, położenia, dokonują emocjonujących
odkryć, wreszcie naprawiają statek i odlatują.

Ta aż podejrzana łatwość, z jaką przychodzi astronautom odtworzyć
zniszczone techniczne urządzenia, które przywieźli ze sobą z Ziemi, kon-
trastuje z bezradnością, jaką przejawiają wobec kwestii Kontaktu. Mało tego: te urządzenia, choć zapewniają im bezpieczeństwo, jednocześnie niejako skłaniają ich do pewnych zachowań, które Kontakt przekreślają bądź
czynią go od pierwszej chwili brzemiennym w krew i ofiary. Myślę tu
o wszystkich tych narzędziach zniszczenia, które Ziemianie biorą ze sobą
na swe wycieczki i które jakoś nazbyt często strzelają – tak jakby człowiek
w pancernym Obrońcy zamieniał się w dzikie, niebezpieczne stworzenie,
skłonne co chwila naciskać spust antyprotonowego działa. Zarówno Edeń-
czycy, jak i Ziemianie pojawiają się w powieści szczelnie opatuleni w swoją
– jakże odmienną – technikę. Jedni wierzą inżynierii konstruującej przedmioty i urządzenia od A do Z „sztuczne", będące emanacją skumulowanej
z pokolenia na pokolenie wiedzy i technologii. Drudzy wolą wspomagać naturę w jej kreatywnych zdolnościach, skłaniać ją – bardziej lub mniej sku-
tecznie – do posłuszeństwa swym zamysłom. Rzecz jasna, pierwsza z cywilizacji będzie bardziej skłonna do kontaktu z Obcymi i wymiany doświadczeń – jej bowiem produkty nauki i techniki łatwiej odrywają się
od naturalnego podłoża. Ta druga skupi się raczej na sobie samej – na do-
skonaleniu i bogaceniu swego bardzo osobistego „genotypu" – będzie więc
zdecydowanie mniej skora do międzyplanetarnych porozumień, nie spo-
dziewając się po nich żadnej wymiernej korzyści – raczej już zakłócenia,
zawsze kruchej, biologicznej równowagi.

W *Edenie* zdolni do rozmowy są tylko uczeni – zbrojni w uniwersalny
język ukształtowany przez obiektywne cechy samego świata, nie zaś tej czy
innej cywilizacji. Ci nie tylko są siebie wzajem ciekawi, ale też zdają się mieć
jakiś wspólny system wartości – także etycznych. Tak jakby nauka była swo-
istym zakonem o regule tworzonej przez naturę poznania jako takiego, a nie

przez taką czy inną kulturę (chyba to złudzenie, ale autor książki jeszcze w trakcie pisania *Edenu* jakoś w nie wierzył; później, jak o tym świadczy choćby *Głos Pana*, wyraźnie zmienił zdanie). Uczeni znajdują więc wspólny język – społeczeństwa dogadać się nie mogą, spowite są bowiem – niczym w kokon – w technologię, kulturę, cały ten zespół treści, które nadają im tożsamość, ale zarazem odpychają, izolują od siebie wzajem. I zapewne owa technika właśnie, działając „bezrozumnie", samą mocą mechanicznych konsekwencji, powoduje, że przybysze i miejscowi do końca nie potrafią się porozumieć.

Wojciech Orliński

Słownik terminów Lemowskich[1]

EDEN

W roku 1954 na łamach →[2] „Przekroju" Lem zadeklarował, że nigdy nie opisze mieszkańców innej cywilizacji. Tak odpowiadał tym, którzy zarzucali jego → *Astronautom* i → *Obłokowi Magellana* brak bliższych informacji o występujących tam kosmitach. Jednak już w następnej powieści *science fiction* Lem złamał tę obietnicę. Jednocześnie jest to pierwsza powieść zaliczana do kanonu dojrzałych dzieł Lema.

W pisanym w 1958 roku *Edenie* Lem posłużył się modelem „innej planety" dla alegorycznego przedstawienia krytyki ustroju totalitarnego (→ totalitaryzm). Fragmenty powieści drukowała w odcinkach „Trybuna Robotnicza" w roku 1958, a powieść ukazała się w wydaniu książkowym w następnym roku nakładem Iskier.

Tytułowy Eden jest planetą, na której dokonano straszliwego eksperymentu społecznego. Ziemscy astronauci, którzy przypadkowo rozbili się na tej planecie, mają zbyt mało czasu na dokładne zbadanie jej natury, jednak strzępki zebranych przez nich informacji w zupełności wystarczają czytelnikowi pamiętającemu lata komunizmu. Eksperyment miał na celu stworzenie doskonałego społeczeństwa drogą inżynierii genetycznej, w jego wyniku powołano jednak do życia rzesze mniej lub bardziej okaleczonych mutantów.

Władcom Edenu udało się objąć pełną kontrolą język, jakim się posługują ich

---

[1] Według: Wojciech Orliński, „Co to są sepulki? Wszystko o Lemie", Społeczny Instytut Wydawniczy Znak, 2007
[2] → oznacza: patrz hasło

poddani, i w tym języku nie jest możliwa żadna krytyka eksperymentu – mutacje są w nim bowiem określone jako „choroba" (tak, jakby jej przyczyny były naturalne), sami władcy zaś oficjalnie nie istnieją – w słowniku nie ma słów na ich określenie. Przy całym bezmiarze cierpień mieszkańców Edenu nie mają oni możliwości ani dociekania ich źródeł, ani krytyki swych władców (oficjalnie nieistniejących), ani oczywiście jakiegokolwiek buntu – przeciwnie, Eden jest planetą, na której wszyscy wszystko robią dobrowolnie, nawet dobrowolnie zamykają się w obozach koncentracyjnych i dobrowolnie układają się w zbiorowych grobach.

W taki mniej więcej sposób Ziemianom sytuację przedstawia jeden z mieszkańców planety, z którym rozbitkowie nawiązali porozumienie dzięki jedynemu uniwersalnemu językowi, jakim jest nauka. To zresztą modelowy przykład optymistycznej Lemowskiej wizji nauki – nawet kontrola, jaką władcy Edenu sprawują nad potocznym językiem, nie oznacza, że nie można ich krytykować obiektywnym, uniwersalnym językiem matematyki i cybernetyki.

Powieść spotkała się z silnym rezonansem w krajach Europy Środkowowschodniej. Czytano ją w NRD, ZSRR i Czechosłowacji, widać wyraźny wpływ, jaki ta książka wywarła na całą fantastykę tego regionu (na przykład na prozę braci Strugackich). Opozycjonistom Lem przekazywał ważne przesłanie – że walkę o wolność muszą zacząć od walki o wolność kultury i języka, bo dopóki finalizują totalitarną rzeczywistość językiem oficjalnej propagandy, są bezradni jak mieszkańcy Edenu. Pisarzom pokazywał, jak wykorzystać SF do konstruowania aluzji oczywistych dla każdego czytelnika, jednocześnie niekwestionowalnych dla cenzora (cenzor, oskarżając *Eden* o przemycanie treści antyustrojowych, sam musiałby się przyznać do tego, że uważa komunizm za nieudany eksperyment!). Wszystkim zaś przekazywał optymistyczne przesła-

nie, że ten system nie może trwać wiecznie, jego upadek jest naukowo nieuchronny jak dwa razy dwa jest cztery. Nie wszyscy ówcześni recenzenci rozumieli aluzję. W 1959 roku recenzent z „Głosu Koszalińskiego" pisał na przykład, że bohaterowie powieści napotykają „cywilizację kompletnie różniącą się od naszej, ziemskiej i kompletnie dla ludzi naszej planety niezrozumiałą". Wojciech Żukrowski na łamach „Nowych Książek" uznał *Eden* za „techniczną baśń", co jest nonsensem wyjątkowym, skoro akurat technika w tej powieści jest na dalekim planie. Na łamach „Trybuny Robotniczej" → Janusz Wilhelmi napisał jednak bardzo inteligentną, przenikliwą recenzję *Edenu* – dostrzegł on w powieści „losy ludzkości, ukazanej metaforycznie pod nazwą mieszkańców planety Eden".

Oficjalnej wykładni *Edenu* dostarczyła „Trybuna Ludu", w której Janusz Tremer napisał: „Jest to opowieść przewrotna, nie pozbawiona odniesień do ziemskich warunków i urządzeń społeczno-moralnych, snutych pod maską futurologicznej baśni. I tu tkwi (...) największa wartość prozy Stanisława Lema". Jak widać, organ PZPR zrozumiał aluzję – ale udał, że go nie dotyczy.

hasło pokrewne:
totalitaryzm

FILOZOFIA ·

W swoich zainteresowaniach filozoficznych Lem idzie własną drogą. Trudno go przypisać do jakiejś konkretnej szkoły czy nurtu (podobnie zresztą jest z jego prozą), choć taką ambitną próbę podjęła Małgorzata Szpakowska (*Dyskusje ze Stanisławem Lemem*). Z pewnością blisko mu do tych filozofów, którzy w XX wieku bronili dobrego imienia rozumu i nauki – Bertranda Russella i Karla Rajmunda Poppera. Jednak jak przystało na wielkiego indywidualistę, nawet do nich ma stosunek pełen ironicznego dystansu.

Widać to w → *Wizji lokalnej*, w której → Ijon Tichy zabiera na pokład statku symulowane osobowości Russella, Poppera i Feyerabenda. Ten ostatni – ze względu na zjadliwy stosunek do metodologii nauk ścisłych i sympatię do postmodernizmu i marksizmu – Lemowi raczej nie powinien być bliski. A jednak można odnieść wrażenie, że w dyskusji toczonej na kartach *Wizji lokalnej* Lem oddaje mu ostatnie słowo. Dyskusja toczy się naturalnie na temat → etykosfery, oryginalnej konstrukcji społecznej z planety Encji. W dyskusji tej „Feyerabend zauważył, że (...) są rzeczy jeszcze znacznie gorsze od starannie wydawkowanego, powszechnego szczęścia. [Russell i Popper] nie chcieli się z nim zgodzić".

Jeśli chodzi o epistemologię, Lema można chyba zaliczyć do krytycznych kontynuatorów myśli Poppera – takich jak Imre Lakatos, który wprawdzie zauważył, że metodologia nauk ścisłych niestety nie daje się opisać tak prosto, jak to się wydawało Popperowi, ale i tak lepszym narzędziem poznawczym ludzkość nie dysponuje. Chociaż więc pisząc o nauce, Lem bardzo często podkreśla jej ograniczenia i wewnętrzne paradoksy, jeszcze częściej podkreśla jej bezalternatywność.

Drugim bardzo ważnym dla Lema zagadnieniem filozoficznym jest antropologia. Lem na wiele sposobów dokonuje wiwisekcji lepniaka *vel* bladawca, czyli „ohydka szaleja, który sam siebie nazywa *Homo sapiens*". Często spogląda na człowieka oczami robotów czy też mieszkańców Epsilon Eridana. Równie często przebiera ludzi za edenowych „dubeltów" czy też poddanych tyrana Eksyliusza, żeby w krzywym zwierciadle pokazać nam nasze przywary.

Lemową koncepcję człowieka określiłbym najchętniej jako mizantropijny humanizm. Humanizm – bo jednak człowiek jest tutaj w centrum zainteresowania, wokół niego obracają się wszystkie pozostałe zagadnienia. A mizantropijny – bo człowiek, jako zupełnie przypadko-

wy produkt ewolucji, zdolny do najgorszej podłości, wykazujący się skrajną bezmyślnością, zniewolony przez swoje zwierzęce instynkty, mówiąc najłagodniej, sympatii nie wzbudza. W każdym razie nie w Stanisławie Lemie ani jako prozaiku, ani jako eseiście i felietoniście. Antropologii podporządkowana jest też Lemowska metafizyka. Chociaż Lem zdecydowanie odrzuca wiarę we wszystkie byty nadprzyrodzone (nie tylko Boga, ale również i wszystko to, czym zajmuje się serial *Z Archiwum X* – od wróżbitów po małe zielone ludziki), bardzo lubi budować literackie metafory sytuacji, takich jak człowiek wobec swojego Stwórcy czy też wobec istoty nieskończenie mądrzejszej i przez to niepojętej. Można powiedzieć, że agnostycyzm Lema to przeciwieństwo oficjalnego radzieckiego ateizmu, zgodnie z którym kosmonauci zbadali niebo i żadnego Boga w nim nie odnaleźli. U Lema kosmonauci przylatują na Solaris w czasach, w których, jak to mówi jeden z nich, nikt już w Boga nie wierzy – ale właśnie ta planeta zmusza ich w końcu do rozważań natury teologicznej. Można jednak zaryzykować takie podsumowanie, że sam Bóg Lema jako pisarza nie interesuje – interesuje go relacja Boga z człowiekiem, czy jeszcze ściślej: tego, co człowiek wie o Bogu, z człowiekiem. A więc, krótko mówiąc, znowu człowiek. Bardzo ciekawie Lemowski humanizm przejawia się w filozofii społecznej, której poświęca nie mniej uwagi. Między → *Edenem* a → *Głosem Pana* Lem stworzył wiele literackich alegorii ustroju totalitarnego, w których zawarł jego bezwzględną krytykę – prowadzoną jednak nadal z pozycji humanistycznych. Zauważmy, że Lem nie krytykuje totalitaryzmu na przykład za jego bezbożność, nienaturalność czy sprzeczność z jakimiś abstrakcyjnymi zasadami etycznymi. Osią jego krytyki wciąż jest ten sam zarzut: że jest to utwór, do którego ludzie (dubelty, pintyjczycy, karelirianie, encjanie itd.) po prostu nie pasują, nie są w stanie się w nim w pełni zrealizować.

Co ciekawe, mniej więcej na przełomie lat 60. i 70. w Lemowskiej krytyce społecznej pojawiły się nowe akcenty. Choć → totalitaryzm nadal był bezwzględnie potępiony, Lem coraz krytyczniej przyglądał się liberalnym społeczeństwom Zachodu. Być może stało tak dzięki temu, że zaczął więcej podróżować po świecie. Już w → *Kongresie futurologicznym* zawarta jest kpina z kontestacji i konsumpcji w stylu zachodnim (poza futurologami, w opisanym w tej książce hotelu obradują też kongresy pornografów i anarchoterrorystów). → *Katar* przynosi z kolei przerażająco prawdziwy obraz samotności obywateli „wolnego świata". *Wizja lokalna* pokazała konfrontację dwóch modeli ustrojowych – totalitarnego (→ Kurdlandia) i skrajnie permisywnego (→ etykosfeta), właściwie na żadnym nie zostawiając suchej nitki.

Krytyka zachodniego modelu społeczeństwa, obecna w tej prozie, powróciła w nieprozatorskich utworach Lema, na przykład w felietonach w → „Tygodniku Powszechnym" czy w zbiorze esejów *Okamgnienie*. Człowiek nie pasuje do dyktatury, to pewne; zdaniem Lema nie pasuje też jednak do całkowitej wolności, bo korzysta z niej głównie po to, by krzywdzić siebie i swoich najbliższych. Czy zatem „ohydek szalej" w ogóle pasuje do jakiegokolwiek społeczeństwa?

Dziedziną filozofii, którą Lem najchętniej uprawia doświadczalnie, jest filozofia języka. W niej ów humanizm widoczny jest jeszcze wyraźniej. Lem w tej materii odrzuca wszystkie modele abstrahujące od czynnika ludzkiej oceny przekazu językowego. W *Filozofii przypadku* pokazał, że interesuje go tylko kontekst odczytania dzieła przez odbiorcę, nie wierzy zaś w żadne modele rozpatrujące dzieło samo w sobie. W eseju *Wyznania antysemioty* („Teksty" numer 1/1972) zakwestionował zaś semiotykę i jej założenie o autonomiczności relacji „znak – oznaczenie". „Wbrew pozorom istnieje coś takiego, jak tajemni-

ca relacji znak – oznaczone" – pisał, wskazując na to, że tajemnica ta tkwi właśnie w odczytaniu tekstu przez odbiorcę. Lem wiązał z tym pytania: „Dlaczego przekład się starzeje, a oryginał nie?" i „Dlaczego może istnieć wiele przekładów kongenialnych?", pokazując, że sekret znowu tkwi w człowieku.

Humanizm Lema jest tworem dość niezwykłym – tak jak zachodni sowietolog całe swoje życie poświęcał badaniu państwa: które chciał unicestwić, tak Lem całą swoją twórczość poświęcił gatunkowi ssaków, które budzą w nim najgłębszą niechęć.

ROSJA

Kraj, o którym Lem wypowiadał się często z sympatią (choć zmieniło się to w czasach współczesnych). Nie wynikało to chyba tylko ze względów cenzuralnych, choć te na pewno odegrały istotną rolę przy kreowaniu postaci sympatycznych rosyjskich naukowców i astronautów we wczesnej prozie Lema. Początkowe doświadczenia pisarza z kontaktów z Rosjanami były oczywiście jak najgorsze, bo ich źródłem była radziecka okupacja Lwowa z lat 1939-41. Potem jednak, już jako pisarz, znalazł w ZSRR czytelników najwierniejszych, najdokładniej interpretujących każdą nutę jego prozy. Dla tamtejszych pisarzy takich jak bracia Arkady i Borys Strugaccy – łączących uprawianie fantastyki z krytyką → totalitaryzmu – Lem stał się duchowym mistrzem, wskazującym właściwą drogę (→ Eden). Odwdzięczył się im, obdarzając ich powieść *Piknik na skraju drogi* największym chyba komplementem, jaki może wypowiedzieć pisarz – przyznał się do odczuwania „niskiej zawiści, że to nie ja to napisałem" (→ „Stanisław Lem poleca").

Rosjanie jako pierwsi odkryli Lema w połowie lat 60., kiedy u nas uważano go wciąż jeszcze za autora literatury pośledniejszego gatunku. Wtedy w Rosji spotkania autorskie z Lemem, na które przychodziły tysiące czytelników, niemieszczących się w gigantycznych audytoriach ich ogromnych uniwersytetów, organizowali m.in. kosmonauci Jegorow i Fieokistow oraz uczony Josił Szkłowski. W Rosji Lema podejmowała śmietanka świata nauki (na przykład fizyk Piotr Kapica) i kultury. W „Odrze" w 1993 roku Lem wspominał, jak Wysocki śpiewał mu swym słynnym zachrypniętym głosem „Niczejnaja ziemla".

Niestety, uznanie Lema w kraju częściowo było pochodną jego ogromnej popularności w Rosji – przynajmniej jeśli chodzi o uznanie ze strony czynników oficjalnych. Przyznanie Lemowi Nagrody Literackiej Ministra Kultury i Sztuki I stopnia w 1973 roku prasa uzasadniała tym, że jest to „ulubiony pisarz radzieckich kosmonautów". Takim uzasadnieniem, brzmiącym jak „ulubiony kompozytor chińskich olimpijczyków", pisarz tej klasy miał pełne prawo czuć się urażany. Sympatia dla Rosjan nie szła naturalnie w parze z sympatią dla panującego u nich ustroju. Podczas jednego ze spotkań Lemowi zadano z sali pytanie: „Razwie wy kommunist?". Lem na takie wypadki miał przygotowaną standardową odpowiedź, którą jeszcze w 1940 roku wykręcał się od wstąpienia do Komsomołu – że komunista to wielkie słowo, zarezerwowane dla ludzi wielkich duchem i on się nie czuje godzien. Nie dane mu było jednak wygłosić przygotowanej kwestii, bo po pierwszych słowach: „Niet, ja nie kommunist", przerwano mu burzliwą owacją.

Rosjanie doskonale rozumieli każdą antytotalitarną aluzję z prozy Lema, od Edenu poprzez → Pamiętnik znaleziony w wannie aż po → Wizję lokalną. Lem z kolei podziwiał ich oczytanie i skłonność do zarywania całej nocy na dyskusje o wszechświecie czy filozofii, zamiast oddawania się miałkim rozrywkom. Portret takiego sympatycznego Rosjanina odnajdujemy w Wizji lokalnej w postaci Piętaszka, czyli pierwszego mieszkańca Encji (→ Kurdlandia), z któ-

rym → Ijon Tichy nawiązał → kontakt. Encjanin jest bardzo inteligentnym i oczytanym mieszkańcem totalitarnej Kurdlandii, prześladowanym przez tamtejszy ustrój, świadom tego, że żyje się w nim gorzej niż gdzie indziej – a jednak traktującym swe państwo z ciepłą afektacją.

Znamienny zbieg okoliczności sprawił, że ostatni felieton opublikowany przez Lema w → „Tygodniku Powszechnym" stanowiła właśnie zbiorcza odpowiedź na pytania zadawane pisarzowi przez użytkowników rosyjskiego serwisu inosmi.ru. Ukazał się on w numerze z 17 lutego 2006 roku. Rosyjski internauta zapytał tam Lema, czy „czuje się jeszcze Polakiem", na co pisarz odpowiedział lakonicznie: „A kim się mogę czuć, na miłość boską?".

TOTALITARYZM
Temat regularnie powracający w najwybitniejszych dziełach Lema, prawie tak istotny dla jego prozy jak nauka. Totalitaryzm to dominujący temat → Edenu, → Pamiętnika znalezionego w wannie, → Wizji lokalnej, a także znakomitych opowiadań z → Cyberiady i → Dzienników gwiazdowych. Lem nie był oczywiście pierwszym autorem podejmującym ten temat w dziejach SF (wystarczy wszak wspomnieć Orwella i Zamiatina), jednak wniósł do niego swoje oryginalne, świeże spojrzenie. Najważniejszym novum w Lemowej krytyce totalitaryzmu jest przekonanie o tym, że ustrój ten jest immanentnie skazany na porażkę ze względu na własną niesprawność. Tego przekonania brakuje na przykład Orwellowi, którego Rok 1984 rysuje obraz ustroju upiornego, ale funkcjonującego z doskonałą wydajnością. Orwellowski Wielki Brat jest w stanie śledzić wszystkich obywateli i podejmować na tej podstawie decyzje dotyczące najdrobniejszych szczegółów z ich życia. Lem był jednak od Orwella bogatszy o znajomość cybernetyki – nauki, która na totalitaryzm wydała bezlitosny wyrok już

w latach 50., twierdząc, że ustrój taki jest skazany na decyzyjną zapaść. Analizę tę Lem przedstawił po raz pierwszy w swych *Dialogach*, utworze z pogranicza beletrystyki i filozofii, później zaś na wiele sposobów oddawał ją w prozie, najczęściej odmalowując totalitaryzm jako tragikomiczną groteskę. W *Edenie* totalitaryzm przedstawiony jest jako nieudany eksperyment o makabrycznych konsekwencjach. W *Pamiętniku znalezionym w wannie* (→ Stany Zjednoczone) jako orgia szpiegowskiej paranoi, w której nawet gwiazdy są podejrzane o antypaństwową działalność, bo porozumiewawczo mrugają (i to nocą!), a już ucieczka galaktyk to po prostu przyznanie się do winy. *Cyberiada* i → *Bajki robotów* przynoszą galerię monstrualnych tyranów, jak król Murdas, król Okrucyusz czy król Mandrylion. Wszystkich ich do upadku doprowadza ich własna nieposkromiona żądza władzy, chorobliwa podejrzliwość i bezgraniczna głupota. Jednak – dowodzi Lem – nawet mądrość nie może uratować tyrana. Król Mandrylion ma do swej dyspozycji nieograniczenie mądrego Doradcę, a jednak konstruktor → Trurl wygrywa z nim pojedynek, wykorzystując to, że głupiec nie potrafi słuchać mądrych rad. Zaś totalitarny władca – sugeruje Lem – musi być głupcem, inaczej nie zostałby władcą totalitarnym (→ niebieskie śrubki).

Czytając po 1989 roku analizy działania choćby enerdowskiej Stasi (której agenci nieświadomie tropili się nawzajem, produkując stosy raportów, których nikt nie był w stanie przeanalizować), nie sposób się oprzeć wrażeniu, że upadek totalitaryzmu był najbardziej trafną z prognoz Lema. Paradoksalnie jednak, im bardziej prognoza ta się spełniała, z tym większym pesymizmem Lem na to patrzył. W *Wizji lokalnej* (1982) Lem przedstawił planetę, którą władają dwa supermocarstwa – totalitarna → Kurdlandia i permisywna Luzania (→ etykosfera). Kurdlandia to komiczna karykatura totalitaryzmu na modłę radziecką – jest to gigantyczne więzienie, w którym mieszkańcy zmuszeni są do życia w cuchnących wnętrznościach wielkich zwierząt, kurdli. Mimo to odczuwają oni autentyczny patriotyzm i dumę z tego, że ich ruchome więzienia są tak ogromne i potężne. Luzania z kolei jest złośliwą karykaturą Zachodu – społeczeństwem, w którym wszystko wolno, a jednocześnie ludzie czują się nieszczęśliwi i zniewoleni. Paradoksalnie – bardziej niż w Kurdlandii. „Chciałem zilustrować opozycję społeczeństwa otwartego i zamkniętego – komentował to Lem w wywiadzie – i pokazać, że społeczeństwo otwarte wcale nie jest takie znowu otwarte".

Z racji miejsca i czasu urodzenia Lem – lwowiak, który widział i enkawudowskie wywózki, i okrucieństwa hitlerowców – nie mógł sobie pozwolić na czysto akademickie studiowanie tego zagadnienia. W latach 40. i 50. przelotnie uwikłał się w → socrealizm, jednak nie była to fascynacja taka, jaka udzieliła się choćby jego rówieśnikom z pokolenia „pryszczatych". W → *Astronautach* i → *Obłoku Magellana* Lem opisuje wprawdzie komunistyczną przyszłość, ale taką, w której nie ma partii ani aparatu przymusu. Nikt nawet nie zwraca się do siebie per „towarzyszu".

W latach 60. Lem z ironią spoglądał na rodzącą się w środowisku inteligencji opozycję demokratyczną – sportretował ją w → *Głosie Pana* (→ Wilhelmi Janusz) jako rodzaj nieszkodliwej zabawy. W roku 1976 Lem podpisał jednak protest przeciwko zmianom w konstytucji i zaczął publikować w podziemnych wydawnictwach jako Chochoł. W 1977 roku Lem jako członek komitetu Polska 2000 wysłał do profesora Suchodolskiego memoriał, w którym ostrzegał, że „objęcie sporej części krytyków, literatów, publicystów zakazem druku" i „faworyzowanie oportunizmu przeciw oryginalności" prowadzą do sytuacji, w której znikają z oficjalnych pism ciekawi autorzy, by pojawiać się w pismach drugiego obiegu – „czwartorzędni publicyści zajmują miejsce pierwszorzędnym". Memoriał ten w 1981 roku opublikował tygodnik „Polityka".

Zakaz druku objął Lema tylko pośrednio (obcinano nakłady jego książek), stał się jednak przyczyną zerwania ciekawie się zapowiadającej serii wydawniczej → „Stanisław Lem poleca" uruchomionej w latach 70. przez Wydawnictwo Literackie.

hasła pokrewne:
baldury i badubiny, Rosja, socrealizm,
Tarkowski Andriej Arseniewicz, Wizja lokalna, Kobyszczę

cd. w następnym tomie „Dzieł"
Stanisława Lema

Po co ludziom fantastyka?

Dlaczego działa czarodziejska różdżka? A cholera ją wie.
Działa i tyle. Na tym polega bajka. A kiedy pojawia się
czarodziejska różdżka, która kieruje strumieniem neuronów
– wtedy zaczyna się fantastyka. A Lem w umiejętności pokazania
tego, co niewyobrażalne i nie do wymyślenia był mistrzem
najwyższej klasy – mówi Borys Strugacki* w rozmowie
z Ireną Lewandowską**

Jak myślisz, dlaczego Stanisław Lem był tak popularny w Związku Sowieckim?
Przecież nie tylko w Związku Sowieckim! O ile wiem, był też chętnie
czytany także w Stanach Zjednoczonych, a to mało komu się udaje,
zwłaszcza pisarzom nie anglojęzycznym. Spróbujmy jednak oddać Lemowi to, co mu się należy. Bo był to pisarz niezwykły z dwóch istotnych powodów: po pierwsze, nie znam w światowej fantastyce nikogo, kto miałby tak potężną i szczegółową wyobraźnię jak on. W umiejętności pokazania tego, co niewyobrażalne i nie do wymyślenia był mistrzem
najwyższej klasy. Po drugie, zdumiewająco łączył w sobie umiejętność
pisania porywających opowieści z najgłębszym i bardzo specyficznym

postrzeganiem świata – to był w istocie rzeczy Swift i Rabelais XX wieku w jednej osobie. Lem szedł tą samą drogą – postrzegał świat jako coś przeogromnego, czego absolutnie pojąć nie sposób, ale zrozumieć trzeba. Mimo wszystko. No a poza tym po prostu świetnie pisał. Na szczęście w Rosji miał znakomitych tłumaczy. Stanisław Lem zresztą nie był jedyny: w Rosji rywalizował z nim na przykład Raymond Douglas Bradbury – czasami to on zwyciężał, a czasami górą był Lem. A czy powieści Lema nie były popularne w Polsce?

Dlaczego? Oczywiście, że były.
W takim razie nie rozumiem, o co chodzi! I gdzie tu problem?

Związek Sowiecki był jednak państwem dość szczególnym i przyznasz, że znacznie różnił się od innych krajów, nawet tych należących do „obozu pokoju i socjalizmu". Tym bardziej interesujący jest ogromny sukces Lema.
To jakieś wymysły! Czytelnicy w Związku Radzieckim byli przecież tacy sami jak w innych krajach, a w każdym razie inteligencja była i jest identyczna – lubi czytać, lubi tworzyć i odnajdywać to, co nowe i fascynujące. Więc co w tym dziwnego, że naszym czytelnikom podobał się Lem? Może – tego nie wiem – mniej się podobał na Dalekim Wschodzie, bo tam ludzie mają zupełnie inną mentalność.

A w ZSRR nie mieli?
Jasne, że nie! Kiedy mówimy o osiągnięciach kultury, okazuje się, że myślimy dokładnie tak samo jak Europejczycy. I trzeba to dokładnie i precyzyjnie zrozumieć. Bo mentalność feudalną to my ujawniamy w polityce. To w niej jesteśmy zwolennikami zastarzałego feudalizmu. Kochamy naszego pana, władcę, właściciela. Chcemy, żeby nami rządzono, niechże ktoś mocno trzyma te cugle i tak dalej. Ale kiedy jest mowa o zapotrzebowaniu na produkty kultury – mam na myśli kulturę europejską – to w niczym nie różnimy się od innych. Ja w każdym razie nie widzę żadnej szczególnej różnicy między czytelnikiem czeskim, polskim i rosyjskim. Naturalnie mam na myśli inteligentnego czytelnika.
Przez chwilę myślałem, że chodzi ci o to – była taka pogłoska – że Lem był popularniejszy w Związku Sowieckim niż w Polsce. Kiedy mi to mówiono, niezmiernie się dziwiłem, bo zawsze uważałem, że Lem to skarb narodowy Polski, jej duma i powód do chwały. I gdyby u was rzeczywiście lubiano go mniej niż u nas w Rosji, byłoby to naprawdę dziwne i wytłumaczyć czegoś takiego z pewnością bym nie potrafił. A dlaczego kochają go w Rosji? Nie ma tu nic dziwnego – jest znakomitym pisarzem i dlatego go kochają.

A właściwie dlaczego ludzie w ogóle chcą czytać literaturę fantastyczno-naukową? I skąd ten pomysł, że jest naukowa? Moim zdaniem z nauką niewiele ma wspólnego.

Dlaczego ludzie chcą czytać fantastykę? To pytanie, na które nie ma krótkiej odpowiedzi.

No to niech będzie długa.
To taki sam problem jak kwestia: dlaczego i po co ludzie w ogóle czytają.

No nie!
Nie – nie, tylko – tak. Odpowiedź, po co czytają, to odpowiedź na Twoje pytanie, dlaczego akurat fantastykę. Chodzi przecież o to samo. Najwyższy czas zaakceptować to, że fantastyka jest częścią wielkiej literatury, odnogą wielkiego łańcucha górskiego, jeśli chcesz. Różnice są czysto zewnętrzne. Po prostu fantastyka to rodzaj literatury, która używa bardzo specyficznych chwytów.

Mianowicie?
Wprowadza w fabułę elementy czegoś niezwykłego, nieprawdopodobnego, niemożliwego. Krótko mówiąc – element cudu. Jeśli jest on niezbędny dla konstrukcji fabuły, jeśli ją reguluje i prowadzi – wtedy mamy do czynienia z fantastyką. Przy czym możliwości są tu nieograniczone. Cel, dla którego pisarz wprowadza do utworu element fantastyczny, bywa rozmaity u rozmaitych pisarzy. Jules Verne chciał uczyć czytelnika czegoś nowego, przekonać go do idei postępu, przyzwyczaić do myśli, że w nauce wciąż coś się zmienia. Dlatego nazywamy Verne'a protoplastą naukowej fantastyki. Nie fantastyki w ogóle, a właśnie naukowej. Ale oprócz tej naukowej istnieje na przykład tak zwana fantastyka realistyczna, która narodziła się w bardzo odległych czasach, wtedy, kiedy Apulejusz pisał „Złotego osła". To pierwszy przykład fantastyki realistycznej. Mamy z nią do czynienia, gdy do kompletnie realistycznego utworu wprowadza się element cudu. Wtedy realistyczny świat zostaje przez ten cud zniekształcony, zdeformowany. Fantastyka realistyczna to najbardziej płodna dziedzina fantastyki, a jej autorami byli najwspanialsi pisarze: Michaił Bułhakow, Franz Kafka, Friedrich Dürrenmatt i jeszcze wielu innych.

A Orwell? Jego „Rok 1984"? Taka fantastyka jest według Ciebie mało realistyczna?
To typowa fantastyka utopijna. Albo jeśli określić to bardziej precyzyjnie: antyutopijna. Elementem fantastycznym, cudownym jest to, że przenosimy się w przyszłość, ale w całkowicie nowym i nieoczekiwanym celu: aby pokazać, jaka okropna rzeczywistość czeka nas w przyszłości, jeśli będziemy żyć tak, jak żyjemy, jeśli dzisiejsze tendencje będą kontynuowane.
W świecie fantastyki mamy jeszcze coś takiego jak fantasy, to przecież bardzo popularny gatunek. To właściwie czysty eskapizm, ucieczka do świata, który mówi nam otwarcie, niczego nie udając: „przecież gołym okiem widać, że ja istnieć nie mogę, za to życie we mnie jest bardzo interesujące,

255

nieprawdaż?". To podoba się szczególnie nastolatkom – pewnie dlatego, że otaczający ich realny świat jest tak skomplikowany i nudny. A wymyślony świat fantasy jest prześliczny i w istocie bardzo prosty, nie ma w nim w ogóle nierozwiązywalnych problemów.

Chyba literatura jest zawsze swego rodzaju ucieczką od realnego świata.

Nic podobnego! „Zbrodnia i kara" czy „Biesy" Fiodora Dostojewskiego to nie jest żadna ucieczka. Literatura realistyczna nie ucieka od rzeczywistości. A fantastyka tę samą rzeczywistość co najwyżej deformuje.

W jakim sensie deformuje?

Na przykład świat opisany w „Niewidzialnym człowieku" Wellsa to nie jest normalny, realny świat. To świat zdeformowany przez obecność niemożliwego. Dzięki temu staje się on nadzwyczaj interesujący, ale też przerażający i niebezpieczny.

Tak jest z fantastyką zawsze: wprowadza do zwyczajnego, realnego, oswojonego świata jakieś rakiety, rozumne maszyny, kosmos, odkrycia biologiczne – wszystko, co niezrozumiałe, niebezpieczne, czasem nienawidzone. Dlatego wciąż dla wielu czytelników fantastyka jest nie do przyjęcia. A jeśli do tego dodać, że 90 procent całej fantastyki naukowej to po prostu chłam – zrozumiesz, dlaczego gdy pojawia się dobra fantastyka, „Mistrz i Małgorzata" dajmy na to, słyszymy: „To żadna fantastyka!". A niby dlaczego? Oczywiście, że to jest fantastyka! Przecież to realny świat zdeformowany cudem! Tak samo jak realny świat zdeformowany przez pojawienie się łodzi podwodnej kapitana Nemo. Tyle że stopień deformacji jest inny, mistrzostwo autora na innym poziomie. Ale istota metody artystycznej jest dokładnie taka sama.

Wciąż powtarzasz – świat zdeformowany, deformacja. To raczej oskarżenie niż pochwała.

Nie czepiaj się do słów! No dobrze, niech ci będzie – przekształcony, przemieniony, niezwykły – wybieraj, co chcesz. Niezwykły – nie taki, do którego przywykliśmy. Być może obcy.

Czyli po prostu bajka.

Bajkę, jeśli chcesz wiedzieć, odróżnić od fantastyki jest bardzo łatwo. Bo to, co dzieje się w bajce, nie wymaga żadnych wyjaśnień. Ani formalnych, ani racjonalnych, ani logicznych. Dlaczego działa czarodziejska różdżka? A cholera ją wie. Działa i tyle. Na tym polega bajka. A kiedy pojawia się czarodziejska różdżka, która kieruje strumieniem neuronów – wtedy zaczyna się fantastyka. Wszystko w fantastyce wymaga objaśnienia. A nawet jeśli objaśnień wprost nie ma, to domyślamy się, że istnieją. Autor daje nam do zrozumienia, że wszystko da się logicznie wyjaśnić. W „Mistrzu i Małgorzacie" niespodziewanie w Moskwie pojawił się Woland – no przecież z pewnością nie ot, tak, bez powodu.

Szatan w Moskwie to nie bajka?

Kiedy w Moskwie zaczynają dziać się dziwne rzeczy, 99 procent czytelników zadaje sobie pytanie: dlaczego? I od razu pojawia się odpowiedź: przyszedł diabeł. Bo żeby zrozumieć, co się w tej Moskwie dzieje, trzeba założyć obecność szatana. A to już jest pewnego rodzaju wyjaśnienie, nawiasem mówiąc całkowicie racjonalne. W ramach określonego światopoglądu oczywiście. A w bajce nie ma żadnej wewnętrznej potrzeby, żeby cokolwiek tłumaczyć i jeszcze do tego rozumieć. W bajce w ogóle nikt wyjaśnień nie wymaga i nie potrzebuje.

Przecież fantastyka zachowuje się podobnie – często czytamy, że tego czy tamtego zjawiska jeszcze nikt nie zbadał, nie mamy pojęcia, dlaczego coś dzieje się właśnie tak, a nie inaczej.

Ale wtedy, gdy zaczynasz się nad tym zastanawiać, to już wyraźny sygnał, że nie masz do czynienia z bajką. Bo jeśli masz do czynienia z bajką, takie pytania są kompletnie bez sensu.

No to powiedz mi wreszcie, do czego ludziom jest potrzebna fantastyka?

Myślę, że jest to tak zwany sensorowy głód. Słyszałaś o czymś takim?

Nigdy w życiu.

Ludziom brakuje nowych informacji. Istniejący realnie świat ich nudzi, mają go dość. Z jednej strony jest bardzo skomplikowany, niezrozumiały, a z drugiej strony przerażająco przewidywalny. A dusza ludzka pragnie tego, co niezwyczajne, wyraziste, czego nie można wcisnąć w powszedni szablon. Potrzebny jest inny świat, odmienny od tego, który nas otacza. Nawiasem mówiąc, to wcale nie jest pragnienie wyłącznie czytelnika fantastyki. To potrzeba każdego czytelnika, o czym ci powiedziałem już na samym początku naszej rozmowy. Dajcie mi świat, w którym mógłbym się zanurzyć i żyć w nim zamiast w tym, w którym realnie istnieję. Ta potrzeba równoległego, sztucznego świata, potrzeba odnalezienia źródeł uczuć, których już nie budzi nasz realny świat – na tym polega siła przyciągania literatury w ogóle, siła przyciągania fantastyki w szczególności. Do tego w fantastyce ogromną rolę odgrywa to, co nazywamy atrakcją, rozrywką.

Jesteś pewien? Na przykład „Odyseja" albo „Iliada" – obydwa eposy można przecież zaliczyć do fantastyki. Ale rozrywka byłaby to bardzo szczególna.

Żebyś wiedziała. W swoim czasie to były niezwykle popularne opowieści do czytania i słuchania. Dziś już nie. Za sto lat może i Lema mało kto będzie 'czytać. A przecież dopiero co zaczytywaliśmy się jego książkami – „Solaris", przygodami Ijona Tichego. Ale upłynie sto lat i to wszystko przeminie. Tak jak „Iliada" i „Odyseja". Jak Rabelais. Jak koniec końców Swift. Wszyscy oni umieli wstrząsnąć sercem i duszą człowieka swoich czasów. I wszyscy siłą rzeczy utracili już to, co było kiedyś niezwykłe. Taka jest normalna kolej rzeczy. Dla pisarza ważne jest, żeby jego książki wciąż wywoływały emocjonalny odzew. I dopóty czytając je, emocjonalnie na nie odpowiadasz, do tego momentu książka wciąż żyje.

———————

* Borys Strugacki (ur. 1933 r. w Leningradzie) – wraz z bratem Arkadijem (1925-91) stworzyli najsłynniejszy duet pisarzy science fiction. Pisane wspólnie powieści, takie jak Trudno być bogiem czy Ślimak na zboczu, przyniosły im światowy rozgłos i status klasyków gatunku. Borys po ukończeniu astronomii na leningradzkim uniwersytecie pracował w obserwatorium. Arkadij ukończył Aktiubińską Wyższą Szkołę Artyleryjską i japonistykę, również na wojskowej uczelni. Do 1955 r. służył w armii na Dalekim Wschodzie, później pracował w moskiewskich wydawnictwach. Większość utworów, które wyszły spod piór braci Strugackich, jest ich wspólnym dziełem. Na pracy literackiej skupili się pod koniec lat 50., oficjalne uznanie – łączące się z możliwością druku w prestiżowych pismach literackich, czy też tworzenia scenariuszy do filmów na podstawie własnych tekstów – zdobyli dopiero na przełomie lat 70. i 80. Niektóre ich dzieła doczekały się ekranizacji, np. Piknik na skraju drogi stał się inspiracją filmu Andrieja Tarkowskiego Stalker. Strugaccy byli współautorami scenariusza.

** Irena Lewandowska – tłumaczka i znawczyni literatury rosyjskiej. Dziennikarka „Gazety Wyborczej". Przekładała na polski m.in. powieści braci Strugackich, Michaiła Bułhakowa i Aleksandra Sołżenicyna.